2000년대
한국문학의 징후들

해석과 판단 · 1

이 도서의 국립중앙도서관 출판시도서목록(CIP)은
e-CIP 홈페이지(http://www.nl.go.kr/cip.php)에서
이용하실 수 있습니다.(CIP 제어번호 : CIP 2007000758)

해석과 판단 · 1

2000년대 한국문학의 징후들

산지니

첫 호를 내면서

정상(正常)에 대한 갈망

2000년대의 한국 평단은 문학의 위기 담론을 출발점으로 해서 많은 논쟁거리를 생성해 왔다. 문학의 위기 담론은 궁극적으로 한국문학의 위기적 현실을 극복하기 위한 담론 창출이었다. 그러나 위기 담론을 출발점으로 해서 지속된 한국문학 위기 극복을 위한 논의의 장들은 현실적인 문학 위기를 극복하는 계기를 제대로 제공하지는 못했다. 특히 비평의 위기가 문학의 위기라는 진단에 의해 진행된 비평논쟁들은 비평의 활성화를 위한 기회는 제공했지만, 실질적인 비평의 활성화를 통한 문학의 활기 찾기에는 이르지 못했다. 한국문단의 문제를 문학권력의 문제로부터 해명해보려고 한 소위 문학권력 논쟁에서 열기는 뜨거웠지만, 문학현장의 새로운 전기 마련은 불가능했다. 문학권력 논쟁의 연장선상에서 제기된 문학의 위기를 비평이 주체적으로 초극해보려고 시도한 『주례사 비평을 넘어서』도 문제제기의 도화선을 마련은 했지만, 실질적인 비평위기를 넘어서는 후속작업으로 이어지지는 못했다. 논쟁을 위한 논쟁의 선을 넘어서지 못함으로써 실천적 비평으로 나아가지 못했다는 것이다.

2000년대 후반을 넘어서면서, 한국문학의 위기가 사실은 비평의 위기와 다르지 않음을 우리는 다시 절감하게 되었다. 비평이 제대로 자기 기능을 하지도 못하면서, 문학의 위기담론만 무성하게 생산함으로써 자기책임을 창작의 영역으로 넘겨버리는 책임전가를 해오지 않았는가를 생각하게 되었다. 그래서 우리는 여전히 한국문학의 위기의 한 원인은 비평에 있다는 점을 다시 확인하게 되었다. 이에 『해석과 판단』은 이 비평의 위기를 타개하는 하나의 실천 방안으로 비평의 원론적 공부와 이에 대한 성실한 실천의 길을 선택했다. 비평은 주어진 텍스트들을 제대로 이해하고 해석할 수 있어야 함과 동시에 그 텍스트의 의미를 판단할 수 있는 평가가 분명히 주어져야 한다는 비평의 원론적 실천이 없이는 비평의 회복이, 비평의 위기 타개가 근본적으로 힘들다고 본 것이다. 이는 우리의 비평현장이 이를 제대로 보여주지 못하기 때문에 비평의 위기 담론이 난무하고 있다는 현실진단과 맥을 같이 한다.

이러한 비평의 자기반성을 토대로 우리는 지난 1년여 동안 함께 모여 2000년대 한국문학의 현장을 집중적으로 논의하며, 각자의 생각들을 벼르기도 하고, 생각의 날을 새롭게 세워보기도 했다. 그 열띤 구두비평 현장의 열기를 여기에 다 실어내지는 못하지만, 그 결과물들을 여기에 묶음으로써 한국비평의 새로운 변화를 갈망하는 의지를 보여주려고 했다. 여기에 실린 모든 글들은 이러한 갈망이란 점에서는 편차가 없다.

소설에서 권유리야는 「신은 비뚤비뚤한 선 위에도 똑바로 글을 쓴다」를 통해, 박현욱, 박민규, 김윤영 등의 작품에 나타난 위험과 냉소의 의미를 비판적으로 점검하고 있다. 냉소가 자본주의 위험의 시대에 포즈로 전락하지 않기 위해서는 세상을 통찰하는 날카로운 시선을 견지해야 함을 지적하고 있다.

김경연은 「아버지 혹은 가족을 사유하는 세 가지 방식」에서 김애란, 김숨, 윤성희의 소설을 통해, 아버지의 종언을 선언하는 여성문학의 새로운 출발을 확인하고 있다. 작가의 성별이나 소재의 차원을 넘어 여성-되기가 여성문학의 진정한 조건이 되어야 함을 이 작가들의 세밀한 작품 분석으로 보여주고 있다.

윤인로는 「물신의 밖, 연대의 가능성」에서 한유주의 「달로」와 이신조의 「시간의 정원」의 분석을 통해, 물신사회가 초래하는 자본주의적 권태와 우울에 깊게 관련되어 있다는 점에 주목하고 있으며, 전성태의 「국경을 넘는 일」을 통해서는 공동체적 연대의 가능성을 탐색하는 선으로 나아가고 있다.

이윤정은 「사랑을 둘러싼 서사의 모험」에서 전경린, 권지예, 정이현의 소설을 통해 여성이라는 역할을 주어진 운명으로 받아들이고 슬퍼하거나 외면하는 대신 그것을 적극적으로 역이용하면서 자신의 욕망을 추구한다는 점에서 그 의미를 긍정적 방향에서 추구하고 있다.

임회록은 「유령이 출몰한다」에서 편혜영과 한유주의 소설에 나타나는 유령에 주목하고 있다. 현실의 모순을 적극적으로 환기시키는 유령의 존재에 의미를 부여함으로써 이들 존재의 현실적 의의를 파악하고 있다. 즉 이들의 존재의미를 우리 주변의 소외된 타자들의 다른 이름으로 명명하고 있다.

장혜정은 「완고한 현실을 향한 신예소설의 응전방식」에서 백가흠과 이기호의 첫 작품집을 대상으로 이들이 보이는 서사형식의 실험에 주목하면서, 그 서사형식이 갖는 특질을 파악하고, 그 의미를 작품의 주제의식, 작가의식과 관련지어 그 의미를 해석해 내고 있다.

전성욱은 「위장된 글쓰기, 판타지로 그려낸 현실 - 듀나론」에서 멀티미디어 시대 서사의 한 가능성으로 떠오른 재기발랄한 상상력을 보이고 있는 듀나의 소설들을 대중문화의 기만적 논리를 내파하는 전술을 보이는 작품으로 규정하고 있다.

허정은 「국경을 어떻게 넘어설 것인가?」에서 2000년 이후 국가와 민족이 다른 이주인을 형상화하고 있는 작품들을 한국의 민족주의나 신자유주의 세계화의 긴장관계 속에서 조명함으로써 이들의 작품이 지니는 의의와 한계 그리고 나아갈 방향을 비판적으로 점검하고 있다.

시에서 김남석은 「젊은 시인들의 의식세계」에서, 이민하, 장석원, 김근, 김민정 시인의 시를 통해, 이들의 시의 미학이 전통시인들과 어떻게 변별되는 지를 조각의 시어/소조의 문장, 구심적 구성/원심적 구성, 통합적 욕망/분열적 사유, 집약구조/확산구조로 분석함으로써, 대조적으로 보여주고 있다.

김만석은 「스펙터클을 가로지르는 시적 환상」에서 김언, 김참 시인의 시를 중심으로 이들이 도시화의 과정에 어떤 방식으로 대응하고 있는 지에 주목하고 있다. 즉 스펙터클과 도시, 환상이 시적 세계를 구성하는 중요한 장치라는 것, 그리고 이들이 탐색하는 것은 환상이 아니라 현실이란 점을 밝히고 있다.

김영주는 「웬디들, 피터팬을 떠나다」에서 김민정, 이민하, 김행숙, 이영주 시인의 첫 시집을 대상으로, 이들의 시에서 보이는 시적 화자들이 자신들만의 네버랜드에 갇힌 채 살고 있으면서, 내보이고 있는 외계인의 언어들을 비판적으로 점검하고 있다.

박대현은 「주체분열의 진화를 위하여」에서 젊은 시인들의 주체분열 현상을 즐김, 고통, 견딤이라는 세 가지 층위로 나누어 살피고 있다. 그런데 이 층위 중 견딤이 구체적 현실을 껴안는 진화의 분열을 마련할 수 있으리라는 조심스런 진단을 보인다.

정훈은 「절망, 고백, 습속의 깊이」에서 여태천, 김지혜, 이근화의 시

읽기를 시도하고 있는데, 경계에 서 있는 이들 시들이 지닌 현실의 재구성과 서정에 배반하는 양상에 주목함으로써, 이들 시가 지닌 가능성과 함께 그 한계점을 밝혀내고 있다.

하상일은 「서정의 본질과 미래」에서 문태준, 손택수, 박성우 시를 중심으로, 미래를 지향하는 시적 변화는 뒤를 돌아보면서도 앞을 달리는 양가적 모순의 긴장 속에서 창조된다는 점을 바탕으로 서정의 본질과 미래를 비판적으로 살피고 있다.

비평에서 남송우는 「2000년대 비평의 향방 (1)」을 통해, 신진비평가인 서영인, 정혜경, 최성실, 심진경 등의 비평세계를 해석과 평가라는 관점에서 비판적으로 점검하고 있다. 이들의 비평이 전반적으로 적극적인 평가까지에는 이르지 못하고, 해석의 차원에 머물고 있음에 주목하고 있다.

이상과 같은 『해석과 판단』 첫 호에 실린 2000년대 한국문학에 대한 우리의 비평적 문제제기는 비정상화되어 있는 우리의 비평을 정상으로 회복시키기 위한 작은 불씨이다. 이 작은 불씨가 식어버린 비평문단에 뜨거운 불길로 번져나가기를 기대한다. 우리는 이 불씨를 비평의 성화(聖火)처럼 이어갈 작정이다.

2007년 2월

『해석과 판단』 해석공동체

차 례

제2부

2000년대 한국시의 징후들

제3부

평론

제1부

2000년대 한국소설의 징후들

권유리야[1]

신은 비뚤비뚤한 선 위에도 똑바로 글을 쓴다

-최근 소설의 위험과 냉소

1. 위험과 냉소의 악순환

위험이 다가오고 있다. 아니 이미 위험의 시대가 되었다. 진보에 신들린 자본주의 신화는 진보를 위해 모든 것의 희생을 요구한다. 자본주의는 고루 분배된 풍요, 유일한 사랑, 다수의 행복, 잘 만들어진 제도 등 모든 것을 규정하고 진보를 위해 모두가 이에 동참할 것을 요구한다. 진보에 어긋나는 모든 것들에는 혹독한 비난과 함께 가차 없는 위험의 낙인이 찍힌다. 그러나 모두가 진보에 동참한다는 목표는 꿈일 뿐이다. 그것은 결코 이루어질 수 없는 말 그대로 공상임을 우리는 잘 알고 있다. 이루어질 수 없는 꿈, 이라는 점에서 진보의 욕망이 생산해낸 '위험은 부당한 것'이다.

1 부산외국어대 · 부산대 · 부경대 강사. 계간 『오늘의문예비평』 편집위원. 『작가세계』 2004년 여름호 문학평론부문 신인상. 2006년 『부산일보』 신춘문예 문학평론부문 당선.

냉소는 위험한 존재들이 '부당한 시대에 반응하는 나름의 탈출방식'이다. 자신들을 배제하고, 선택된 자들만의 자본주의적 이상이 얼마나 허황되고 무가치한 것인가를 잘 알고 있는 위험한 존재들은 여기에 냉소를 보낼 수밖에 없다. 선택된 자의 유토피아가 곧 바로 배제된 자의 지옥이라는 사실은 유토피아가 과연 유토피아인가 냉소하게 만든다. 그러나 냉소주의자들이 유토피아적 이상을 믿지 않으면서, 그럼에도 불구하고 자본주의가 제시하는 진보를 향한 열정을 포기하지 않는다면 그것이야말로 더욱 큰 위험이다. 늑대 소년이 늑대들 속에서 마침내 늑대가 되는 것처럼, 냉소주의자들 역시 위험사회를 살아가는 동안 진정으로 위험한 존재가 되어버리는 것이다.

이렇게 위험이 냉소를 낳고, 냉소가 다시 위험의 원인이 되는 악순환의 고리 속에서 박현욱, 박민규, 김윤영의 세 작가의 자취는 뚜렷하다. 세 작가가 이전과는 분명하게 차별화되는 노선을 그리고 있는 것은 이러한 위험과 냉소에 문학적 뿌리를 두고 있기 때문이다. 박현욱의 『아내가 결혼했다』(문이당, 2006), 김윤영의 『타잔』(실천문학사, 2006), 그리고 박민규의 『핑퐁』(창비, 2006)은 위험한 존재들이 유토피아를 신뢰하지 않으면서도 이를 적극적으로 추구하는 뻔뻔함의 양상이 제대로 포착되고 있다. 삶의 목표와 의미를 제공했던 자본주의적 이상이 다른 쪽의 파국을 생산하는 시대, 위험한 존재로 판정받은 세 작품의 인물들이 할 수 있는 것은 그 판정에 부정한 냉소를 보내는 것뿐이다.

2. 명료하지 않은 위험들

자본주의에서 위험은 거대한 사업거리다. 자본주의는 인간 삶에 도

남편을 두고 또 다른 남자와 "결혼하겠다는" 아내의 주장은 우리가 그동안 절대선이라고 믿어왔던 사랑의 개념을 정정할 것을 당당하게 요구한다.

사린 위험의 경제적 가치에 커다란 호의를 보여 왔다. 현대의 위험은 과거의 질병, 재해, 자연재앙 등과는 양상이 매우 다르다. 현대의 위험산업은 실재하지 않는 위험에 주목한다. 오늘날 번창하고 있는 보험업, 금융, 심지어 웰빙산업은 이러한 가능성으로서의 위험에 주목한 대표적 사례들이다. 사랑, 가난, 무능한 소수자들, 이렇게 선뜻 그렇다고 대답할 수 없는 명료하지 않은 위험이 지금 이 순간에도 우리 앞에서 때를 기다리고 있다고 기획자들은 광고를 한다. 『아내가 결혼했다』, 『타잔』, 『핑퐁』에서 우리는 이렇게 '명료하지 않지만 분명히 존재하는 위험'의 여러 양상들을 다양하게 경험할 수 있다.

『아내가 결혼했다』에서 "일부일처제가 절대 유일의, 절대 불변의 법칙이 아니"라며, "굳이 법적으로 인정받는 부부가 될 필요는 없"다는 아내가 등장하면서 남편의 불행은 시작된다. "좋은 사람이랑 같이 사는 게 참 좋은 일이"라서 남편을 두고 또 다른 남자와 "결혼하겠다는" 아내의 주장은 우리가 그동안 절대선이라고 믿어왔던 사랑의 개념을 정정할 것을 당당하게 요구한다. 그저 "결혼해서 살아 보니까 좋"아서, 특별한 가족제도를 만들고야 말겠다는 아내의 욕심은 일부일처를 운명으로 알고 있는 남편에게는 그야말로 폭탄선언이다. 따라서 『아내가 결혼했다』에서 주목해야 할 것은 사랑의 실험적 가치가 아니라 '사랑이 보유한 치명적 위험성'이다.

사랑의 역학은 오직 한 가지 법칙만을 따른다. 개인적 욕망에 매달리려는 주관성과 친밀성은 세상의 법도를 알지 못한다는 것이다. 문제는 아내처럼 주관성과 친밀성에 충실할 때, 사랑의 행로는 모든 외적 통제력에서 벗어나 제멋대로 하려는 데 있다. 이럴 때 사랑의 미래는 예상대로 파국이다. 넘쳐나는 사랑을 모두 수용하겠다는 아내의 강력한 메시지로 인해서 평화로운 가정은 한 여자를 사이에 둔 두 남자의 전쟁터로 변하고 만다. 말하자면 친밀성에 의한 테러다. 분명 '사랑도 테러'가 될 수 있다. 개인의 자유가 활개를 치는 시대, 사랑의 강조는 개인들에게는 자유의 폭을 넓혀주었지만 동시에 안전감의 토대도 함께 제거되었다. 사랑에 희망을 걸면 걸수록 사랑은 그만큼 더 빨리 본질을 잃어버리고 흉기로 돌변한다. 사랑의 위험은 그 어느 재난보다도 치명적이다. 불확실한 현실에서 신분, 내 계급, 내 직장, 그 어느 것도 진정한 자신을 보증해주지 못할 때 사랑만은 진정한 자아를 확인시켜 줄 최후의 보루로 여겨왔고, 그것은 또한 사실이다. 그러나 그 사랑에 실패할 때, 그리고 그 사랑이 자신을 배신할 때 그것만큼 안전을 뿌리부터 흔드는 경우는 없다.[2] 남편의 삶이 송두리째 흔들리는 느낌은 사랑하는 아내가 오직 "사랑한다는 이유"로 다른 남자와 결혼했을 때이다. 아내에게는 오직 한 가지 법칙만이 있다. 그것은 사랑이다.

2 울리히 벡 외, 강수영 외 옮김, 『사랑은 지독한 혼란』, 새물결, 2006, 23쪽 참조.

주의해야 할 것은 이렇게 종교화된 사랑을 개인의 문제로 협소화해서는 안 된다는 점이다. 이것은 자본주의의 본질과 관계되어 있기 때문이다. 자본주의는 어떠한 경우에도 사랑을 장려한다. 자본주의의 넘쳐나는 욕망은 언제나 사랑과 연루되어 있다. 사랑에 관한 한, 자본주의는 두 목소리를 동시에 낸다. 자유롭게 사랑하고 욕망하라는 은밀한 유혹과 넘치는 사랑을 견제하라는 가부장적 교훈은 모두 자본주의에서 나온 명령이다. 이러한 두 명령의 틈새에 축구공이 놓여 있다. 축구는 골을 될수록 많이 넣으려는 입장과 그 골을 최대한 막으려는 다른 입장 사이의 치열한 투쟁이다. 아내의 자유로운 다자간 연애방식과 일부일처제의 완고한 논리로 이를 막으려는 두 입장은 축구의 메커니즘과 너무도 닮아 있다.

사랑을 둘러싼 지독한 혼란의 양상을 축구와 연결시키려는 노력은 매우 신선하지만, 한편으로는 매우 현실적이기도 하다. 축구 속에는 온갖 자본주의적 욕망이 들끓는다. 축구가 현대에서 최상의 인기를 구가할 수 있었던 것은 축구의 메커니즘이 자본주의의 입맛에 맞게 진화되어왔기 때문이다. 축구에는 권력의 공간적 중심이 없다. 축구공은 항상 유동하고 보이지 않지만, 모든 곳에 있을 수 있다. 어디로 튈지 모르는 축구공의 유동성은 '사랑은 움직이는 거야' 라는 아내의 극단적 자유연애를 구체화한다. 공이 움직이기 때문에 누군가는 공을 가질 수 없다는 불평등의 논리는 자본주의의 불평등과 꼭 같다. 축구는 불가피하게 승자와 패자를 가른다. 축구공이 모두를 승자로 만들 수는 없다. 승리자는 "영원히 빛나"고, 패자는 "패배한 채 잊혀져"야 한다. 사랑에 패배한 자는 아내와 자식은 물론 가정 전체를 송두리째 뺏기고 뒤로 물러나야 하는 것이다. 사랑의 위험은 패배한 자의 몫이다. 사랑에 패배한 자는 소외와 고독이라는 모든 위험을 무상으로 증여받는다. 이에 따르면 가정은 안식처가 아니라 승자와 패자를 겨루어야 하는 살벌한 전쟁터다. 『아내가 결혼했다』를 마냥 재미있는 축구이야기로 읽을 수만은 없는 것은 축구가 1:1로 연상시키는 사랑의 혼란이 너무도 선명하기 때문이다.

자본주의에서 사랑과 함께 새롭게 떠오르는 위험은 가난이다. 자본주의 시대는 위험이 계층과 밀착되어 있다. 부(富)가 상류층에 축적되는 것과는 정반대로 위험은 하류층으로 집중된다. 이러한 하류계층의 위험을 섬뜩한 방식으로 그려내는 데는 『타잔』만한 작품이 없다. 화장품 회사 영업사원(「그가 사랑한 나이아가라」), 평범한 회사원(「얼굴 없는 사나이」), 부모로부터 버림받은 혼혈인 입양아(「집 없는 고양이는 어디로 갔을까」), 실직자(「산책하는 남자」), 빚 독촉에 시달리는 회사원(「세라」) 등 『타잔』에서 모든 위험은 하층민들의 몫이다. 『타잔』의 인물들에게 '가난을 인식하는 순간 위험이 시작' 된다.

극단적인 빈곤과 극단적인 위험 사이에는 강력한 흡인력이 있다. 부자는 안전과 행복을 사들일 수 있지만, 가난한 자는 불행과 위험을 무상으로 증여받는다.[3] 그러나 일단 가난과 위험이 밀착되기 시작하면, 이 운명으로부터 벗어나는 것조차도 위험을 통해서만 가능하다. 소설에서 자주 다루어지고 있는 살인과 죽음 등은 가난으로 인한 위험이 또다시 위험을 부르는 좋은 예가 된다. 「그가 사랑한 나이아가라」에서 아내가 남편을 심장마비에 이르게 할 수밖에 없었던 것은 더 이상 초라한 한국으로 돌아가고 싶지 않았기 때문이다. "정신병자나 살인자보다도 더 못한 인간이" "바로 실업자야"라고 외치는 「산책하는 남자」의 실업자는 실업의 비밀을 감추기 위해서 위층 남자를 살해한다. 「세라」에서 "애초

3 울리히 벡, 홍성태 옮김, 『위험사회 새로운 근대(성)을 향하여』, 새물결, 1997, 54쪽.

에 별 볼일 없는 구두수선공"의 딸인 정미가 아버지의 암투병 끝에 남은 "마이너스 통장"과 사채빚으로부터 탈출하는 길은 세라의 여권을 훔치고 세라를 죽음에 이르게 하는 길밖에 없다. 말하자면 위험도 전염된다.

물론 타인의 위험으로 나의 위험을 보상받으려는 이러한 위험의 전이는 전적으로 평균적인 삶에 대한 갈망에서 비롯된다. 자본주의에서 표준화의 압력으로부터 자유로운 자는 없다. 통신, 컴퓨터, 음식, 도량형 등과 같은 물리적인 형식뿐만 아니라 심지어 사랑, 결혼, 생활과 같은 추상적인 삶마저 표준화의 압력에 시달리고 있다. 표준화가 당위와 명령이 되어버린 자본주의에서 가난은 표준을 벗어난 지극히 위험한 것으로 치부된다. 「산책하는 남자」의 주인공은 "상식적인 사람"인 만큼 그의 "가장 큰 소망은 그저 평범하게 사는 것이"다.

그러나 평범한 삶조차 좌절될 때 할 수 있는 일은 새로운 위험을 생산하는 것, 즉 누군가를 위험하게 하는 것밖에는 없다. 「그가 사랑한 나이아가라」에서 여자는 남편을 사랑한다고 말하지만 부부의 사랑은 함께 있으면 불행한 사랑이다. 남편과 산다는 것은 곧 "삶의 끈을 다 놔버리는 것과 같"으며, 남편과 함께 있는 한 캐나다 "시민권"도 "더 좋은 조건으로 다른 딜러십으로 옮겨갈" 계획도 모두 공상에 불과하다. 따라서 여자의 불행을 모면하기 위해서 남편의 죽음은 절실하게 필요하다. 따라서 『타잔』의 모든 위험은 표준적인 삶을 동경하도록 한 제도권의 가르침과 이러한 삶을 고루 베풀 수 없는 자본의 불평등한 분배, 즉 가난에서 유래하는 것이다.

이제 『핑퐁』의 출현으로 위험의 이야기는 새로운 국면으로 접어든다. 체제의 보호로부터 한참이나 비껴 서있는 제도권 소수자들이 새롭게 위험자의 대열에 가담하고 있다. 왕따와 폭력에 길들여진 못과 모아이, 그리고 "원하는 조건을 달성해야만 먹이"를 얻을 수 있는 "쥐와 새"

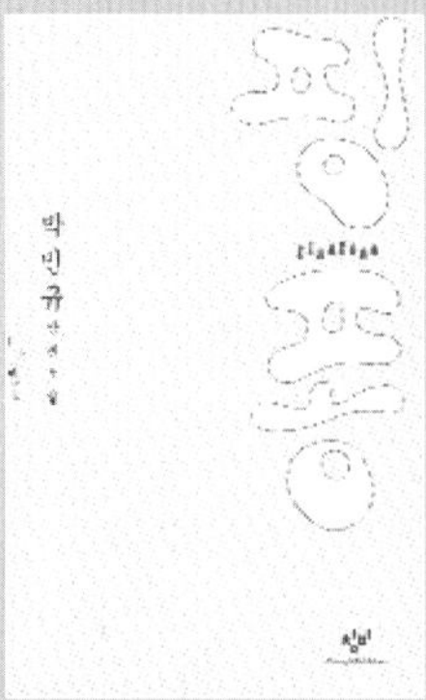

『핑퐁』은 소수이기 때문에 다수를 테러할 수 있는 역설적인 힘을 보여준다.

의 황당한 탁구랠리는 세계로부터 "깜박한 존재", 즉 위험을 모면하기 위한 소수자들의 힘겨운 게임이다. 하지만 이 지점에서 『핑퐁』은 기존의 익숙한 룰을 저버린다. 다수로부터 배제된 존재들, 즉 세계가 "깜박한 존재"들, "인류로서의 의지"를 잃어버린 소수의 이야기는 마냥 비참한 것으로 이해하지 않는다. 소설은 선한 이미지를 덧씌워 다수의 폭력을 조작하는 존재라는 소수의 정형화된 틀을 벗어난다. 다수의 힘에 "어떤 동의도 한 적이 없"는 소수들, 이들은 분명 소수로서 선명한 자기정체성을 갖고 있는 자들이다.

따라서 소수가 선한다는 진부한 공식은 『핑퐁』에서는 통하지 않는다. 소수에게는 언제라도 "영악해질" 수 있는 가능성이 있다. 소설 전체를 장악하는 "핑퐁"은 바로 '소수의 테러' 가능성, 소수의 "악(惡)은 힘이라는" 강력한 메시지를 응축하고 있다. 그런 점에서 『핑퐁』은 그간 박민규가 보여주었던 소수와 다수의 대립이라는 이분법적 사고를 벗어난다. 소수는 다수와 별로 다르지 않으며, 오히려 "누락도 아니고, 소외도

아"닌 "배제"된 존재이기 때문에 소수는 더욱 당당하게 힘에 접근한다. 여기에서 다수를 "어떤 정보의 형태"로 만들어 언제라도 "제거"할 수 있는 결정권은 소수에게 있다. 지구 "생태계의 폼", 다시 말해서 다수라는 "인스톨을 유지할 것인가, 아니면 언인스톨할 것인가 그걸 결정짓는" 것은 소수가 벌이는 "탁구를 통해서"이다.

이렇게 『핑퐁』은 소수이기 때문에 다수를 테러할 수 있는 역설적인 힘을 보여준다. 따라서 『핑퐁』을 단순히 해방의 담론으로 읽기에는 어려움이 있다. 여기의 소수자는 욕망과 영악함으로 다수의 존립을 위협한다. 사실 다수가 어느 순간에라도 "언인스톨"(uninstall)될 수 있는 불안한 존재라는 발견은 소수의 조작이다. 그런 점에서 이 소설의 소수는 다수와 별로 다르지 않다. "다수인 척하며 평생을 살아"가는, 다수의 질서를 더욱 견고하게 만들어 주는 존재라는 점에서 『핑퐁』의 소수는 다수를 향한 위험한 퍼포먼스에 불과한 것이다.

자본주의는 모든 곳에 위험의 지뢰를 깔아놓았다. 미시적인 삶의 공간, 미처 인식하지 못한 정신의 영역으로까지 '위험이 침투하지 않은 곳은 없다'. 다만 우리가 인식하지 못할 뿐이다. 도둑같이 오는 자본주의의 위험은 그래서 더 위험한 것인지도 모른다. 넘치는 사랑이야말로 지독한 혼란이며, 짐으로 지워진 가난이 타인에게 불행을 전염시킨다. 또한 소수가 다수를 위협하는 이러한 치명적인 진실이 당황스러울 뿐이다. 그러나 이 모든 책임은 자본주의가 져야 한다. 위험을 생산한 것도, 위험에 추격을 당하고 있는 것도 결국 자본주의가 벌여놓은 일이다. 적극적으로 욕망하게 하고, 한편으로 통제하는 이 자본주의의 이중성이야말로 위험의 근본적 원인이다. 따라서 빛나는 문명의 시대라고 오만해야 할 이유는 전혀 없다. 결국 『아내가 결혼했다』, 『타잔』, 『핑퐁』의 위험을 통해 우리는 자본주의란 무엇인가, 이 전쟁터에서 인간은 어떻게 살아야 하는가와 같은 윤리적 지평에 머물러야 하는 것이다.

3. 냉소, 그러나 위선적인 은폐

삶의 모든 국면에서 위험이 구성되고 의도되는 자본주의 시대에 위험을 모면하거나 혹은 외면하며 살아간다는 것은 사실상 기대하기 어려운 일이 되었다. 그만큼 위험은 부인할 수 없는 삶의 한 구성요소가 되어버렸다. 남은 문제는 이 '위험에 어떻게 반응하며 살아가느냐' 이다. 이러한 위험사회를 가장 능동적으로 살아가는 자가 바로 '냉소주의자' 다. 냉소주의자는 위험상황에서 가장 민감하게 반응한다. 이들은 자본주의 문명이 아무리 유토피아적 환상을 제시한다 해도 위험을 안고 있는 이상 그야말로 공상에 불과하다는 것을 간파한다. 그러나 유토피아적 이상이 파국으로 다가올 것을 확신하면서도, 그럼에도 불구하고 결코 위험에서 발을 떼지 않는다면 그것은 냉소다. 『아내가 결혼했다』, 『타잔』, 『핑퐁』에서도 이러한 모습은 선명하다.

사실 『타잔』만큼 냉소의 비중이 압도적인 작품은 근래에 보기 드물다. 여기의 인물들은 유토피아를 갈망하면서도 유토피아를 결코 믿지 않는다. 「타잔」의 여행가이드는 "안 될 싸움을 굳이 하거나 되지도 않을 유토피아에 목숨을 거는 일을 이해는 하" 면서도 "동참하기 싫" 어하는 "현실주의자" 이다. 그는 "무지개는 언덕 너머에 있는데 왜 여기서 무지개를 찾" 는 일에 가치를 두지 않으면서 "허황되고 낭만적이기만 한 그런 꿈은 나도 경멸한다" 는 입장이다. 「세라」의 정미도 유토피아를 의심하기는 마찬가지다. "갚아도 갚아도 줄지 않는 빚, 비루해져버린 애인" 과 함께 절실한 이상도 함께 시들어간다. 그렇게 보면 냉소는 분명 의심

『타잔』만큼 냉소의 비중이 압도적인 작품은 근래에 보기 드물다. 여기의 인물들은 유토피아를 갈망하면서도 유토피아를 결코 믿지 않는다.

과 회의의 산물이다. 오늘날 우리는 삶과 목표와 의미를 제공했던 유토피아적 이상이 파국의 가능성으로 폭로되는 시대에 살고 있다. 평등을 보장하리라던 공산주의는 원초적 자유를 말살하는 전체주의로 폭로되고, 기술문명은 복지가 아닌 삶의 조건인 생태계의 파괴자로 나서고 있다. 파멸을 막기 위해 새로운 가치들이 도입되지만 그것들 역시 뿌리를 내리지 못할 것을 우리는 알고 있다.[4] 여기의 인물들 역시 거짓 유토피아를 유포하는 사회의 정직하지 못함과 윤리의 허황됨을 분명하게 인지한다.

그런데 문제는 냉소주의자들은 자신들이 추구하는 것이 아무런 의미가 없다는 것을 알면서도 윤리적이어야 한다는 강박에 사로잡혀 있다는데 있다. 『타잔』은 윤리의 가면을 쓴 냉소주의자들의 위선적 뒷모습을

4 페터 슬로터다이크, 이진우 외 옮김, 『냉소적 이성 비판 1』, 에코리브르, 2005, 7쪽.

강조하느라 몹시도 공을 들인다. 선배의 아내를 품으면서도 가출한 "선배가 돌아오길 간절히 바란다"고 말하는 「얼굴 없는 사나이」의 후배는 자신의 타락을 당당해 할 만큼 뻔뻔하지 못하다. "넉 달마다 한 번씩 남자를 갈아치운" 「검사와 여선생」의 조카는 "사회 정의를 위해서"는 타락자들이 "아무 탈 없이 잘 산다는 건, 정말 말이 안 되는 일이"라고 문란해진 성윤리가 바로 설 것을 주장한다. 이렇게 패륜을 저지르면서도 윤리를 강조하는 것은 냉소가 또한 위선의 산물이며, 따라서 냉소와 은폐를 밀착시켜 논의할 근거를 마련해 준다.

물론 『아내가 결혼했다』의 냉소는 『타잔』만큼 선명하게 잡히지는 않는다. 축구공만큼이나 톡톡 튀며, 축구와 결혼을 절묘하게 엮어내는 유쾌한 이야기의 행진 속에서 냉소는 포착하기 어렵다. 일부일처제의 관습에 정면으로 도전하면서 공개적으로 양다리 결혼을 하겠다는 선언은 당돌함만큼 재치와 유쾌함을 무기로 독자를 빨아들이고 있다. 하지만 이러한 유쾌함 속에 냉소가 도사리고 있다는 사실을 놓쳐서는 안 된다. 주의할 것은 소설의 냉소가 오래 자본주의를 지탱해온 독점적 사랑과 결혼제도에 대한 냉소라고 이해했다가는 낭패를 당하기 십상이라는 점이다. 『아내가 결혼했다』는 그러한 상식에 의존하지 않는다. 얼핏 보면 소설에서 결혼과 성, 행복에 관한 상식을 배반하는 아내를 전면에 내세우는 것은 그 주장이 가진 진보성을 부각하려는 의도인 것처럼 보일 수 있다. 하지만 고정관념을 배반하는 아내를 교묘한 방식으로 다시 배반하는 또 다른 냉소가 은밀하게 행해지고 있다는 사실은 짚어둘 필요가 있다. 아내의 냉소가 아닌 남편의 냉소가 아내를 또 다시 냉소하고 있다는 사실은 이 소설을 흥미로운 양상으로 몰아간다.

소설에서 두 개의 냉소가 가능한 것은 아내가 아닌 남편을 화자로 설정한 데 있다. 한 남자와 평생을 살지 않겠다는 아내는 냉소의 주체가 되지 못하고, 남편의 시선에 의해 관찰당하는 대상으로 존재한다. 평범한 남편의 시선으로 볼 때, 도발적인 아내의 주장은 왜곡되거나 그 진정성이 은폐되기 마련이다. 남편의 시선을 극단적으로 밀고가면, 아내는 질서를 파괴하는 반인륜적인 과대망상, 배수의 진이 없는 무모한 탈주, 아니면 비현실적인 판타지의 실천가이다. 여기서 남편을 화자로 선택한 이유는 분명해진다. 남편을 화자로 택하면서 소설은 아내의 주장이 얼마나 허황된 것인가를 파헤치느라 분주하다. 아내의 주장이 가지는 의미는 철저하게 이렇게 남편에 의해 은폐된다.

사실 아내의 주장이 전적으로 진보적이며 옳다고 말하기는 어렵다. 그러나 아내의 주장의 타당성 여부는 논외로 하더라도, 아내의 문제 제기가 의의를 가지는 것만은 분명한 사실이다. 지금이야말로 절대적 사랑의 시효가 만료되어 가고 있는 현실을 환기함과 동시에 소유욕과 독점적 연애, 배타적 결혼관이 인간의 행복을 얼마나 억압하는가를 반성하기에 매우 적절한 시점이기 때문이다. 그러나 남성 화자는 절대적 신화가 되어버린 현대의 결혼제도에 대한 반성을 은폐해 버린다. 소설이 아내의 연애를 불륜이라는 익숙한 채널로 몰아가지 않는 이유는 여기에 있다. 아내의 연애에 초점을 맞추는 한, 스스로 갱신을 거부하는 일부일처제에 대한 반성과 검토를 하지 않을 도리가 없기 때문이다.

축구라는 매체를 적극적으로 도입한 것도 이러한 은폐의 연장선상에서 이해할 수 있다. 소설에서 사랑과 인생, 그리고 축구의 교집합을 절묘하게 포착하면서 소설에 생기와 활력을 불어넣는 능력은 매우 현대적이다. 하지만 소설의 무게중심이 과도하게 축구 이야기로 기울어지는 것은 분명 중대한 결함이다. 여기서 축구는 단순히 사랑과 인생의 리얼리티를 불어넣는 수준이 아니다. 사랑과 인생이 거꾸로 축구에 이바지하는 가치의 전도현상이 발생하고 있다. 이렇게 되면 '인생의 문제는 축구

속으로 은폐' 될 수밖에 없다. 축구가 가지는 가벼움, 유희성이 결혼의 문제를 압도하면서 진지성은 휘발된다. 무엇보다 축구의 본질인 경쟁의 원칙이 남녀 사이를 규정하면서 소설의 유희성은 극단화한다. 새로운 남자의 존재를 알게 되면서부터 남편은 "나로 말하자면 실패한 키커인 것이다" 혹은 "승리는 내 것이 아니다"를 반복하면서 남편은 패자의 논리에 따라 움직인다. 그러나 남편이 피해자로서의 참담함을 과장할수록 아내는 옹색해지고, 따라서 남성 가부장제를 구축하는 논리는 소설 전반을 장악하게 되는 것이다. 다시 말해서 『아내가 결혼했다』는 축구를 매개로 한 남성 화자의 냉소적 진술을 통해 여성의 주장을 무력화시키려는 '가부장적 담론이 은폐' 되어 있는 것이다.

『핑퐁』 역시 냉소와 은폐라는 점에서 만만치 않은 작품이다. 인류의 운명을 건 탁구게임이라는 발상에서부터 이미 심상치 않다. 이 작품은 인류가 존엄하다는 이성적 판단이 얼마나 잘못된 것인지 냉소적으로 보여준다. 인류에게 전도유망한 미래는 단연코 없으며, 이미 "방사능", 폭력, 질병 등 미래를 삐걱거리게 하는 온갖 재앙의 조짐들이 도처에서 인류의 미래에 대한 의구심을 키우게 하고 있다. "인류를 언인스톨할 것인가" 하는 최악의 상황은 언제나 염두에 있으며, 이는 단지 일어나기만 하면 된다.

그런데 이러한 냉소는 핑퐁이라는 교란장치에 걸려들면서 그 선명성을 상실한다. 사실 "인류를 유지할 것인가, 언인스톨할 것인가" 하는 거대담론을 오로지 "핑퐁"이라는 게임으로 떠받치기에 핑퐁이 포함하고 있는 의미 기반이 너무도 약하다. 인류의 존재론에 대한 알레고리로 장치되고 있는 탁구와 주류세계의 변방에서 무차별적으로 주워 모은 B급 정보들이 서로 충돌하면서 핑퐁이 담지해야 할 의미가 사방으로 흩어지고 만다. 물론 이러한 장치는 작가의 의도적인 전략이며, 이를 통해 작가가 문학판의 주류로 부상하는 가장 중요한 발판이 되고 있음은 모두가 아는 사실이다.

그러나 문제는 현실의 치부를 대중문화의 외피로 낯설게 보여주면서 나름의 성취를 보여주고는 있지만, 혼란스런 문학적 외피가 인간의 '존재론적 사유를 은폐' 한다는 데 있다. 인간이 "탁구를 통해 심판을 받"고, "인류가 언인스톨되고, 오랜 시간에 걸쳐 생태계는 다시 무(無)로 돌아"가는 판타지를 전개하는 과정에서 소설은 탁구의 비중을 지나치게 부풀려 삶의 존재에 관한 사유를 뒷전으로 밀어버린다. 그렇게 되면 탁구 이야기 그 자체만으로 자족하는 수가 있다. 이미 한물간 그래서 아무도 관심을 두지 않는 "핑"과 "퐁"의 지루한 랠리는 단지 과도한 음성학적 향연에 청각만 마비될 뿐이다. 이러는 과정에서 인류를 놓고 연출되는 희화화된 서사에서 정작 강조되어야 할 존재에 대한 사유 의지는 거세되어 있다. 더구나 탁구가 헨리혜성, 낙지, 왕따, 쿨앤더갱 등 외곽지대의 문화들과 함께 어색하게 병치되면서 작품을 구조적으로 유기화하는 틀로서 사용되지도 못하고 있다.[5]

대체로 저속한 것, 격리된 것, 기괴한 것을 병치시키거나 거리로 들고 나가는 것은 전복을 의미해 왔다. 과거의 히피처럼 하층계급이 지극히 주관적인 감정, 육체, 사물을 새로운 저항의 도구로 발굴하여 건강한 문화 혁명을 이루어낸 사례를 우리는 알고 있다. 그러나 『핑퐁』의 병치된 B급 문화는 현대의 히피가 되지 못하고 있다. 문학을 기성문화의 특이한 장난감으로 혹은 퍼포먼스로 전락시키면서 철학으로 가는 길을 은폐하고 있는 것이다. 냉소가 성공적이 되기 위해서는 냉소주의자의 시선

---

5 우찬제 외, 좌담, 「문학의 종언을 연기(延期)하는 연기(演技)들」, 『문학과사회』, 2006년 겨울, 395쪽 참조.

이 반성적으로 굴절되어 있어야 한다. 비딱하게 보되 반성의 태도를 잃어버리다 보면 세계의 치부를 드러내기보다는 오히려 은폐한다. 『핑퐁』에서 과다한 알레고리, 과다한 혼종장치가 득세를 하는 것은 이러한 히피의 정신, 즉 반성적 태도를 상실하고 있기 때문이다.

세 작품에서 드러난 냉소와 그에 따른 은폐의 전략은 이성중심주의의 종언에 대한 징후로 읽힌다. 『타잔』, 『핑퐁』, 『아내가 결혼했다』에서처럼 사랑과 철학의 무의미함, 그리고 유토피아의 부재에 대한 확신들이 존재한다면 이성에 대한 신뢰를 상실한 자들에게 남는 것은 냉소밖에 없다. 하지만 이성에 대한 가치는 여전히 높게 매겨져 있고, 따라서 자신을 직설적으로 드러내지 못하고 여러 다른 형태로 은폐되어 나타날 수밖에 없는 것이 『아내가 결혼했다』와 『핑퐁』에 나타난 냉소의 전략이다. 두 작품은 각각 축구와 탁구로 문제의 시선을 돌림으로써 문제의 본질을 희석시키고 있는 것이다. 비판 정신을 상실한 세 작품의 냉소는 이러한 은폐의 정신과 맞닿아 있는 것이다.

4. 스러지는 냉소, 질서의 재구성

냉소가 문제의식을 감춘다면, 이는 기성 체제에 대한 긍정으로 귀결될 수밖에 없다. 냉소가 은폐의 기술을 중시한다 해서 이들이 국외자라고 생각하면 큰 오산이다. 냉소주의자들은 은폐된 공간에서 심술궂은 눈초리로 현실을 쏘아보면서도 결코 현실을 떠나지 않는다. 다만 냉소주의자들은 황급히 군중 속으로 잠적하고 말기 때문에 겉으로 드러나지 않을 뿐이다. 그래서 냉소주의자는 국외자가 될 수 없다.[6] 마찬가지로 『아내가 결혼했다』, 『핑퐁』, 『타잔』의 인물들이 냉소의 방어벽 속에 자신을 감춘다 하더라도 그 목적은 기존 질서의 파괴에 있지 않다. 이들은 특이한 방식으로 '기존의 질서를 재구성' 하는 것이다.

그런 점에서 『아내가 결혼했다』의 혼란의 주역이었던 사랑이 체제 긍정의 도구라는 점은 매우 아이러니하다. 현대에서 수많은 남녀들이 사랑이라는 마술적 단어에 희망을 걸고 있으나, 그 희망의 방식과 내용은 수없이 다양하며 넓은 범위에 걸쳐 있다. 사랑에 관한 한, 현대인들은 개인이 되라는 압력과 공동체가 되라는 압력을 동시에 받고 있다. 공동체적 결속이라는 남편의 결혼과 개인의 자유를 극단적으로 실험하려는 아내의 결혼이 충돌하는 양상을 통해 『아내가 결혼했다』는 이 시대 사랑이 얼마나 공존할 수 없는 가치들이 함께 각축을 벌이고 있는지를 말해준다.

그런데 『아내가 결혼했다』의 미덕은 이렇게 서로 다른 결혼과 사랑이 충돌하는 양상을 단순히 두 남녀의 사랑싸움으로 넘겨버리지 않는데 있다. 소설은 두 개의 결혼을 나란히 세워놓고 전통적인 결혼의 유효성을 검증받고자 한다. 물론 이러한 미덕이 가장 선명하게 드러나는 부분은 소설의 전반부다. 물론 "당신하고의 결혼 생활을 유지하고 싶어. 그리고 그 사람하고도 결혼하고 싶어"라는 아내의 주장이 깊이 있는 사유와 성찰을 거친 것도 아니며, 정교한 이론적 근거로 뒷받침되지 못하다는 한계는 분명하다. 하지만 비록 거침없이 내뱉는 사랑의 담론이라 할지라도, 아내의 주장은 사랑을 그 어떤 추상적 가치로 환원하는 입장과는 분명하게 선을 긋고 있다. 사랑의 신화를 정교화하여 시대의 정신적 타락을 사랑의 신화로 메우려는 근본주의자들에 비하면 아내의 주장

6 페터 슬로터다이크, 앞의 책, 46~47쪽.

은 도발적인 만큼 순수하고 진보적인 것이라 할 수 있다.

하지만 아쉽게도 『아내가 결혼했다』에서 이러한 미덕은 여기까지다. 소설은 후반부로 갈수록 아내의 도발성을 끝까지 밀어붙이지 못하고 익숙한 남편의 사랑방식으로 후퇴하고 만다. 아이를 낳은 이후 "딸아이가 없는 삶이란 상상할 수 없"는 가족공동체적인 사랑으로 변모하게 된다. 전통적인 어느 가정에서나 그렇듯 자녀의 출산은 남녀 간의 개인적 사랑이 공동체적 결속으로 이행해가는 전환점을 이룬다. 딸 지원이가 등장하면서 아내는 비독점적 다자연애를 목청껏 외치던 천방지축의 도발성을 스스로 포기한다. 통상적인 규칙을 넘어서는 "가족 구성원이 중요한 게 아니라 얼마나 화목한지가 중요하다"는 변화의 중심에는 딸 지원이가 있다. 여기에서 소설은 문제의식을 지탱할 내공이 부족한 것인지, 도발적인 서사를 포기하고 상투성의 영역으로 회귀한다. 아이에 대한 숭고한 사랑이라는 명분으로 전반부에서 쾌속질주하던 결혼에 관한 솔직하고도 대담한 판타지를 슬그머니 포기해 버리는 것이다.

이제 사랑은 더 이상 해방의 기제가 아니다. 아내가 딸 지원이의 사랑에 빠져있는 한, 아내는 사랑에 대한 근본주의로 돌아가 체제가 규정한 봉건적 성역할에 만족해야 한다. 역사적으로 어느 제도권이든 체제 유지를 위해서 사랑에 높은 희망을 부과해왔다. 끊임없이 존재의 안전을 위협해오는 위험의 시대일수록 사랑은 가장 확실한 안전핀이라는 논리가 신화처럼 남용되어 왔다. 아내 역시 딸 지원이의 출현으로 가족의 사랑이야말로 남녀 간의 사랑을 치료하는 특효약이라는 자본주의 가부장제의 신화를 승인하게 된다. 여기에서 왜 사랑해야 하는지를 묻는다면 그것은 시대의 공동선을 거스르는 반역행위처럼 인식된다. 따라서 『아내가 결혼했다』에서 이제 사랑 속에 내재되어 있는 새로운 개인의 개념을 논하는 것은 더 이상 유효하지 않다. 사랑이 윤리라는 절대명제, 혹은 우리라는 공동선과 동의어로 인식되는 한, 사랑은 더 이상 개인의 휴대품이 아니라 집단적 갈등의 완충지대로 만족해야 할 터이다.

『타잔』에서 체제 긍정의 모습은 주로 자기망상의 형태로 드러난다. 평범한 삶조차도 허용되지 않는 인물들은 한결같이 외롭고 슬픈 현대인들이다. 「집 없는 고양이는 어디로 갔을까」에서 수차례에 걸친 유산과 인공 수정 실패로 지쳐버린 수지는 언제나 "마음속 깊은 곳 어딘가에서 나오는, 우어어, 하고 아우성치는 소리"를 들어야 한다. 불임으로 황폐해질 대로 황폐해진 수지는 아이를 향한 망상적 집착에 이르게 되면서 주변의 모든 것을 아이와 관련지어 자의적으로 해석하고 재배치한다. 집 없는 고양이를 자신의 아이로 오인하여 백일잔치를 준비하거나, 자신의 정신병을 치료할 간호사를 파출부로 합리화한다. 자신의 정신착란을 근심하는 남편을 보고 오히려 수지는 남편의 정신이 "이상해지고 있다고 느끼"고 싶어 한다. 이때 소설은 의도적으로 수지의 정신착란을 남편이 아닌 수지의 입장에서 그리고 있다. 수지의 혼란한 내면은 수지의 직접 진술로, 정상인인 남편은 대사를 통한 간접 진술로 보여준다. 영문 모르고 수지의 진술에 의지하다 보면 정상인인 남편의 객관적인 대사와 충돌하면서 그제서야 수지의 망상에 걸려들었음을 깨닫게 된다. 고도의 테크닉을 요하는 냉소이다. 수지는 자신이 자신을 속이고 있다는 사실을 알고 있다. 그러나 자기기만이라도 하지 않으면 살 수 없는 현실에서 이렇게 자기를 향한 냉소는 살아가기 위한 필요불가결의 도구이다. 결국 독자는 수지로부터 배신당했음을 느끼고 거꾸로 이러한 수지를 냉소하게 된다.

그러나 사실 모든 것은 수지의 탓이 아니다. 양공주와 미군병사 사이에서 태어난 "튀기", "주소도 이름도 알지 못하"는 아무런 정체성도 갖지 못한 것은 수지의 책임이 아니다. 순정을 유린당하고 미군으로부터 버림받은 양공주 역시 자신의 탓이 아니었다. 「세라」에서도 마찬가지다. 정미가 세라의 죽음을 방조한 것은 불행한 상황이 정미를 불러들인 것이지 정미가 강조한 것은 아니다. 「그가 사랑한 나이아가라」, 「타잔」, 「속삭임, 속삭임」도 상황은 마찬가지다. 그럼에도 불구하고 『타잔』은 화자를 신뢰받지 못할 존재로 설정하게 되면 체제의 무능으로부터 오는 불행을 개인에게 들씌워 오히려 '부조리한 현실을 옹호하고 정당화' 하려는 결과로 귀착된다. 냉소는 우리가 주장하고 추구하는 모든 것이 궁극적으로는 아무런 의미가 없다는 것을 알면서도, 그것을 승인하고 추구한다.[7] 그런 점에서 냉소주의는 철저하게 힘의 논리에 가담한다. 정미의 불행, 수지의 불행이 아무리 현실의 구조적 부조리에서 유래한 것이라 하더라도 힘의 논리에서 열세인 자의 주장은 수용되지 못한다. 이렇게 보면 자본주의의 위력에 감염되고, 자본의 논리에 계몽되어 버린 『타잔』의 냉소는 마력을 상실했다고 할 수 있다.

아방가르드적 정신의 후예답게 냉소 충동을 극단화함으로써 모든 권위를 부정하던 『핑퐁』이 결말을 처리하는 방식은 당황스럽기 그지없다. 당황스럽다는 것은 결코 목소리를 높이지 않으면서도 냉소적으로 기성 체제의 허를 찌르던 주제 의식이 눈에 띄게 약화되고 있다는 것이다. 소설에 두드러지고 있는 판타지의 남용, 잦은 쉼표의 활용, 활자체의 변형, 작가가 직접 그린 독특한 삽화가 현란하다고 해서 『핑퐁』이 문제적인 것은 아니다. 오히려 황당하고 상식을 초월하는 현란한 문체와 소설 구성은 주제의식의 약화로 보여주는 단서가 된다. 전복적인 형식에 들어맞는 전복적인 해답을 찾는 것이 몹시도 두려운 듯 『핑퐁』은 명확한 결론

7 페터 슬로터다이크, 앞의 책, 7쪽.

을 얼버무리거나 서둘러 다른 이야기로 방향을 튼다. “그래서? 그게 끝이야”, 그리고 “그래서, 지구는 그 후로 괜찮았던 거야? / 그건 모르겠어. 이야기는 거기서 끝이거든” 처럼 소설은 선명한 결론을 내리는 것을 몹시도 망설인다. “문제는 왜, 우리가 살아왔으며… 사라진다면 왜, 사라져야 하는 것인가. 핑퐁이 시작된 이유는 무엇인가”라는 질문에 세끄라탱은 “더 이상 해답을 줄 수 없”다고 말한다. 결론을 유보한다. 결론을 포기하는 것이다.

결론없이 상황만이 난무하는 가운데, 여기에 존재론적 위험에 처한 자의 절박성은 드러날 수 없다. 이야기 사이를 파고드는 “에애애에 애에애애에에애. 예?”라는 동물적 웅웅거림은 지구의 위기를 폭로하는 것이 아니라, 오히려 지구의 재앙을 무책임하게 방기하는 자의 모습이다. 세계의 98%가 물들어 있는 속물근성과 허위의식이 비록 도덕적으로 의심스러운 처지에 놓일지라도 이 동물적인 웅웅거림은 잘못된 기존 질서를 외면하면서 궁극적으로 ‘기성질서를 옹호’ 한다. 따라서 “다들 잘하고 있습니까?”라며 “세계는. 지구는 정말 잘 돌아가고 있으며 그래서 은하계에서 언인스톨할 필요는 없느냐”는 질문을 반역과 갱신을 위한 전제로 읽었다간 당황하기 십상이다.

인류의 “언인스톨”을 실행한 이후 지구상에 남은 마지막 인류는 남자인 못과 모아이뿐이다. 이제 지구는 더 이상 출산을 할 수 없는 불임의 공간이 될 것이며, 마지막 인류가 수명을 다하는 순간 지구의 모든 도시와 문명은 소멸될 운명에 처한다. 그런데 이렇게 어두운 인류의 회색빛 미래의 마지막 인류가 된 못과 모아이가 가고자 하는 곳은 아니러니하게도 “학교”이다. 치수로부터 구타가 자행된 곳, 다수인 척 연기를 하며 제도권의 습성을 익혀야 하는 곳이 학교다. 따라서 주인공이 다시 학교로 돌아간다는 것은 『핑퐁』이 과거의 부패한 모든 체제와 문명을 포기하지 않겠다는 것을 말해준다. '체제를 비판하는 방식으로 긍정' 하자는 것이다. 체제를 비판하면서도 체제가 그대로 잔존하기를 바라는 것은 인류의 언인스톨이 제스츄어 그 이상도 이하도 아님을 말해준다. 이들의 모든 노력이 냉소에 근거하는 한, '사회에 통합된 반사회적 일탈자'라는 냉소의 특징은 결국 체제 긍정으로 이어질 수밖에 없다.

『핑퐁』, 『아내가 결혼했다』, 『타잔』에서 참신한 문제의식이 진부하게 처리되는 이유는 바로 세 작가의 '반성 없는 냉소' 때문이다. 이는 냉소를 끌고 갈 견고한 내면이 마련되지 않았다는 뜻이기도 하다. 탁구와 축구에 의존하는 『핑퐁』과 『아내가 결혼했다』에는 작품을 끝까지 밀고 나갈 수 있는 철학적 내공이 없다. 이들의 사유가 정당성과 명료성을 얻기 위해서는 이들의 냉소는 끝까지 체제 밖에서 '자성적 사유' 를 감행해야 할 필요가 있다. 그러나 아쉽게도 세 작품의 냉소는 『아내가 결혼했다』와 『핑퐁』처럼 단지 형식미학에 머무르고 말았거나, 아니면 『타잔』에서 보는 바와 같이 체제를 향한 열정이 반어적으로 발현된 것 불과하게 되었다. 결국 세 작품의 냉소는 체제가 인간 삶을 강압하는 시대, '저항을 잃어버린 시대의 산물'이라 할 수 있다.

5. 구부러진 길 위의 냉소

위험의 시대가 되었다. 냉소의 시대가 된 것이다. 그러나 이 부정의 시대 속에서도 우리는 살아가야 한다는 엄청난 강박에 사로잡혀 있다. 자본주의의 인간은 피투성이가 된 채로 해방을 꿈꾸지 않는다. 해방보다 살아있다는 것이 훨씬 소중하며, 살아있되 자본의 욕망에 길들여지는 것이 이들을 움직이는 원리이다. 이들은 모든 위험과 모든 부정적 냉소를 기꺼이 감수하려 한다.

그런 점에서 박현욱의 『아내가 결혼했다』, 김윤영의 『타잔』, 박민규의 『핑퐁』은 철저하게 부정의 미학에 근거하고 있다. 세 작품이 그리는 미래는 그리 밝지 않다. 인류의 멸종을 염두에 두어야 하는 박민규의 『핑퐁』과 무모한 도전으로 가족제도를 붕괴 직전으로까지 몰고 간 『아내가 결혼했다』가 그렇다. 표준적인 삶으로부터 배제되어 고통을 겪는 김윤영의 『타잔』 역시 여기서 자유롭지 못하다. 세 작품은 냉소라는 부정한 방식으로 위험한 시대에 적응하고 있는 것이다.

부정에 부정으로 응답하는 이러한 '부정의 활황' 속에서 자본주의 인간들은 자신을 들여다보는 여유를 잃어버리고 만다. 위험은 미래를 예비하는 긍정의 미학이 되지 못하고, 냉소가 명료한 사유에 이르지 못할 때 우울은 자본주의의 불치병이 될 수 있다. 몽상가이면서 현실주의자이고, 또 한쪽에서는 양심의 가책에서 자유롭고 다른 곳에서는 모든 제도로부터 구속되어 있는 세 작가의 냉소는 위험시대에 대한 진정한 대안이 되지 못하고 있다. 이것은 비단 세 작가만의 문제가 아니다. 냉소가 위험에 봉사하는 것은 자본주의시대 전체의 병통인 것이다.

위험과 냉소는 같은 길을 걸어서는 안 된다. 신은 비뚤비뚤한 선 위에도 똑바로 글을 쓴다고 한다. 구부러진 길 위에서도 냉소는 직설적인 비판의 소리를 터트려야 한다. 위험을 유포하는 자본주의 사회를 비판하는 '자성적 담론'으로서의 힘을 가지고 있어야 건강한 냉소다. 그 어떤 대항마저도 자신의 영역으로 포섭해 자신을 살찌우는 자본주의에 빨려들지 않으려는 최소한의 자각을 가지고 있을 때, 그 자본주의에는 희망이 있다. 따라서 냉소가 자본주의 위험의 시대에 포즈로 전락하지 않기 위해서는 세상을 통찰하는 날카로운 시선을 포기해서는 안 된다. 그렇지 않고 냉소가 포즈로 머무르는 한, 냉소는 구색을 맞추기 위한 형식적인 저항담론으로 전락할지도 모른다. 그런 점에서 냉소를 곧 버려질 자본주의의 너저분한 쓰레기 신세로 만들고 있지는 않는지 세 작가에게 물어볼 필요가 있다.

김경연[1]

아버지 혹은 가족을 사유하는 세 가지 방식

– 김애란, 김숨, 윤성희의 소설

1. 여성문학, 아버지를 횡단하는 모험

여성문학이라는 명명이 있다. 짝말이 부재하는 이 불안정하고 모호한 단어는 90년대 이후, 여류문학이라는 전통적인 단어를 폐기하고 새로운 보통명사가 되었다. 여기(女氣) 넘치는 여자들의 '여기(餘技) 문학' 혹은 '여가(餘暇) 문학' 이라는 여류문학의 부정적 함의를 지우고 여성문학이라는 새로운 조어를 출현시킨 주인공은 단연 90년대 여성 작가들이었다. '여류' 에 안주하던 선배 여성 작가들을 향해 과감히 '우린, 엄마처럼 살지않겠다' 고 선언한 이 당돌한 딸들은 성난 얼굴로 지난 시대를 돌아보기 시작했다. 소금 기둥이 될 위험을 무릅쓰고 돌아본 그 역

1 부산대 · 부경대 강사. 계간 『오늘의문예비평』 편집위원. 논문에 〈최명익 소설의 식민지적 근대성 비판 양상 연구〉, 〈「장한몽」의 대중성 고찰〉, 〈주변부 여성 서사에 관한 고찰〉, 〈이광수와 루쉰의 비교문학적 고찰〉 등. 공저에 『황진이, 살아있는 신화』(대훈서적, 2006)

사 속에서 발견한 것은 그들이 배제되었다는 사실. 역사의 중심부에서 80년대를 치열하게 살았다고 자부했던 그들은 민족 · 민주 · 민중의 삼민(三民)을 외치던 자신들의 아버지, 남편, 혹은 연인들의 주변에 존재한 단지 '여류들'에 불과했음을 발견한다. 그러므로 단단한 모든 것이 녹아내리는 90년대라 해도 그들은 그다지 애도할 것이 없다. '동지'인 줄 알았으나 사실은 '주인'이었던 남성들이 연대와 열광의 80년대를 향수하고, 이념의 부재나 목표의 상실에 절망할 때에도, 역사의 외부였음을 자각한 여류들은 경험하지 못한 역사나 공유하지 못한 이념의 상실에 절망할 이유가 없었다.

애도하지 않고 절망하지 않는 90년대 여성작가들은 남성들의 역사를 자신의 역사로 오인했던 '여류적' 환상을 가로질러, 그들의 법적보호자인 아버지 · 남편의 구획하고 배제하고 합법화하고 정상화하려는 단성적인 목소리를 비틀고 저주하고 불경스럽게 도발하면서 '여성들'의 다중적 목소리를 내기 시작했다. 그들은 외딴방에 묻어 두었던 상처를 고백했고, 염소를 몰고 자신들을 유폐시켰던 집을 떠나갔으며, 낯선 남자를 내실로 유인해 불륜함으로써 기꺼이 남편의 집을 더럽혔다. 가부장제 이데올로기에 갇히지 않는 적극적인 모성성을 기획하기도 하고, 위악과 냉소를 연출하면서 가장 메마른 여성이 되기를 두려워하지 않았다. "딸의 생에 대한 진정한 자각이 없는 세상의 모든 아버지"[2]를 양부(養父)로 규정하고, 양부들의 강퍅한 질서를 위반하고 나온 90년대의 이성난 자궁들은 지긋지긋한 남성들의 역사, 그 텅 빈 거대 서사의 주변에 머물기를 거절한 채 진정한 '제자리'를 찾아 떠돌았다.

그러나 이들이 떠돌다 귀착한 곳은 자신의 내면. 거대 서사를 부정하

---

2 전경린, 『난 유리로 만든 배를 타고 낯선 바다를 떠도네』2, 생각의나무, 2001, 204쪽.

고 미시적 일상과 내면으로의 전략적 침잠을 감행했던 여성작가들은 바로 그 내면에 종종 나포되었다. '주체-이기'를 향한 그들의 열정은 남성중심적 영토에 균열을 가하고 또 하나의 주체임을 화려하게 선언하도록 하였으나, 그 열정이 강박으로 변질되기 시작하자 여성문학 특유의 복화술과 다성성은 탈각되고 그들의 문학은 "내면=사적=여성"[3]이라는 권태로운 단일성으로 포획되었다. 타인이 배제된 진공의 내면 속에 재영토화된 그들은 자신들이 위반했던 양부의 공손한 딸, 남편의 착한 여자, 타고난 모성에 투항한 어머니로 퇴행했다.

2000년대 여성작가들은 90년대 여성문학의 이 정체(停滯)를 심문하면서 등장한다. 다시 '우린, 엄마처럼 살지 않을 거야'를 외치는 이 전복적인 딸들은 여성이라는 생물학적 성에 구속되거나 굳이 여성작가라는 분류에 갇히기를 거부한다. 모든 여성을 단일하게 포괄할 수 있는 여성성을 의심하는 그들은 "육식성의 미학과 야생의 여성성"[4]을 현시하고, 상징계적 질서로 편입하지 않는, 남성도 여성도 아닌 만년 소년과 소녀들을 부려놓으면서, 분자적인 성, 복수적인 정체성을 실험하고 있는 중이다. 이러한 여성 작가들의 문학에 '여성문학'이라는 명명은 여전히 유효한 것인가. 모든 이분법적 경계를 훌쩍 월경하여 다양하게 배치하고 실험하는 2000년대 여성작가들의 문학적 모색을 통해서 별다른 합의나 반성 없이 통용된 여성문학이라는 명명을 다시 고민하게 된다.

여성문학이란 도대체 무엇인가. 여성작가가 쓴 문학인가, 여성의 문제를 다룬 문학인가, 그렇지 않으면 둘 다를 포괄하는 것인가. 여성의 고유한 글쓰기가 무엇인가라는 질문에 버지니아 울프는 "여성으로 쓴다는

3 심진경, 「새로운 여성성의 미학을 찾아서」, 《문예중앙》, 2005년 겨울, 33쪽.
4 이광호, 「혼종적 글쓰기 혹은 무중력 공간의 탄생」, 《문학과사회》, 2005년 여름, 166쪽.

생각만으로도 소름이 끼친다"고 대답한 적이 있다. 들뢰즈는 이 일화를 언급하면서 생성을 모색하는 모든 작가들은 여성-되기를 경유해야만 한다고 주장한다.[5] 그가 말하는 여성이란 생물학적 성에 입각한 여성이 아니며, 권력화된 다수성을 횡단하는 적극적인 힘이고 생성의 능동적 매체로 기능할 수 있는 소수성의 표지이다. 여성으로 태어났기에 단지 여성은 아니라는 이 혁명적인 선언. 여성-되기는 모든 생성의 출발점이며, 그러므로 남성도 여성이 될 수 있고 여성도 여성-되기를 해야만 여성이 된다. 버지니아 울프는 여성으로 글을 쓴 것이 아니라 글을 쓰면서 여성으로 거듭난 것이다. 그렇다면 이제 다시 여성문학이란 무엇인가를 자문한다. 작가의 성이나 소재의 차원보다 더 본질적인 여성문학의 조건은 '여성-되기'여야 하지 않을까. 이런 측면에서 90년대 여성문학뿐만 아니라 2000년대의 여성문학 역시 새롭게 재검해야 할 것이다.

2000년대 여성작가들의 문학은 과연 여성-되기를 제대로 실현하고 있는가. 희한한 별종을 상품화하고 인디라는 레벨을 단 주류를 기획하고 새로움이 새로움을 먹어치우는 게걸스러운 자본의 욕망에 나포되지 않고, 새로운 여성문학은 다수성을 횡단하는 불온한 모험을 제대로 전개할 수 있을 것인가. 이 물음을 고민하는 지점에서 우리는 세 명의 신예 여성작가를 만난다. 김애란, 윤성희, 김숨이다. 2000년대 이후 등단해 한두 권의 작품집을 낸 이들 여성작가들의 소설에는 공교롭게도 가족과 아버지의 존재가 도드라져 있다. 아버지와의 싸움에 신물난 지난 시대 작가들이 "이젠 제 아버지가 누군지도 몰라들 하는데 어떻게 아빠를 죽이겠느냐"(백민석, 『16믿거나말거나박물지』)고 주문 같은 고백을 한 이후, 한동안 사라지는 듯했던 아버지는 돌연 이들 여성작가들의 소설

5 질 들뢰즈 · 펠릭스 가타리, 김재인 옮김, 『천 개의 고원』, 새물결, 2001, 523~525쪽 참조.

속으로 귀환했다. 그들은 개의 목을 사정없이 감나무에 매다는 개 잡는 사람이기도 하고(김숨), "네 개의 둔중한 바퀴가 달린 사과 궤짝만한 가방"[6]을 들고 사막으로부터 돌아온 백치들이기도 하며(김숨), 분홍색 야광 반바지를 입고 스핑크스 발등을 돌고 엠파이어스테이트빌딩을 거쳐 과다라마산맥을 넘어온 이들이기도 하다(김애란). 그들 중 누군가는 매우 낯익기도 하지만 더 많은 그들은 몹시 낯설다. 이 낯섦의 정체가 무엇일까. 또한 그 강도는? 혹여 낯섦을 표절한 낯익음은 아닌지, 그렇지 않다면 진정한 기괴함일 수도 있을 것이다.

이제 아버지와 가족을 사유하는 세 여성작가들의 소설을 통해서 아버지라는 다수성을 횡단하는 그들의 모험 속으로 들어가 보자. 그리하여 다시 여성문학의 의미를 고민해 보자.

2. '헛것'을 '별것'으로 만드는 기상천외 아버지 놀이 — 김애란

김애란은 1980년생이고 지금은 2007년이다. 그러나 김애란의 소설에는 아직도 아버지의 시간이 흐르고 있다. 김애란의 텍스트 속을 달리는 아비는 어떤 인간인가. 그는 좁고 구불구불한 계단이 하늘까지 이어지는 똥고개에서 나를 낳은 사람이며(「종이물고기」), 어머니의 부풀어오르는 배를 보고 얼굴이 점점 하얘지다가 아버지가 되기 전날 집을 나간 후로 돌아오지 않은 사람이다(「달려라, 아비」). 평생 못쓰게 된 물건들을 고치느라 시력과 항문 그리고 허리가 망가졌으나 여전히 옥상 위 무허가

6 김숨, 『백치들』, 랜덤하우스, 2006, 7~8쪽. 이하 인용은 페이지 수만 표시함.

아비에 들려있는 김애란의 인물들은 성장을 멈춘 지 오래다. 그들은 만년 소년, 소녀들이다. 게다가 이 아이들은 착하고 유쾌하기까지 하다. 착하고 유쾌한 아이들은 아비의 치부를 응시하는 나쁘고 섬뜩한 아이들과는 절대 어울리지 않는다. 허나, 이 착한 아이들의 세계는 어쩐지 권태롭다.

컨테이너박스 안에서 살고 있는 사람이며(「스카이 콩콩」), 『세계의 불가사의』를 내 옆구리에 끼워주고 간 후 내가 그 책을 다 읽도록 끝끝내 나타나지 않은 사람이다(「사랑의 인사」). 매초 삼백만 개의 점이 쏟아지는 화면은 주시하면서 딸이 잠 못 드는 단 한 가지 사실은 알아차리지 못하는 사람(「그녀가 잠못드는 이유가 있다」), 오직 내 앞에서 사라져가는 일에만 충실한 사람이다(「사랑의 인사」).

그런데 이 "사소하고, 하찮고, 잊혀졌고, 지나간 것들"[7]인 아버지가, 나타났다 사라진 혹은 사라졌다 나타나는 네스호의 괴물 네시처럼 김애란의 인물들과 작가의 덜미를 덥석 잡고 있다. 이것이 김애란을 포함한 나와 그, 그녀가 잠못드는 이유일 것이고, 그 불면의 밤을 고스란히 세워 작가가 소설을 쓰는 이유인지도 모르겠다. 말하자면 아버지라는 과거에

7 김애란, 「그녀가 잠못 드는 이유가 있다」, 『달려라, 아비』, 창비, 2005, 107쪽. 이하 인용은 소설 제목과 페이지 수만 표시.

단체로 붙들려있는 셈인데, 이들의 불면을 청산하기 위해서는 이 징한 아비에 대한 기억을 적당히 망각하는 것이 최선의 방법일지도 모른다. 그러나 김애란의 이 무책임하고 무능한 아버지들은 망각되기는커녕 거의 네시에 육박하는 괴물성으로 인물들의 잠자리를 지겹도록 어지럽히고 있다.

김애란의 인물들에게 아버지는 항상 최초의 상처이자 여전히 치유되지 않은 상처이다. 그들은 "못난 사람보다는 나쁜 사람이 되겠다고 결심한"(「달려아, 아비」, 11쪽) 이후 스스로 가족을 절단하고 달아났던 자들이다. 이들에 대한 온전한 기억이라고는 "아버지가 아버지였다는 사실"(「사랑의 인사」, 156쪽)뿐. 그럼에도 김애란의 인물들은 이 불량 아비들을 편리하게 절단하지 못한다. 작가는 인물들의 입을 빌려 이 아비들이 어떤 인간인가를 매번 정의하려 하지만 그들은 좀처럼 규정되지 않는다. 사라졌다 나타나고 망각되었다가 다시 기억되는 그들은 부재도 현존도 아닌 마치 유령 같은 존재들이다. 이 유령 아비들을 작가는 '괴물' 이라고 명명한다.

그런데 괴물과 등치시킨 이 아비의 존재가 영 의심스럽다. 괴물이란 정의되지 않으므로 끔찍하고 공포스러우며 또한 정의되지 않기 때문에 불가해한 존재이며 숭고한 대상일 수 있다. 김애란의 괴물 아비들 역시 끔찍하고 공포스러운 존재로 사라졌으나 매번 숭고한 존재로 다시 돌아온다. 처음은 초라했으나 이들의 끝이 이토록으로 창대할 수 있는 이유는 아비로부터 버림받은 김애란의 아이들이 아버지를 애도하는데 끝내 실패했기 때문이다. 자신이 이미 상실한 것과 결별하지 못하는 그들은 내겐 아버지가 없다고 말하는 대신 아버지는 "여기 없다는 것뿐이다. 아버지는 계속 뛰고 계신다"(「달려라 아비」, 15쪽) 라고 상상하거나 또는 다음과 같이 믿는 것이다.

순간 나는 한 가지 중요한 사실을 깨달았다. 그것은 '나는 버림받았다'는 사실이 아니었다. 그것은 단순하고 모호한 문장, 먼 곳에서 수백년 전 출발해 이제 막 내 고막 안에 도착하는 휘파람 소리, '아빠가 사라졌다'는 말이었다. 정말이지 아버지는 실종된 것이 틀림없었다. 그렇지 않고서야 이렇게, 이런 곳에, 이런 식으로 나를 버릴 리 없었다.

—「사랑의 인사」, 145~146쪽

나를 버린 아버지를 사라진 아버지로 상상하는 일은 김애란의 인물들에게는 거의 맹목적인 믿음에 가깝다. "나는 그렇게 믿기로 했다"(「달려라 아비」, 15쪽)는 말은 매우 강력한 주문처럼 김애란의 소설을 지배한다. "사라지는 것들은 이유가 있다"(「사랑의 인사」, 144쪽)거나, "아버지가 비록 세상에서 가장 시시하고 초라한 사람이라고 할지라도—그런 사람도 다른 사람들이 아픈 것은 같이 아프고, 다른 사람들이 좋아하는 것을 같이 좋아할 수 있다"는 믿음은(「달려라 아비」, 28쪽) 착하고 건강한 것이지만, 그러나 이 시종일관 착하고 순진무구한 믿음으로 인하여 이미 텅 빈 내용물인 아버지는 다시 그럴듯한 존재로 둔갑하고, 인물들의 상처는 어설프게 봉합된다.

"후꾸오까를 지나, 보루네오섬을 건너, 그리니치 천문대를 향하고, 스핑크스 발등을 돌아, 엠파이어스테이트빌딩을 거쳐, 과다라마산맥을 넘어"(「달려라, 아비」, 28쪽) 달리고 달리느라 내게 돌아올 겨를이 없는 아비를, 혹은 거대한 성기에서 나온 불꽃들이 민들레씨처럼 밤하늘로 퍼져, 그 반짝이는 씨앗들이 고독한 우주로 방사된 나머지 멀리 스칸디나비아 반도에 사는 형제들을 있게한(「누가 해변에서 함부로 불꽃놀이를 하는가」) 위대한 아비를 상상을 넘어 믿음의 차원으로 아름답게 긍정해야만 한다면, 김애란의 아비들은 확실히 괴물이나 신화임에 틀림없다. 김애란은 "진담의 세계이며 범인(凡人)들의 세계"(「종이물고기」, 194쪽)를 이렇듯 간단히 '신화의 세계이며, 이인(異人)들의 세계' 로 바꾸어 놓는다. 그러나 1980년대 생 작가의 이 매혹적인 상상력이 만들어낸 세계는 분명 "오해의 세계"(「종이물고기」, 194쪽)이기도 하다.

그래서 감히 단언하건대, 이 젊은 작가의 상상력은 자칫 독(毒)이 될 수도 있다. 「종이물고기」에서 규칙도 순서도 없는 불완전한 문장들이 하나의 질서정연한 완결된 문장을 만들어 내는 사면 포스트잇 방은 내가 본 어떤 소설의 공간보다 아름다웠지만, 그러나 그 포스트잇들은 "그동안 벽면에서 서서히 진행되던 균열을 모두 가리고 있었다"(「종이물고기」, 218쪽). 결국 신비로운 종이물고기 방은 무너지고 포스트잇들은 바람 속으로 흩어진다. 아비를 달리게 하는 김애란의 기발한 상상력 역시 이 포스트잇과 같은 운명에 처해지지는 않을까 염려스럽다. 자폐적인 공간에 들어앉아 "세계의 소란스러움을 등지고" (「스카이 콩콩」, 65쪽) 고독하고 우아하게 세계를 상상하는 일은 멋진 것이지만, 이는 현실의 모순을 가리거나 그것과 쉽사리 타협하는 위험한 상상력이 될 수도 있다. 이런 식의 현실 초월이라면 스카이 콩콩의 도약만큼이나 빈약하고 경박한 것이 될 것이다. 작가 역시 이 사실을 모르지 않기에 다음과 같이 언급하는 것은 아닐까.

> 하지만 내가 스카이 콩콩을 타며 본 것, 혹은 느낀 것들에 대한 이야기는 잘못 되었다. 왜냐하면 스카이 콩콩은 코오오오—옹 하고 뛰어올라 코오오오—옹 하고 착지하는 것이 아니었다. 그것은 말 그대로 '콩콩' 타는 것이었다. 스카이 콩콩에 장착된 스프링의 탄력은 형편없었다. 스카이 콩콩에 오른 뒤 그 자세를 그대로 유지하려면, 정신없이 콩콩콩콩

콩콩—거려야 했다. 그리고 그 모습은 우아하지도 아름답지도 않았다. 자세를 유지하려고 버둥대는 몸짓은 경박하고 우스워 보일 정도였다.

—「스카이 콩콩」, 80쪽

'코오오오—옹' 이 아닌 '콩콩' 의 도약. 그 형편 없는 탄력에 의지해 짧은 순간 우아하고 고독하게 현실을 초월한 뒤에도 우리에게 여전히 남는 것은 전혀 우아하지도 아름답지도 않은 남루한 현실이다. 그러므로 김애란의 상상력이 '콩콩' 의 현실을 외면하고 '코오오오—옹' 의 환상으로 도피하기 위해 동원된 것이라면, 그것은 분명 허방이다.

분홍색 야광 반바지를 입고 달리는 우스꽝스러운 존재, 종일 텔레비전을 보고 또 보는 의사(擬似) 하체 상실의 비루한 인간, 공원에 아이를 버리고 사라지는 미스터리한 괴물, 술 취한 채 비틀거리며 가로등과 씨름하는 남루한 수리공 등, 아버지를 이미 '헛것' 으로, '텅 빈 기원' 으로 만들었던 작가의 상상력은 "가로등이 뭔가 슬쩍 눈감아 주는 시간" 에(「스카이 콩콩」, 79쪽) 아버지를 다시 "입맞춤을 기다리는 소년"(「달려라 아비」, 29쪽), 제대로 날아보지는 못했으나 더 오래 더 아름답게 낙하하는 존재, 내게 단 한 번 사랑의 인사를 하러 온 불가해한 사람, 진짜보다 더 아름다운 거짓말로 나를 꿈꾸게 하는 '별것' 으로 둔갑시키는 "기적" 을 행한다. 이 기적을 행하는 김애란의 상상력은 아무리 생각해도 귀엽지만, 그러나 "이젠 좀 현실을 생각"(「사랑의 인사」, 154쪽)해야 하지 않을까.

아비에 들려있는 김애란의 인물들은 성장을 멈춘 지 오래다. 그들은 만년 소년, 소녀들이다. 게다가 이 아이들은 착하고 유쾌하기까지 하다. 착하고 유쾌한 아이들은 아비의 치부를 응시하는 나쁘고 섬뜩한 아이들과는 절대 어울리지 않는다. 허나, 이 착한 아이들의 세계는 어쩐지 권태롭다. 그리고 솔직히 "지겹다는 생각이 든다"(「사랑의 인사」, 161쪽). 아버지 놀이는 이제 그만하자. 김애란의 소설에는 이미 아버지가 너무 많다. 그래서 하나도 없다.

3. 퇴행하는 아비들, 그 기괴한 역행의 징후 — 김숨

김숨의 소설은 기괴하다. 기괴함이란 익숙한 것 속에 들어있는 타자이자 이방인이며, 단일한 목소리, 단일한 실재에 대한 재현을 전복하고 균열하는 것이다. 그러므로 기괴함은 지극히 정치적이다. 김숨의 전복적 상상력은 가장 낯익은 공간인 집을 낯설고 불길한 공간으로, 따스하고 친숙한 관계인 가족을 잔혹하고 섬뜩한 관계로 역전시킨다. 이 전도가 촉발하는 기괴함은 물론 김숨의 전략일 것이며, 그 독(毒)의 전략은 투견하는 아버지로 상징되는 육식성 · 야수성 · 폭력성의 세계를 일관되게 겨냥하고 있다.

농담으로 나를 키우고 "아버지보다 더 빨리 달리기 위해"(「달려라 아비」, 20쪽) 택시기사가 된 김애란의 엄마와는 달리 김숨의 어미들은 절룩거리는 왼쪽 다리를 끌며 너무 느리게 걷거나(「느림에 대하여」), 이미 죽어 머룻빛 비석으로 남았거나(「투견」), 남편이 떠난 후 스스로를 중세의 시간에 가두거나(「중세의 시간」), 셀 수 없이 많은 접시를 닦다가 결국 집으로부터 도망친다(「유리 눈물을 흘리는 소녀」). 머룻빛, 느림, 따뜻함, 눈물 등으로 표상되는 식물성의 모성은 죽거나 떠나거나 어느 날 갑자기 증발하고 없다. 그래서 김숨 소설의 집은 죽어가는 개의 오줌과 핏물로 질척이고 개 노린내가 항상 가시지 않으며(「투견」), 자정을 넘기지 못하고 매일 밤 검은 금붕어가 죽어 물 위로 떠오르고, 유폐된 자들을 흡혈하

아비들의 '퇴행'을 통해 아비에 '역행'하는 이 기괴한 소설을 통해서 우리는 여성문학의 새로운 가능성을 확인한다. 권력적 다수성을 균열하는 김숨의 도발, 한 겁 없는 난쟁이의 불온한 모험이 시작된 것이다.

는 육식성의 박쥐들이 떼 지어 몰려다니는(「지진과 박쥐의 숲), "좁고 어둔 골목들이 미로처럼 얽혀 있는 15번지"[8]에 황폐하게 자리잡고 있다. "아무와도 놀지 않는"[9] 박제된 천재가 살았던 이상의 '33번지'를 연상시키는 김숨의 15번지는 "밤이 되면 무엇인가를 집어 던지는 소리, 아이들의 겁에 질린 울음소리, 여자의 날카로운 비명소리"로(「유리 눈물을 흘리는 소녀」, 288쪽) 낭자하다.

이 불모의, 차갑고 섬뜩한 15번지적인 공간을 지배하고 있는 것은 "개 잡는 사람이 되지 않았다면 아마도 사람 잡는 사람"(「투견」, 11쪽)이 되었을 육식성의 아버지와 그 아버지에 깊이 연루된 육식하는 어머니이다. 김숨의 아이들은 육식성이 독재하는 아버지의 공간에 감금된 채 「투견」에서의 '영식'과 같이 아버지를 대리하는 '알파수컷'으로 거듭나거

8 김숨, 「유리 눈물을 흘리는 소녀」, 『투견』, 문학동네, 2005, 267쪽. 이하 인용은 소설 제목과 페이지 수만 표시함.

9 이상, 「날개」, 『이상문학전집 2 - 소설』, 김주현 주해, 소명출판, 2005. 255쪽.

나 아니면 성장을 유린당한 '소녀들'이 된다. 아버지의 폭력적 사유에 제대로 저항할 수조차 없는 이 딸들은 「투견」의 여자애처럼 간질 발작을 일으키거나, 「유리 눈물을 흘리는 소녀」의 여자아이처럼 수면제 열두 알을 털어 넣고 죽음에 이르는 잠을 청한다. 김숨의 소설은 이 고갈된 아이들, 특히 발작하고 몸으로 절규하고 죽음으로 거부하는 소녀들을 통해서 수컷의 야만성을 현시하고 단성적인 목소리로 육박해 오는 아버지의 폭력적 질서를 공격한다.

김숨의 첫 장편소설 『백치들』은 또 다른 방향에서 이 기괴함의 정치성을 실험하고 있다. 개 오줌과 핏물과 절규와 죽음이 난무하던 김숨의 소설은 『백치들』에 와서 일종의 무혈혁명을 통한 본격적 '생성'을 모색하는 것으로 보인다. 김숨은 개의 목을 감나무에 매달고 죽은 개의 피를 마시는 아버지, 아내와 딸을 숲에 가두는 아버지, 어린 여자 아이를 강간하는 굶주린 사내 대신에 '백치'가 된 아버지를 등장시킨다. 말하자면 아버지를 통해서 아버지를 내파(內波)하는 것이며, 궁극적으로는 이 아비들의 성장과 몰락을 주재한 더 큰 아버지와 대결하려는 의도다.

『백치들』의 아비는 과연 누구인가. 월북한 큰아버지의 이력 때문에 소방공무원도 되지 못한 가난한 집안의 장남인 그는 집에 담을 두르고 싶다는 아버지의 오랜 소망에 부응하고, 자신을 위해 서울 청계천 평화시장의 시다로 젊은 시절을 보내야 했던 누나와 형제들을 위해서 중동으로 떠났던 사람이다. 가족과 국가를 위해서 사막으로 날아간 그는 한때 모래의 '불모성'을 담의 '가능성'으로 바꾸어 놓은 근대화의 주역이었으나, 6년만에 근대화의 타자, 국가적 비체(卑體)가 되어 집으로 돌아온다. "대낮에 할 일이 없"는(32쪽) "무료하고 막막한 표정"(32쪽)으로 석유 풍로에 붙어 앉아 식빵을 경건하게 굽는 이 아비는 "이름과 나이밖에 내세울 것이 없"으며(15쪽), "자랑하고 뽐낼 만한 '빛나는' 어떤 부분들이 없" (15쪽)는 '구장동 15번지' 의 다른 백치들과 동류가 된다.

고층 아파트가 신기루처럼 들어선 구장동 16번지와 달리 "낮은 양옥집과 슬레이트 지붕을 얹은 집들이 장롱 밑 바퀴벌레들처럼 납작하게 누워있는" (30쪽) 구장동 15번지를 어슬렁거리는 이 백치 아비들은 아비의 권위가 깡그리 말소된 잉여인간들이다. "사하라 사막 저 밑에는 물이 고여 있다" (69쪽)는 비밀을 알게 된 후, "거대한 물의 기운" (20쪽)으로 불의 기운을 잠재운 그들은 이제 '눈물' 흘리는 자들이며, 남성이 아닌 존재들이다. 구장동 15번지라는 비가시성의 게토에나 겨우 존재할 수 있는 "무위" (77쪽)의 그들은 변화와 발전이라는 아버지의 신화를 훼손한 죄로 재현불가능한 타자들이 되며, 때문에 '환상' 을 통하지 않고서는 표상될 수 없다. '백치들' 이 모두 환상을 걸치고 있는 이유는 여기에 있다. 사막으로부터 귀환한 아버지는 황폐한 모래의 기운에 점령당하고, 소진아저씨는 지나치게 큰 발을 지니고 있으면서도 나무늘보처럼 느리며, 희야아저씨는 두려움을 잊기 위해 "동굴처럼 깊고 어둑한 잠" (58쪽) 속으로 빠져 들고, 열여섯에 청계천 평화시장에 발을 들여 놓은 이후로 난쟁이처럼 왜소해 진 국경아저씨는 매일 "입술을 뾰족하게 내밀고 체중의 10퍼센트에 이르는 실을 뽑" 아내고(54쪽), 아내가 설암으로 죽은 뒤 허기에 지친 아내의 혀와 하나가 된 도식아저씨는 음식으로 자신의 몸피를 불리면서 스스로를 방 안에 가둔다.

네스호의 괴물 네시처럼 슬쩍 나타났다 재빨리 사라지는 김애란의 아비들과는 달리 구장동 15번지의 누추한 집들에 질기게 들어앉은 이들은 "빈곤이나 질병" 과(87쪽) 같은 백치성을 가족들에게 '전염' 시킨다. 『백치들』에서 가장 문제적인 대목이다. 소설집 『투견』에서 아들에게 '유전' 혹은 '세습' 되는 아버지의 '폭력성' 에 주목했던 김숨은 『백치들』에서는 '전염' 또는 '증식' 되는 아버지의 '백치성' 을 폭로한다. 아비의 백치성이 전염된 아들은 혹에 물을 가득 담고 사막을 건너는 "한 마리의 단봉낙타"(172쪽)가 된다. 멈춘 듯 한없이 느린 단봉낙타가 된 그는 이제 더 이상 변화 · 발전 · 진보의 속도를 살 수 없다. 그는 진보를 향하여 질주하던 단선적인 시간을 절단하고 다른 시간을 살기 위해 사막으로 떠난다. 마치 마라톤 완주 도중 코스를 이탈해 사라진 "카니쿠리"(109쪽)처럼, 자발성이 내재된 아들의 이 백치-되기 혹은 단봉낙타-되기는 단순한 퇴행이 아니라, 아비의 "퇴화"(106쪽)를 방조하거나 견인한 더 큰 아버지의 법을 위반하려는 '역행'의 불길한 징후처럼 보인다. 동생을 죽음으로 내몰고 어머니가 평생 분노를 "심장에 박아 넣"은(187쪽) 채 살도록 한 '백치성'을 김숨이 다음과 같이 긍정할 수밖에 없는 이유는 여기에 있다.

> 나는 한때 백치들의 이름을 한없이 경멸하며 잊기 위해 노력했다. 그래야만 내가 어른다운 어른으로 성장할 수 있다고 믿었다. 백치들의 이름을 잊어야 한다는 것은 내게 일종의 강박이었다. (…) 그러나 내가 서른을 넘기면서 백치들의 이름은 자주 시(詩)의 한 구절처럼 머릿속에 명징하게 떠올랐다. 밤늦게 버스를 타고 가거나, 혼자 극장에서 영화를 보거나, 침침한 식당에 들어가 주문한 음식이 나오기를 기다리거나, 9시 뉴스를 시청하다가 백치들 중 누군가의 이름을 가만히 불러보곤 하는 것이다. 무딘 돌멩이를 들고 서툴게 일생일대의 들판으로 달려나간 백치들의 이름을 불러보곤 하는 것이다.
>
> —『백치들』, 27~28쪽

구장동 15번지의 폭력적 현실에 날것의 폭력성으로 대응하는 벽돌공이 되지 않기 위해서, 차라리 열아홉 켤레의 나막신을 만들었던 자들이 백치들이다. 이 백치들을 응시하는 김숨이 궁극적으로 겨냥하는 것은 그들을 서툴게 일생일대의 들판으로 내몰았던 이 '아비들의 아비' 일 것이다. 이 '큰 아비' 를 위반하고 전복하려는 김숨의 의지는 소설의 내용과 형식을 낯설게 했다. 『백치들』은 성장소설의 형식을 빌려 '퇴행' 을 말하는 성장소설의 패러디이며, 아비들을 "오로지 먹고살기 위해 사막의 건설 현장으로 가거나, 군인이 되어 월남의 전쟁터로 가거나, 광부가 되어 서독으로 날아가"(28~29쪽)도록 명령했던 진보의 신화에 대한 패러디이다. 현실의 모순을 천착하는 이 불온한 패러디는 기법으로서의 '환상' 을 채용하면서 소설이 지닌 동일성의 환상마저 가로지른다. 그리하여 『백치들』은 시를 닮은 소설, 소설이 아닌 소설, 소설 너머의 소설을 향한다. 아비들의 '퇴행' 을 통해 아비에 '역행' 하는 이 기괴한 소설을 통해서 우리는 여성문학의 새로운 가능성을 확인한다. 권력적 다수성을 균열하는 김숨의 도발, 한 겁 없는 난쟁이의 불온한 모험이 시작된 것이다.

4. 고아들의 반란, 신(新) 가족의 탄생 — 윤성희

윤성희의 소설에 가족이 없다는 지적[10]은 부분적으로 옳고 부분적으로는 틀리다. 윤성희 소설의 인물들은 대개 혼자 살아간다. 그들은 실제로 고아이거나 또는 유사 고아들이다. 그러나 이들에게 가족이 없다는 말은 옳지 않다. 다만 가족이 존재하는 방식이 다를 뿐인데, 말하자면 이들에게 가족은 부재로 존재한다. 부재한다는 것은 두 가지 의미이다. 실

10 방민호, 「그늘에서 자라는 작은 꽃 같은 주인공들」, 『레고로 만든 집』, 민음사, 2001, 256쪽.

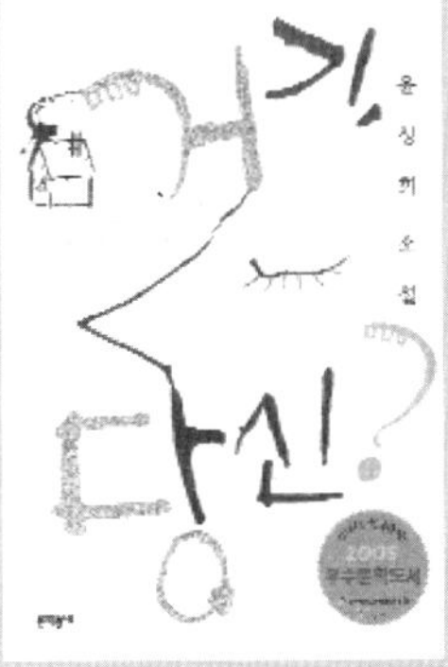

과거를 망각함으로써 윤성희의 소설은 복사기에 자신의 슬픔을 복사하던 '자기 연민'의 서사에서 흔쾌히 유턴 지점에 보물지도를 묻는 '유머'의 서사로 전환한다.

제로 부재하거나 또는 존재하지만 소통하지 못한다는 의미에서의 부재이다. 그러나 어떤 경우이든 그들은 부재를 통해서 확실하게 존재를 증명하고 있다.

윤성희 소설의 가족들 중 누군가는 대개 어느 날 갑자기 떠나거나 죽거나 실종된다. 가령 「레고로 만든 집」의 어머니는 아버지가 집을 날리고 쓰러지자 15평 아파트 전세금을 가지고 사라지며, 그리하여 병든 아버지와 정신지체자인 오빠는 고스란히 주인공의 몫이 된다. 「유턴지점에 보물지도를 묻다」의 아버지는 편지 한 장을 남겨 놓고 집을 나간 후 기차칸에서 심장마비로 죽는다. 「거기, 당신?」에 등장하는 남자의 아버지는 어느 날 훌쩍 미국으로 떠나고 어머니는 남자가 고등학생이 되자 자살한다. 「어린이 암산왕」의 어머니는 이모에게 다녀온다고 집을 나간 후 남자의 담임 선생과 달아나고, 「누군가 문을 두드리다」의 주인공 역시 동생들을 위해 자신의 삶을 희생하지만 유학 간 남동생에게서는 소식이 없고 시집 간 여동생의 휴대폰은 결번이다. 그런가 하면 「계단」에서 104호 남자의 어머니는 남자의 쌍둥이형이 실종된 이후 아들을 기다리며 20년 동안 한결같이 거실에서 잠을 잔다. 어머니는 죽고 남자는 어머니의 흔적이 묻어 있는 집에서 벗어나길 바란다.

윤성희의 인물들에게 가족은 위안이기는커녕 "면도칼이 순식간에 가슴을 훑고 지나간 것처럼"[11] 고통스러운 상처의 기원이다. 그들은 대개 아버지가 없거나 어머니가 없거나 아니면 둘 모두가 없다. 부재하기 이전의 그들도 소위 행복한 가정을 담보하는 아버지나 어머니의 계보는 아니었다. 그들은 할아버지 앞에서 말을 더듬는 아버지이거나(「유턴지점에 보물지도를 묻다」), 바람 피우는 어머니이거나, 사과 상자에 아이를 넣어 버리는(「이 방에 살던 여자는 누구였을까」) 부모들이었다. 그들이 사라지고 난 후 남겨진 가족들 역시 전혀 소통하지 못한다. 예컨대 「레고로 만든 집」에서 "아버지는 늘 부릅뜬 눈으로 오빠를 대하고 오빠는 그 보복으로 아버지에게 등을 보이"며(17~18쪽), '나'는 "복사기가 작동할 때마다 뿜어져 나오는 빛"(13쪽)에서나 온기를 느낀다. 「누군가 문을 두드리다」의 여동생은 오빠가 흰색을 싫어하는 것을 끝내 알지 못하고, 「거기, 당신?」에서는 편두통인 어머니가 고무망치로 머리를 두드리는 날이 많아질수록 아버지가 집에 들어오지 않는 날 역시 많아진다.

이 부재하거나 불통(不通)하는 가족들로 인하여 윤성희 소설의 인물들은 아프고 외롭고 "자신이 얼마나 외로웠는지 잊고"(「누군가 문을 두드리다」, 96쪽) 살 만큼 삶이 버겁다. 그러나 이들은 이 징하고도 징한 가족의 기억을 쿨하게 망각하지 못한다. 그들은 저녁 열시면 잠이 들고, 퇴근하고 집에 돌아오면 아주 오랫동안 샤워를 하고(「그 남자의 책 198쪽」),

11 윤성희, 「거기, 당신?」, 『거기, 당신?』, 문학동네, 2004, 96쪽. 이하 인용은 소설 제목과 페이지 수만 표시함.

회사를 가기 위해 매일 370번 버스를 타는(「길」) 일상에 붙들려 있듯, 상처뿐인 가족의 기억에 덜미 잡힌다. 마치 「어린이 암산왕」의 C시 주민들처럼 윤성희 소설의 닮은꼴 인물들은 10분쯤 느리게 가는 시계에 그들의 시간을 맞추고 더디게 살아가는 셈이다.

> 언제부턴가 C시는 고장난 시계를 닮기 시작했다. 사람들은 느리게 걸었다. 공원에서 해바라기로 하루를 보내는 노인들처럼. 젊은이들은 고개를 들어 시계탑의 시간을 확인하지 않았다. 지금이 몇시인지 알아야 할 이유가 그들에겐 없었다.
>
> —「어린이 암산왕」, 34쪽

「어린이 암산왕」에서 시청 임시직 공무원인 주인공은 한때 자신이 '어린이 암산왕' 이었다는 사실을 기억함으로써 남루한 현재를 잊고자 한다. 그러나 남자를 견디게 하는 이 영광스러운 과거에는 실은 갖가지 비루한 사실들이 뒤얽혀 있다. 암산왕이 되기 위해 정육점 아이의 눈을 새총으로 쏘았던 남자의 부끄러운 행위, 어머니와 담임선생의 치정, 어머니의 가출, 자살 시도로 의심받던 아버지의 사고, 무능한 아버지에 대한 남자의 미움이 이 과거의 이면이다. 소설은 '어린이 암산왕' 이라는 빛나는 기억의 후광에 가린 남자의 그림자 같은 과거를 찬찬이 복원한다. 누락된 기억이 복원되면서 주인공의 과거는 빛을 잃는다. 불을 켜지 않으면 "검붉은 얼룩들이 쉽게 보이지 않" 을(「어린이 암산왕」, 44쪽) 정도로 변색된 어린이 암산왕 '메달' 이나, 한때는 C시의 상징이었으나 이제는 고칠 수 없이 고장나 버린 '시계탑' 은 이 빛 바랜 과거의 은유이다. 정확히 말하면, 남자가 기억하는 과거의 찬란함이란 진짜 금을 흉내낸 조악한 모조품 메달의 광채처럼 처음부터 가짜였으며 시한부였다. 소설은 남자를 "아무 곳에도 끼울 데 없는 나사"(53쪽)로 만든 이 텅 빈 과거와의 결별만이 새로운 삶을 가능하게 하는 조건임을 일깨운다. 능동적인 망각을 통한 또 다른 생의 가능성 타진. 이 지점에서 기억과 가족에 붙들려 있던 윤성희의 소설은 훌쩍 도약한다. 윤성희의 인물들은 이제 자신을 잊은 남동생의 책상과 여동생의 텔레비전을 중고품 전문점에 팔고(「누군가 문을 두드리다」), 어머니와 아내의 기억이 배인 각자의 집을 맞바꾸며(「계단」), 자살한 친구인 W의 휴대폰 단축번호를 지우고(「잘가, 또 보자」), 과거의 집을 향하던 "45번 버스의 노선을 따라 밤길을 달"리지(「거기, 당신?」, 84쪽) 않는다.

과거를 망각함으로써 윤성희의 소설은 복사기에 자신의 슬픔을 복사하던 '자기 연민'의 서사에서 흔쾌히 유턴 지점에 보물지도를 묻는 '유머'의 서사로 전환한다. 유턴 지점에 "촘촘하면서도 묵직한 어둠"(「잘가, 또 보자」, 251쪽)이었던 아버지를 묻고, 어머니를 묻고, 동생과 형을 묻고, 친구와 연인을 묻고, 정상적 가족이나 행복이라는 환상마저 묻어버리자, 윤성희의 인물들은 마침내 자기를 객관활 수 있는 유쾌한 유머의 힘을 내장하게 된다.

'기억'과 '환상'을 가로지른 윤성희의 소설은 이 유머의 내공으로 새로운 가족 연대를 모색한다. 혈연이 아닌 공동체, 필연이 아닌 우연으로 결합된 윤성희의 신(新) 가족에는 아버지가 없고, 어머니가 없고, 남자의 유년을 유린한 실종된 형이나, 패러글라이딩을 배우고 싶은 남자의 욕망을 자전거 타기로 추락시킨 동생들이 없다. 370번 버스인 줄 알고 잘못 탄 730번 버스의 종착지에서 우연히 만난 윤성희의 고아들 혹은 유사 고아들은 이 전통적인 가족 구성원인 아버지, 어머니, 형, 누나, 동생을 대체한다. 자신의 열차로 뛰어들어 자살하는 사람들의 절망을 견딜 수 없었던 전직 지하철 기관사 Q와 "어머니가 유명해질수록 유령 같은 존재가 되어갔"던(「유턴지점에 보물지도를 묻다」, 19쪽) W와 가출한 고등학생과 "오 년을 일하는 동안 한 번도 여행을 가지 않았"(「유턴지점에 보물지도를 묻다」, 15쪽)던 전직 여행사 직원인 '나'는 함께 만두와 "미친 쫄면"을 만들어 팔면서 신나게 살아간다. 연인을 잃은 여자와 딸을 잃은 봉자 엄마는 함께 '봉자네 분식집'을 차리고(「봉자네 분식집」), 죽은 어머니와 형의 기억 때문에 괴로운 104호 남자와 떠난 아내의 기억 때문에 상심한 504호 남자는 집을 바꾸고 물건을 공유하면서 서로를 위안한다(「계단」). 「누군가 문을 두드리다」의 1205호 남자와 1305호 여자 역시 가족들로부터 잊혀지거나 남겨진 동류들로서 소통한다. 그러므로 '거기' 있는 '당신'을 발견한 윤성희 소설의 인물들은 이제 더 이상 "혼잣말"을 하지 않는다. 그들은 「거기, 당신?」의 그 여자와 그 남자처럼 대화하고 연대한다.

> 그녀는 그에게 커다란 성냥갑을 주었다. 이걸로 집을 태워요. 이 집은 이제 내 집이 아니에요, 은행으로 넘어갔죠. 저 집 안에 있는 물건들을 잊을 수 있어요? 그는 성냥을 꺼내 불을 댕겼다. 하지만 불꽃은 일지 않았다. 어때요, 진짜랑 똑같죠? 선물이에요. 어! 고마워요, 하하. 정말 맘에 들어요. 그는 성냥 모형을 품에 안았다. 그녀는 그의 머리카락에 붙어 있는 타다 만 종잇조각을 떼어냈다. 그녀는 다시 자전거 뒷자리에 앉았다. 그는 그녀에게 곧 미국으로 떠날 것이라고 말했다. 47번 버스가 버스 정류장에 서 있었다. 저 버스를 따라가 볼까요? 그가 말했다. 그의 허리를 꽉 잡고, 그녀는 어머니 뱃속에 있었던 여덟 달 동안 얼마나 외로웠는지에 대해 이야기해주었다. 그녀는 가만히 그의 등에 귀를 대 보았다. 난 당신의 말을 믿어요. 그의 몸 속에서 그런 말들이 들려왔다.
>
> —「거기, 당신?」, 104~105쪽

여자는 남자에게 모형 성냥갑을 선물하고 남자는 그 성냥갑의 성냥으로 상처의 기원이었던 기억 속의 집을 태운다. 그들은 이제 함께 자전거를 타고 낯익은 45번이 아니라 낯선 47번 버스를 따라가며 그들의 오랜 외로움에 대해서 이야기한다. 타자이면서 동류인 그들은 이렇게 만나 서로를 환대하고 배려하는 새로운 가족 연대를 실현한다. 윤성희의 소설은 이렇듯 낯설지만 유쾌한 신가족의 탄생을 알린다. 아주 우아하고 부드럽게 이 거짓말 같은 가족의 출현 가능성을 설득하는 윤성희의 소설을 즐기는 규칙 하나. 그것은 다음과 같은 생소한 가족의 풍경을 보고 "정말이야"(「고독의 의무」, 204쪽)라고 묻지 않는 것이다. 윤성희의 유머에 전염되려면 우리 역시 한 번쯤은 그의 Q나 W, 고등학생이나 혹은 그 남자와 그 여자가 되어야 한다. "거짓말을 믿는다고 해서 세상이 망하지는 않"는다는(「유턴지점에 보물지도를 묻다」, 21쪽) Q의 결론처럼, '믿음'은 윤성희가 꿈꾸는 신가족의 출현, 그리고 그 가족이 정상이 되는 '멋진 신세계'를 실현하는 첫 번째 조건일 것이기 때문이다.

> 고등학생은 저녁에 일을 시키지 않았다. 대신 검정고시학원에 보냈다. 일년 만에 고등과정을 마치더니 그 다음해에 대학에 입학했다. 날 닮아서 머리가 좋은 거야. 나와 W와 Q가 서로 우겨댔다. 우리 셋은 돈을 모아 대학등록금을 대주었다. 우리와 비슷한 이름을 내건 만두가게들이 생겨나기 시작했다. 하지만 맛을 따라오지는 못했다. 고등학생이 대학을 졸업하던 해에 우리의 재산은 작은 아파트 네 채와 소형차 네 대로 불어났다. (중략) 사람들은 일출을 보러 동해로 향했다. 나는 다음 톨게이트에서 유턴을 한 다음 집으로 돌아왔다. 내일은 서해안고속도로를 달려볼까. 어느 휴게소의 어묵이 맛있을까. 이런 생각을 하면서.
>
> ―「유턴지점에 보물지도를 묻다」, 28~29쪽

5. 아버지의 종언, 그리고 여성문학의 시작

진정한 아버지는 사라지고 새로운 아버지는 아직 도래하지 않았다는 근대 이후, 소설은 수없이 많은 아버지를 부정하고 아버지를 욕망하고 아버지를 위반하고 아버지와 타협하면서 서사를 구축해왔다. 진정한 아버지, 결핍이나 모순 없는 절대적 아버지란 신화에 불과하다는 탈근대적 인식이 확산된 이후, 소설은 과감히 아버지의 종언을 선언하였으나 이미 죽은 아버지의 망령을 쫓는 무모한 시도들 역시 허다했다. 이 시대 착오적인 시도들 속에서 아버지는 때론 영웅의 이름으로 호출되기도 하고 연민과 보살핌이 필요한 남루한 존재로 등장하기도 한다. 죽어도 죽지 않는 좀비(zombie)처럼 아버지의 망령이 여전히 소설 속을 배회하고 있는 셈이다.

김애란, 김숨, 윤성희, 이 세 명의 신세대 여성 작가들이 좀비 아비들을 퇴치하는 만만찮은 모험에 뛰어들었다. 이 모험에서 김애란은 '헛것'인 아버지를 선언하려다 아비를 '별것'으로 만드는 자기 모순에 빠졌으며, 육식하고 사육하는 아버지를 통해서 아비의 폭력성을 응시하던 김숨은 진보의 신화에 흠집내는 백치 아비들을 새롭게 현시함으로써 아버지의 신화를 내파하고자 했다. 윤성희는 아버지와 그 아버지의 피를 이어 받은 혈연가족을 망각하고 건강가족을 훼절함으로써 아버지를 중심으로 일사불란하게 움직이던 홈 스위트홈의 신화를 거부한다. 그들 중 누군가는 실패하고 또 누군가는 성공했다.

우리는 아버지 혹은 아버지적인 것을 과감히 역행하고 망각하고 훼절하는 데 성공한 "나쁜 마음 못생긴 얼굴"(황병승)의 딸들을 통해서 또 다른 생성의 가능성을 엿본다. 아버지를 거침없이 횡단하는 이 용감한 딸들은 명령하고 규율하고 처벌하는 아버지의 종언을 재차 고할 것이며, 아버지의 망령으로부터 풀려난 아비들 역시 아비 아닌 아비들로서 좀 더 자유로울 것이다. 그리고 무엇보다 이 딸들의 과감한 도전은 작가의 성별이나 소재의 차원을 넘어 여성-되기가 여성문학의 진정한 조건이 되어야 함을 보여준다. 아버지의 종언, 그것은 여성-되기가 반드시 통과해야 할 지점이며, 여성문학의 새로운 출발을 알리는 유쾌한 선언이다.

윤인로[1]

물신(物神)의 밖, 연대의 가능성

1. 현재적 인식코드로서의 '후쿠야마'

'1989년'에 써져 세계 각지로 퍼져나간 선언적인 글 한 편이 있다. 일본계 미국인 프랜시스 후쿠야마가 쓴 「역사의 종언*The End of History*」이 그것. 소비에트 연방의 해체 징후를 맑스·레닌주의의 총체적 파산으로 급히 결론지었던 그 글 앞에서 당대 한국의 보수적 지식인들이 보인 반응은 한결같다. "시대착오적인 환상적 容共바람"을 잠재우고 "오염된 사상혼란을 치유"하며 "감염되어 열병화하고 있는 사고의 전도"를 바로 잡는 "21세기적 양서".[2] 그러나 '그들의 후쿠야마'는 '후쿠야마'가 아니었던바, 그것은 분석과 논리를 거세당한 체제옹호의 폭력적 도구로 탈바꿈되어 있기 때문이다. 오늘의 관점으로 그때를 비판하는 것은 잘못이라는 말은 합당하지 않으므로 용인될 수 없다.

---

1 동아대 국어국문학과 박사과정.

이데올로기의 진화적 전개가 자유민주주의의 완전한 승리로 종결되었다는 '후쿠야마' 는 위와 같은 '그들의 후쿠야마' 를 오늘날 이미 포획한 상태다. 자유주의는 반공주의를 성장의 동력으로서 거느린다. 오늘 우리의 현재는 그런 '후쿠야마' 의 확장된 결정판일 수 있다. 「역사의 종언」에는 국가적 지배의 근간으로 전유된 '코란' 에 대비해, 그것을 능가하는 'SONY' 의 전파적 매력이 이란의 경우를 통해 언급되고 있다. 국가와 종교의 경계를 넘어선 초국적 자본은 정치적 자유주의와 서로를 견고화하는 관계를 맺고 기민하게 운동한다. 그러한 '자본의 운동' 이 오늘 이곳을 '후쿠야마' 의 세련된 확장태로 인식케 하는 까닭이다.

자유민주주의를 '최고의 지혜' 로 들어 올리며 그런 지혜가 관철되는 '미국적인 삶' 의 보편성을 긍정하는 「역사의 종언」은, 그러나 그 자체 내부에 논리적 모순과 충돌을 내장하고 있는 듯하다. 존재와 의식, 물질과 정신, 토대와 상부구조 등 맑스주의의 물질 우선적 테제에 대한 비판의 기조저음이 오히려 그런 맑스주의적 테제의 스밈에 의해 흐트러져 있는 것이다. 그런 불협화음의 연장선에 아래의 한 대목이 놓여있다.

> 역사의 종언은 매우 우울한 시대가 될 것이다. 인정을 받기 위한 투쟁, 추상적인 목표를 위하여 생명을 바치고자 하는 자세, 용맹스러운 용기와 상상력과 이상주의를 요구했던, 전세계를 통한 이데올로기적 투쟁은 경제적인 계산과 끝없는 기술적인 문제의 해결과 환경의 문제 그리고

---

2 「역사의 종언」에 대한 한국 내 최초의 번역 및 출판권이 '대한민국 헌정회(憲政會)' 라는 사실은 의미심장하다. 인용된 부분들은 각각 헌정회장 홍창섭, 초대 문교부장관 안호상, 헌정회 사무총장 함종빈의 소개글 중 일부이다. 역자 함종빈은 한국전에 참전했으며 육사 교수와 국회의원을 지냈다. '국가' 에 수렴되는 일관된 삶을 산 그가 번역에 나선 것이 전혀 이상하지 않다. 프랜시스 후쿠야마(Francis Fukuyama), 『역사의 종언』(헌정회, 1989)을 참조. 이후 쪽수만 표기함.

보다 까다로워질 소비자들의 수요를 만족시키는 문제에 의해 교체될 것이다.

―프랜시스 후쿠야마, 『역사의 종언』, 66쪽

「역사의 종언」은 경제적 토대에서 자유로운 정신의 영역에 대한 절대적 믿음을 밑바탕으로 한다. 그것은 반(反)맑스주의적이다. 그런 독립된 정신의 최종적 완결을 자유민주주의에서 찾았던 것은 앞서 말한바와 같다. 그러나 스며 짜인 텍스트로서의 「역사의 종언」은 자유민주주의의 방해 받지 않는 일방적 자기 전개로 드러날 종언 이후를 찬양하지 않는다. 위에 인용된 대목이 그 근거인바, 종언의 다음 시대는 상품과 그것의 생산 및 교환에 관계된 물질적 토대를 바탕에 두고 '우울함' 으로 채색되고 있다. 이와 같은 자본주의의 본질적 우울에 직결된 것이, "역사의 종언을 맞은 이후의 시대는 예술이나 철학은 없고 인간 역사의 박물관만을 계속 돌봐야 할 것"이라는 구절에 숨겨진 '문화적 지루함' 과 '권태' 의 그림자다. 자본주의적 권태와 우울은 텍스트 「역사의 종언」에 내장된 논리적 균열점이며, 아래에서 다루게 될 몇몇 소설들은 그런 균열의 지점에서 출발하는 것들일 것이다.

2. 비선형(非線型), 물신에 응전하는 소설의 형식

「달로」(한유주, 『달로』, 문학과지성사, 2006)와 「시간의 정원」(이신조, 『새로운 천사』, 현대문학, 2005)은 사건과 갈등의 전개 과정이 불분명한 비선형의 소설들이다. 두 소설 공히 물신(物神)의 사회가 초래하는 자본주의적 권태와 우울에 깊게 관련되어 있다는 점에서 주목된다.

이 연루 관계에 초점을 맞춤으로써 문제를 좁히고 예각화하는 것에 글의 무게 중심을 둔다. 분석의 방법이 따로 없는 이유다. 「달로」는 현대 지식기반 사회 속 자본의 운동방식에 대한 비판적 인식을 추출해 낼 수 있는 텍스트다. 뒤로 돌려 보다 구체적으로 다룬다. 어리거나 이름나지 않아 텍스트의 평균적인 질을 보장받기 어렵다는 '선입견' 이 텍스트에 대한 거부감을 정당화하는 근거일 수는 없다. 그런 선입견은 비평대상의 집중화를 낳는다. 모든 집중은 권력의 작동을 불러 자본의 활성(活性)을 높이는 양호한 온실이 된다.

「시간의 정원」은 '나' 와 '소녀' 가 직조해내는 일곱 개의 장으로 구성되어 있다. 그 두 인물은 한 인물의 양면일 때도, 각기 별개의 다른 인물일 때도 있다. 소녀와 나는 서로를 응시할 수만 있을 뿐 근원적으로 소외되고 단절된 채로 있다. 주었다는 것을 의식하는 줌과 받았다는 것을 의식하는 받음이 조장한 교환가치의 절대화는 인간을 홀로이게 하며, 그런 단자화(單子化)는 기력의 소진과 깊은 우울을 가져온다. 소녀의 첫 목소리는 그 누구도 "완전히 바닥을 드러내지 못"(214쪽)한다는 것이었던바, 그것은 소통의 부재에 뒤따르는 개인의 단자화를 단적으로 드러낸다. 그런 소통의 부재가 가져온 고립과 분열에 대한 자각이 '비선형' 이라는 형식을 요구했을 것이다. 이야기는 플롯을 찾을 수 없는 대신 아포리아적인 역설들로 넘쳐나고 있다. 대화 아닌 이미지 위주로 전개되는 일곱 개의 장은, 역설과 모순이야말로 존재하는 것들의 존재감을 보다 분명히 하는 것임을 강조하는 데에 바쳐지고 있다.

도시의 부패물들로 붉게 썩어 흐르는 단곡(丹曲)이라는 이름의 강은 디스토피아적 공간으로서의 거대도시를 환기시킨다. 그런 도시에 반대되는 공간이 '시간의 정원' 이 있는 섬이다. 소외되고 오해받았던 모든 것들을 포용하는 그 섬으로 '오물의 강' 은 나를 데려다 준다. 그 섬도

"죽음처럼 살아있"는 강과 마찬가지로 역설의 공간이다. "강은 섬을 낳았지만 섬은 스스로 태어났"기 때문이다. 첫 장의 제목이자 나의 지향점과 관계된 '강과 섬'을 통해, 나는 "존재감을 분명하게 하는 것은 많은 경우 모순과 부조리"(210쪽)임을 확인한다. 모순적인 강을 거쳐 역설적인 섬에 도착해 소녀와의 관계를 회복하고자 하는 나의 존재 방식은 그야말로 역설의 중첩이다.

그 섬에는 시간의 정원이 있다. 일상의 시간과는 달리 시간의 정원에는 '무수한 시간들'이 있다. 그런 시간을 '관계'라고 선언하는 아래 한 대목은 주목을 요한다. 시간은 노동의 강도와 더불어 인간의 삶을 유·무형의 생산된 것들로부터 소외시키는 규율의 문제를 필연적으로 제기하기 때문이다.

> 이곳(시간의 정원-인용자)의 모든 것은 그 모든 것들의 식이며 답이었다. 그들은 어지럽게 얽혀들어 존재의 관계를, 관계의 존재를 끝없이 현현顯現했다. 그러나 그 미지의 관계들은 제 모두를 명명백백 드러내지는 않았다. 시간의 정원에는 무수한 시간들이 존재했다. 시간은 관계였다. 관계만이 시간이었다.
>
> —이신조, 『시간의 정원』, 220쪽

일상생활의 시간과는 달리 시간의 정원에는 '무수한 시간들' 혹은 '관계적 시간'으로 명명된 시간이 있다. 다시 말해 그곳의 시간은 "단수가 아닌 복수"이며 "무한히 늘어났다 줄어들" 수 있는 유동적인 것이다. 합리적 이성이 계량화하고 추산할 수 있는 수학적 합리성의 다른 말임은 주지의 사실이다. 그런 수학적 이성에서 출발하는 근대적 부르주아는 시간의 자연적인 흐름을 초분시로 구획하고 다른 이들의 삶을 그 틀에 복속시켰다. 촘촘하게 분할된 시간은 노동하는 인간의 몸을 잘게 쪼개 이윤의 순간적 극대화를 꾀한다. "자신을 토막내어 팔지 않으면 안 되는 이 노동자들은 다른 모든 판매품과 마찬가지로 하나의 상품이며, 따라서 마찬가지로 경쟁의 모든 부침(浮沈)들, 시장의 모든 변동들에 내맡겨"[3]지게 되는 것이다.

근대적 인간은 기계적 정확성과 효율성을 확장함으로써 자연을 기획하고 개발할 수 있다고 믿는다. 시공을 균질화해 재편하는 KTX를 더 빨리 달리게 하고 바다를 메워 사람과 사람 아닌 것 모두를 함께 죽이는 우리는 철저한 근대적 인간들이겠다. '무수한 시간'과 '관계적 시간'이란, 계측가능성의 증대에 복무하는 절대적(그래서 단 하나인) 조건으로서의 근대적 시간을 부정하는 것이면서, 동시에 다층적인 시간들에 의해 "질량은 언제나 가변적"이라는 아인슈타인적인 전복성을 옹호하는 것이기도 하다. 관념적이므로 발본적일 수 있는 이 같은 소설적 형상화는, 쪼개진 시간에 의한 삶의 쪼개짐을 그 속성으로 갖는 근대적 시간의 폭력성에 대한 부정의 방식일 것이다.

「시간의 정원」이 물신의 사회구조와 그것을 지탱하는 자본의 작동방식을 직접 지적하고 있는 것은 물론 아니다. 그러나 양화(量化)와 효율에 들린 합리적 세계관에 대한 비판의 기록이 고립된 인간을 낳는 이 물신의 사회를 겨냥하고 있음은 분명하다. 이 비판의 조준점이 물신주의의 결과물인 조각난 관계와 찢긴 개인에 맞춰져 있다는 사실은, 「달로」에도 해당되는 공통된 것이면서, 전성태의 소설로 장(章)을 달리해 다룰 '공동체적 연대의 가능성'에 대한 탐색과도 이어져 있다.

---

3 맑스 · 엥겔스, 「공산주의당 선언」(최인호 외 옮김, 『칼 맑스/프리드리히 엥겔스 저작 선집 1』, 박종철출판사, 1990), 406쪽. 앞으로는 "「선언」"으로 줄여 쓰고 쪽수만 표기함.

> 나는 소녀를 찔렀다.(…) 반으로 쪼개진 소녀의 심장에서 흰빛이 흘러나온다. 아름다운 머리칼을 가진 아포리즘 소녀가(…) 떨리는 손끝을 내 가슴에 가져다댄다. 십자로 찢긴, 흰빛이 흘러나오는 내 반쪽 심장에, 손을 가져다댔다. 소녀가 내 가슴에 꽂힌 칼을 뽑아낸다. 우리는 고통의 거울이다. 비명. 이 길고 긴 비명은 소녀의 것일까, 나의 것일까. 이토록 부신 빛은 본 적이 없다. 어둠처럼 밝다.
>
> —이신조, 『시간의 정원』, 240~241쪽

나는 도시를 떠나 시간의 정원이 있는 섬에 왔다. '초의 연못' 으로 왔다. 초의 연못 중앙에 심지를 꽂고 태우고 하기를 반복한다. 러시아의 한 영화에서와 같이 고요하고 정적인 반복이다. 그런 반복의 끝에 나는 심지를 꽂던 연못 가운데로 뛰어들어 '탑' 으로 오르는 '문' 앞에 섰다. "내려갈 수만 있는 계단을 걸어 내려가 탑에 오" 르는 것이다. 탑은 역설이며, 침잠과 고립의 끝간데다. 나는 그 끝에서 문을 마주하고 있다. 문은 '벽' 이 아닌 문이므로, 단절이 아닌 "통과" 의 의미를 갖는다. 나와 나 아닌 이들 사이의 소통과 통과(通過), 나와 분열된 또 다른 나 사이의 소통과 통과. 문은 나에게 "완전히 잠겨 있지는 않다는 모종의 암시" 와 "제 안을 열어봐 달라는 끈질긴 초대" 를 하고 있다. 그 문 너머에 소녀가 있음을 잘 안다. 나는 단도로 소녀의 심장을 찌르고 비튼다. 가학을 통해 나와 내 속 또 다른 나의 거리를 줄인다.

위에 인용한 대목은 그런 거리 줄임의 순간에 이어진 부분이다. 소녀를 찌른 것은 나를 찌른 것이고, 소녀의 반쪽 심장은 나의 반쪽 심장에 다름없다. 고통은 소녀의 것이면서 나의 것이다. 나는 소녀였으며 소녀는 나였다. 둘은 둘이 아니고 하나이며, 서로의 아픔을 비추는 "고통의

그것은 느낌(感)으로써 움직이는(動), 마음과 실천으로서의 진정한 소통이며, "피부와 피부가 맞닿는, 세포와 세포가 맞닿는" '몸의 만남' 이다.

거울" 이었다. 「시간의 정원」이 물신의 사회를 지탱하던 양화와 효율의 세계관을 부정하면서 나아온 지점은, 물신의 사회 속에 고립되고 단자화된 개인들 간의 화해와 갈라져 파편화된 개인 내부의 소통이다. 줄여, '몸의 만남' 이다.

「달로」의 핵심은 '달' 의 의미와 그 의미로의 지향을 담은 '로' 의 성패(成敗)다. 이 두 가지를 놓치면 극단적인 비선형의 혼돈 속에서 맥락을 잃는다. 바로 말해, 달은 불립문자적(不立文字的)인 소통의 공간이다. 달을 동경해 닏고자 했던 "많은 시인과 소년들" 의 "문장들은 너무 무거웠" 고, "종횡무진 달려 나가는 문자와 마침표들" 은 끝내 어딘가로 닿지 못해 휘발되고 말았다. 타자(他者)가 전제되지 않은 혼자만의 읽기는 "혀끝에 문자의 감각만" (10쪽)을 남길 뿐이므로, 진정한 이해와 소통을 바랄 수 없다. 언어의 단절로 소통불가능하게 된 곳이 현실이라면, 비언어적인 방법으로 소통가능한 곳이 달이다. 「작가의 말」에서 카메라를 샀다고 드러내 말해두고 있는 것은, 카메라야말로 언어가 소실된 자리에 피어날 수 있는 "뿌연 영상" 으로서의 비언어적인 것이기 때문이다. 언어가 절멸된 비언어적 소통의 공간. 그것은 느낌(感)으로써 움직이는(動), 마음과 실천으로서의 진정한 소통이며, "피부와 피부가 맞닿는, 세포와 세포가 맞닿는" (20쪽) '몸의 만남' 이다. 그것이 달이며, "달의 뒷면" 이며, "무수한 바다" (8쪽)다.

「달로」의 '달' 은 '몸의 만남' 을 공유하고 있다는 점에서 「시간의 정원」 속 한 이미지인 '고통의 거울' 에 상응한다. 나와 타자가 '고통의 거울' 이었다는 자각에 수렴되는 그 많은 아포리즘들이 모든 존재하는 것들에 대해 넓게 걸쳐져 있다면, 이것이 더욱 예각화되어 '언어에 대한 회의와 거부' 로 벼려진 것이 「달로」다. 물신의 사회와 그 속을 사는 고립된 개인에 대한 이해 및 인식의 밀도는 위와 같은 벼려진 문제 설정에서 연원한다. "십구 층 아파트와 이런저런 높은 건물들" 안에 구속된 사람들과, 그들이 느끼는 적막함은 무기력한 도시의 부산물이다. "사람들은 일직선 거리를 날아가는 전파에 몸을 꿰인 채", "어딜 가나 닮은 꼴" (11쪽)인 도시를 홀로 부유하고 있다. 물신에 대한 경배가 만들어 놓은 '생활세계의 획일화' 를 그렇게 표현했다.

현대의 생산물은 가시적이고 물질적인 것의 범위를 넘고, 지리적으로 구획된 지역의 경계를 넘어 교환된다. 그것은 중상주의적 상업자본이 자연적인 '공간의 차이' 를 통해 이윤을 창출하는 방식과는 달리 '시간의 차이' 와 인위적인 공간의 차이를 만들어 이윤을 남긴다. 그런 목표에 이바지하는 현대의 첨병이 정보산업을 포괄하는 '디지털적인 것들' 이다. 그것은 맑스가 말하는 '교통업' 의 현대적 양태의 하나일 수 있다. 「달로」가 보여주는 '닮은 도시' 와 그 속 인간들의 '닮은 삶' 의 밑바닥에는 자본주의적 속도를 '확대재생산' 하는 직선의 디지털적인 것과 그것이 부과한 내면화된 규율이 흐른다. "부르주아지는 세계 시장의 개

발을 통해서 모든 나라들의 생산과 소비를 범세계적인 것으로 탈바꿈시켰다."(「선언」, 404쪽) 맑스와 우리들 삶의 부여 받은 틀이 그리 다르지 않음을 직시한다. 이를 두고서, 「달로」에 함장된 사회적 상상력이라 부르는 것은 지나치지 않다.

오늘날의 '전지구적 자본주의'를 맑스가 예견했음에 대한 찬사는 불필요한 것이다. 중요한 것은 자본의 운동에 내재한 근본원리에 대한 과학적 분석 방법과 그 경로이며, 그것들의 현대적 변용이며, 그런 자본의 운동 원리에 대한 비판적이고도 투쟁적인 가치평가에 있다. 그것이 맑스와 맑스의 아들들에서 비판적으로 공명(共鳴)해야할 것들이다. 완급의 조절을 통해 해악이 되는 것들을 탄력적으로 포획하는 자본의 자기갱신은 모든 가치의 최종 근거로 세계적 보편성을 확장해 가고 있다. 그런 이때, 맑스와 맑스주의적 사유의 패턴은 맑스 당대와 우리의 현재를 지리멸렬일 만큼 자주 오가며 서로를 되비추는 진자적 과정으로 인식되어야 할 것이다.

전파에 꿰여 같은 꼴의 삶을 부여받은 것은 물신 들린 현대 사회의 한 단면이다. 이를 강화하는 합리적 세계관에 대한 비판은 「달로」에서 양면에 걸쳐 시도되고 있다. 「시간의 정원」이 분할에 의해 몸을 복속시켰던 '근대적 시간'에 대해 비판했던 것과 같은 궤에 놓이는 것이 그 하나인바, 「달로」는 합리적 세계관에 의해 추동되는 직선적 진보관을 부정한다. 역사는 "사슬처럼, 영화의 장면들처럼, 소설의 페이지처럼 무수한 점이 모인 선이 아니"며, "구부정한 나선"(15쪽)의 형태를 띠고 있다는 것이다. 이에 더해, 「달로」는 근대적 시간의 맞짝이라 할 '근대적 공간'의 문제를 다루고 있다. 그것이 남은 하나다.

근처를 지나던 빛줄기가 허리춤부터 꺾여서 틈 속으로 빨려 들어갔고,(…) 우주를 유영하던 거친 속도는 언젠가 자신의 발을 한없이 잡아끌던 별의 무게를 잊지 못했고, 그 기억을 떨치기 위해 스스로 검은 틈 속으로 순식간에 잠겨 들어갔다. 그 안에는 시간과 속도와 실체가, 일직선으로 씌어진 이야기들과 많은 신들이,(…) 이미 사라져 존재하지 않았고, 그들의 그림자마저도, 뒤틀린 공간 안에 도사리고 있던 끝없는 어둠의 어느 한 몸이 되었다.

—한유주, 「달로」, 22쪽

"검은 틈"이란 과학적·합리적 인식을 초과해 존재하는 블랙홀적인 것·불확정적인 것들의 총칭이다. 그런 불확정의 공간에서 근대적 시간과, 선형적 서사들, 신들, 그리고 그것들의 잔영들은 사라지고 없다. 그런 것들의 소멸을 선언하는 것은 근대적 시공 속에서 증식하고 있는 자본과 그런 증식을 위해 사회를 알맞게 관리하는 이분법적 폭력들에 대한 거부의 언사다. 검은 틈은 "뒤틀린 공간"이며, 그것은 폭력적 이분법들을 양산하는 근대적 공간 개념의 부정이다. 발기한 '타워 펠리스'와 그 아래 쪼그라진 '판자촌'에 대한 관념적 해결이다. 뒤틀린 공간의 "끝없는 어둠" 속에서 분할된 것들끼리의 수직적 위계는 없어지고 "한 몸"의 역동적 수평성은 회복된다.

텍스트에 드러나는 물신의 사회에 대한 비판, 구체적으로는 자본의 운동을 활성화시키는 은폐된 감시의 기술에 대한 비판은 줄기차다. 더불어 물신의 사회를 확장하는 인간의 이성적 능력과 그런 이성에 의해 창출된 다양한 이분법들에 대한 거부도 이어진다. 텍스트에 내장된 사회적 상상력과 그것을 지탱하는 정치적 의식의 증대를 확인케 한다. 텍스트에 따르면, 기술의 진보는 인간의 합리적인 사고에 의한 것이 아니라 단지 "우연히 발견된" 것일 뿐이다. 세련되고도 강고한 전지구적 자본에 기여하는 우연적 과학과 기술은, 세계를 "같은 시각에, 같은 내용의 꿈을 꾸"도록 만들었다. 이런 획일화의 뒤에 숨겨진 '부드러운 강제'와 관련해 아래의 한 대목은 중요하다. '일' 하고 있는 우리의 자화상이 새겨져 있기 때문이다.

> 세계는 눈에 보이지 않는 실로 투명한 거미줄처럼 짜여 있었다. 줄이 흔들릴 때마다 해가 뜨기 전 맺혔던 물방울이 흩어지는 소리가 났다. 줄마다 빨래처럼 매달린 사람들은 잠깐 내비친 태양 빛으로 젖은 몸으로 광합성을 하다가, 곧 어느 거미의 입 언저리에서 사라져버렸다.
>
> —한유주, 「달로」, 27~28쪽

사람들의 추억은 "꿈의 공장"(24쪽)에 의해 찍혀 나온다. 가공된 추억을 거스르는 이질적인 추억들은 "무수한 기록장치"(25쪽)의 관리체계 안으로 잦아들고 만다. 은폐된 감시권력은 아침의 고요를 흩고 몸의 규율을 내재화시키는바, 보이지 않는 "거미줄"과 "거미"의 이미지는 물신을 확대재생산하는 거대 정보파놉티콘의 은밀한 작동을 떠올리게 한다. 공통의 추억과 주입된 신념은 삶의 정지에 다름없다.

읽기에 제동을 거는 「달로」의 해체된 이야기와, 1장에서 11장까지를 거쳐 0장으로 귀결되는 형식실험 등을 두고 낯익은 것임을 지적하는 것은 일면적이다. 그것은 앞서 언급한 '로'의 지향점과 그 도달의 성패에 관련된 것이면서, 텍스트에 일관되게 관철되고 있는 비언어적 소통에 대한 희구에도 걸리는 것이기 때문이다. 12장이 아니고 0장인 까닭은, 너무 많은 말들을 했음에 대한 자각의 반영일 터다. 마음(感)과 실천(動)으로서의 '몸의 만남'을 지향했던 텍스트가 서서히 그런 만남과 소통에서 멀어지고 있음에 대한 제어인 것이다. 「달로」는 '몸의 만남', 그 '관계적 장(場)' 앞에서 움츠러드는 현대인의 부유하는 삶으로 끝막음된다. 그것이 0장인바, 그 내용과 형식은 달에 이르고자 하는 지향을 담은 '로'의 실현이 줄곧 실패하고 미뤄질 수밖에 없음을 드러낸다. 우리는 텍스트가 멈춘 곳에서 나와, 우리들 삶살이의 '조건들'에 대한 성찰을 끌어낼 수 있어야할 것이다. 그런 성찰이 텍스트의 밖에서 안을 비판적으로 재사유할 수 있는 최소한의 담보일 것이다.

3. 공동체적 연대의 가능성과 윤리

앞서 다룬 두 텍스트를 구체적 현실과의 연관을 망각한 '결여태'로서 대하지 않았다. 이는 역으로, '완결태'를 전제하지 않았다는 말과 같다. 기민한 자기 갱신의 부단한 연속으로 특징지어지는 자본의 존재방식 앞에서, 그것에 대한 '옹호'와 '비판'과 '중립' 모두는 완결적이거나 고정적인 것일 수 없다. 텍스트에 대한 비평방법으로서의 '결여태'는 실제 삶의 팍팍함과 옹졸함에 비해 상대적으로 느긋한 방법일 수 있다. 「달로」와 「시간의 정원」은 관념의 덩어리였으므로 깊이 포괄적일 수 있었다. 이 장에서는 그 두 텍스트가 나아온 끝자락에서 새롭게 시작되고 있는 '연대의 모습'을 확인한다. 이는 소설집 『국경을 넘는 일』(전성태, 창비, 2005)을 통해 가능한 일이다.

「존재의 숲」은 현실과 환영의 배합으로 극적 반전을 꾀한 생태주의적 소설이다. 숲은 깊고 그 속에서 '나'는 안식을 느낀다. 숲은 여우골 사람들의 관계의 장이다. 객지 사람을 자연스레 포용하는 숲은, 안긴 그로 하여금 거리낌 없이 살게 하는 촌락 공동체의 대리적 형상이다. 여기서는 텍스트에 단 한 번 언급되는, 그래서 그리 이목을 집중시키지 못하는 한 대목에 주목하고자 한다.

> "내 오늘 평생 글을 다뤘다는 노인을 만났는데 그 이야기를 해드리리다." / 이건 또 무슨 꿍꿍이인가 해서 나는 저절로 눈초리가 돌아갔다. / "그 노인네 평생 소원이 글자가 사라지고 이야기만 남는 글을 짓는 거라는데 그걸 못했답니다. 말에 매여서 헤어나지 못하더란 것이오. 하물며 세상을 조롱하고 비판하는 일이야 어쩌면 쉬운 일 축에 들지 모르지요."
>
> —전성태, 「존재의 숲」, 12~13쪽

무명의 개그맨인 나에게 점쟁이가 했던 말에는 「달로」의 지향점이 직접적으로 축약되어 있다. 점쟁이의 입을 빌려 말하는 그 노인네에 의하면 언어가 절멸된 순간에 이뤄지는 진정한 소통이란 평생을 바쳐도 어려운 일이다. 그러한 '몸의 만남' 이 쉽지 않은 것은 필연적으로 타자와의 파산난 관계에서 기인할 수밖에 없다. 이에 비해 세상에 대한 조롱과 비판이 쉬운 것은 소통을 전제하지 않았으므로 타자의 문제를 아예 생각하지 않아도 좋았기 때문이다. '나와 남' 의 관계를 겹겹으로 확장하면 어떤 식으로든 그것은 '공동체' 혹은 '연대' 라는 이름을 얻는바, 그런 이름보다 중요한 것은 공동체의 속질과 연대적 끈의 작동방식에 관한 것이다. 소설집의 표제작 「국경을 넘는 일」을 통해 그런 공동체적 연대의 속질이 어떠해야 하는가에 대해 모색해 볼 수 있다.

여행지에서의 순간에 지나지 않는 만남은 '몸의 만남' 일 수 없으며, 따라서 공동체적 연대의 가능성을 그런 순간적 만남에서 타진해 할 수는 없다. 폭력적 한 세기의 절반이 후세대에 부과한 앙금의 관계는 서로가 서로에게 밀려나는 일본인 '구로다' 와 한국인 '박' 을 통해서는 치유 불가능하다. 기아에 허덕이는 이북의 동포에 대한 박의 웃음에 대해 추

내가 속한 공동체와 긴밀히 관계 맺은 다른 공동체의 이익이 '옳은 것' 이라면, 나의 공동체의 이익은 비판되어야 한다. 이에 대한 공감과 실천이 '윤리' 이다.

궁의 자세를 취하는 통독(統獨)의 소수자(구동독인)인 '얀' 또한 외부자의 거친 시선만 보인다. '국가' 와 '민족' 의 하중을 벗어난, 욕망의 긍정으로서의 '성(性)' 이 그 대안이 될 수 없음도 '나오꼬' 와 박의 관계를 통해 여실히 증명된다. 「국경을 넘는 일」은 하중이 큰 문제가 무거울 수밖에 없는 이유는 분명히 있으니 회피하지 말고 정면으로 대면해야하며, 타자에 대한 배려만이 그런 대면의 성과를 담보할 수 있다고 말한다. 이처럼 부정의 방식으로 타자와의 관계 문제를 환기시키는 것은 「사형(私刑)」에서도 마찬가지다.

「소를 줍다」의 '나' 는 장마철 강을 따라 떠내려 온 소를 줍는다. 주운 소에 정 붙이지 마라는 부모님의 말은 당신 자신들과 내가 함께 감당하기 어려웠던지라, 진짜 주인이 나타나 소를 가져감에 정이 들어 괴롭다. 진짜 주인집에서도 그 소는 정든 일소였다. 이후, 애인의 임신 소식에 형은 가출했고, 그것이 거짓임을 알고 돌아오는 길에 형은 사출공장에서 받은 삼십 만원으로 소를 사왔다. 아버지는 "내력없는 소 손지" 라며 한탄했으나, 시간이 흘러 작은 외양간이 좁아지자 그 재미로 사신다. "요놈의 짐생이 정을 안 줄래도 정이 안 들 수가 없는 짐생이여. 하긴 우리 자석놈들은 요놈이 다 갈쳤응께. 난 심 하나 안 썼구만."(112쪽)하고 행복에 겨워하는 아버지의 말로 소설은 끝난다.

아버지의 말에서 타자의 범위가 확장된 농경적 전통의 심성을 찾을 수 있는바, 이는 양에 미쳐 질을 잃어가는 거대산업화 시대에 복원해야 할 공동체의 기반 중 하나일 것이다. 이런 '타자의 범위 확장'과 더불어, 정상과 비정상의 구획으로 우리들 삶의 지척에서 멀어지고 타자화된 이들에 대한 포용의 문제도 재인식될 필요가 있다. "정신이 좀 모자란"(91쪽) '필구'가 그 같은 문제를 환기하는데, 그들이 비정상으로 분류되어 격리된 것은 불과 얼마 전의 일이다. 이분법의 질서정연함에 내재된 공과(功課) 또한 공동체적 연대의 한 축을 위해서는 중요한 문제가 아닐 수 없다.

앞서 썼듯, 연대의 가능성은 필연코 타자와의 관계를 전제한 것일 수밖에 없다. 「한국의 그림」은 매우 고차원적인 타자론이 아닐 수 없으므로 눈여겨 볼 필요가 있다. '나'의 아재인 '대호'는 목수였으나, 1986년 공안정국 속에서 미술운동의 선봉에 선 청년화가로 조작되었다. 유치장에서 그가 자각한 것은 "아무리 항변해도 받아주지 않는 현실"(67쪽)의 냉혹함과 혼란이었다. 유치장을 나와 보게 된 죽어가는 대학생의 신문사진은 그의 삶을 바꾼다. 그를 휩싼 격정과 충격이 그 장면을 판화로 옮기게끔 했고, 자취방 대학생들을 통해 그 판화가 널리 퍼졌기 때문이다. 그는 죽은 대학생의 대형 영정틀을 제작한다. 표제인 '한국의 그림'이란 그가 제작한 그 거대한 걸개그림을 가리킨다.

소설 속의 대호가 투쟁의 일선에 서게 되는 과정은 성장소설적이다. 그의 투쟁은 자기연민과 자기극복에 의해 추동되고 있다. 못 배우고 가진 것 없는 보통사람의 자각을 바탕에 둔 그의 투쟁은, 그런 심리적 양면을 하나로 합치면서 투쟁 일반이 가진 이타성으로 뻗어간다. 이는 자기에 대한 배려가 타자에 대한 배려로 나아가는 고차원적인 타자관을 환기하는바, 그것은 나를 위하는 것이 곧 너를 위하는 것이 되는 관계의 다른 말이다. 공동체적 연대의 핵에 해당하는 그런 고차원적인 타자관은, 결코 '윤리'의 문제를 벗어나서는 존재할 수 없다. 내가 속한 공동체와 긴밀히 관계 맺은 다른 공동체의 이익이 '옳은 것'이라면, 나의 공동체의 이익은 비판되어야 한다. 이에 대한 공감과 실천이 '윤리'이다. 그것은 무차별적인 탈경계가 아니라, 경계의 강화가 경계의 해체로 이어지는 역설을 내장한 원리다. 그런 연대의 원리로서의 윤리는 공동체들 간의 '합의나 절충', '조절과 화해'보다 우선하는 것이 되어야 한다.

사용가치에 대한 교환가치의 역전과 그것에 의한 물신화 및 소외는, 인간과 사물(事/物)을 근본적으로 '타락한 관계'로 엮어낸다. 타락한 관계에 의해 지탱되는 타락한 사회는 넘치거나 모자람 없는 사용가치에 기초한 세계가 아니다. 그것은 신적 권위의 화폐(가격)가 조종하는 시뮬라크르(simulacre)의 세계다. 이런 헛것의 세계, 곧 타락한 교환가치에 매몰되어갈 수밖에 없는 구조적 조건들 속에 나와 너의 삶은 들어 있다. 이에 대한 비판을 기획했던 '전지구적 자본주의'라는 단어조차 자본에 포획되어 텅 빈 수식어로 전락하고 있는 때가 오늘이다. 그 단어의 구체적 물질성과 그것에 내재된 세련된 폭력성에 응전하는 것이 말처럼 쉬운 일은 아닐 것이나, 늘 염두에 두어야할 당위적인 명제임은 분명하다. 자본의 운동에 대한 비판과 저항은 자본이 운동하는 것보다 앞서 움직여야한다. 그래서 그것은 고정적이지 않고 유동적이며 과정적이다. 소설집 『국경을 넘는 일』을 통해 고민해본 '연대의 가능성' 또한 그런 유동적인 것이었음을 부기한다.

4. 자본의 운동과 '몸의 만남'

우리는 이제 조금 더 '보편적인 것' 을 발언해야할 때에 도달해 있는 것은 아닐까? 세계사적 보편성과의 상호작용에 대한 사유 없는 개별성의 주장은 원천적으로 무효임을 깨닫는다. 남의 사유를 익히고 활용하는 바탕에도 그런 '보편' 과 '개별' 의 상호 침투에 대한 탐구가 선행해야한다고 생각했었던바, 그런 생각을 인식의 저변에 두는 것에는 하등 달라질 것이 없다. 어디까지나 그런 저변 속에서 약간의 변화는 찾을 수 있으니, '개별' 에서 '보편' 으로 방점의 위치를 옮길 필요가 있다는 생각이 그것이다. 보편적인 것과 개별적인 것의 교호양상에 대한 공부는 그 둘 모두를 안고 넘어서는 '특수적인 것' 의 마련과 연마를 가능케 할 것이다. 나는 그런 '보편' 과 '개별' 의 교호를 통한 '생성적 특수' 를 '자본과 국가의 담합적 권력' 에서 찾고, 그것을 바탕으로 그 같은 담합권력에 대한 이론적/실천적 비판을 서사(narrative) 일반을 구심점으로 시도해 보고자 한다. 이 글은 그런 추상적인 기획의, 미미하지만 구체적인 출발이라 하겠다.

'능력에 따라 일하고 필요에 따라 받는' 경제적 문제와 더불어, 자유로운 개인이 지닌 인간적 잠재성의 계발과 그런 계발이 가져올 '삶의 즐김' 은 필요하고 또 가능한 일이다. 고유한 차이와 개별성을 용인하지 않고 모든 소수자들을 순한 소비자로 묶어세우는 전지구적 자본주의의 폭주는 인정되어야할 최종적 사실인바, 이것이 앞서 다룬 소설들에 대한 더 적극적인 해석과 판단의 필요성을 요청했다. 영원히 비주류일 수밖에 없는 맑스를 환기시키는 것은 오늘 이곳의 개별성을 방기했기 때문은 아니다. 오히려 우리의 그 개별성이라는 것이 '맑스의 당대와 과연 다를 수 있는가' 라는 물음을 제기하고자했기 때문이며, 이 물음이 스스로에게 더 근원적인 문제로 각인되길 바랐기 때문이다.

맑스와의 차이를 인정하고 안으면서 맑스적인 사유가 숙명적임을 직시하기. 여기서, 맑스적인 사유란 서구의 이론가 한 사람만을 지칭하는 것은 아니다. 외려 그것은 맑스를 포함하는 맑스적인 모든 것, 물신의 사회와 자본의 운동에 대한 끈기 있는 미학적 · 실천적 투쟁 일반을 가리킨다. 이 글이 다룬 비선형의 서사들은 기존의 내용과 형식에 대한 치기어린 인정투쟁의 발로이지 않다. 그것은 물신이 부과한 '분열과 소통' 의 문제에 대해 천착한 것일 수 있는바, 이는 비선형적 서사들이 물신의 세계에 대한 미학적 급진주의로서의 가치를 확보하는 근거일 것이다. 엘리티즘을 거부하는 복수적 엘리트들이 '대중의 취향' 에 따귀를 때릴 수 있을 때, 그들과 대중은 함께 '반(反)시대적' 존재 근거를 획득할 수 있을 것이다.

대상이 된 비선형의 서사들은 신예에 의해 짜여 졌으며 비주류적인 위치에 있다. 그런 만큼 그것들에 대한 읽기와 자리매김은 시도되어야 했다. 이 글은 물신에 대한 비선형 서사들의 비판과 저항이 멈춰 선 곳에서, 『국경을 넘는 일』을 통해 공동체적 연대의 가능성에 대한 탐색으로 나아갔다. 진정한 소통으로서의 '몸의 만남' 이 다뤄진 텍스트들 모두가 함께 나눠 가진 공통분모였다.

끝나지 않고 '주변으로 밀려나는' 문학은 '자본' 의 폐쇄회로에 대한 투쟁적 이론화를 통해 그 효용을 유지하고 확대할 수 있다. 사정이 그러하므로 오늘 이곳에 필요한 것은, 문학의 종언에 대한 '선고' 나 '기각' 의 선언이 아니라 그런 담론적 격돌 '사이' 에서 필연적으로 이뤄질 변증법적 생성들에 대한 착안이며, 그것을 통한 뒷방 늙은이로서의 문학의 '질(質)' 의 제고다. 이때의 문학이란, 이미 문화로 확장된 상태이며 그 상태의 질적 수준에 대한 '비평/비판' 일반을 온통 포괄하는 개념일 것이다. 문학이 각 시대의 역사적 상황에 대한 비판자로서의 역할을 담당할 수 있었던 것은 그 문학들이 공히 깨어있었을 때다. 그런 '깨어있음' 만이 사색하는 시간을 못 견뎌하는 우리 시대와 그런 시대를 더욱 굳게 하는 경제주의의 확대재생산 구조를 '내파(內破)' 하는 단초일 것이다. 이 글은 궁극적으로 나의 '삶의 조건' 을 비판적으로 인식하는 지렛대가 되길 바라는 마음에서 쓰여 졌던바, 알바(arbeit: 노동!)로 뛰던 주 4일짜리 보습학원을 그만둘 수 있게 했다.

이윤정[1]

사랑을 둘러싼 서사의 모험

– 전경린, 권지예, 정이현 소설을 중심으로

1. 사랑의 매혹과 미혹

'사랑' 은 전 시대에 걸쳐 가장 보편적인 주제이며 시대마다 다르게 형상화된다. 사랑이라는 개인적인 감정을 통해서 우리는 당대 사회의 제도적인 모습을 볼 수 있고 인류와 함께 해온 지배나 종속과 같은 역사성도 볼 수 있다. 그렇기에 사랑이라는 주제는 시대의 성감대이자 내면의 최전방이면서 사회의 최후방일 수 있다. 사랑은 그 모든 가치를 뛰어넘고 어떤 것도 비견할 수 없는 꼭 지켜야 할 절대적이고 숭고한 요소라는 점이다.

지금까지 여성소설에서 형상화하고 있는 사랑의 의미는 결국 가부장제 이데올로기의 '내면화' 로 끝을 맺고 있는 경우가 대부분이었다. 그 내면화의 양상들은 복잡 미묘하게 드러난다. 안정된 주부로서 자기 위

1 부산대 국어국문학과 박사과정. 현재 부산대 여성연구소 전임연구원.

상을 정립하고 만족하는 유의 작품에서부터 가정에서부터의 일탈을 시도하지만 결국 그러한 모험적 시도를 통해 도달한 것은 또 다른 가부장제의 생산물인 경우, 그리고 자신의 정체성을 매몰시키는 소외된 공간에서 탈출하는 방법 등이다. 이것은 기존의 결혼이라는 질서를 파괴하고 낭만적 사랑을 찾아 나서는 모습으로 형상화되고 있다. 한마디로 가정이라는 소우주에 갇혀 시지포스의 노동을 무의미하게 반복해야 하는 여성들은 삶의 결핍을 채울 수 없었고, 결국 다른 유로를 찾지 못한 여성들은 낭만적 사랑이라는 탈출구로 가정을 떠났다. 하지만 그것은 가부장제의 보이지 않는 억압에 대한 희미한 반항일 뿐이었다.[2] 의식의 보수화가 심각하였던 시기에 여성들은 자신의 욕망과 생각을 담아낼 언어가 없었고,[3] 여성을 억압하는 각종 사회 장치들은 '낭만적 사랑' 이나 '현모양처' 라는 말로 포장하여 그들의 경험을 왜곡시킬 뿐이었다. 90년대 이전 한말숙, 손소희, 한무숙, 박경리, 박완서, 강신재의 작품 속에서 이러한 행위구조들은 낯설지 않게 발견할 수 있다. 여성인물들은 '순결성' 과 '현모양처' 의 이데올로기를 모두 전복시킨다. 하지만 이러한 토대 위에서 창조된 인물들의 의식수준이나 행위방식은 당대 가부장제사회의 모순을 심도 있게 지적하는 데 도달하지 못했다. 감각적으로만 접근한 저항의식은 그 무모함 때문에 오히려 저항성을 잃어버리게 되고 결과적으

---

2 한국여성소설연구회편, 『페미니즘과 소설비평』, 한길사, 1997, 21쪽

3 뤼스 이리가라이, 이은민역, 『하나이지 않은 성』, 동문선, 2000, 90쪽
이리가라이(Irigaray)는 "남성이 모든 것의 척도이며 그 척도를 만들어 내는 것도 남성" 이기 때문에 여성작가들이 자신을 표현하는 도구로 사용하는 '언어' 는 이미 가부장제사회의 권위적인 체계를 그 안에 포함하고 있다고 지적한다. 그래서 여성의 목소리를 담아내기 위해서는 새로운 언어 영역을 만들어 내던가, 기존의 언어를 가지고 비본질적이고도 왜곡된 방식으로 가부장제를 공격하는 방법밖에는 없다고 본다. 결국 기존의 언어를 버리거나 혹은 기존의 언어를 통해 기형화된 방식으로 체계에 저항해야 하는 것이다.

로 가부장사회의 이데올로기를 내면화할 뿐이다. 이러한 여성작가들의 '사랑' 에 대한 집착은 90년대 여성소설에서도 여전히 나타나고 있다. 하지만 90년대 작가들 역시 그 이전의 여성작가들이 보여주었던 욕망의 모습을 표현하는 방식이나 사유의 방식을 다르게 나타낼 뿐, 결국 그대로 답습하고 있다. 그들은 자신이 처한 환경에 정면으로 대응하지 못한 채 혹은 그들이 직면하고 있는 모순의 실체도 정확하게 인식하지 못한 채 낭만적 사랑을 찾아 떠나는 일탈된 사랑을 꿈꾸거나 소통 불가능한 세계 속에서 자아 찾기에 나서고 있는 것이다.

은희경의 「빈처」에서는 남편인 남성서술자가 아내의 노트를 훔쳐 읽는 과정을 통하여 아내가 얼마나 일상에 지쳐있고, 외로운 나머지 자신의 결혼생활에 대해 불행하다고 느끼고 있다는 사실까지 눈치 채도록 하는 장치를 설정하고 있다. 김형경의 「담배피우는 여자」에서 서술자는 옆집 주부가 담배 끊기를 종용하는 남편 때문에 추락사하기까지의 사건을 들려주면서 여성 스스로가 외로움과 소외 극복의 돌파구를 찾기 위해 몸부림쳐야 하는 현실의 비극성을 우회적으로 암시한다. 김형경은 또 다른 작품 「민둥산에서의 하룻밤」에서 전통적으로 강요되어 온 남편상과 아내상 때문에 삶을 소모할 수밖에 없는 부부의 불행을 담담한 어조로 피력한다. 그 외에도 「어머니가 되는 절차」나 「이중주」에서도 남성에게 버림받는 모녀간의 슬픈 이야기를 통해서 여성들이 좁게는 남편으로부터의 소외에서, 넓게는 제도와 사회의 소외로 희생되고 있음을 서술하고 있다.

이들 작품들은 한결같이 일상공간 속에서 별다른 자아인식을 하지 못한 채 삶을 영위해 나가는 여성들이 점차 타자, 나아가 자아와의 소통이 단절된 공간 속에 자신이 속해 있음을 깨닫게 되면서 나름대로 돌파구를 찾아나가는, 가부장제 이데올로기에 대해서 가장 소박한 몸짓을 제시하고 있다.[4] 이들은 주체적인 존재로 성장할 기회나 가능성이 없다는 존재조건을 인식하며 아직도 이 사회에 편재하는 어머니들의 모습에서 벗어나고자 한다. 하지만 이들 여성인물들은 남편이 부재하는 현실 속에서, 가정을 지켜나가는 과정은 타자와의 소통이 전혀 불가능한 폐쇄공간 속에서의 숙명론적 몸짓으로 제시하고 있는 한계를 지닌다. 또한 자기주체의 소외의 원인을 정확하게 인지하고 그 현상을 명료하게 분석하는 능력은 결여되어 있다.

결국 이들 작가들의 작품 속에 그려지고 있는 사랑의 본질적인 의미에 있어서는 아직 사랑이 '무엇' 이라는 숭고한 전제를 가지고 있는 셈이다.

그러나 2000년대식 사랑에는 그 전제가 여지없이 무너지고 있다. 90년대를 넘어서 2000년대 작가들이 그리고 있는 사랑의 의미 양상은 그 이전의 작가들이 그리고 있는 의미의 연장선에 있는 작가들이 대부분이지만, 그 속에서 확연하게 그 의미가 구별되는 작가가 있다. 바로 정이현의 작품들이다. 2000년대 작가 정이현이 그려내는 사랑은 한마디로 발칙한 사랑이다. 그저 사랑이 상품이어도 좋고 그 사랑이 생물학적인 어떤 작용이여도 상관없다. 그래서 그의 작품 속 인물들은 더 이상 은희경이나 김형경의 주인공들처럼 사랑을 구하거나 사랑을 찾으려고 하지 않는다. 또 사랑하기를 원하지도 않는다. 정이현의 두 편의 작품집 『낭만적 사랑과 사회』, 『달콤한 나의 도시』는 가볍고 경쾌한 소설의 전개와 더 이상 어렵고 권위 있는 말이 아닌 별것 아닌 말에 웃음을 자아내는 각주 등을 통해 전통적 사랑의, 그 숭고한 촌스러움과 권위를 비웃으며 경쾌하게 말하고 있다. 이러한 정이현의 작품은 동시대 권지예, 전경린이 그

4 김윤선, 「한국현대소설에 나타난 부부정체성」, 『인간연구』, 제 10호, 62쪽

리고있는 사랑의 의미와는 분명 다른 의미를 가지고 있다.

2. 낭만적 사랑의 굴레 — 전경린, 권지예

전경린이나 권지예의 작품은 2000년대를 살아가고 있지만, 분명 그 의미는 아직도 90년대식 사랑의 연장선에 놓여있음을 알 수 있다.

전경린의 「물의 정거장」[5]은 결혼 혹은 가족이라는 제도적 틀 안에서 끊임없이 다른 삶의 가능성을 꿈꾸는 여성들의 황량한 내면을 그리고 있다. "이렇게 높은 곳까지 올라온 줄 몰랐어요. 당신 손을 잡고 눈길을 따라가느라, 이렇게 높은 곳에 올려진 줄도 몰랐어요. 날개라도 달린 듯…… 그런데, 당신은 없고 이렇게 높고 외딴 곳에 나만 남겨졌어요. 세상은 나를 향해 일제히 불을 꺼버렸는데, 나 혼자 어떻게 내려가나요?" 남자는 무숙보다 세 살 아래인데다 '물고 싶을 만큼' 예쁜 딸을 둔 유부남이다. 게다가 무숙이 조선시대 장식장으로 가구를 들일만큼 상류층인데 비해 2급 신문사의 기자인 남자는 '출고된 지 육 년이나 된 낡은 차를 타고 도심 외곽에 겨우 25평 아파트를 이제 막 마련한 애송이'. 무숙은 남자가 불편해하는 '큰 집'을 내놓고 산동네 허름한 아파트로 이사까지 하며 남자를 애타게 기다린다. 하지만 일 년여 전 남자는 하루아침에 사라져버렸다. 무숙이 산동네로 이사하기 직전 그는 이스탄불로 혼자 날아가 버린 것이다. 소설 속의 무숙은 어딘지 모르게 이상하다. 일반적으로 생각해 볼 때 좀 특이한 사람인 것처럼 보인다. 그녀는 도통 일상화된 생각을 가지고 있지 않으며, 일상 속에서 탈출하여 또 다른 세상 속에

5 전경린, 『물의 정거장』, 문학동네, 2003

결혼 혹은 가족이라는 제도적 틀 안에서 끊임없이 다른 삶의 가능성을 꿈꾸는 여성들의 황량한 내면을 그리고 있다.

살고 있는 듯 보인다. 그녀의 내면 속에 결핍된 무언가는 소설 속에서는 나타나지 않는다. 다만 그녀가 꾸는 꿈들과 그녀에게 일어나는 상황만으로 그녀의 생각을 읽음으로써 이렇듯 생각이 드는 것이다. 허름한 70년대 낡은 아파트 안에 무숙의 집은 터키식 카펫과 커다란 수정 샹들리에, 이조시대 장식장과 테이블, 베네치아식 의자들과 거울, 화장대와 침대 그리고 붉은 색 소파와 은제 사슴상등이 있다. 이것들은 무숙의 겉으론 몸치장을 전혀 하지 않는 한 아주머니에 불과하지만 실상 그녀의 내면의 세계를 비추는 것과 비슷하다. 가구들이 존재했을 시기는 그녀는 화려하게 사랑을 하고, 그 사랑이 끝남과 동시에 겉은 현실을 받아들였지만 내면은 여전히 화려한 사랑을 하던 시절에서 멈추었기 때문이다. 그러므로 그녀들의 대사는 언제나 심오하고 중력감이 강하며 어딘지 모르게 공허하다. "난 나머지 생을 그와 함께 하려는 생각 뿐이야. 사계절이 온통 얼음과 눈으로 덮인 세계에선 흰색이 지배적이겠지. 삶의 장애이고 삶의 허용이고 삶의 구조이며 배경이고 질료이며 온도이고 질감이고 삶이 그곳에서 나와 그곳으로 돌아가겠지…… 그와 나 사이에도 사랑을 의미하는 단어가 앞으로 열일곱 개쯤 더 생기길 바래." 사랑이 완성되는 것만 흔히 보아오던 일반 상식을 가진 사람들에게 전경린의 이 「물의 정거장」은 여성 속의 또 다른 여성을 보는 묘미를 가지고 있기도 한다. 그녀들은 항상 불안정한 정신을 지니고 있어 위의 무숙과 같이 이루어지지 않은 사랑 속에서도 내면의 아픔을 다시 자신의 고통으로 승화시키는듯한 모습을 보인다. 이는 위의 소설 「물의 정거장」 외에도 「내 생에 꼭 하루뿐일 특별한 날」과 「메리고라운드 서커스 여인」 속에서도 엿볼 수 있다. 이 소설들 역시 현실 속의 평온한 일상을 깨고 새로운 사랑을 찾아 다시금 고통을 일궈낸다. 전경린의 소설은 이렇듯 단조로운 일상의 굴레를 쳇바퀴 돌 듯 살아가던 인물이 어느 날 문득 그런 자신의 삶을 자각하고 가정에서 벗어나 과감하게 욕망을 찾아 떠나고 그것을 통해 삶의 참된 의미를 깨닫는다는 내용이 반복적으로 재현되고 있다. 그렇지만 이 과정에서 드러난 인물의 자기 폐쇄적이고 고립적인 행위는 궁극적으로 사회적 관계가 아닌 사적인 관계를 통한 문제 해결이라는 점에서 지극히 자족적인 수준을 벗어나지 못한다. 가정과 사회, 그 속에서 살아가는 여성의 문제를 기껏 남녀 간의 불륜이나 사랑으로 해소하겠다는 발상은 안이하고 단순할 수밖에 없는 것이다.

2005년 〈동인문학상〉을 받은 권지예의 단편 「꽃게 무덤」[6]은 사랑의 본질에 대해 다시 한 번 생각하게 하는 작품이다. 이 소설의 두 주인공인 '그' 와 '그녀' 는 모두 사랑 때문에 '허기진' 사람들이다. 허기진 주인공들은 간장게장으로 그 허기를 달래려고 한다.

주인공인 '그' 는 떠나버린 '그녀' 를 간장게장을 통해 기억한다. "그

---

6 권지예, 『꽃게무덤』, 문학동네, 2005

녀의 얼굴은 선명하지 않다. 대신 게를 먹는 그녀의 모습은 마치 바로 앞의 무대에서 일어나는 일인 양 선명하다."라고 말한다. 그가 그녀를 만난 것은 재작년 가을 바닷가에서였다. 소금개펄에 자줏빛 카펫처럼 깔린 함초밭의 사진을 찍기 위해 석모도에 갔던 그는 그곳에서 바다로 들어가 죽으려는 그녀를 구하게 된다. 그리고 그날 밤 그녀와 함께 꽃게탕를 먹는다. 그녀는 조금 전 자살을 하려던 사람 같지 않게 왕성한 식욕으로 마치 게에 걸신이 들린 것처럼 꽃게의 살을 파먹었다.

그 후 그는 그녀와 함께 살게 된다. 이혼 후 여자에 대한 혐오증을 갖고 있던 그에게 그녀는 처음에는 단지 집안일과 잠자리에 편이를 제공하는 대상이었다. "그럭저럭 곁에 둘 만한 여자"라는 생각이 들 정도였던 것이다. 작가는 "그녀는 예전의 아내처럼 잔소리가 심하지도 않고 남들과 연봉을 비교하지도 않았고 사랑이 식었다고 앙탈을 부리지도 않았다. 무욕 그 자체였다. 그래서 그녀는 게에 집착을 할 때를 빼고는 대체로 모노톤의 정물화처럼 편안했다. 말도 별로 없고 그와 눈이 마주치면 살풋, 희미한 웃음을 입에 물곤 했다."라고 그녀를 묘사하고 있다.

그녀는 열심히 게장을 담갔고 그도 차츰 게장에 익숙해졌다. 그런데 어느 날 밤 자다가 게장을 먹고 있는 그녀를 발견하게 된다. 그녀는 "잠이 안 와. 왠지 속이 허해서……"라고 말한다. 그리고 둘 사이에 존재하는 어떤 벽, 작가가 "보이지 않는 각질"이라고 표현한 거리감을 느끼게 된다. 그 느낌을 작가는 이렇게 쓰고 있다. "잠자기 전에 그녀를 채우며 스스로도 충일감에 빠져 잠들었던 그는 맥이 빠진다. 섹스로도 채울 수 없는 그녀의 허전함을, 그 비어있음을 아득하게 느낄 수밖에 없어 현기증이 날 지경이다." 그러자 그는 서서히 그녀의 허기의 정체에 대해 궁금증을 갖기 시작했다. 그리고 시간이 갈수록 안달이 났다. 그가 점점 그녀를 사랑하게 된 것이다. 그러던 어느 날, 그는 그녀의 배낭에서 한

소통 부재하는 현실 속에서 살아가는 주인공들의 모습을 통해 사랑의 본질적인 의미를 담고 있다.

남자의 사진을 발견한다. 그녀가 왜 자살하려 했는지, 항상 게장으로 채우는 그녀의 허기를 왜 자기는 채워줄 수 없는지 등을 알게 된 것이다. 그러자 그는 불같은 질투를 느끼고 게를 탐하는 그녀를 미워하게 된다. 그리고 그녀를 괴롭히고 닦달하게 된다. 이내 후회했지만, 그 새벽 그녀는 몰래 떠났다. "아아 오늘 밤에는 게를 먹고 싶다. 속이 허하다. 간장에 곰삭은 게를 오래도록 파먹고 싶다. 이 입맛을 이기기엔 얼마나 시간이 걸리는 걸까. …… 그는 갑자기 맹렬한 식욕이 돋는 걸 느낀다. 그는 간장게장을 사기 위해 차를 몰아 포구로 간다."라는 말로 소설은 끝을 맺는다.

결국 권지예의 작품 또한 소통 부재하는 현실 속에서 살아가는 주인공들의 모습을 통해 사랑의 본질적인 의미의 굴레에서 벗어나지 못하고 있는 작품이다.

3. 사랑, 낭만성의 신화 벗기— 정이현

최근 한국소설의 새로운 가능성을 진단하는 비평들에서 정이현에 대한 평가는 양극단으로 나뉘고 있다. 백지연은 이만교와 정이현의 공통분모를 낭만적 사랑의 부정성에 놓고 있다.[7] 경제적인 조건으로 결혼상대를 가늠하는 결혼시장의 풍속, 여성과 남성을 묶어두는 순결이데올로기의 강박, 연애의 기술 속에 스며들어 있는 물신화된 기호들 등등 소설 속에서 파헤쳐지는 사랑의 위선적인 형태가 그들의 작품 속에 다양하게 드러남을 포착하며, 낭만적 사랑이 포장해놓은 온갖 세속적인 가치들과 물신화된 욕망을 세세히 거론하고 분석한다. 무수한 기호 속에서 자기 연기술마저도 철저한 쾌락행위가 될 수 있음을 보여주는 이 과정은 소비사회의 소설이 암시하는 새로운 특징을 내포함을 역설한다. 반면에 평론가 고인환은 고통 부재의 시대에 고통의 세 변주를 울리는 작품으로 정이현의 최근 작품들을 거론하며[8] 그의 소설에 드러워진 고통의 그림자인, 냉소와 환멸은 시대 현실에 대한 강한 부정의 정신과 동행할 때만 그 의미와 가치를 수렴할 수 있음을 역설하고 있다. 나아가 이 부정의 동력은 삶에의 의지와 대면하는 지점까지 나아가야 하는데, 그의 작품에서는 현실에 대한 강한 환멸만 담겨있다고 그 한계를 지적하고 있다.

하지만 정이현의 소설은 90년대까지의 여성문학에서 보기 드문 전혀 새로운 어법과 캐릭터를 창조하고 있다. 이는 물질만능주의로 점철된 현대 소비사회의 어두운 단면과도 연관된다. 작가는 다양한 대중문화와 루이뷔통 등 명품브랜드, 베니건스, 뉴비틀, 강남8학군, 휴대폰 등 황폐

7 백지연, 「낭만적 사랑은 어떻게 부정되는가」, 『창작과비평』, 2004 여름호
8 고인환, 「고통 부재의 시대, 고통의 세 변주」, 『문학과경계』, 2005 봄호

한 현대사회의 일상성을 묘사함으로써 물질주의와 단절된 인간관계 속에서 왜곡되는 남녀관계를 드러내고 있다. 여기서 캐릭터가 비윤리적인가 아닌가는 중요하지 않다. 다만 부조리한 세계 속에서 서로 부조리하게 행동할 수밖에 없는 현대인의 모습을 아무런 판단 없이 관찰하여 그 속에서 은밀히 요동하는 어떤 외부적 힘을 보여줄 뿐이다. 이 책이 그토록 충격적이라는 평가를 받는 이유는 이전에는 전혀 보지 못했던 기이한 일들이 벌어지거나 엽기적 캐릭터들이 존재해서가 아니라, 그 모든 환상과 낭만을 벗겨버리고 2000년대 현대인들의 세세한 일상생활과 심연의 욕망을 너무나도 건조한 문체와 시선으로 적나라하게 관찰하고 있기 때문이다.

앞서 살펴본 전경린과 권지예의 소설에 비해, 정이현의 소설은 분명 대칭점에 놓여있다고 할 수 있다. 소설 「낭만적 사랑과 사회」[9]에서 주인공들은 사랑에 애닳은 감정을 느끼며 울고 웃지 않는다. 그들 기준에서의 사랑은 학벌, 지위, 집안, 경제력이며(「낭만적 사랑과 사회」), 출세와 경제적 부를 위한 전략일 뿐이며(「순수, 트렁크」), 손해 보지 않으려는 계산과 위선이며(「홈드라마」), 가족이라는 존재조차 무시당하지 않고 폼나게 살고 싶은 한 소녀의 욕망을 채워주는 도구(「소녀시대」)일 뿐이다. 여기서 세상의 모든 연인들을 지배하고 울고 웃게 만드는 건 낭만적 사랑이 아니고 로맨스 시나리오, 즉 잘 구성되고 심금을 울리는 연애 각본이다.

22년간 지켜온 순결을 '고작' 진짜 루이뷔통 백과 바꿔버린 그녀가, 아니 정확히 표현하면 '순결의 가치'를 지나치게 높이 평가한 그녀가 어리석어 보인다. 그러나 한편으로는 항상 끊임없이 '계산하며' 남자를

---

9 정이현, 『낭만적 사랑과 사회』, 문학과지성사, 2003

만나는 그녀가 무섭게 보이기도 한다. 하지만 주인공 유리는 그렇게 무서운 여자도 그렇다고 뭇 여성들과 다른 특이한 여자도 아니다. 오히려 그녀는 우리 사회에서 어렵지 않게 찾아볼 수 있는, 지극히 정상적이고 지극히 평범한 여자라 할 수 있다. 매뉴얼에 충실히 따르는 남자를 비웃지만 자신이 배팅을 걸 만한 남자가 나타났다고 생각하면 십계명이라는 '매뉴얼' 에 충실히 따르며, '순결' 하면 조건 좋은 남자와의 결혼이 가능하리라 생각하는 그녀의 모습은 어쩌면 순진해보이기까지 한다. 살짝 부딪히기만 해도 깨져버리는 유리처럼 그녀는 약하다. 스스로 약한 존재임을 알고 있기에 어쩌면 그녀는 강한 모습으로 자신을 치장하고 있는지도 모른다. 약한 여성은 사회에서 살아남을 수 없다는 사실을 너무나도 잘 알고 있기 때문이다. 그렇기 때문에 그녀는 계산적으로 남자를 만나고 사랑할 수밖에 없는 것이다.

결과적으로 조건 좋은 남자와의 결혼을 통해 신분 상승을 꾀했던 그녀의 계획은 실패로 돌아간다. 그토록 자신이 믿었던 무기인 '순결' 을 내세웠지만 그 남자에게서 청혼을 받지도 못했고, 다만 명품 백 하나를 얻었을 뿐이었다.

또 다른 작품「소녀시대」의 주인공은 강남 중산층 가정 출신의 평범한 십대 소녀이다. 그녀는 종종, 자기가 스무 살이 될 때 부모님이 돌아가셔서 물려받은 집을 팔고 해외여행을 떠날 상상을 하기도 하고, 미국에서 태어나고 자라서 영어회화를 술술 할 수 있었으면 하고 생각하기도 한다. 그러나 본인 스스로 그런 생각들이 쓸모없는 일임을 잘 알고 있다.

원조교제를 하는 그녀의 아버지와, 허영심 많고 이것저것 배우다가 그만두는 어머니를 그녀는 싫어하지만 딸로서의 위치를 유지하는 데에 있어서 도움만 된다면 만족할 줄 아는 현실적인 생각을 갖고 있기도 하다. 그러나 잔뜩 긴장된 상태로 위태위태하게 유지되어온 가정의 평화가 깨진 어느 날, 그녀는 아버지가 만나던 여자와 만날 결심을 하게 된다. 여자와의 대화를 통해 여자가 임신을 했음을 알게 되고 여자의 임신중절수술비를 마련해 주겠다고 한다. 그 후 돈을 마련하기 위해 그녀는 서슴없이 포르노 사진을 찍고, 남자친구와 가짜 납치 극을 벌인다. 그러면서 그녀는 이런저런 돈 벌 수단이 많이 있다는 것을 근거로 소녀시대를 예찬한다.

「홈드라마」는 햇수로 5년 차에 접어든 한 쌍의 연인이 결혼을 결정한다. 신랑의 이름은 김재호, 신부의 이름은 박수진. 양쪽 집안은 서로 엇비슷했으며, 서로의 사랑도 별다른 굴곡 없이 평범하기만 하다. 가끔 남자가 무관심할 때면, 여자가 토라져서 다툼이 있긴 했지만 누가 보아도 그들의 결혼에는 의심할 여지가 없다. 결혼을 위한 첫 관문으로 양가 부모님들과의 상견례가 이루어지고, 서로 눈치 보기 바쁜 의견들이 오가며 무사히 마치게 된다. 다음 단계로 날짜와 장소, 집 문제에 대한 합의가 이루어지는데 매 과정 속에서 벌어지는 갈등상황은 항상 현실중심이며, 돈과 평판이 가장 중요한 잣대가 된다. 그들은 힘든 결혼 준비과정에서 입은 마음의 상처를 치유하기 위해 옛 연인을 찾아 하룻밤을 보내고 똑같이 성병에 걸린다. 그리고 나서 이루어지는 신혼여행을 대비한 기계적인 치료가 시작된다. 이 작품은 한국사회의 평균적인 한 쌍의 연인이 결혼을 결심하고 그 사회적 제의를 통과하기까지의 사소한 현실적 세목들을 적나라하게 묘사한 단편이다. "기본이 어느 정도인지 감을 잡기 위하여 여자는 다시 인터넷 여성 전용 사이트의 결혼 준비 게시판을 방문했다. '님들, 요즘 예단의 기본은 얼만가요? 참, 참고로 제 애인은 연봉 2,500의 회사원입니다.' 답글이 폭주했다. (중략) 살아보면 알겠지만 결혼은 진짜진짜 현실이걸랑요.' 여자는 그 중 가장 추천 수가 높은

한없이 당당하고 세련될 것만 같은 '요즘' 여성들의 일상은, 사실 소설 속의 은수나 다른 '노처녀'와 다를 것 없이 진부하고 처절하기까지 하다.

충고를 따르기로 했다. '서두르지 마세요. 남자가 집 얻는거 보고 그 다음에 예단 액수를 결정해도 늦지 않답니다." 이제 낭만적인 로맨스의 결론이 결혼으로 되는 것은 동화책에서나 영화와 같은 픽션에서나 일어나는 것이다. 우리 사회에서의 결혼은 연애를 하거나 중매로 조건을 맞춘 커플들이 적당한 나이에 거쳐야 하는 의식과 같고 그 의식은 정도의 차이는 있지만 같은 수순으로 이루어진다. 이 소설에서는 결혼의 과정과 비용을 둘러싸고 두 남녀와 가족 간의 위선적인 줄다리기를 하는 것을 명확히 보여준다.

현대의 사랑은 근대적 사랑과는 달리 많은 변모를 보이고 있다. 근대적 사랑이 정신적인 교감을 이야기했다면, 현대의 사랑은 무엇인가 목적을 이루기 위한 방책으로 사랑을 이야기 한다. 유리에게 사랑하는 대상은 자신의 사회적 자위를 상승시키기 위한 하나의 방책일 뿐이며, 순결역시 사랑에서는 목적을 이루기 위한 하나의 도구일 뿐이다.순결을 지키기 위한 유리의 낡은 팬티를 통한 사수, 유리잔에 비유되는 순결과 같이 순결에 대한 여성의 시각이 제시되고 있다. 이러한 순결의 강조는 사랑을 하는 것이 아니라 바라보고 연기해내는 사랑의 변모를 보여주는 장치이며 유리의 경제적 사랑을 극명하게 드러내주는 것이라 할 수 있다.

작가의 최근 작품 『달콤한 나의 도시』[10]에서 그녀들이 살고 있는 도시는 전혀 달콤하거나 유쾌하지 않다. 시종일관 상사에게 치이고, 능력 좋은 어린 후배들에게 눈총 받고, 게다가 연애도 제대로 되는 것이 없는데 주위에서는 결혼은 언제 하냐며 아우성이다. 한없이 당당하고 세련될 것만 같은 '요즘' 여성들의 일상은, 사실 소설 속의 은수나 다른 '노처녀' 와 다를 것 없이 진부하고 처절하기까지 하다.

서른한 살, 굳이 숫자로 따지지 않아도 '노처녀' 라는 세 글자면 충분히 표현될 수 있는 수십만 명의 대한민국 여성들. '세상이 좋아져' 여성들도 사회에 나가 일 할 수 있는 사회가 되었지만, 그것만으로 그녀들이 사회적 억압과 속박에서 완전히 해방되었다고 말할 수는 없는 노릇이다. 인류평등의 시대라는 21세기, 도약하려는 여성의 발목을 옭아매고 있는 것은 사회 구성을 위한 '필수' 제도, 바로 '결혼' 이다.

먼저 대한민국 국민이라면 누구나 상상해볼 수 있는 '이상적인 가정' 에 대해 그려보자. 아마 대부분의 사람들이 그림 같은 전원주택에서 인자한 아버지와 가정적인 어머니, 사이좋은 연년생 오누이가 함께 정원에서 여가를 즐기는 모습을 생각할 것이다. 그렇다면 여기서 잠깐 어머니의 모습을 살펴보자. 필시 그 사진속의 어머니는 얼굴에 부드러운 미소를 띠고, 몸에는 앞치마를 두른 채 자신의 아이들을 사랑이 가득한 눈빛으로 바라보고 있을 것이다.

10 정이현, 『달콤한 나의 도시』, 문학과지성사, 2006

집에서 아이를 돌보며 가족에게 멋진 요리를 선사하는 가정적인 아내, 인자한 어머니. 안타깝게도 오늘날 여성들에게 '당연한 듯이' 요구되는 이상향은 바로 그런 모습이다. 결혼을 거부하고 혼자서 돈을 벌며 여가를 즐기는 여성은 (그 개인의 능력과 상관없이) 언제까지나 시집 '못' 간 '노처녀' 로만 취급될 뿐이다.

오늘날 여성들이 쉽게 빠지게 되는 딜레마는 이런 것이다. 사회에서 요구하는 '이상적인 어머니 상' 과 사회의 한 구성원으로서 가지는 책임. 이 두 마리 토끼를 동시에 잡기 위해 여성이 감당해야 할 일들은 너무나도 많다. 현대사회는 여성에게 멋진 커리어우먼이 될 것을 강요하지만, 실상 현실은 여성에게 현명한 아내와 좋은 어머니가 될 것을 요구한다. 여기서 우리는 한 가지 물음표를 던질 수 있다.

왜 남성과 여성이 만나 이루어지는 가정이 여성에게만 짐이 되어야만 하는가?

사회 구성원의 재생산과 종족 번식 등, 가장 원론적인 문제로 보았을 때 '가정' 은 사람이 존재하는데 있어 없어서는 안 될 활동이다. 나 또한 이에 대해서 부정하는 입장은 아니다. 하지만 오래전부터 가정에서 필요로 하는 가사 '노동' (여기서 '노동' 이라는 말은 가사도 하나의 '일' 임을 의미한다. 시간이 남아서, 할일이 없어서 심심풀이로 하는 '여가' 가 아니라는 말이다.) 은 오로지 여성에게만 한정된 것이었고, 여성과 동등한 위치에 있는 남자, 즉 '남편' 은 선택의 자유조차 없이 금기시되는 분야였다.

오늘날 시대가 변화하여 남편들에게도 '선택의 자유' 가 주어졌다고는 하지만, 그것은 어디까지나 '선택' 일 뿐, '의무' 가 아니다. 하지만 요즘 사회에서 여성에게 주어진 '선택' 은 어디에 있는가? 집안에서 가사노동에 열중하면 무능력하다며 눈총을 받고, 직장에 나가면 가정에 무관심하다는 질책을 받는 오늘날 여성들에게 '선택' 이라는 것은 존재하지 않는다. 모든 것이 '의무' 이고 '책임' 일 뿐. 여성의 사회적 독립은 오랜 시간에 걸쳐 추진되어 온 것이지만, 이 역시 그간의 시간과 무관하게 소득이 없었던 노력 중에 하나다. 그렇다면 이를 위한 보다 현실적인 해결 방안은 무엇이고, 또 어떻게 준비되어야 하는가. 아마도 이에 대해서는 수많은 대안과 정책이 존재하겠지만, 무엇보다도 가장 먼저 이루어져야 할 부분은 여성들에게 부여되는 결혼과 가정의 '의무' 를 '선택' 으로 바꾸는 일일 것이다. 한사람이 맨손으로 두 마리의 토끼를 잡는 것은 거의 불가능한 일이다. 하지만 맨손의 사냥꾼에게 '도구' 를 쥐어준다면 이야기는 달라진다. 사냥꾼은 단지 제 손에 잡힌 화살 하나만으로도 다섯 마리, 열 마리, 또는 수십 마리의 토끼를 잡아낼 수 있다. 오늘날의 여성 역시 이와 마찬가지이다. 그녀들의 맨손에 우리 사회가 하나의 화살촉이라도 쥐어줄 수 있다면, 그녀들의 토끼는 하나에서 다섯으로, 다섯에서 오십으로 수없이 불어날 것이다. 만약 사회에서 원하는 여성상이 현재보다 '진보' 된 모습이라면, 무엇보다도 현재의 결혼 및 가족 제도부터 먼저 '진보' 해야만 한다고 작가는 말하고 있다.

4. 낭만적 사랑, 그 부정의 유토피아

지금까지 살펴본 전경린, 권지예, 정이현의 작품들은 분명 이 시대 사랑의 향방을 가늠해 볼 수 있는 중요한 작품들이다. 하지만 남루한 일상 속에서 자신의 삶을 자각하고 가정이라는 평온하고 안온한 울타리를 벗어나 과감하게 욕망을 찾아 떠나는 내용만이 반복적으로 재현되고 있는 전경린의 작품이나 아직도 끊임없이 사랑의 숭고한 본질에 대한 물음을 던지고 있는 권지예의 작품은 90년대 사랑방식에서 한걸음도 진일보하지 못한 한계를 가지고 있다. 이런 의미에서 정이현의 작품은 그 가치와 의미성을 분명하게 자리매김하고 있음을 알 수 있다.

'위장술' 은 이 세상 여인들의 필수 생존전략으로 그 이력이 길다. 입었는지 안 입었는지 알 수 없다며 완벽한 라인을 자랑하는 속옷 광고, 한듯 안한듯한 투명화장의 가면을 쓴 진짜 잘된 두꺼운 화장. 세상에서 살아남기 위해 이제껏 여성들은, 어떠한 형태로든 여우가 되어야만 해왔다. 성공적인 연애와 행복한 결혼이란 '지상목표' 를 실현하기 위해 '순결' 이라는 준비된 비장의 무기를 고이 간직했던 유리처럼, 도무지 속을 알 수 없는 이 발칙한 여인들은, 낭만적 사랑이란 것은 발명된 것이며 사랑이란 말은 허울에 불과하며 자유연애도 신화와 같은 것이라는 사실을 이미 간파했다. 모든 조건에 가격이 매겨지는 현대 사회에서, '그녀' 들은 철저한 계산과 전략으로 연애게임의 제 몫을 챙기고, 결혼시장에서 자신이 가지는 상품성을 지능적으로 활용해 자신이 원하는 것을 '쟁취' 하려 한다. 무력한 희생자로만 남을 수 없었기에 전략적인 가해자가 되어야 했던 '그녀' 들이 우리 사회에는 너무나 많다. '여성' 이라는 역할을 주어진 운명으로 받아들이고 슬퍼하거나 외면하는 대신 그것을 적극적으로 역 이용하면서 자신의 욕망을 추구한다는 면에서, 여성의 입장에서는 통쾌함과 은근한 부러움마저 느낀다.

하지만 '여성' 은 생물학적으로 타고난 '본질' 이 아니라 '수행'(performance)이라는 임에도 불구하고, '여성' 으로 산다는 것이 이러한 기만술에 의해 결국 역할놀이에 불과하다고 간주된다면 그것 역시 씁쓸한 일이다. 삭막한 세상에서 제대로 살아남겠다는 목표 아래 어쩌면 여성들은, 자기 자신에 대한 본질적 가치와 순수한 의미마저 상실하는 것은 아닐까? 자신의 순결을 일종의 상품화된 거래물로 여기고, 자신의 인생을 제대로 그럴듯한 남자에게 통째로 배팅 할 만큼 본질적인 정체성을 잃어버렸다는 것은 결국 여성이 스스로 택한 전략적 복수의 궁극적 피해자는 여성이라는 것을 부인할 수 없게 한다.

자기 자신만을 위한, 자신 만에 의한 자신의 정체성과 가치를 발견하는 것부터 선행하지 않는다면, 결국 여성은 자신 스스로에게 큰 오류를 범하게 된다. 자신을 사랑하지 않는 것은 자신에 대한 가장 큰 모욕이며 배신이다. 또, 자신의 가치와 소중함을 알 지 못하는 사람은, 다른 사람들에게도 그것을 요구할 수 없다.

생물학적 · 사회적으로 여자로서 세상을 살아가는 일은 분명 만만한 것이 아니다. 씁쓸하지만 '약자' 라는 단어를 피해갈 수는 없다. 멋진 부엌가구 앞에서, 냉장고 하나 앞에서, 세탁기 앞에서 우아하게 차려 입고 미소 지어지고, 여자라서 행복하다고 말하여지는 그녀들. 그 가장된 웃음너머엔, 성(性)을 무기화할 줄 알 만큼 강한 약자들이 있는 것이다. 그녀들에게, 고질적인 편견과 관용함에 인색한 사회의 잣대를 들이대며 '순결' 을 강요하는 것이 결코 옳지는 않을 것이다. 그러나 그녀들의 존재 가치를 존중하여 진정한 순결의 의미를 생각해 보는 것은 괜찮은 일일 듯싶다. 본능에 충실한 남자들을 달래기 위해 도구화된 성이 행복할 수 있을까? 그녀들의 인생의 한 부분인 성이 오용되어 불행해진다면 하나의 상처가 될 것이고, 그 인생 역시 흔들릴 수 있다. 혼전순결로 대표되는 순결을 요구하며 그것을 제대로 확인할 수 있기를 원하는 사회. 그 사회 속엔 순결을 존중하는 행동과는 전혀 거리가 먼 그들의 이중성이 함께한다. 순결은 지혜로운(?) 여성에 의해 얼마든지 위장될 수 있고 그 연기는 실제보다 더 실제 같을 수 있을지 모르겠다. 그러나 그런 위선은 성뿐만 아니라 자신에 대한 위선이 될 것이다. 우리에게 중요한 것은 단순한 육체적 순결이 아니다. 떳떳한 순결, 그것은 다름 아닌 정신적, 육체적으로 내 자신이 나 스스로에게 부끄럽지 않은 행위를 하여, 나를 속이지 않는 것. 사랑을 기만하지 않는 정직한 관계를 맺는 것이다.

세상에서 인간이 눈을 뜬 시점부터 인생의 경주가 시작되었고, 그 경주는 눈을 감는 순간까지 계속 된다. 일반적인 경주와는 다르게, 각기 다른 출발점에 서게 된 참가자들. 누구나 강자가 되며 약자가 되기 때문에 모두가 고민하게 된다 해도, 이 사회 속에서 '내가 갖출 무기는 무엇인가?' 와 '여성으로서 내가 갖출 무기는 무엇인가?' 는 다른 차원의 문제가 된다. 때문에, 자신의 매력을 내세워 남성을 역이용 하여 욕망을 실현하는 여성들을 악녀라며 비난하는 것은 합당하지 않다.

임회록[1]

유령이 출몰한다

1. 억압된 것의 귀환

최근 젊은 작가들의 소설에는 유령이 떼거리로 귀환하고 있다. 편혜영의 소설에는 죽은 시체들이 유령이 되어 돌아오고 있으며(「문득」, 「시체들」, 「저수지」), 한유주의 소설에는 원한을 품은 유령들이 등장한다(「암송」, 「유령을 힐난하다」). 손홍규는 바야흐로 유령의 시대(『귀신의 시대』)가 되었다고 선언한다. 또한 박형서는 유쾌한 상상력으로 유령의 모습을 그리고 있으며(「노란육교」), 이기호는 전쟁의 기억을 간직한 채 이승을 떠도는 유령들을 형상화하고 있다(「할머니 이젠, 걱정 마세요」).

근대는 과학과 이성이라는 이름아래 많은 것들을 억압해왔다. 불가지의 영역으로 치부되고 있는 유령 역시 그 중의 하나이다. 근대 이전에

1 부산대 국어국문학과 박사과정 수료. 동아대 강사. 「아이러니의 관점에서 본 「삼포 가는 길」 연구」.

는 유령이나 귀신의 존재를 인정했었다. 그래서 유령은 인간의 삶에 한 부분으로 받아들여졌고 인간과 더불어 존재하는 것으로 생각되었다. 조선시대의 유가적인 제사의식은 귀신의 존재를 부정하지 않고 국가적 제의 대상에 등록하는 방식을 취했음을 보여주는 예이다.[2]

그러나 근대에 들어 유령은 불가지의 영역으로 인식되어 그 존재를 인정받지 못했다. 근대는 과학과 합리적 이성으로 설명 불가능한 초월적인 세계를 배제하였기 때문에, 계몽의 빛으로 파악되지 않는 세계란 있을 수 없게 되었다. 그래서 유령의 존재를 봤다고 하는 사람은 정신이 허약해서 그런 것이라 여겨졌고, 유령이 등장하는 소설은 환상소설이라는 명찰을 달아야 했다.[3] 하지만 '보이지 않는 것을 보이도록 만들어주고 말해질 수 없는 것을 말해지도록 만드는' 환상의 기법에 의해 유령의 존재를 그린 이들의 소설을 허망한 것으로만 치부할 수 없다.

유령은 올바르게 매장되지 않았기 때문에 귀환한다. 오히려 비실재적인 존재를 드러내는 장치인 환상을 통해 억압된 유령의 귀환이 가능해지는 것이다.

그럼 유령들은 왜 돌아오는 것일까? 그것은 유령이 올바르게 매장되지 않았기 때문이다. 지젝은 죽은 자가 제대로 된 장례식을 통해 상징

---

2 차남희, 「16 · 17세기 주자학적 귀신관과 『천예록』의 귀신관: 정통과 이단」, 『한국정치학회보』 제40집, 2006년 6.

3 환상성(fantastic)이란 라틴어 '판타스티쿠스' phantasticus에서 유래한 말로 어원상 '나타나 보이게 하다', '착각을 주다', '기이한 현상이 드러나다' 등의 뜻을 내포하고 있다(이재실, 「환상 문학이란 무엇인가」, 『오늘의문예비평』, 1996년 겨울호, 20쪽). 일반적으로 환상성은 초자연적 불가시적, 비실재적 현상을 마치 사실처럼 묘사하는 소설 양식을 말한다. 이처럼 허무맹랑한 것을 사실처럼 묘사함으로 기존의 문학에서는 환상성을 현실세계와 무관한 황당무계한 저급의 취미쯤으로 평가했었다(최기숙, 『환상』, 연세대학교 출판부, 2003, 1~2쪽).

적 전통의 텍스트 안에 각인된다고 말한다. 그런데 유령은 제대로 된 장례식 절차를 밟지 못해서 즉, 상징 질서 안에서 정당한 자신의 위치를 갖지 못했기 때문에 유령으로 귀환하는 것이라고 지젝은 말한다.[4] '유령학(l' hantologie)' 이라는 용어를 만들어 낸 데리다 역시 유령이 항상 귀신(歸神)이며 유령의 존재는 현실로 다시 돌아오는 것(revenant)이라고 본다. 데리다에 의하면 유령은 이름조차 붙일 수 없는 존재하지 않는 존재이지만, 그들의 존재는 현실에 영향을 준다.[5] 즉 유령은 현실의 상징질서 아래 배제되었지만, 항상 현실로 귀환하는 존재이고 그들은 현실의 질서에 개입한다. 이를 통해 유령은 그들을 배제한 사회제도의 폭력성을 비판한다.

최근 젊은 작가들의 소설 중 편혜영과 한유주의 소설에 나타나는 유령 역시 이러한 맥락에서 살필 수 있다. 이기호와 손홍규의 유령이 과거의 상처를 안고 화해를 하기 위해 돌아온 유령이라면, 편혜영과 한유주의 유령은 사람들에게 화해의 손을 내밀기보다는 현실의 모순을 적극적으로 환기시키는 유령이다. 이들 소설의 유령들은 자신들의 태생 기반이었던 우리사회의 어두운 면을 들추어내면서 사회의 상징적 질서가 가진 폭력성을 문제 삼는다. 유령과 시체가 난무하는 이들 소설을 단순히 몽환적인 이야기로 넘길 수 없는 이유는 여기에 있다.

---

4 슬라보예 지젝, 김소연 · 유재희 옮김, 『삐딱하게 보기』, 시각과언어, 1995, 56~57쪽.

5 데리다는 『마르크스의 유령들』(자크 데리다, 양운덕 옮김, 한뜻, 1996)에서 '유령학' (l' hantologie)을 제시한다. 데리다에게 유령은 존재하지 않는 것이고 이성의 존재가 아니다. 그렇지만 유령은 없는 것도 아니다. 데리다에게 유령은 부재(不在)하는 현전을 지니는 것을 가리키기 위해서 채택된 것이다. 데리다는 마르크스주의가 현실에 긍정적 실체로 존재하지 않는 부재하는 것이지만 여전히 유효한 가치가 있음을 이 책에서 밝히고 있다.

2. 배회하는 유령들

편혜영의 첫 단편집 『아오이가든』은 인간들이 사는 현실의 세계와 유령들이 사는 초자연적인 세계가 공존하는 모습을 드러낸다. 편혜영의 소설에는 죽은 자와 산자의 공간이 섞여 있으며 현실과 환상의 구분이 모호하다. 「저수지」 「문득」 「맨홀」에서 작가는 두 세계의 공존을 다음과 같이 유령의 시각과 인간의 시각을 교차시키고 있다.

> ① 군견 한 마리가 집 쪽으로 다가갔다. 갑작스럽게 문 바깥에서 개 짖는 소리가 들려서 첫째는 의자에서 떨어질 뻔했다. 둘째는 숨이 멎는 줄 알았다. 셋째는 가지고 놀던 벌레를 삼켜버렸다. 모두 재빨리 이불속에 숨었다.
>
> —「저수지」, 『아오이가든』, 문학과지성사, 2005, 32쪽

> ② 아이들은 이불속에 누운 채 꼼짝도 하지 않았다. 그 중에는 언제 죽었는지 알 수 없이 오래된 시체 한 구가 있었다. 썩을 대로 썩어버린 시체는 쥐에게 뜯겨 형상을 알아볼 수 없었다. 두 아이는 실신한 채 누워 있었다. 실신한 한 아이의 머리통이 죄다 뜯겨 있었다. 온몸에는 벌레 물린 상처가 그득했다. 그보다 더 큰 한 아이는 화상 입은 주먹이 시커멓게 썩어 있었다.
>
> —「저수지」, 앞의 책, 33쪽

「저수지」에는 낡은 방갈로에 사는 세 명의 아이가 있다. 도시로 간 엄마는 세 명의 아이들에게 돈을 벌어 데리러 오겠다고 떠난 뒤 소식이 없다. 기다림에 지친 아이들은 먹을 것이 없어 쥐를 잡아먹는다. 문을

편혜영은 "산 사람이나 죽은 사람이나 똑 같이 살고 있는 거야"라고 말한다. 즉, 삶과 죽음을 이분법적으로 구획해서 보려는 근대인들의 시각을 비판하고 있는 것이다.

자물쇠로 잠그고 도시로 간 엄마 때문에 아이들은 바깥으로 나올 수도 없다. 첫째는 손에 화상을 입어 손이 썩어 들어가고 있으며, 둘째는 기분 나쁜 냄새를 풍기고 있으며, 셋째는 머리통을 다쳤다. 이렇게 병든 아이들은 창문을 통해 바깥을 바라본다.

방갈로 바깥의 세계는 썩어가는 저수지의 물을 퍼내고 있다. 사람들의 실종 사건이 연이어 있었는데, 혹시나 시체를 저수지에 투기했을지도 모른다는 생각 때문이다. 그래서 군견들이 동원되고 군인들이 숲과 저수지를 수색한다. 그러나 저수지에서 시체는 발견되지 않는다. 대신 아주 미세한 냄새도 맡을 수 있는 군견들에 의해 아이들의 존재가 드러나게 된다. 순간, 창문을 통해 바깥을 보며 웃고 떠들던 아이들은 들키지 않기 위해 이불속으로 숨는다. 그러나 정작 군견들에 의해 발견된 아이들의 모습은 한명은 언제 죽었는지도 모를 만큼 썩어있고(둘째일 것이다), 그리고 한명은 머리통이 죄다 뜯겨 실신해 있고(아마도 셋째일 것이다), 주먹에 화상을 입은 나머지 한 명 역시 실신해 있다(첫째일 것이다). 그럼 좀 전까지 창밖을 바라보던 아이들은 누구란 말인가? 그들은 죽었거나 실신해 정신을 잃고 쓰러져 있는 아이들의 다른 모습 즉, 유령들인 것이다.

「문득」의 여자는 남편에게 목 졸려 죽은 유령이다. 그러나 여자는 자신이 죽었다는 사실을 깨닫지 못한 채 일상을 배회하며 여전히 자신의 일터인 동굴입구의 매표소로 출근한다. 하지만 관리소장의 눈에는 여자가 보이지 않는다. 여자를 보지 못하는 관리소장을 보고 여자는 관리소장이 "요새 정신이 어디 붙었는지 사람이 오고 나가는 거에 신경을 쓰지 않"는다고 생각한다. 이렇게 죽은 이들의 시선과 산자들의 시선이 동시에 드러나는 양상은 해부대 위에서 내장을 쏟아놓고 누워있는 '나'와 화학실로 숨어들어가 그 장면을 목격하는 '나'가 동시에 등장하는 「맨홀」에서도 나타난다.

> "산사람이 사람인 것처럼 죽은 사람도 마찬가지야. 자기가 살아있다거나 죽었다고 느끼는 건 어느 한 순간이야. 그냥 평범하게 살아 있거나 죽어 있다가, 어느 날 불현듯 아, 내가 살았구나, 아, 참, 내가 죽었지. 이런 생각이 든다구 그 순간을 제외한다면 산 사람이나 죽은 사람이나 똑같이 살고 있는 거야."
>
> —「문득」, 『아오이가든』, 문학과지성사, 2005, 110쪽

편혜영이 말하는 세상은 산 사람이나 죽은 사람이 공존하고 있는 곳이다. 그러나 유령이 사는 공간과 산자들이 사는 공간이 같은 곳임에도 불구하고 산사람들의 눈에 유령의 모습은 보이지 않는다. 이런 현실에서 편혜영은 "산 사람이나 죽은 사람이나 똑 같이 살고 있는 거야"라고 말한다. 즉, 삶과 죽음을 이분법적으로 구획해서 보려는 근대인들의 시

각을 비판하고 있는 것이다. 죽은 사람도 '사람' 이며, 산 사람도 '사람' 인 것이다. 이를 통해 근대 이성의 허울아래 눈에 보이는 시각적인 것만 따르는 근대인들에게 어쩌면 우리의 주변에 지금 유령이 살고 있을 지도 모른다고 작가는 말하고 있다.

그런데 편혜영 소설 속의 유령들은 하나같이 소외되고 억압받는 이들이다. 「문득」에서 여자는 매일같이 남편에게 맞고 산다. 남편이 콤플렉스가 있거나, 여자의 순결을 의심하거나, 어릴 때 폭력가정에서 자란 상처가 있거나 해서 여자를 때리는 것이 아니다. "때리는 데는 규칙성이나 인과성이 없" 다. 아무런 이유 없이 때리는 것이다. 여자는 이 같은 남편의 폭력 아래 고통당하다 죽은 유령이다. 「저수지」의 아이들 역시 보살핌을 받을 부모가 존재하지 않는 소외된 아이들이다. 엄마는 도시로 나갔으며 아버지는 처음부터 존재하지 않았는지도 모른다. 그런 아이들은 저수지 옆 방갈로에서 산다. 저수지는 한때 예약을 해야 방갈로에 들 수 있을 만큼 사람들이 많이 드나들던 곳이었다. 그러나 붉은 수련이 가득했던 저수지는 이제 "하숫물 보다 더러웠으며", "생물이 살 수 없는 물이" 되었다. "시커먼 죽을 쒀서 거대한 흙 그릇에 담아 놓은 것" 같은 환경에 아이들은 살고 있다. 「맨홀」의 아이들도 역시 부모로부터 방기된 이들이다. 먹을 것이 없어 집을 나왔지만 부모들은 아이들을 찾을 생각도 하지 않는다. 간혹 아동 보호센터를 통해 부모와 연락이 닿기도 하지만 부모는 아이들을 만나지 않는다. 사회의 약자인 아이들은 부모의 보살핌이 필요함에도 불구하고 방치되고 있는 것이다. 「시체들」에서 생선백반 집을 운영하며 살아가던 부부는 새로 상가를 분양받으려고 쏟아부은 보증금이 허공으로 날아가 버려 빈털터리가 된다. 부부가 그런대로 꾸려나가던 백반 집을 두고 새로 가게를 분양 받으려 한 이유는 그들이 있는 상가건물 양쪽에 거대한 주상 복합건물이 들어서기 때문이다.

거대한 주상 복합의 건물은 그들이 장사를 하는 건물을 "쓰레기통처럼 하찮"게 만들었다. 입구가 주상 복합건물의 벽에 가려 그나마 건물을 찾아오던 사람들의 발길도 끊겨버렸다. 이처럼 거대 자본에 의해 몰락한 부부의 모습 역시 소외된 사람들의 한 단면을 보여준다.[6]

그러면 편혜영의 소설에는 왜 이렇게 사회에서 소외된 약자들이 유령이 되어 귀환하는 것일까? 한마디로 말한다면 그것은 우리 사회의 제도를 비판하기 위해서이다. 이런 비판은 특히 「저수지」와 「맨홀」에 잘 드러난다. 돈 벌러 도시로 나간 엄마를 기다리다 죽거나 혹은 죽어가는 「저수지」의 아이들은 이웃에게 들키지 않기 위해 소리 내지 않고 운다. 엄마는 늘 이웃을 조심하라고 일렀는데, 이웃들은 "마음으로 돕는 대신 말로 일을 만드는 사람들"이기 때문이다. 그런 이웃들의 눈에 띄게 되면 당장 보호시설에 가게 될 것이다. 거기서는 "한 쪽 발을 절뚝거리며 구걸을 하게" 하거나, "하반신에 검은 고무를 끼고 번잡한 거리를 엉덩이로 기어 다니게" 한다. 그도 아니면 "칼을 들고 후미진 골목길에 서서 아이들을 위협하거나, 젖가슴이 밋밋한 여학생을 추행하는 일을 배우게 될 것"이다. 그래서 아이들은 병들고 썩어감에도 불구하고 구조 요청을 하지 않는다. 즉 작가는 국가 제도가 사회적 약자를 보호하기는커녕, 오히려 이들을 방기하고 있으며 타락을 부추긴다고 보고 있다. 여기서 국

6 소외된 것은 유령들뿐만 아니라 유령이 등장하지 않는 소설들의 주인공 역시 마찬가지다. 돈 때문에 도시에 역병이 돌아도 피난을 가지 못하는 아파트 주민(「아오이가든」), 폭력을 일삼은 아버지 때문에 불구가 된 '나'(「누가 올 아메리칸 걸을 죽였나」), 폭우로 집을 잃어버린 수재민들과 난쟁이 삼촌(「만국박람회」), 가난에 찌들어 단백질 결핍으로 죽어가는 미아와 나(「마술피리」), 빚 때문에 언제 차압이 들어올지 모르는 불안 속에 살아가는 인물들(「사육장 쪽으로」), 얼마 안 되는 돈을 받고 일하는 코끼리 사육사(「동물원의 탄생」), 한 여름에도 두꺼운 냄새나는 인형 옷을 입고 퍼레이드를 벌이는 직업을 가진 사람들(「퍼레이드」)도 사회에서 소외된 자들이기는 마찬가지다.

가제도에 대한 불신으로 읽을 수 있다.

이러한 양상은 「맨홀」에서도 나타난다. 먹을 것이 없어 집을 나와 쓰레기를 줍거나 구걸을 하거나 범죄를 저지르며 도시의 맨홀에 숨어사는 아이들 역시 소외된 존재이다. “탱크라고 부르는 맨홀은 냄새나고 좁은 구멍”이며, “가스냄새가 풍기는데다가 쥐가 드나들고, 좁고 가느다랗게 얽힌 배관 파이프가 채워져 있”는 곳이다. 섭씨 100도가 넘는 물이 들끓고 있으며 그보다 더 높은 온도의 증기가 지나는 온수관이 언제 터질지 모르는 맨홀 속이 위험하다는 사실을 아이들은 알고 있다. 그러나 아이들은 맨홀을 떠나지 않는다. 그나마 이만큼 따뜻하고 쓰레기가 풍부한 곳을 도시에서 찾기 힘들기 때문이다. 쓰레기를 뒤지고 사는 아이들은 가끔 쓰레기장에서 발견되는 또래의 시체들을 보면서 자신도 그렇게 죽을지도 모른다고 생각하지만 국가 시설인 아동보호센터로는 들어가지 않으려 한다. 아동보호센터는 적정인원을 채워야 국제기구로부터 지속적인 원조를 받을 수 있는 곳이기 때문에 “이오니아식의 대리석기둥”과 “수백평의 푸른 들판”이 펼쳐져 있는 화려한 시설을 자랑한다. 하지만 이곳은 센터 직원이나 단속반들, 관료 중의 일부가 국제기구의 원조금을 착복하여 자신들의 배를 불리는 곳이므로 이러한 시설은 국제기구에 소속된 사람들에게 보여주기 위한 것에 지나지 않는다. 오히려 “창문이라고는 찾아 볼 수 없는 커다란 강화 유리창들”을 통해 아이들을 감금하는 시설인 것이다.

이렇게 편혜영 소설의 유령들은 우리사회의 감춰진 어두운 면을 보여주면서 이를 비판한다. 사회 제도에 대한 비판은 편혜영의 초기 소설부터 이어져온 주제였다. 그녀의 초기소설의 주인공들은 비교적 일상적인 시간과 공간 속에 있는 인물들이다. 편혜영의 등단작인 「이슬털기」(『대한매일신문』 신춘문예 2000년 당선)는 저승으로 떠나지 못한 망자의 혼령 앞에서 지난날 주인공이 보였던 집착을 반성하고 죽음과 탄생이라는 인간존재의 근원을 짚어보는 소설이다. 그리고 「웨딩드레스」(『현대문학』, 2000년 4월호)는 결혼식 절차를 디테일하게 묘사하여 인간의 필요에 의해 만들어진 결혼제도가 오히려 이제는 인간을 억압하는 것은 아닌지 되묻고 있는 소설이다. 이처럼 편혜영은 초기소설에서는 현실의 시·공간을 벗어나지 않는 범위에서 작품을 형상화했다면 『아오이가든』에서는 다분히 비현실적 공간을 형상화한다. 그러나 이러한 비현실적인 환상 공간을 통해 보여주려는 주제는 초기소설에서 보여주던 것과 일맥상통한다. 왜냐하면 유령들이 출현하는 소설들 역시 인간이 제도의 부속품은 아닌지 인간을 위해 만든 제도가 오히려 인간을 억압하는 것은 아닌지에 대해 편혜영은 묻고 있기 때문이다. 그래서 편혜영이 보이는 이러한 사회비판은 초기작부터 지속되어 온 일관된 주제였으며, 그것이 최근에는 유령을 매개삼아 드러낸 것이라고 할 수 있다.

3. 타인의 기억을 기억하는 유령들

전쟁무기의 발달사가 인류 과학의 발달사라는 말처럼,[7] 문명은 전쟁과 더불어 시작되었다. 전쟁은 자신의 문명을 지키기 위해 다른 문명을 파괴하는 행위다. 한유주의 소설이 주목하는 문명은 이러한 전쟁에 힘입어 발달한 문명이다.

7 비릴리오는 근대 도시의 성장과 인간사회의 진화를 전쟁과 관련시켜 설명하고 있다. 그는 봉건주의에서 자본주의로의 `변화는 맑스가 말하는 것처럼 경제적인 변화였다기보다는 군사적·공간적·정치적·기술적 변형이었다고 가정한다(폴 비릴리오, 이재원 옮김, 『속도와 정치』, 그린비, 2004 참조).

어떤 사람들은 문명의 수호자를 자처하며 전투병들을 풀어놓았고, 왔노라 보았노라 이겼노라, 병사들은 탱크 안에서 돌격하라 사격하라 폭격하라, 음악을 들었다.

―「암송」, 『달로』, 문학과지성사, 2006, 222쪽)

부유한 나라의 오만한 고통과 가난한 나라의 소리 없는 고통이 일시에 불려 나오고, 보이지 않는 적을 찾아 주사위를 던지듯 폭격기를 배치할 때, 좌표 위 어느 지점은 사구로 변한다.

―「암송」, 앞의 책, 221쪽

인용문처럼 세계도처에서 전쟁은 끊임없이 일어나고 있으며, 이로 인해 세계는 황폐해지고 있다. 텔레비전, 컴퓨터, PDA 등의 작은 화면 앞에 붙박인 채로도 우리는 전 세계에서 벌어지는 재앙의 이미지와 소식을 실시간으로 볼 수 있다. 더군다나 이런 전쟁을 보여주는 매체들 역시 기계가 만든 것으로 이미지만을 재생산할 뿐 사람들에게 반성의 시간을 주지 않는다. 그래서 "먼 나라에서 터트려지는 폭약들은 오히려 불꽃놀이처럼 여겨" 지고, "전쟁은 한 줄의 시, 한 장의 보도 사진으로 기억" 될 뿐이다.

수 만개의 전파다발로 뭉그러지는 전 지구적 기억들, 하나이자 둘이었던 건물이 무너지고 모든 사람들이 경악할 때, 비밀들이 폭로되고 공공연히 드러나 있던 사실들이 펼쳐질 때, 사람들이―그러나 과연 어떤 사람들일까―모래알처럼 쏟아지고 피와 모래와 연기와 굉음이 문명의 한 복판에 그렇게 펼쳐질 때, 어떤 사람들은 외면하고 어떤 사람들은 분노하고 또 어떤 사람들은 낙담한다. ―「암송」, 앞의 책, 221쪽

텔레비전의 화면은 한 가지 전파만을 송신하고, 그마저도 뒷면을 갖고 있지 않으므로, 우리에게 영혼은 없다. 오직 전파만이 영혼의 속도로 직진하고 있을 뿐이다. 그것이 우리의 야만이다.

—「암송」, 앞의 책, 118쪽

사람들은 세계의 추악한 모습이 만들어낸 장면을 보면서 "문명의 경계를 불신하기 시작"한다. 2001년 9월 11일 전 세계를 경악에 몰아넣은 9 · 11테러는 인간의 서로 다른 문명이 충돌하여 빚어진 재앙이다. 한유주는 여기서 문명의 발달로 인해 전쟁이라는 재앙마저도 스펙타클(spectacle)한 이미지로 전환하여 보여주는 시대에 우리가 살고 있다고 말한다. 동시 상영되는 초고속 미디어 망으로 인해 사람들은 사태를 차분하게 생각할 여유를 갖지 못한다. 한유주는 "우리의 세대는 너무나 공시적이다. 고통을 느끼기 위한 순간의 여유도 만들어내지 못한다"(「그리고 음악」)고 말한다. 다시 말해 미디어의 발달로 인해 사람들은 전 세계에 발생하는 끔찍한 참사들을 지켜 볼 수 있는 기회가 많아졌지만 그렇다고 해서 멀리 떨어져 있는 타인의 고통을 생각해 볼 수 있는 능력 또한 커진 것인지 작가는 묻고 있는 것이다. 이에 대해 한유주는 결코 그렇지 않다고 말한다. 오히려 속도가 빨라짐으로 인해 반성의 시간을 갖지 못한 현대인들은 더 빨리 잊어버리고 더군다나 처참한 장면을 접하면 접할수록 이미지가 주는 충격은 무디어진다. 그래서 인간들은 반성적 영혼을 잃고 점점 더 야만적으로 살아가게 되는 것이다.

이제 한유주에게 있어 세계는 "텅 빈 조개껍질"에 비유된다. "부드럽고 짭조름한 살덩어리와 말간 진주 같은 기억"은 어디에서 표류하고 있는지 알지 못하는 시대에 살고 있다. 세상은 빠르게 변화했고, 옛날부터 전해오는 이야기들은 더 이상 빛나지 않았다. 이렇게 과거의 "분홍빛 꿈"을 잃어버린 문명에 대해 불신과 혐오로 가득 차 있는 자리에 유령이 출몰한다.

> 여름날 휴양지에서, 순간 폭포나 강물 밑이나 아무에게도 보이지 않았던 용소로 빨려들어 갔던 사람들은, 물방울들을 뚝뚝 떨어뜨리며 돌아왔다. 그래, 유령들이다.
>
> —「암송」, 앞의 책, 212쪽

> 어느 익사자처럼, 어떤 병사들도, 간혹 돌아오는 일이 있었다.
>
> —「암송」, 앞의 책, 216쪽

> 그들 유령은 어디에나 존재했다. 벽장과 벽 사이 아무도 들여다보지 않는 틈마다, 대화가 잠시 토막토막 끊어질 때마다, 사람들의 시선이 툭, 꺽일 때 마다, 문장들의 행간마다, 일초가 다음 일초로, 그리고 그다음의 일 초로 이동 할 때, 믿을 수 없을 만큼 세밀한 시간들마다, 하나의 음악이 연주될 때, 반음과 반음사이, 여간해서는 들을 수 없는 소리들마다.
>
> —「암송」, 앞의 책, 220쪽

위의 인용문들처럼 "아무에게도 보이지 않았던 용소로 빨려들어 간 사람들"은 죽었지만 다시 돌아온다. 그러나 유령은 근대인의 시선으로는 포획되지 않는 존재다. 그래서 유령은 "아무도 들여다보지 않는 틈마다" 존재하고, "사람들의 시선이 툭, 꺽일 때 마다" 존재하고, "여간해서는 들을 수 없는 소리들 마다" 존재한다. 사람들 눈에 여간해서는 띄지 않는 것이다. "낯선 소리가 들려오면 먼저 자세히 들으려고 하기보다 쳐다보기부터 하"는 현대인들은 지극히 시각 중심적이다. 그래서 눈에 보이지 않는 것은 존재하지 않는 것이 되고 존재하지 않는 것의 존재는 공포가 되는 것이다. 그래서 유령의 귀환은 사람들에게 공포를 준다. 「유령을 힐난하다」에서 유령 때문에 극도의 공포를 느끼는 연옥이 있다. 연옥은 "나를 괴롭히는 것이 다른 무엇이 아니라 그저 내 영혼, 내 마음, 내심장이라면 내 두려움의 원인이 나라면 나을지도 모르겠"다고 말한다. 그러나 공포의 원인은 자신이 아닌 외부, 즉 유령의 존재 때문에 생긴 것이다. 이 유령이 주는 공포는 주인공인 '나'에게도 마찬가지로 나타난다. 「유령을 힐난하다」에서는 전쟁으로 인해 죽어간 수많은 병사들의 기억을 지닌 유령이 그의 꿈속에 찾아온다. "죽은 병사의 고된 기억이 자신 안에 들어와 살고 있다고" 생각하는 그는 전쟁터에서 병사가 되어 총으로 적을 끊임없이 죽이는 꿈을 꾼다. 현실의 그는 전쟁의 기억이 전혀 없고 심지어 실물의 총을 쥐어본 일조차 없다. 그러나 꿈에서 "길게 자란 풀숲을 포복으로 헤치며 전진"한다거나, 손아귀에 총자루를 단단히 쥐고 "적의 심장을 향해 방아쇠를 당"겨 사람을 손쉽게 헤치곤 했다. 그 뒤 "얼굴도 본적이 없는 병사의 고통과 한이 망막에 고스란히 새겨지는 것"을 느끼곤 했다.

> 어째서 어떤 사람들은 죽은 다음에도 말끔하게 잊히지 않고 남아서 산 사람의 음식과 산 사람의 체온을 탐하는 것일까? 어째서 죽은 자들의 욕망이 삭지도 않고 남아서, 산자들의 목을 조르는 것일까?
>
> —「유령을 힐난하다」, 『창작과비평』, 2006년 가을호, 126쪽

그렇다면 한유주 소설의 유령들은 '어째서' 귀환하는 것일까? 소설

에서 읽을 수 있는 답은 다음과 같다. 유령은 자신들이 당한 죽음의 의미를 묻기 위해서 귀환하는 것이다. 한유주에게 있어 유령은 인간의 폭력적인 광기로 인해 죽었거나 전쟁으로 인해 희생당한 자들이다. 병사들은 전쟁터에서 "달리고, 넘어지고, 뛰어내리고, 헤엄치고, 총을 쏘고, 칼을 겨누고, 칼에 찔리고, 폭탄을 던지고, 지붕을 넘고, 건물을 부수고" 하지만 왜 그렇게 하는지를 모른다. "그에게 명령을 내린 사람은 누구인지, 그가 수행해야하는 임무가 어떤 것인지도 모른다". "얼굴이 있어야 할 자리에 허공이 검은 피를 흘리고 있"는 병사의 유령은 자신이 왜 죽어야 했는지 그 죽음의 의미는 무엇인지 궁금해서 돌아온 것이다(「암송」).

또한 유령은 전쟁의 고통을 망각한 사람들에게 그 고통을 상기시키기 위해서 귀환한다. 앞서 이야기했듯이 지금의 삶은 미디어의 발달로 인해 전 세계에 발생하는 끔찍한 참사들을 지켜 볼 수 있는 기회가 많아졌지만 오히려 타인의 고통에 대해서는 무감각한 삶이다. 반복되는 이미지가 주는 충격은 점점 무디어지고 전쟁을 겪지 않은 사람들은 자신의 시야에서 벗어나 있는 고통에 별로 신경을 쓰지 않는다. 그래서 유령들은 폭력적인 전쟁의 희생자인 동시에 죽어서까지 철저히 망각된 타자이다. 전쟁을 직접 겪은 유령이 지닌 기억은 개인적인 것이며 재현될 수도 없다. 그래서 전쟁을 직접 겪지 않은 사람들은 미디어를 통해 본 전쟁에 대한 이미지만이 있을 뿐 실제 전쟁에 대한 기억은 없다. 그래서 유령은 남의 나라 전쟁을 불꽃놀이쯤으로 생각하는 사람들에게 전쟁의 참상을 알리고, 자신의 고통을 알리기 위해 귀환한다.

이렇게 유령은 사람들에게 타인의 고통을 기억하고 이해하는 반성적 삶을 주기 위해 귀환한다. 유령은 타인의 고통을 아무렇지도 않게 보아 넘기는 사람들에게 타인의 아픔에 진정으로 귀 기울이고, 타인의 고통을 나눌 줄 아는 "반성적 영혼"(「암송」)을 지닌 사람이 되라고 주문한다. 그렇게 될 때 비로소 "죽은 뒤에야 타인의 삶으로 돌아온 자들의 기분을 이해 할 수 있을 것"(「유령을 힐난하다」)이며, 타인과 함께하는 삶이 가능해 질 것이다. 데리다가 '올바르게' 살기 위해서는 유령과 함께이어야 한다[8]고 한 점도 이런 맥락에서 생각해볼 수 있다.

4. 새롭거나 새로워지는 소설들

손종업은 편혜영이 모든 삶의 문제들을 시체로 치환시켜 놓는다고 말한다. 언어는 강박증처럼 특정한 상황(시체, 구더기, 쥐들, 부패의 악취 등의 상황)을 되풀이하고 있지만 이러한 강렬함이 끊임없이 반복되면서 "오히려 환기성을 상실"해 버려 "공허한 말들의 감옥"을 만들어 놓을 뿐이라고 말한다.[9] 그리고 최강민은 한유주의 소설을 두고 "암호문 같은 언어의 장벽으로 자신의 미숙함을 은폐"하고 있으며, 나아가 "구체적 체험의 미숙, 한글 고유의 아름다움을 살리지 못한 서툰 단문형의 문장, 감상주의, 그리고 서구문화에 대한 동경이 복합되어 무국적의 글쓰기"를 하고 있다고 본다. 단적으로 말해 최강민은 "한유주의 소설은 소설의 형식을 빌린 시 쓰기이자 자기 독백의 에세이로서 산문정신과는 무관한 사생아에 불과하다"고 말한다.[10] 손종업이 편혜영의 소설을 두고 시체들의 강박증적인 나열로 인해 현실의 모습을 환기하지 못한다고 한 것과, 최강민이 한유주의 소설을 두고 산문정신과는 무관하

---

8 데리다, 앞의 책, 5~6쪽.

9 손종업, 「탈문체의 시대를 떠도는 문학의 유령」, 『실천문학』, 2006년 봄호, 215쪽.

다고 한 것은 결국에는 같은 말이다. 즉, 편혜영과 한유주의 소설은 현실을 환기하는 힘이 부족하며, 시대와 불화하는 것이 '산문정신'이라 할 때 불합리한 현실에 맞서는 치열한 응전의 태도가 이들에게는 보이지 않는다는 것이다.

한유주와 편혜영의 서사는 언뜻 보기에 현실을 공간을 떠나 있는 듯 보인다. 리얼리즘에서 말하는 삶의 '총체성'이 드러나는 소설이 아니라, 환상의 기법에 의거하고 있기 때문에 현실의 모습이 잘 드러나지 않는 것으로 보일 수 있다. 하지만 앞서 살핀 것처럼 편혜영은 사회제도 아래 억압되고 소외된 인간들의 모습을 유령을 통해 드러내고 있었으며, 한유주는 타인의 고통을 환기시키기 위해 문명수호라는 이름아래 벌어졌던 전쟁에 희생된 유령을 출몰시키고 있었다. 그 유령들은 우리 사회에서 소외된 타자들의 다른 이름이라고 할 수 있다. 이처럼 이들의 소설은 사회 현실과 동떨어져 있지 않다. 그래서 편혜영의 소설을 단순히 B급 공포영화와 같은 시체와 유령들의 나열만으로 보아 넘길 수 없고, 한유주의 소설을 사회성은커녕 소설의 기본기도 되어있지 않은 소설이라고만 보아 넘길 수 없다. 오히려 그녀들은 근대적인 사유로는 포착되지 않는 유령의 존재를 통해 근대 바깥을 사유하는지도 모른다. 근대 이성이 가두었던 유령의 존재를 귀환시킴으로써 눈에 보이는 것이 전부는 아니며 눈에 보이지 않는 것도 우리와 같이 존재한다는 것을 보여준다. 이는 우리 바깥의 타자들에게 시선을 돌리게 하는 의미가 있다.

---

10 실천문학 2006년 겨울호에 「젊은 작가들의 전복적 상상력」이라는 제목으로 심포지엄을 개최한 것을 특집으로 싣고 있다. 여기서 심진경이 강영숙과 한유주를 대상으로 「젊은 소설가의 전복적 서사 읽기」(『실천문학』, 2006년 겨울호)를 발표하였다. 이에 토론자로 나선 최강민은 한유주의 소설에서는 전복적인 상상력을 찾을 수 없으며 오히려 소설적 형상화가 미흡하다고 보고 있다(최강민, 「전복적 상상력인가, 형상화의 미흡인가」, 『실천문학』, 2006년 겨울호).

한유주와 편혜영을 포함한 최근의 젊은 소설에 대해 "소설 같지도 않은 소설"이며 " '소설' 이라는 레떼르가 붙지 않았다면 과연 이게 소설일까 싶은 작품들이 나오고 있다"고 평자들은 말한다.[11] 소설이라는 장르에 대한 근원적인 물음이 필요하겠지만 소설의 형식이 새로워지고 있는 것은 사실이다. 그럼 새로워지고 있는 이들 소설을 어떻게 봐야할까? 이에 대한 '희미한' 해답을 단토를 통해 찾을 수 있다. 미술평론가이자 철학자인 아서 단토(Arthur Coleman Danto)는 1964년 앤디 워홀(Andy Warhol)의 브릴로 박스(Brillo Box)라는 작품을 보고 충격을 받아 「예술계(The Artworld)」라는 논문을 썼다. 브릴로 박스는 원래 스티브 하비라는 산업디자이너가 브릴로 비누를 선적하는데 사용되는 상자로 디자인한 것이다. 그런데 워홀은 이 평범한 브릴로 박스와 똑같은 것을 조각하여 순수예술품이라고 전시했다. 이에 단토는 「예술계」에서 브릴로 박스가 왜 예술이 될 수 있는지에 대해 논한다. 그는 이제까지의 예술은 시

11 심진경, 「뒤로 가는 소설들」, 『창작과비평』, 2007년 봄호, 370쪽. 심진경은 「뒤로 가는 소설들」(『창작과비평』, 2007년 봄호)에서 한유주, 박형서, 이기호 세 명의 작가를 대상으로 "소설과 소설 아닌 것의 경계를 허물며 변태해가는 지금의 젊은 소설이 새로운 소설의 가능성으로 이어질지, 아니면 소설을 결국 아무것도 아닌 것으로 만들어버릴지 묻는"다. 특히 한유주의 소설에 대해 "내면은 더 이상 내면으로서의 가치와 의미를 갖지 못"하고 내면은 "폐쇄적인 세계를 단순히 반영하고 반복하는 거울에 불과한 것이 되었다"고 말한다. 그래서 한유주의 소설은 '뒤로 가는 소설' 이라고 비판하고 있다. 그러나 이러한 심진경의 논의는 그가 「젊은 소설가의 전복적 서사 읽기」(『실천문학』, 2006 겨울호)에서 보여준 것과는 다르다. 이글에서는 한유주가 '허공' 이라고 하는 새로운 문학적 공간을 개척했다고 보고 "작가는 의도적으로 문장을 파괴하거나 말줄임표(....)를 사용하여 의도적으로 어휘를 삭제하는 방식으로 언어문법을 교란시킴으로써, 혹은 최소한도로 합의된 서사 문법조차 가볍게 위반함으로써 그러한 상투적 세계-언어와 일정한 비판적 거리를 취하고자 한다"고 그 의의를 주목하고 있었다. 그래서 한유주의 소설을 '젊은 소설가의 전복적 세상 읽기' 라고 보았다. 한 계절이 바뀌면서 보여주는 이러한 비평적 태도의 변화는 글을 읽는 사람에게 혼란스러움을 준다. 최강민이 한유주의 소설을 "전복적 상상력"이라고 말하는 심진경을 두고 "비평적 감식안에 문제가 있거나 외부적 요인이 끼어들었다고 생각"한다는 말이 뼈가 된 것일까.

각적인 인식에 의해 '예술이다' '아니다'를 평가할 수 있었는데 워홀의 브릴로 박스에서는 더 이상 그러한 기준으로는 예술작품과 비예술작품의 구별이 어렵다고 말한다. 그래서 단토는 실제 사물과 예술 작품을 구별하는 것은 지각적인 것만으로 확인되지 않는 그 어떤 것이 있다고 생각한다.[12] 단토가 볼 때 그것은 예술작품을 규정하는 외적인 요소들, 이를테면 이론적 해석과 그것이 행해질 수 있는 역사적 조건이다. 그래서 그는 1964년에 와서야 비로소 브릴로 박스가 예술이 될 수 있는 역사적인 조건이 가능해졌고 그에 따르는 이론적 해석이 주어졌기 때문에 예술품이 될 수 있다고 말한다. 다소 장황하게 단토의 견해를 인용했는데 문학도 이와 마찬가지다.

2000년대의 우리는 분명 전시대와는 다른 삶을 살고 있다. 근대문학의 개념이 구성될 당시에 중요한 의미를 차지했던 '계몽'이라는 단어는 더 이상 시의적절하지 않게 되었고 민족이나 국가를 상상하게 하던 문학의 개념은 오늘날 국가와 민족의 쇠퇴로 인해 힘을 잃어가고 있다. 더불어 '계몽'과 '민족'을 상상하던 방법이었던 전통적인 리얼리즘 역시 고집할 수 없게 되었다. 이러한 상황에서 리얼리즘만을 고수한다는 것은 변화된 시대상황을 반영하지 못하는 것이 되기 쉽다. 최근 젊은 작가들의 소설들은 변화된 시대상황을 반영하듯 다채로운 양상을 보인다. 그래서 이들 작가들의 소설을 리얼리즘의 잣대로 해석이 안 된다고 질타만 할 것이 아니라 작품이 변하고 있다면 그 변화를 추동하는 사회역사적인 조건들에 대해서 따져봐야 할 것이다. 그렇게 될 때 앞서가는 작품들을 비평이 따라잡을 수 있을 것이다.

---

12 아서 단토, 이성훈, 김광우 옮김, 『예술의 종말 이후』, 미술문화, 2004.

장혜정[1]

완고한 현실을 향한 신예소설의 응전 방식

―백가흠과 이기호의 첫 작품집을 대상으로

1. 근대 자본이 만들어내는 완고한 현실

"행복한 세상, ○○이 이끌어갑니다."

어느 기업의 15초짜리 애니메이션 광고의 카피다. 할아버지와 할머니를 비롯한 온 가족이 둘러앉아 저녁식사를 하며 즐겁게 웃는 이 광고는 보는 이를 따뜻하게 한다. 소박하고 평범한 행복이 무엇인지 생각할 필요도 없이 15초짜리 영상은 저것이 바로 행복이라고 믿게 한다. 그러나 15초의 행복 뒤에 숨겨진 현실은 우울하다. 모든 가족이 함께 저녁을 먹기 위해 아내는 직장에서 상사의 눈치를 보며 퇴근 준비를 해야 하고, 유부녀 사원은 어쩔 수 없다는 편견을 뒤통수에 달고 직장을 나올 것이다. 부랴부랴 들어온 집에선 시어머니의 눈치를 살피며 다시 앞치마를 둘러메고 저녁 식사 준비를 할 것이다. 남편 역시 가족과의 행복한 식사

1 부산대 국어국문학과 박사과정 수료. 논문 「신소설의 형성과정과 전개양상 연구」.

를 위해서는 야근도, 상사와의 회식도, 친구와의 술자리도 미루고 집으로 서둘러 퇴근해야만 한다. 아이들은 또래들이 모두 있는 학원을 포기하고 가족과 식사를 위해 집으로 와야 한다. 행복한 15초를 위해서 말이다. 그러나 그렇게 모두 자신의 일들을 양보해가며 모일지도 의문이지만, 모인다고 해서 과연 그곳에 광고와 같은 행복이 있을까?

반복되는 일상의 완고함은 우리에게 쉽사리 행복을 허락하지 않는다. 우리의 일상 속에 자리한 저녁은 고된 하루를 마무리하는 한 끼의 식사일 뿐이다. 그래도 우리는 그 15초짜리 광고의 행복이 마치 어디엔가 있을 것 같고 곧 나의 행복이 되어줄 수 있을 것이라 믿는다. 으리으리한 집도 아니고 비싼 차도 아닌 그저 '자연스럽고 소박한 일상'이라 믿기 때문이다. 그래서 우리는 현실의 맥락을 생략한 그 행복이 곧 이루어질 것만 같아 행복을 위해 매일 자신을 채찍질한다. 현실 속에서 가족과 함께 살아가고, 함께 식사를 하면서도 언제인지 모를 그 행복을 위해 현재의 삶 속에서 찾아야 할 의미들을 보려하지 않는다. 예쁘게 포장된 영상 앞에 현실의 삶은 초라하고 비루해 보이기만 할 뿐이다.

근대 자본사회가 만들어내는 행복의 표상은 자연스러움을 강조한다. 그것이 당연한 듯, 노력하면 누구나가 이룰 수 있을 듯 그렇게 행복의 신기루를 만든다. 너무나 많은 행복의 신기루들이 원래부터 거기에 있었던 양 자연스럽게 우리들의 삶 속에 같이 존재한다. 거미줄처럼 촘촘한 헛된 표상들은 어떤 삶의 위치에서건 이것이 자연이고, 진리라고 손짓한다. 무엇이 삶의 의미 있는 가치라고, 무엇이 삶의 진정한 행복이라고 말할 수 없을 만큼 지금의 현실은 모호하다. 물론 15초짜리 광고 속에서 현실의 맥락을 살피고 자본이 만들어낸 허상을 가려내는 정도는 어렵지 않다. 그러나 현실 속에 무수히 깔려있는 근대 자본의 표상들은 그리 호락호락하지 않다. 이미 내적 규율 체계로 자리 잡은 승인된 질서는 진실이라는 것이 존재하는지조차 의심하게 한다. 안과 밖으로 단단하게 자리 잡은 근대 자본의 질서는 어디서부터 손대야할지 모를 만큼 철옹성을 이루고 있다.

너무나 완고한 현실 앞에 문학은 무엇을, 어떻게 말해야 하는가? 어떤 것을 말해야만, 어떻게 말해야만 현실의 질서를 더욱 공고하게 하는 것을 막을 수 있는가? 모든 것을 의심하고 되물어도 은연중에 자리 잡은 자본의 규율들은 어떻게 가려내야 하는가? 현재를 살고 있는 문학인의 고민은 여기에 맞닿아 있다고 본다. 2000년대 이후 신세대 작가들의 끝없는 실험의식은 글쓰기의 대상과 방법이 자본의 내 · 외적 규율들과 맞서려는 의지와 무관하지 않다고 본다. 현실의 삶이 선명한 가치나 정답을 찾을 수 없는 것과 마찬가지로 작가들의 작품역시 선명한 가치나 정답을 말해주지는 않는다. 때로는 은연중에 자본의 규율들을 더욱 공고하게 하는데 복무하기도 하며, 때로는 또 다른 규율을 만들어내기도 한다. 그러기에 글쓰기는 늘 위험을 내포하며, 또한 곳곳에 도사린 위험들을 피해가며 완고한 현실과 한판 승부를 벌여야하는 전투의 장이기도 하다.

완고한 현실과의 전투는 정해진 룰이 없다. 대상도 방법도 오로지 작가의 몫이다. 그러한 지금의 현실을 말해주듯 2000년대에 등단한 신세대 작가들의 글쓰기 방식은 참으로 다양하다. 이 글에서는 각 단편마다 다른 서사형식을 통해 소설을 실험하고 있는 듯 보이는 이기호의 『최순덕 성령충만기』(문학과지성사, 2004)와 서사형식보다는 작품집 전체를 아우르는 폭력이나 소외와 같은 주제의식이 더 도드라져 보이는 백가흠의 『귀뚜라미가 온다』(문학동네, 2005)를 대상으로 하여 전혀 다른 서사형식이 갖는 특질을 파악하고 그 의미를 작품의 주제의식, 작가의식과 연관지어 살펴보고자 한다.

2. 응전방식 1 : 다양한 서사형식을 통해 현실 뒤집기

『최순덕 성령충만기』는 작품집 전체에 걸쳐 기존의 서사형식과는 다른 독특한 서사형식을 보여준다. 먼저 작품집의 표제작인 「최순덕 성령충만기」는 제목 그대로 기(記)의 형식으로 성경의 의고체를 빌어 왔다. 「버니」의 경우 정신지체를 가진 순희가 랩 가수가 된 내용을 랩가사의 형식으로 전달하며, 「햄릿 포에버」에서는 본드 흡입 상태에서 연극 단장을 살해한 혐의를 받고 있는 이시봉의 이야기를 피의자 조서문의 형식으로 이야기하고 있으며, 「옆에서 본 저 고백은 -告白時代」는 고백체의 형식으로 앵벌이 소년이 어떻게 하면 감동적인 고백으로 사람들에게 더 많은 삥을 뜯을 수 있을지 이야기하고 있다. 이런 독특한 서사형식은 각각 작품의 서사내용과 밀접한 연관성을 지니고 있어 작가가 의도하고자 하는 주제의식을 더욱 부각시키는 효과를 낸다. 뿐만 아니라 읽는 독자 역시 전통적인 서사 형태와는 다른 형식으로 인해 일정정도의 호기심과 긴장감을 갖고 독서를 하게 한다.

이기호는 「옆에서 본 저 고백은 -告白時代」에서 앵벌이의 입을 빌어 "이제 뻔한 불행은, 그게 아무리 사실이라 하더라도 더 이상 불행 취급을 받지 못하는 것 같다."는 말을 하고 있다. 마치 기존의 서사는 현실의 모습을 아무리 잘 드러내 보여도 더 이상 독자에서 서사의 유효성을 보장받지 못한다고 말하고 있는 것 같다. 전통적 서사문법이 현재의 현실에서 작가의식을 드러내기에도, 독자를 작품으로 끌어들이기에도 역부족이라는 판단이 서사 형식의 다양한 실험을 이끌고 있다고 생각 된다. 현실의 화려하고 행복해 보이는 표상들은 눈 앞에 놓인 초라한 일상들을 음영처럼 부각시킨다. 세상의 화려함 속으로 어떻게든 자신의 일상을 감추고 싶은 심리는 현실에 대한 깊은 응시도, 비판적 성찰도 힘들게

전근대 소설의 이야기체로 넘나드는 상상력은 현실의 문제를 고착화 된 시선에서 자유롭게 한다.

한다. 더군다나 초라한 일상에 대한, 비루해 보이는 현실에 대한 이야기는 너무 뻔한 불행처럼 너무 뻔한 이야기처럼 받아들여지기 쉽다. 겉보기엔 뻔해 보이지만 결코 뻔할 수 없는 현실의 이야기들을 하기 위해서는 무언가 다른 방법이 필요하다. 기존의 형식과는 다른 서사형식은 이러한 고민의 산물로 바라볼 수 있다.

이기호가 보여주는 다양한 서사형식은 뻔하다고 생각되는 문제들을 다른 시선으로 바라보게끔 하는 가시적 효과를 갖는다. 「버니」의 경우 일찌감치 학교라는 체제에서 뛰쳐나와 또래 여자애들의 성매매를 하는 일명 보도방을 통해 돈을 버는 불량한 화자를 내세워 현행 학교 관행이나 일상의 성매매 현실, 연예계의 스타시스템을 랩 가사의 형식으로 조롱하고 있다. 우선 랩이라는 장르자체가 마이너리티 문화의 산물이며, 체제에 대한 저항성을 어느 정도 띠고 있다. 또 이런 랩 가사 형식의 서사는 일정한 리듬을 형성하고 있어 작품을 읽는 독자들이 쉽게 서사의 흐름에 호흡을 맞추게 된다. 더구나 반복된 형태의 후렴구는 작가가 의

도한 주제의식을 더욱 선명하게 각인시키는 효과를 준다.

랩을 하고 있는 불량한 화자는 정신지체를 가진, 친구의 여동생에게 보도방 영업을 시키는 보통의 윤리적 관점에서 보았을 때는 재고의 여지가 없는 양아치이다. 세상에 대한 식견을 두루 갖춘 엘리트 계층에 의한 검증된 시선이 아닌 하류인생의 위험하고 불량한 시선으로 세상의 룰들을 랩이라는 노래 장르에 얹어 조롱하듯 가볍게 뒤집고 있다. 기존 질서를 공고히 하는 체제의 시선에서 하류인생의 그렇고 그런 뻔한 인생이야기로 전락하지 않는 것은 현실 사회가 강요하는 현실의 문법을 소화하지 못한 화자의 시선에서 현실의 체제들을 랩 가사에 얹어 불량스럽게 조롱해버리기 때문이다. 더구나 랩을 읊고 있는 삐딱한 화자 자신마저 후렴구의 형태를 통해 같이 조롱해버리는 이중의 시선을 통해 이야기를 풀고 있어 독자는 화자와 일정 정도의 비판적 거리를 확보하며 작품을 읽게 한다. 그리고 이러한 이중의 시선은 현실문제에 대한 신랄함과 어처구니없고 우스꽝스런 화자로 인한 웃음을 동시에 유발하는 효과를 낸다.

현실 질서의 룰을 내적 규율로 받아들이지 못한 삐딱한 화자들은 다른 작품들에서도 내용에 상응하는 적절한 서사 형식들로 이야기를 전개한다. 「햄릿 포에버」는 상습적 본드 흡입으로 인한 환각 상태를 보이는 이시봉이라는 인물을 화자로 내세워 피의자 조서문의 서사형식으로 이야기를 전개해 조서문의 신빙성을 뒤집고 있으면서도 연극계와 비평계가 갖는 관행들에 대하여, 햄릿 공연이라는 소재를 통해 부권이 갖는 부정적 측면에 대하여 조롱하듯 비판하고 있다. 「옆에서 본 저 고백은 -告白時代」은 앵벌이 화자 '나'를 통해 현실 속 실제 불행들이 더 이상 불행이 아니기에 고백을 강요당할 수밖에 없는 현실을 고백체를 통해 꼬집고 있다. 「최순덕 성령충만기」는 맹목적 신앙심을 보이는 최순덕이 길에서 만난 바바리맨을 포교해가는 과정을 성경의 의고체 형식을 통해 이야기하는데 현실의 모습을 제대로 인식하지 못하는 우스꽝스런 최순덕을 통해 현실 질서에 짓눌려 돈벌이 기계로 살아가는 한 가장의 비루한 현실을 성스런 성경의 문체로 표현하고 있다는 점에서 이중적 시선을 볼 수 있다.

서사의 내용과 밀접한 연관성을 갖는 재기발랄한 독특한 서사의 형식들은 독자를 작품 속으로 불러들이는 흡인력을 갖고 있을 뿐만 아니라 불량하고 우스꽝스런 화자와 합쳐지면서 독자에게 유쾌함과 신랄함을 동시에 느끼게 한다. 현실과 화자를 향해 작가가 만들어내는 이중의 시선은 기존 질서의 시선에 포섭되지 않고 현실의 문제들을 살피고자 하는 작가의식을 잘 보여준다. 그러나 문제를 끄집어내는 것 이상으로 나아가지 않는다는데 아쉬움이 있다. 뻔해 보이던 현실을 여러 서사형식들을 동원하여 뒤집음으로써 감춰진 문제들을 독자들에게 인지하게는 하지만 현실 이면의 맥락들을 깊이 응시하여 성찰할 수 있는 가능성들은 오히려 차단된다. 우스꽝스런 화자로 현실을 전복시키고, 다시 우스꽝스런 화자마저 전복시키는 방식은 근본적인 한계를 이미 갖고 있다. 이중의 전복을 통한 현실의 폭로는 신랄하기는 하지만 형식적으로 독자를 웃기게 만드는 방식으로 이루어지고 있기 때문에 문제에 대한 진지한 성찰을 오히려 방해한다. 문제가 있다는 것은 분명히 알겠지만 그 문제들이 현실의 어떤 맥락 속에서 작동하고 있는지를 드러내지는 못한다. 작품의 화자들은 기존 질서의 시선에 포섭되진 않지만 기존 질서의 문제들을 제대로 파헤치기엔 애초부터 역부족이기 때문이다.

분명 『최순덕 성령충만기』의 독특한 서사형식은 독자들을 유쾌하게 작품 속으로 끌어들여 현실 문제에 공감하게 만든다. 당연하게만 보이던 현실에 문제제기를 함으로써 당연하지 않다는 인식을 이끌어낸다는 것만으로도, 문학의 종언을 말하는 시대에 마지막 장까지 놓지 않고 독서를 하게하는 즐거움을 주는 것만으로도 이미 소설은 많은 것을 하고 있는지도 모른다. 그러나 책을 덮은 독자는 아쉽고 허전하다. 꽉 짜여진 서사형식의 흐름은 독자의 사유가 개입할 여지를 주지 않는다. 이미 작가의 주제의식이 서사형식의 특성으로 인하여 작품의 전면에 숨김없이 드러나 있기 때문에 독자들은 손쉽게 받아들이기만 하면 된다. 숨겨놓은 보물을 찾듯 독자에게 행간에 감춰둔 작가의 치열한 사유를 찾아가며 능동적으로 현실의 문제를 성찰하게끔 하는 매력이 부족하다. 그래서 작품을 통해 드러내고자한 작가의 문제의식마저 가벼운 웃음 속에 묻혀 그 무게감을 반감시킨다.

작가는 후기를 통해 "사변보다는 사건에 소설적 애정이 맞닿아 있다"는 표현으로 작품에서 드러나는 한계들을 외면해버린다. 분명히 해둬야 할 점은 '사변'과 '사유'가 다르다는 것이다. 소설의 사변성은 현실의 문제를 유리되기 쉽다는 점에서 현실의 문제를 직접적으로 다루는 소설에서는 부정적 측면을 띠기 쉽다. 심지어 '골방' 문학이라는 꼬리표까지 붙여가며 자신의 내면에 갇힌 관념성이나 사변성을 우리문학 판에서 부정적으로 생각하는 것도 사실이다. 하지만 사유는 소설의 사변성이나 관념성과는 전혀 다른 맥락이다. 문제에 천착하여 숨겨진 이면의 맥락까지 파악해내는 작가의 의식을 말한다. 만약 이 작품집이 작가가 "사변"이라는 이름으로 놓쳐버렸던 현실문제의 맥락을 가늠해볼 수 있는 사유의 지점들을 열어놓았다면 작가의 문제의식을 독자들의 능동적 사유와 더불어 현실로 확장하여 해결의 지점을 모색하는 무게감을 유지할 수 있었을 것이다.

그러나 『최순덕 성령충만기』의 작품들이 보여주는 현실을 향한 따뜻한 시선은 폭력적 현실 질서에 쉽게 순응하는 것을 막는다. 작가의 후기에서 뚜렷하게 밝히고 있듯 "비루하고 염치없는 주인공들에게 더 마음이 쏠리고, 교양 없고 막돼먹은 친구들에게 더 많은 눈길이" 가는 작가의 따뜻한 시선은 사람과 세상에 대한 애정에 기반 한다. 이러한 사람에 대한 애정은 현실의 주변인들을 현실 질서의 편견으로 바라보는 것을 차단하며 다른 시선으로 문제를 바라볼 수 있게 하는 열린 사고를 가능하게 한다. 또한 현실의 경계를 넘나드는 자유로운 상상력은 근대 이성의 폭력성을 벗어나는 또 하나의 방식이다. 전근대 소설의 이야기체로 넘나드는 상상력은 현실의 문제를 고착화 된 시선에서 자유롭게 한다.

3. 응전방식 2 : 섬세한 문체를 통해 집요하게 현실 응시하기

『귀뚜라미가 온다』에서의 서사형식은 『최순덕 성령충만기』의 서사형식과는 전혀 다른 지점에 있다. 작품을 읽는 순간 바로 확인할 수 있을 만큼 확연한 차이를 드러낸다. 『최순덕 성령충만기』의 작품들은 가시적으로 확인되는 다양한 서사형식을 통해 이야기를 가볍고 유쾌하게 풀어가고 있다면, 『귀뚜라미가 온다』의 작품들은 근대 이성의 억압을 보여주는 일상의 단면들을 집요하게 드러내어 고통스러움과 우울함을 자아낸다. 전자의 소설들이 기존의 문법을 부수는 방식으로 현실의 모습을 까뒤집어 본다면 후자의 소설들은 기존의 문법 속에서 현실의 모습을 뚫어지게 응시한다. 그래서 서사형식의 특성보다는 작품집 전체에서 드러나는 주제의식이 가시적으로 두드러진다. 그러나 사실상 작가의 주제의식을 뚜렷하게 드러내주는 원동력은 결국 서사방식이다.

『귀뚜라미가 온다』의 전 작품들은 폭력적 일상의 현실들을 집요하게

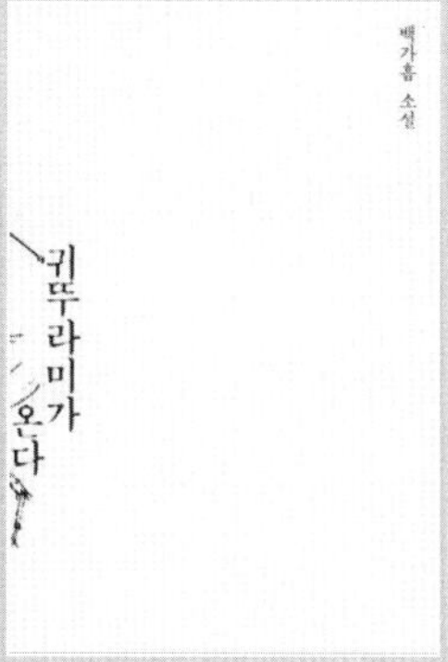

『귀뚜라미가 온다』의 작품들은 현실의 자연스런 질서로써, 삶의 내적 규율체계로써 단단하게 자리한 근대적 이성과 자본의 표상 앞에 늘 모자랄 수밖에 없는 인물들의 현실을 집요하게 묘사한다.

보여준다. 고통스러우리만큼 섬세하게 현실을 응시하는 서사의 힘은 문체에 있다. 백가흠의 문체는 독특하다. 간결하면서도 시적 은유를 보이는 섬세한 묘사력은 인물의 심리와 상황을 잘 드러내준다. 이러한 묘사력을 바탕으로 하나의 시점으로 동시간대의 인물을 교차하여 서술하거나, 장을 나누어 초점화자를 달리하는 서술하거나, 시간을 중첩시켜 각 인물의 심리와 상황을 교차 서술한다. 시점, 시간, 인물 등을 교차 서술하는 방식이 전 작품들에서 고루 드러나는데 이러한 방식은 각 인물들이 현실의 어떤 지점에 위치하고 있는지를 차이를 통해서 섬세하게 드러낸다.

개인은 사회 속에 위치한 자신의 지점을 인식의 기반으로 삼아 사회적 맥락을 형성하고 파악한다. 개인의 사회적 위치 차이는 인식의 차이를 동반할 수밖에 없으며, 그 간극으로 인하여 발생하는 소통 불가능은 현실의 질서를 더욱 공고히 하는 방식으로 작용하기도 한다. 작품들 속에서 묘사되는 인물들은 자신이 위치한 사회적 상황 속에서 현실의 질서를 맥락화 하고 내면화한다. 그리고 그 내면화 된 규율을 바탕으로 자신과 타자를 억압한다. 작가는 균열된 인물들의 인식지점의 차이와 그로 인하여 발생하는 억압의 기제들을 교차서술의 방식을 통해 집요하게 드러내고 있는 것이다. 개인에게 내면화 된 억압의 실체들을 미세한 균열의 지점들을 포착하는 방식으로 서사화한다.

「구두」는 이러한 문체의 특징이 아주 정교하게 드러나는 작품 중 하나다. 총 9개의 장으로 나누어진 이 소설은, 홀수 장은 남자를 초점화자로 하여 남자가 아내의 불륜을 확인하고 가족과 아내를 죽이러 가는 시점에서부터 서술이 시작되고, 짝수 장은 맹인 안마사를 초점화자로 하여 남자가 가족을 살해하고 안마소를 찾기 직전의 시점부터 서술이 된다. 각 장이 어긋난 시점에서부터 시작된 서술은 4장에 가면 동일한 시간으로 합쳐지게 되는데 이때에도 동시간대를 초점화자를 달리하여 교차 서술하는 방식을 취하는 게 아니라 시간의 일부를 겹치게 하여 교차 서술하는 방식을 취한다. 이러한 교차 서술 방식은 각 인물이 처한 현실의 조건과 조건의 차로부터 발생하는 인식 지점의 차이를 선명하게 부각시키는 효과를 갖는다.

아내의 불륜을 확인한 시점이 되어서야 「구두」의 남자는 자신이 내면화했던 '평범' 이라는 현실의 질서가 일 년여 동안 '가족을 위해' 경제적인 이유로 성매매를 해야 했던 아내와 돌봐줄 사람 없이 방치된 치매 걸린 노모와 어린 딸아이라는 낯선 현실 앞에 깨어지게 된다. 믿음과 현실의 간극을 확인한 남자의 심리와 행동을 남자 자신의 시점에서 서술하는 장과 맹인 안마사라는 평범하지 않은 현실적 조건을 온몸을 체감하는 여자의 시점을 통해 같은 상황에 마주한 서로의 행동과 심리를 파악해가는 방식으로 이야기가 진행된다. 전혀 다른 현실적 조건을 위에 마주한 두 사람은 서로를 관심의 시선으로 이해하려 애쓰지만 소통 불가능함을 확인한다. 현실 지반이 다르기 때문에 발생하는 인식의 차이는 대응방식의 차이를 드러내고 오히려 소통의 노력들이 억압의 기제로 작용할 수 있다.

「귀뚜라미가 온다」에서는 원래는 한집인 달구분식과 바람횟집의 인물들을 교차서술 한다. 술에 취해 밤새 노모를 패는 달구와 같은 시간 교성을 질러대며 사랑을 나누는 바람횟집의 남자와 여자를 묘사함으로써 각각의 인물들이 위치한 현실의 맥락과 대응방식들의 간극을 극명하게 보여준다. 「밤의 조건」이나, 「2시31분」에서도 역시 각 인물의 현실 맥락 위에서 상황을 이해하고 대응하는 방식을 장을 나누어 미묘한 차이를 보여주거나 시간차 서술을 통해 소통할 수 없는 간극을 보여준다. 각 개인에게 다양한 방식으로 내면화 된 사회적 규율들이 억압의 기제로 작용할 때 드러나는 폭력성이 주체와 타자를 어떤 방식으로 파괴하는지를 섬세하게 묘사한다. 소통의 가능성을 상실한 채 폭력적 대응 방식만이 난무하는 완고한 현실 사회의 모습의 한 단면이다.

세밀한 묘사와 인물과 사건에 대한 교차서술의 방식은 일상이라 불리는 현실의 모습이 얼마나 억압적인지를 뚫어지게 응시하게 한다. 그래서 『귀뚜라미가 온다』는 읽기 불편한 소설이다. 소설 전편에서 보이는 폭력, 살인, 강간 등에서 비롯된 불편함이 아니다. 이미 수많은 영화에서, 만화에서, 연극에서 폭력과 살인과 강간을 소재로 한 많은 것들을 보고 있다. 소설의 불편함은 허울 좋은 현실의 표상들을 파헤쳐 마주한 일상의 모습을 끝까지 응시하게끔 하기 때문이다. 그것은 바로 「구두」의 남자가 평범하다 믿고 싶은 일상이 깨어지고 마주한 적나라한 현실 앞에서 느끼는 곤혹스러움과 비슷하다. 일상이라는 이름으로 감춰진 현실의 맥락들을 세세히 드러냄으로써 독자는 일상의 곳곳에서 도사리고 있는 근대 이성의 폭력성과 내면화 된 억압기제들을 생각해 보게 된다.

단지 작품으로만 끝나지 않는 적나라한 현실의 문제이기에 불편하다.

『귀뚜라미가 온다』의 작품들은 현실의 자연스런 질서로써, 삶의 내적 규율체계로써 단단하게 자리한 근대적 이성과 자본의 표상 앞에 늘 모자랄 수밖에 없는 인물들의 현실을 집요하게 묘사한다. 근대적 이성이 만들어낸 정상과 비정상의 잣대는 정상이 되었든, 비정상이 되었든 하나의 억압으로 작용한다. 이미 어느 한쪽이 가치의 중심으로 작용하는 이상 어느 쪽도 자유로울 수는 없다. 억압을 느끼는 정도의 차이만이 존재할 뿐이다. 완벽해 보이는 '정상' 이라는 중심을 향해 끝없이 다가가 보지만 '정상' 의 중심은 보이지도 잡히지도 않는다. 소설의 인물들은 당연히 정상이어야 한다는 당위만이 존재할 뿐 무엇인지 알 수 없는 '정상' 이라는 것의 허위를 여실히 보여준다.

먼저 그들은 '평범하고 정상적인 가족' 이 없다. 「광어」의 '나' 는 엄마가 누구인지 모르며, 「귀뚜라미가 온다」의 바람횟집 남자 역시 한번도 엄마가 있어본 적이 없다. 「밤의 조건」의 제이는 게이인 아버지로 인해 가족이 망가지고, 「성탄절」의 듀나는 교통사고로 부모를 잃는다. 「구두」의 남자는 불륜의 아내로 가족을 죽이고, 「전나무숲에서 바람이 분다」는 부정한 엄마가 숲에서 얼어 죽는다. 「배의 무덤」의 아내는 다방 레지이기 때문에 마을 남자들에게 강간을 당하고 남편은 아내를 강간한 마을 남자들의 부인들에게 보복하여 가족이 무너진다. 「귀뚜라미가 온다」의 달구는 마누라도 없고, 자식도 없어 삶의 이유를 찾지 못한다. 이렇게 그들은 때론 자상한 부모가, 때론 사랑스런 아내가, 때론 성실한 남편이, 때론 착한 자식이 없다. 남들은 다 가졌을 거라고 생각하는 것을 그들은 가지지 못했기 때문이다. 그래서 그들은 불행하고 고통스럽다.

또한 그들은 '정상인' 이 아니다. 「광어」의 '나' 는 머리를 긁적이며 묻는 말에 대답을 피하는 어눌한 사람이다. 「귀뚜라미가 온다」의 달구는 앞니가 앞으로 튀어나와 입술이 다물어지지 않는 그래서 발음을 제대로 하지 못하는 인물이다. 「밤의 조건」의 제이는 자신의 성적 취향이 정상이라고 생각하는 사람들의 눈에는 짐승처럼 보이는 인물이며, 「구두」의 남자는 작고 왜소하며 여자는 맹인이다. 「전나무숲에서 바람이 분다」의 화자는 두터운 입술에 입은 반쯤 벌어지고, 여섯 개의 손가락을 가진 인물이며, 「배꽃이 지고」의 부부는 정신지체 장애인이다. 평범의 시선에서 모자라는 그들의 외모와 정신은 그들의 현실적 조건을 더욱 불행하다고 여기게 할 뿐이다.

현실의 맥락들 속에 자리한 공고한 질서들은 그들을 비정상과 부자연의 상태로 받아들이게 하며, 어떠한 방식으로도 획득할 수 없는 정상인의 질서는 그들을 극단적인 방식으로 몰아간다. 작품 속의 폭력, 살인, 강간 등은 자신의 불행에 대한 분노의 표출로, 자학의 방식으로, 왜곡된 욕망의 표출로 묘사된다. 「구두」의 경우 남자가 발견한 현실은 자신이 믿었던 '평범' 이라는 허위의 실체가 아니라 그 허위에 더 이상 다가설 수 없도록 달라진 가족과 자신이다. 1년 전부터 남자의 가족은 그러했음에도 남자가 받아들일 수 없는 것은 자신이 믿었던 '평범' 의 실체가 아니라 현재 자신이 마주한 낯설어 보이는 가족이다. 여전히 세상은 자신이 믿어온 평범의 질서 속에서 존재하기에 이미 달라진 자신과 가족은 현실의 질서와 화해할 통로를 찾지 못했다. 남자는 늙은 엄마를 살해하면서도, 어린 딸아이를 살해하면서도 어떠한 윤리적 죄의식을 느끼지 않는다. 이미 자신의 죽음까지 담보한 그의 행동은 현실의 윤리적 질서를 벗어난 그의 가족이나 그에게 윤리의식을 적용할 잣대를 잃어버렸기 때문이다.

현실이나 타자와 소통의 방식을 찾지 못하는 주체들은 스스로를 타인을 억압의 방식으로 규율하려 하고 그것마저 할 수 없는 지점에선 자학과 가학의 방식을 동원하게 한다. 허위로 가득한 현실의 잣대가 인간을 어디까지 옭아맬 수 있는지, 서로를 소통할 수 없는 낯선 물체로 몰아갈 수 있는지 고통스럽게 마주하게 한다. 이 고통스런 읽기에 참여함으로써 자신과의 소통의 지점을, 타자와의 소통의 지점을 찬찬히 살펴보게 한다.

그러나 억압기제로 가득한 현실의 맥락을 섬세하게 드러내며 교차서술 해가는 작품의 내용은 반복적으로 소통불가능의 현실을 발견하게 하는 데에서 더 이상 나아가지 않는다. 독자는 현실 속 억압기제와 소통 방식을 사유해 볼 수 있는 기회를 갖기는 하지만 해결의 가능성을 얻지 못한다. 소설에서 보여주고 있는 인물들은 진지한 해결 지점조차 모색할 수 없는 불가능의 상황이거나 해결의 방식이 타자에 대한 또 다른 억압을 만드는 폭력적 대응의 상황으로 묘사된다. 이렇게 해결의 가능성을 열어두지 않는 닫힌 서사는 작품을 읽는 독자들에게 또 다른 불편함으로 다가온다. 분명 근대 이성의 폭력적인 억압기제들이 미시적 일상에서 어떻게 작동하고 있는지는 잘 보여주고 있지만 전 작품에 걸쳐 반복되는 소통 불가능성과 폭력적 해결 방식은 독자에게 완고한 현실 앞에서 무릎 꿇을 수밖에 없다는 패배감을 맛보게 한다.

작가는 작품 속에서 현실의 문제를 드러내는 것만이 아니라 나아가 그러한 현실의 문제에 개입하여 해결하고자 하는 치열한 고민들 역시 독자가 대면할 수 있게 해야 한다. 현실 개입의 의지 없이, 전망의 가능성을 차단한 섬세한 보여주기의 방식은 현실의 문제에 대하여 냉소하게 할 뿐 아니라 해결할 수 없다는 패배감이 완고한 현실의 질서를 더욱 공고하게 만들 위험을 안고 있다.

또한 작품 전반에 드러나는 인물들의 불행과 폭력적 대응방식이 왜소한 체구, 못생긴 얼굴, 신체의 기형이나 어눌한 말투 등과 반드시 연결점을 갖고 있으며, 성장과정의 트라우마와 관련이 있음을 암시적으로 강조한다. 이것은 인물의 불행에 필연적 운명을 부여하고 부정적 대응 방식을 합리화시키게 되는 문제를 낳는다. 현실의 억압기제는 도처에 존재하며 그것은 각각의 개인에게 다양한 방식으로 그 폭력성을 드러낸다. 이러한 억압기제로부터 완전히 자유로울 수 있는 개인은 아무도 없다. 즉 현실 질서의 폭력성은 경중과 방식의 차이가 있을 뿐 예외는 없다. 신체적 특이성이나 성장기의 트라우마와 계속해서 연결지어 서사화하는 것은 또 다른 편견을 조장한다. 현실의 폭력성에 대응하는 인물들의 방식에 있어서도 마찬가지이다. 예외를 찾아보기 힘든 유괴, 폭력, 협박, 강간, 살인 등은 현실 문제에 대한 대응방식에 진지한 탐색을 차단한다.

일상의 현실 속에 내재된 현실 질서의 폭력성과 억압의 기제들이 어떻게 작동하고 있는지를 섬세하고 집요하게 서술해가는 서사의 힘은 분명 현실의 문제를 정면으로 응시하고자 하는 작가의 의식을 보여준다. 또한 작가가 보여주는 문체의 힘은 독자에게 현실의 지점을 사유케 하는 핵심이다. 그러나 작품 속에서 현실 문제에 대한 작가의 진지한 모색의 시선을 찾아볼 수 없기에 근대 이성의 폭력성에 대응하는 개인들의 진지하고도 다양한 대응방식들의 탐색으로 나아가지 못하는 아쉬움을 남긴다. 오히려 현실의 질서를 공고히 할 수 있다는 혐의를 벗기 위해선 대응방식에 대한 다양한 가능성을 열어두는 서사가 필요하다.

4. 현실을 향한 치열한 작가의식

우리는 자본사회가 만들어낸 행복의 표상들에 둘러싸여 삶을 살아간다. 그리고 어느새 그러한 표상들이 마치 삶의 현실인양 생각한다. 다양한 방식으로 내면화 된 규율체계는 개인의 자기검열의 방식으로 작동하며 현실의 질서를 더욱 공고히 하는 억압기제를 만든다. 정교하고 미세한 방식으로 작동하는 현실의 억압기제들은 그 실체를 파악하기 어렵다. 이미 자기검열의 방식으로 내면화 된 강력한 현실의 질서 앞에 문제를 드러내고 해결 방식을 찾는다는 것은 암중모색이나 다름없다. 더구나 상업자본의 매커니즘 속에서 자유로울 수 없는 문학적 현실은 문학이란 장 속에서 작가가 치열한 사유를 드러내는 것을 더욱 어렵게 한다. 여기에 속도의 시대를 살고 있는 독자들은 깊이 있는 사유를 요구하는 더디기만 한 문자를 매체로 한 문학이 달갑지 않다. 이러한 시대에 문학을 한다는 것은 계란으로 바위를 치는 것만큼 무모해 보인다.

지금 문학을 한다는 것은 현실의 뚜렷한 적도 찾을 수 없으며, 다수의 독자들이 등을 돌린 문학의 현실 앞에 출판 자본의 상업적 속성과 씨름하며 자신의 작가의식마저 의심해야 한다는 것이다. 자신이 의식하지 못한 사이 이미 근대 자본의 규율된 질서들을 어느 정도는 체화하고 있기 때문이다. 또한 문학에는 뚜렷한 정답이란 없다. 그저 작가는 각기 나름의 방식으로 문학의 장을 만들어가야 한다. 각 작가가 만들어 내는 문학의 장이 치열한 작가의식을 드러내는 고민의 산물들로 풍요로울 수 있으면 된다. 그리고 그 풍요로움이 한국문학이라는 문학의 장의 경계를 넓히며 풍요로울 수 있으면 된다. 이렇게 작가들이 만들어내는 문학의 장 속에서 생산적인 비평은 작가의식의 치열함을 작품을 통해 검증하고 그 문학의 장을 풍요롭게 하는 데 의식의 치열함을 보태는 작업이라 생각한다.

2000년대 신예작가 이기호와 백가흠은 암울한 현실의 문학 판에서 치열한 전투 중이다. 물론 이제 첫 술을 뜬 작가들이기에 녹녹치 않은 전투 속에서 드러나는 문학적 한계도 뚜렷하다. 그러나 우리가 그들에게 주목해야 할 것은 현실의 문제의식에서 등을 돌리지 않는 치열함이다. 다양한 서사형식들을 실험해가며 현실의 문제를 물고 늘어지는 이기호의 방식이나 섬세하고 치밀한 서술의 방식으로 집요하게 현실의 맥락을 보려하는 백가흠의 방식은 현실에 대한 작가의 치열한 고민 없이는 불가능하다. 이 두 작가의 작품은 얼핏 보기엔 전혀 다른 문제의식을 드러내고 있는 것처럼 보인다. 그러나 현실 질서의 폭력성의 문제제기라는 측면과 그들의 집요한 실험의식은 두 작품집을 아울러 생각해볼 수 있는 지점이다.

또한 그들의 글쓰기 방식은 각각의 문학의 장에서 서로에게 보탬이 될 수 있다고 본다. 현실의 맥락을 섬세하고 예리하게 파헤치는 백가흠의 서술방식은 독자에게 진지한 사유를 통해 작품의 행간을 읽어내도록 요구한다. 사유를 이끌어내는 진지함은 이기호의 작품에서 아쉬운 부분이다. 반대로 이기호의 작품 속에서 드러나는 현실의 주변인들을 향한 작가의 열린 시선은 사람과 세상에 대한 따뜻한 애정을 확인하게 하며, 현실의 경계를 넘나드는 상상력은 현실의 문제를 고착화된 시선에서 자유롭게 한다. 현실에 대한 문제제기나 해결방식이 언제나 현실에만 존재하는 것은 아니다. 이것은 현실이 아닌 문학의 장만이 가질 수 있는 최대의 무기이다. 작가 백가흠에게 필요한 것은 사람과 세상에 대한 따뜻한 애정과 정서를 함축한 그의 시적 언어에 상상력의 날개를 달아주는 것이 아닐까 싶다.

전성욱[1]

위장된 글쓰기, 판타지로 그려낸 현실

–듀나론

1. 근대문학의 종언과 멀티미디어 시대의 문학

문학의 존재기반은 '글' 이다. 글은 인쇄매체를 통해 널리 확산될 수 있었다. 그러니까 근대문학의 탄생은 '글' 을 대량으로 복제할 수 있는 인쇄매체의 출현과 더불어 가능했다고 할 수 있다. 근대문학은 구어문학과는 달리 인쇄매체를 기반으로 생산과 소비의 유통회로 속에서 일종의 장(場)을 형성하면서 제도적으로 확립될 수 있었다. 근대문학이라는 문학장의 형성에 있어 인쇄매체의 영향력이 이처럼 지대하다고 했을 때 인쇄장비와 인쇄기술의 진보는 근대문학의 탄생을 뒷받침하는 중요한 하부구조로 기능했다고 할 수 있을 것이다.

과학과 기술의 발전은 구매체인 인쇄매체의 혁신을 이끌어내는 동시에 정보통신 기술의 놀라운 발달을 바탕으로 다른 새로운 매체들을 탄

1 동아대 박사과정 수료. 동아대 강사. 논문 「장소사랑과 지역문학의 논리」 외 다수.

생시켰다. 이른바 디지털 테크놀로지를 기반으로 한 멀티미디어는 기존의 구매체들이 가졌던 기능들을 통합적으로 수행할 수 있는 한 편, 기존의 아날로그 매체를 통해서는 구체적으로 형상화 할 수 없었던 내용들까지도 표현이 가능하도록 만들었다.

이와 같은 매체의 혁신은 인쇄매체에 근거를 둔 근대문학의 위상에도 큰 변화를 불러오고 있다. 앨빈 커넌(Alvin Kernan)의 '문학의 죽음'이나 가라타니 고진(柄谷行人)의 '근대문학의 종언'은 모두 이와 같은 인식을 공유하고 있다. 물론 이들이 선언한 문학의 '죽음'이나 '종언'의 이면에는 자본주의의 심화와 확대에 따른 포스트모던한 문화의 만연과 이를 통해 가속화되는 문학의 세속화와 상품화라는 현실인식이 자리 잡고 있다. 하지만 이들은 모두 텔레비전과 컴퓨터를 비롯한 새로운 매체의 출현이 가져온 문학의 쇠퇴와 위축에 주목한다. 근대문학이 자본주의와 함께 발달한 출판 · 인쇄술을 기반으로 확대 재생산 되어 온 것이라고 한다면 오늘날 인쇄매체가 일종의 구매체로 그 위상이 재조정된 마당에 근대문학이 지금까지 누려왔던 권위와 영광이 쇠퇴되어 가는 것은 어쩌면 당연한 결과일지 모른다. 하지만 멀티미디어의 등장과 그로 인한 문학의 위축이라는 간단한 인과론으로 모든 문제가 해결되어 버리는 것은 아니다. 더 중요한 것은 가라타니 고진이 분명하게 지적한 바대로 문학이 가졌던 대사회적 역능의 상실이다. 문학의 대사회적 역능은 쇠퇴하고 있는데 반해 현실의 모순은 더 심화되어 가고 있다. 이러한 처지에서 문학 담론의 생산자들은 당위론 이상의 비책을 내놓지 못하고 있다.

오늘날 대중문학 연구자들에게서 자주 언급되는 이야기 중의 하나는 순수문학과 통속문학의 구분이 더 이상 유효할 수 없다는 주장이다. 이러한 주장의 배면에는 순수와 통속의 이분법을 해체하여 그동안 비평이나 연구의 담론 영역에서 배제되어 왔던 통속문학(대중문학)의 의미와 가치를 적극적으로 재발견해 문학연구의 영역을 확대하려고 하는 의도가 깔려 있다. 이러한 주장과 더불어 문학 연구는 문화 연구로 확대되어야 하고 소설연구 역시 서사 혹은 스토리텔링 연구의 차원으로 그 범위를 넓혀야 한다는 의견들이 널리 확산되고 있다. 이와 같은 목소리들은 모두 변화한 매체환경 속에서 문학의 생존, 아니 더 정확하게는 문학비평 혹은 문학연구의 생존을 고민하는 데서 나온 것이라고 할 수 있다. 쉽게 말해 이들의 고민은 멀티미디어 시대의 문학의 존재방식을 성찰하는 데 있는 것이다. 하지만 대중문학과 문화를 바라보는 이들의 시각은 지나치게 관대하다. 슬라보예 지젝은 억압되었던 변두리 존재들의 복원이라는 포스트모던한 명제가 가진 '끔찍함'에 대해서 언급한 바 있다. 이제 그 복원과 해방의 명제 자체가 이데올로기화 되었다는 것이다.

멀티미디어 자체는 가치중립적인 도구라고 할 수 있을지 모르지만 그것이 활용되는 정치적, 문화적 맥락은 결코 가치중립적일 수 없다. 오늘날 멀티미디어는 신자유주의를 기치로 내건 전지구적인 자본주의의 핵심 병기로 활용되고 있다고 여겨질 만큼 상업화와 문화적 획일화에 기여하고 있다. 대중문화를 컨텐츠로 하는 대부분의 멀티미디어들이 가진 친자본주의적인 성격들은 매우 위험하지만, 일반 대중들에게는 너무도 친근하게 그리고 무비판적으로 수용되고 있다. 이런 사정을 고려할 때 한국에서 멀티미디어 시대의 문학과 문화에 대한 최근의 관심은 대단히 고무적이다. 하지만 우리 학계와 비평계에서는 아직까지 멀티미디어 시대의 문학에 대한 깊이 있는 분석과 비평이 이루어지고 있다고 말하기 어렵다. 예컨대 멀티미디어 시대의 문학에 대해 지속적으로 관심을 갖고 연구해온 김성곤만 하더라도 그 분석의 대상이 대부분 미국문화에 편중되어 있고 한국의 텍스트를 대상으로 하더라도 개론적인 해설이나 원론적인 논의 수준에 머무르고 있어 그 한계가 뚜렷하다. 최근 들어 멀티미디어 시대의 문화와 장르문학에 대해 비평과 연구 양면에서 의욕적인 활동을 펼치고 있는 조성면 역시 아직까지는 김성곤과 같은 한계를 크게 벗어나지 못하고 있다.

문학의 종언과 죽음에도 불구하고 여전히 인쇄매체의 위력을 발휘하고 있는 호러, 판타지, 추리, 무협 등의 장르문학은 멀티미디어 시대의 서사 컨텐츠로써 우리 삶에 자본주의적 가치를 이식시키고 있다는 점에서 비판적으로 검토되어야 할 비평의 텍스트라고 할 수 있다. 그럼에도 불구하고 한국의 비평계와 학계의 논의 수준은 기껏해야 영미권의 선구적 작업들에 의지한 원론적인 해설 차원에 머무르고 있다. 그리고 디지털 시대에 역설적으로 더 많은 독자들을 불러 모으고 있는 장르문학의 중흥에 관심을 보이고 있는 한국의 연구자나 비평가들은 이들 텍스트에 대해 예의 그 포스트모던한 명제(변두리화된 장르의 복원과 하위문화의 해방적 에너지에 대한 신뢰)를 투사하기에 바쁘다.

우리가 오늘날 근대문학의 종언이나 죽음을 이야기해야 하는 상황이라면 그러한 종언과 죽음의 근거들이 무엇인지 진지하게 따져 물어야 한다. 자본주의의 도래와 함께 시작된 근대문학은 그 토대에 의해 바로 결정되는 것이 아니라 상부구조의 하나로서 나름의 자율성을 확보할 수 있었다. 문학의 그 같은 자율성은 자본주의와 갖가지 국가장치들에 대한 비판과 성찰을 가능하게 했다. 하지만 근대초기에 인쇄매체를 바탕으로 성립된 근대문학은 자본주의의 심화와 확대로 인해 또 다른 위상을 강요받기에 이르렀다. 그러한 강요의 핵심기제인 멀티미디어는 활자문화의 장르적 관습과 양식적 특성을 새로운 형태로 변모시키면서 근대문학이 견지했던 자본주의와 체제문화에 대한 비판적 기능을 거세하려 들고 있다.

오늘날 상품화된 장르문학들은 다매체 시대의 서사적 상상력을 잘 보여준다. 허무맹랑한 공상이나 설화적 상상력이 멀티미디어 시대의 상상력으로 각광받고 있는 것이다. 현대 판타지 소설의 전형이라고 할 수 있는 톨킨의 『반지의 제왕』은 북구설화의 상상력에 힘입어 장대한 스케일의 이야기와 독특한 캐릭터들을 탄생시켰다. 한국의 많은 판타지 소설들은 『반지의 제왕』의 아류들이라고 할 수 있을 만큼 그 기본적인 모티프들을 많이 차용하고 있다. 뿐만 아니라 '리니지'를 비롯한 많은 RPG게임들 역시 그 배경과 캐릭터들을 『반지의 제왕』에서 차용하고 있다. 멀티미디어 시대의 서사물들은 이처럼 비슷한 배경과 캐릭터를 바탕으로 장르관습에 충실한 상투적인 아류들을 대량으로 생산해낸다. 이들 장르문학에서 현대 자본주의에 대한 비판이나 국가장치에 대한 저항을 읽어내는 일은 거의 불가능에 가깝다. 근대문학의 종언 혹은 죽음은 바로 이러한 현실, 즉 심화된 자본주의와 이를 뒷받침하는 멀티미디어라는 새로운 매체의 등장으로 촉발되고 촉진된 것이다. 순수문학의 죽음 위에 저급한 장르문학들이 좀비처럼 떠돌고 있다. 이것이 바로 멀티미디어 시대 혹은 다매체 시대의 문학이 처한 현실이다.

2. 장르소설의 가능성, 미메시스와 판타지의 어울림으로

근대문학의 유력한 장르로 인정 받아왔던 소설은 리얼리즘의 전통을 기반으로 성립되었다. 하지만 모더니티에 대한 회의가 날이 갈수록 더해지고 있는 오늘날의 상황에서 근대 서사의 핵심적인 위치를 차지해왔던 소설의 리얼리즘적 전통은 위축과 쇠퇴의 길을 걷고 있다. 자본주의의 확대와 심화를 반영하는 포스트모던한 서사물들의 가장 눈에 띄는 특징은 그 형상화의 중심이 미메시스에서 판타지로 변모하고 있는 데에서 찾을 수 있다. 편혜영의 작품들에서 찾아 볼 수 있는 그로테스크한 상상력들은 오늘날의 소설이 현실의 핍진한 반영이라는 리얼리즘의 테제로부터 얼마나 멀리 벗어나 있는가를 단적으로 보여준다. 판타지와 무협소설, 공상과학소설과 인터넷소설 같은 장르소설들이 성행하는 이유 역시 전통적인 리얼리즘 소설의 위축이라는 현실에서 그 근거를 엿볼 수 있다.

혹자는 문학이 상상력을 바탕으로 한 언어예술이라고 했을 때 상상력의 최대치를 보여줄 수 있는 환상이야말로 가장 문학적이라고 강변하면서 지금까지의 문학 담론은 미메시스적 전통에 너무 편향되었다고 주장하기도 한다. 일리 있는 이야기다. 현실의 사회과학적 반영을 지향했던 7, 80년대의 리얼리즘 소설들이 빠졌던 현실에 대한 소박한 인식과 그로 인한 도식화 경향은 많은 비판을 받아왔다. 카프카냐 토마스 만이냐를 두고 설전을 벌였던 서양소설사의 한 논쟁을 통해서도 확인할 수 있는 것이지만 근대소설의 상상력은 메마른 반영의 논리만을 고집하기만 한 것이 아니라 초사실의 판타지를 아우르면서 풍요롭게 전개되었다. 하지만 오늘날 한국 소설의 탈사실주의적 경향은 상당히 우려할만하다. 그것은 무엇보다도 이념의 부재를 거대서사의 극복인 것처럼 오도하거나 개인사의 말단에 집착하는 쇄말주의를 일상에 대한 섬세한 성찰로 전도하고 있는 데서 그러하다. 이러한 왜곡들은 결국 자본주의에 복무하는 문학을 생산하게 만드는 조건으로 작동한다.

소비문화의 만연으로 드러나는 자본주의의 심화현상은 '상품'의 예찬을 통해 구체화되는데 오늘날 한국 소설의 도처에는 맥도날드와 하겐다즈, 스타벅스와 멀티플렉스 극장이 넘쳐흐른다. 따라서 생활에 침투한 자본의 논리를 비판적으로 성찰하는 문학의 사명은 더욱 중대해진다. 그러니까 문제는 탈(脫)사실 그 자체가 아니라 몰(沒)사실에 있다고 할 수 있는데 그렇다면 멀티미디어 시대의 한국 소설이 나아가야 할 방향으로 우리는 미메시스와 판타지가 어우러진 각(覺)사실의 서사적 경지를 상정할 수 있지 않을까. 바로 이 지점에서 듀나(이영수)가 펼쳐 보이고 있는 재기발랄한 상상력들은 멀티미디어 시대 서사의 한 가능성으로 떠오른다.

듀나의 작품들은 우리가 흔히 SF라고 부르는 과학소설이라는 장르로 규정될 수 있다. 물론 장르규정이란 애매한 것이라서 논란의 여지가 많은 것이지만 그의 작품들은 과학소설의 장르문법을 따르고 있어 그렇게 규정하는 것이 크게 잘못된 것은 아니다.

듀나의 소설은 분명 장르의 관습을 따르고 있는 과학소설이다. 하지만 그의 소설들 중에는 순수소설과 통속소설의 이분법으로 구분하기 힘들만큼 뛰어난 작품들이 많다. 그의 과학소설은 장르소설의 위상을 재고하게 할 정도로 주목할 만하다. 대부분의 장르문학이 탈사실의 상상력을 바탕으로 공상으로 도피하거나 현실 모순을 간단하게 회피하고 있는 사정을 고려할 때 듀나 소설의 이러한 면모는 이채롭다. 사실과 환상이 어우러지고 현실의 모순에 대한 나름의 성찰의식이 반영된 그의 소설들은 자본주의가 침투한 현실의 풍경을 외면하지 않는다. 그렇다고 해서 듀나의 소설이 자본주의의 모순을 일거에 극복할 수 있는 어떤 비전을 제시하고 있다는 말은 아니다. 다만 그의 소설은 헐리우드 영화, 미국의 드라마와 대중소설들에서 다양한 소재와 모티프들을 빌려오면서도 그 모태가 된 미국문화, 즉 제국화된 자본주의문화를 비판적으로 그려내고 있다는 점에서 친자본주의적인 다른 장르문학 작품들과 분명하게 구분된다는 것이다. 듀나의 소설들이 가진 가능성은 그것이 자본주의의 문화논리를 반영한다고 할 수 있는 장르문학의 장 안에 위치하면서도 자본주의를 비판적으로 성찰하고 있다는 데서 찾을 수 있다. 듀나는 '문제의 해결' 이 아니라 '문제의 심각성을 계몽' 함으로써 문학의 사회적이고 공리적인 기능을 작동시킨다.

3. 하위문화 세대의 교양과 윤리감각

작가들이 체득하는 교양과 경험은 그들의 창작에 큰 영향을 끼친다. 주체란 선험적으로 존재하는 것이 아니라 다양한 문화적 · 역사적 맥락을 통해 다원적으로 구성되는 것이라는 논리를 따른다면 작가가 창작했다고 하는 작품이란 결국 작가를 생성시킨 수많은 문화적 맥락의 영향 아래에 놓이게 된다. 예컨대 근대계몽기에 일본유학을 다녀온 세대들에 의해 성립하게 된 한국의 근대문학 역시 메이지유신을 단행한 일본의 서양문명 수용을 간접 체험함으로써 이루어졌다. 흔히 문인을 지망하는 청년들에게 있어 '정전' 화된 고전은 그들의 문화적 감각을 형성시키는 데 주요한 원천이 된다. 그런 의미에서 동 · 서양의 고전은 작가들에게 항상 전범의 대상이자 극복의 대상으로 존재한다. 그런데 90년대 이후에 등장한, 흔히 신세대작가들로 분류되는 이들에게서 특징적인 것은 정전화된 고급문화에 대응되는 대중문화에 대한 친근감이다. 이들 세대의 작품들에는 영화와 광고, 팝음악을 비롯한 각종의 하위문화들이 감각적으로 녹아들어 있다. 그런 의미에서 무라카미 하루키와 같은 일본 작가들의 감각은 90년대 이후 우리 소설의 감수성에 큰 영향을 미쳤다고 할 수 있을 것이다.

듀나에게서 특징적인 것은 항상 그의 작품에 영향을 미친 주요 저작들의 출처를 명확하게 밝힌다는 점인데 그것들을 살펴보면 주로 영미권의 대중소설들이 주종을 차지하고 있다는 것을 확인할 수 있다. 예컨대 최근에 출간된 『대리전』(이가서, 2006)의 작가 후기엔 어슐러 K. 르 귄의 『어둠의 왼손』, 클리포드 D. 시막의 『중간역』과 폴 앤더슨의 『타임 패트롤』 등의 작품들에서 모티프들을 차용했음을 밝혀 놓았다. 이런 방식은 이전에 출간된 소설집인 『면세구역』(국민서관, 2000)이나 『태평양 횡단 특급』(문학과지성사, 2002)에서도 공통적으로 발견된다.

이처럼 직접적인 언급이 아니더라도 그의 작품 곳곳에는 그의 문화적 교양을 짐작하게 할만한 컨텍스트들이 산재해 있다. 「히즈 올 댓」에는 이런 구절이 있다.

> 패리스의 영화 취미는 초서를 전공한 영문학자답지 않았다. 그는 진지한 영화를 좋아하지 않았다. 진지함과 예술성은 그가 영화의 진정한 목적이라고 생각하는 감각적 쾌락을 망가뜨릴 뿐이었다. 그가 진심으로 사랑했던 장르는 단 하나, 미국 10대 영화였다.
>
> —「히즈 올 댓」, 『태평양 횡단 특급』, 33~34쪽

'진지함과 예술성' 대신 '감각적 쾌락' 을 옹호하는 패리스의 태도는 고급문화와 대중문화에 대한 그의 입장을 이해하기에 충분하다.(이와 같은 대중문화 옹호론은 「끈」(『태평양 횡단 특급』)에서 레오나르도 다빈치보다 미국의 만화가 빌 워트슨이 더 위대한 예술가라고 말하는 대목에서도 확인할 수 있다.)

히말라야 산맥 근방의 소국 출신인 '큰아버지' 의 일대기를 그리고 있는 「히즈 올 댓」은, 큰아버지가 윈스턴 패리스라는 미국인을 만나 미국의 대중문화를 체험하면서 성장해 작가가 되는 이야기다. 큰아버지는 미국인들이 받아들이고 이해하는 방식과는 전혀 다른 이방인의 시각으

한 번 생각해보세요. 선생님의 작품 중 어느 부분이
선생님 자신을 표현하고 있죠?

로 미국문화를 받아들였다. 그는 영화를 통해 "지하철, 영화관, 아이스크림, 자판기, 나이키운동화, 란제리, 맥도널드 햄버거, 수영장, 디스코텍" 등의 자본주의 문화를 간접적으로 경험한다. 그는 「도슨의 청춘 일기」나 「쉬즈 올 댓」과 같은 영화를 보면서 미국의 문화에 깊이 빠져든다. 심지어 그는 "그리스 비극 작가들이 신화 속의 주인공들을 이용한 것처럼" 「도슨의 청춘 일기」에 나오는 등장인물들의 캐릭터들을 가져와 팬픽션(fan fiction)을 쓰기 시작하면서 작가의 길로 나아가게 된다. 그의 작품들은 영화화 되고 유명세를 타면서 결국 퓰리처상까지 받게 된다. 하지만 그는 모국어를 잃어버렸고 "미국 사회에 대해 알면 알수록 10대 영화들의 세계는 점점 매력을 잃어갔다." 그런 그를 지탱해 주는 것은 「도슨의 청춘 일기」에서 처음 보았던 레이첼 리 쿡이라는 배우에 대한 환상이었다. 어느 날 우연히 식당에서 레이첼 리 쿡을 만나 다음과 같은 충고를 듣게 된다.

"한 번 생각해보세요. 선생님의 작품 중 어느 부분이 선생님 자신을 표현하고 있죠?"

—앞의 책, 49쪽

이 충고 이후 그는 처음으로 현실과 관계를 맺은 글을 쓸 수 있게 되고 자신의 주변 인물들과 유사한 인물들을 그의 작품에 등장시키기 시작한다. 하지만 그는 그 작품을 끝맺지 못하고 사고로 죽는다. 그는 충고를 듣기 전까지 영화 속의 미국문화를 통해 배운 가상의 현실 감각으로 작품을 써 왔다. 운 좋게 사람들에게 인정을 받을 수 있었지만 모국어를 잃어버렸고 현실을 볼 수 없게 된 것이다. 뒤늦은 깨달음은 아무 소용이 없었다. 잃어버린 '자신'은 결국 되찾을 수가 없었던 것이다.

「히즈 올 댓」은 오늘날의 우리 작가들이 처한 현실에 대한 알레고리로도 읽혀질 수 있는데 소국 출신의 한 젊은이가 미국이라는 거대한 나라의 문화에 길들여지면서 겪게 되는 '자신'의 상실을 보여줌으로써 문화 제국의 식민화를 경계하고 있는 것으로 볼 수 있다.

그러면 인터넷 통신을 즐기고 미국의 소비문화에 길들여진 세대들의 윤리감각은 어떠할까? 헐리우드 영화를 보면서 미국의 대중문화에 익숙하게 적응하면서 자란 세대의 윤리감각은 반미와 자주를 외치던 386세대의 윤리감각과 다를 수밖에 없다.

윤리란 인간이 지켜야 할 도리와 규범이다. 문학의 계몽적 기능이 중요한 가치로 인정되던 시기가 있었다. 가라타니 고진은 서양의 근대문학이 종언을 향해 치닫고 있을 때조차 80년대의 한국문학은 기대를 버릴 수 없는 예외적 존재였다고 회고 한다. 이 시기의 문학이 가졌던 윤리는 개인보다는 공동체를, 있는 것보다는 있어야 할 것을 옹호하는 그런 것이었다. 윤리의 기준은 분명해 보였고 사람들은 그 윤리를 근거로 사유하고 행동했다. 하지만 그러한 확고한 윤리기준은 거대한 이념들에 대한 회의와 함께 더 이상 사람들의 삶을 구속할 수 없을 만큼 약화되었다.

『태평양 횡단 특급』에 들어 있는 두 작품, 「대리 살인자」와 「허깨비 사냥」은 윤리 부재 시대의 윤리감각을 잘 보여준다. 「대리 살인자」는 4월 1일 만우절날 인터넷의 '만우절' 이라는 대화방에서 만난 네 사람의 이야기다. '나' (대화명 파프리카), 대화명이 다빈치인 미대생, '나' 와 가끔 미디텔 과학소설 소모임에서 토론을 벌였던 대화명이 지영이인 김지영, 그리고 대화명이 재칼인 미지의 인물은 대화방에서 좀 과격한 이야기들을 하게 되는데 자신들이 죽이고 싶은 사람들을 한 명씩 언급하면서 살해의 방법까지도 장난스럽게 이야기한다. 그런데 며칠 뒤 대화방에서 이야기 되었던 장난스러운 이야기들은 끔찍한 현실이 되어 뉴스에 보도된다 살인범은 재칼이었고 이 사실을 안 나머지 세 사람은 누가 어떻게 살해될지를 알고 있기 때문에 범행을 막을 수 있다.

> 이제 모든 것이 분명해졌다. 재칼은 게임을 하고 있다. 그러나 그 게임의 상대는 박한영이나 김진섭이 아닌 바로 우리들이다. 게임의 룰은 간단하다. 살인 전에 경찰에 신고해 자신의 고결한 도덕성을 과시하면 우리가 이긴다. 방해받지 않고 살인에 성공하면 그가 이긴다.
>
> —「대리 살인자」, 72쪽

하지만 세 사람은 주저하면서도 재칼의 범행을 묵인한다. '나' 는 재칼의 살해 현장을 지켜보면서 노트북을 열고 재칼에게 들리도록 고함을 치듯이 폰트를 키워 "**좋아, 재칼, 네가 이겼다. 네 마음대로 해!**"라고 적는다. '고결한 도덕성' 대신 게임의 패배를 선택한 것이다.

많은 장르문학에서 '복수' 나 '악에 대한 응징' 은 대단히 정의로운 행위로 그려진다. 그러나 이러한 정의로운(?) 해결방식은 현실에서 벌어지는 갈등과 모순을 비현실적으로 초월해버리는 것이지 진정한 문제의 해결이라고는 할 수 없다. 이러한 측면에서 장르문학의 한계는 명백하다. 그런데 「대리 살인자」의 문제해결 방식은 다른 장르문학이 보여주는 악에 대한 정의의 승리나 복수와도 성질이 다른 명백한 범법행위다. 이는 이 작품이 다른 장르문학과는 달리 현실의 모순과 갈등을 해결하는 방식의 비윤리성을 주제로 내세우고 있다는 점을 부각시킨다. 방은진 감독의 데뷔작인 영화 〈오로라 공주〉 역시 일상의 현실에 만연한 폭력성을 아주 폭력적인 방식으로 해결함으로써 현실의 모순을 강렬하게 부각시키고 있는데 이 점에서 「대리 살인자」와 통하는 부분이 있다. 하지만 〈오로라 공주〉가 여타의 장르문학과 마찬가지로 악에 대한 처참한 응징을 앞세우면서 그 응징의 윤리문제를 간과해버리는 것과는 달리 「대리 살인자」는 응징의 윤리문제 그 자체를 주제로 내세우고 있다는 점에서 분명하게 구별된다. 이 소설에서 살해의 방식은 너무나도 잔혹한데 예컨대 남자의 성기를 거세해서 그것을 먹이고 손가락을 하나씩 절단한 다음 얼굴을 그라인더로 갈아서 죽이는 행위는 대단히 끔찍하다. 이런 식의 문제 해결은 해결이 아니라 더 큰 문제를 야기할 뿐이다.

「허깨비 살인」 역시 「대리 살인자」와 마찬가지로 증오하는 자에 대한 응징의 내용을 다루고 있는 소설이다. 한 무리의 사람들이 비행기를 타고 외딴 섬의 숲으로 허깨비 사냥을 온다. 숲의 안개에 인간의 사고가 응결되어 허깨비가 만들어지는데 사람들은 총으로 그 허깨비들을 쏴서 제거하는 것이다. 그런데 이 허깨비들은 쫀쫀하게 굴었던 고등학교 때의 상업 선생이나 이혼한 배우자, 지나치게 엄했던 아버지에 이르기까지 모두들 사냥 온 사람들에게는 증오의 대상들이다. 여기엔 심지어 자기 자신의 분신까지 허깨비로 나타나 자기혐오를 드러내 보여주기도 하는데 이러한 허깨비 사냥은 미움의 대상이 되는 자들에 대한 일종의 상상적 복수라고 할 수 있다. 「대리 살인자」와 비교할 때 현실의 인물이 아닌 허깨비를 대상으로 한 이 소설의 응징 방식에 대해서는 조금 더 관대할 수 있다. 하지만 윤리란 법과 달리 행위와 그 행위의 결과를 판단하는 것이 아니라 그 행위의 의도와 욕망을 문제 삼는다. 그런 의미에서 살해라는 폭력적인 형식으로 문제를 해결하는 것은 여전히 윤리에 반한다고 할 수 있다.

그렇다고 듀나의 소설이 반윤리적인 폭력들을 옹호하거나 방조하는 것은 아니다. 오히려 그는 그러한 반윤리적 행위의 이면에 숨어 있는 인간의 원초적인 폭력성과 위악을 드러내려 한다. 악의 응징이라는 미명하에, 가공할 폭력들을 정당화하는 헐리우드의 액션 히어로들을 우상으로 숭배하는 세대의 문화적 교양은 필연적이라고 할 수는 없을지 몰라도 윤리의식의 부재 혹은 반윤리의 행위들을 불러올 위험성이 매우 크다. 듀나의 소설들을 읽고 얻을 수 있는 것은 바로 이런 위험에 대한 자각이다.

4. 현실 속의 판타지, 디스토피아의 상상력

최근에 출간된 소설집 『대리전』의 표제작인 「대리전」은 분량으로는 중편이라고 할 만한데 우주인의 지구침공을 매우 코믹하게 그려 보이고 있어 독자들의 흥미를 불러일으키기에 충분한 작품이다. 지구로부터 몇십 광년 떨어진 외계의 행성에서 지구로 관광을 오는 외계인들은 우리가 흔히 알고 있는 것처럼 우주선을 타고 오는 것이 아니라 외계와 지구를 연결하는 장치인 '앤시블' 을 통해 노숙자나 알코올 중독자 혹은 마약

「대리전」은 외계인의 침공을 다루고 있는 다른 SF들처럼 장르소설로서의 요소들을 갖추고 있음에도 불구하고 이질적이거나 판타스틱하다기보다는 현실적인 요소가 매우 강하다.

중독자나 뇌사상태에 빠진 사람들을 숙주로 삼아 그들의 몸 안으로 들어온다.

외계인이 등장하는 SF는 그 비현실성 때문이겠지만 매우 이질적인 분위기를 만들어낸다. 왜냐면 우주인은 지구인들의 일상적인 삶과는 너무 이질적인 존재들이고 그것은 그들의 기이한 외모를 통해서도 확연하게 드러난다. 뿐만 아니라 지구의 문명 수준과는 너무 큰 격차를 가진 것으로 설정되는 그들의 기술 수준은 우주선이나 무기 등을 통해 표현된다. 그러나 「대리전」은 외계인의 침공을 다루고 있는 다른 SF들처럼 장르소설로서의 요소들을 갖추고 있음에도 불구하고 이질적이거나 판타스틱하다기보다는 현실적인 요소가 매우 강하다. 우선 우주인들의 외모 자체가 직접적으로 노출되는 것이 아니라 인간 숙주를 통해 표현되고, 그들이 사용하는 언어 역시 큰 어려움 없이 소통된다. 뿐만 아니라 그들이 사용하는 무기 역시 대단한 테크놀로지를 자랑하는 그런 종류의 것이 아니라 아이들이 장난감으로 사용하는 광선총 아니면 후레쉬나 휴대폰의 형상을 하고 있어 매우 익숙하게 느껴진다. 하지만 이 소설이 사실적으로 느껴지는 더 큰 이유는 부천이라는 실제의 도시를 너무도 사실적으로 그려내고 있기 때문이다. 물론 듀나의 소설 중에는 「집행자」, 「그 크고 검은 눈」(『나비전쟁』)과 같이 우주공간을 배경으로 인간들과는 매우 다른 지성체인 외계인들과의 관계를 다룬 소설들이 많이 있다. 어쨌든 「대리전」은 소설집의 앞장에 배경이 되는 부천시내의 지도를 실어 놓을 만큼 그 배경이 구체적이고 사실적이다. 특히 이 작품은 부천 시내의 곳곳들을 배경으로 역동적인 공간 이동을 보여주고 있는데 이들 배경을 구체적으로 나열해 보면 홈플러스, 이마트, 편의점, 롯데리아, DVD방, 맥도날드, 아인스월드, KFC매장, GS스퀘어, VIPS, 파파이스, 현대백화점, 스타벅스 등의 자본주의의 소비문화를 대변하는 장소들인 것을 알 수 있다. 이런 곳들을 배경으로 외계인과 지구인이 서로 뒤섞여 쫓고 쫓긴다는 발상은 참 재미있다.

「대리전」이 가지고 있는 특이성은 이처럼 현실의 공간 위에서 벌어지는 판타지라는 점에서 찾을 수 있다. 여기서 지구는 그 문명수준이 2기에 속하고 침공한 외계인들의 행성은 3기에 속한다. 외계인들은 지구의 침공을 통해 4기 문명의 비밀을 찾고자 하는데 듀나는 이러한 발전론적 역사관의 문제점을 다음과 같이 지적한다.

> 난 그네들이 엄청나게 운이 좋아 전이의 비밀을 알아낸다고 해도 언젠가는 그들도 너와 나, 민아, 돌피 혜선을 포함한 우주의 모든 것들과 함께 불완전하고 유치한 상태에서 사라질 거라고 믿어.
>
> —『대리전』, 230쪽

3기 문명에서 4기 문명으로의 '전이'에 대한 욕망, 즉 역사의 진보에 대한 집착은 전쟁도 불사한다. 지구제국을 꿈꾸는 미국의 욕망이 바로 이와 같은 것이 아닐까. 자본주의가 만연해 있는 도시의 소비공간을 종횡으로 누비면서 지구인을 뒤쫓는 외계인들을, 무역시장을 확대해나가면서 남반부의 가난한 나라들을 압박하고 있는 오늘날의 미국으로 본다면 그것은 좀 지나친 비약일까.

듀나의 소설에는 과학기술의 발전을 만능으로 보는 맹목적인 진보주의에 대한 디스토피아적 환멸의 세계관이 담겨있다. 기계나 시스템에 지배당하는 인간이라는 모티프를 다루고 있는 「기생(寄生)」(『태평양 횡단 특급』)은 인간이 기술문명에 밀려나 시스템에 기생하는 모습을 통해 인간 가치의 한없는 추락을 보여준다. 시스템으로부터의 지배를 벗어나고자 하는 반란이 있었지만 그것은 간단하게 실패하고 만다. 결국 반란의 실패는 다음과 같은 인간중심주의에 대한 비판을 자각하는 데까지 나아간다.

> 우리가 아무리 노력한다고 해도 저들이 이룩한 업적을 따라갈 수 없다는 것을. 저 아름다운 기계들이 존재하는 한, 우리가 존재 이유를 잃고 도시의 틈 사이로 사라진다고 해도 후회할 이유는 없다는 것을. 그리고 무엇보다 자식들의 앞길을 막는 부모보다 추한 것은 없다는 것을.
>
> —「기생」, 『태평양 횡단특급』, 142쪽

인간의 가치가 이처럼 한 없이 추락해서 그 극한까지 갈 때 인간은 무화(無化)된다. 자본주의가 노동자들을 자본과 노동으로부터 소외시킴으로써 '사물화' 하게 했다면 인간의 무화, 즉 있는데도 없는 것처럼 여겨지는 상황은 자본주의가 얼마만큼 심화되었는가를 추정하게 만든다.

「사라지는 사람들」(『나비전쟁』)은 어느 순간부터 서서히 사람들이 서로를 볼 수 없게 되는 사건을 다루고 있다. 딸이 곁에 있는 엄마의 존재를 느끼지 못하고 길을 건너는 노인이 보이지 않아 운전자는 그대로 차를 몬다. 인간의 '무화'를 단적으로 보여주고 있는 이 작품의 한 구절엔 그 원인이 무엇이든 인간의 무화가 "지구인 전체를 모두 이런 식으로 만들 때까지 계속 확산할 것이다"라는 언급이 있는데 이는 지구적인 규모로 진행되고 있는 신자유주의의 확산에 대한 알레고리로 읽혀진다. 그런데 이 작품이 더욱 문제적인 것은 인간이 서로를 볼 수 없게 되자 이제 서로를 인식하고 소통하는 수단으로서 인터넷 통신만이 가능하게 되었다는 사실에 있다. 이 역시 오늘날 멀티미디어 시대의 기술 기반이 되는 정보통신기술의 발달이 가져올 디스토피아를 암울하게 예시하는 것이 아닌가 하는 생각이 든다.

디지털 미디어 시대를 살아가는 현대인들에게 인터넷은 정보의 바다이자 또 다른 삶과 현실을 경험하게 하는 가상 세계이다. 우리는 인터넷 안에서 마주치는 정보들을 의심 없이 받아들이고 그 정보들을 통해 가치 판단을 하고, 쇼핑이나 금융 거래를 하거나 갖가지 계약을 한다. 이처럼 현실에 미치는 인터넷의 영향력은 날로 커지고 있다. 이전에는 오프라인에서만 가능했던 많은 일들을 오늘날은 인터넷을 통해 간편하게 처리할 수 있게 되었다. 이제 온라인의 갑작스런 단절은 우리의 현실에 직접적인 장애를 일으킬 만큼 온-오프라인의 상호 의존도는 나날이 커져가고 있는 것이다.

「스핑크스 아래서」(『면세구역』)는 지나친 인터넷 의존의 위험성을 경고하는 작품이다. 인터넷의 IMDb를 뒤지다 우연하게 알게 된 〈스핑크스 아래서〉라는 영화는 처음엔 관련 자료들이 없었는데 시간이 지날수록 배우와 감독의 프로필과 사진을 비롯해 시놉시스까지 소개되면서 주인공은 그 영화에 대해 더욱 궁금증을 가지게 된다. 하지만 그것은 올리

'진실' 이란 무엇인가?
'진실' 이란 것이 있기는 한 것인가?

비아 에번스라는 사람이 조작한 것이고 실제로 그런 영화는 세상에 존재한 적이 없다. 하지만 그녀의 고백에도 불구하고 사람들은 그 영화가 실제로 존재한다고 믿는데 심지어 몇몇 사람들은 영화의 동영상을 비롯한 결정적인 자료들을 공개하기도 한다.

'진실' 이란 무엇인가? '진실' 이란 것이 있기는 한 것인가? 「스핑크스 아래서」는 이런 물음에 대한 대답 대신 그 물음의 심각성을 고민하게 만든다. 우리들이 진실이라 믿고 있는 인터넷 공간 속의 많은 정보들이 진실이나 사실이 아니라면 어떻게 될 것인가라는 문제를 생각하게 하는 것이다.

인터넷은 현대인들의 문화적 교양이 배양되는 매우 중요한 공간이다. 따라서 멀티미디어 시대의 문학이 현실공간의 문제뿐만 아니라 인터넷과 같은 가상공간의 문제까지도 함께 성찰해야 하는 당위를 갖는다면 「스핑크스 아래서」는 그러한 당위에 충실하게 부합하는 작품이라고 해야 할 것이다.

기술의 진화와 발전은 그 수준에 맞게 발달한 사회를 효율적으로 통제할 수 있는 시스템을 필요로 한다. 시스템의 복잡성이 고도화될수록 그러한 통제 시스템의 중요성은 더욱 커지고 통제의 메커니즘 또한 더 정교해진다. 「꼭두각시들」(『태평양 횡단 특급』)은 서로가 서로의 정신을 조종하면서도 자신이 조종당하고 있는 사실을 미처 감지하지 못하는 인간의 문제를 다루고 있다. 이는 벤담이 구상하고 푸코가 그 함의를 읽어낸 판옵티콘의 관리체계를 떠오르게 하는데 실제로 「꼭두각시들」은 인간의 의식을 조종하고 지배하는 관리사회의 규율권력이 작동하는 방식의 한 단면을 적확하게 보여주고 있다. 관리사회의 이데올로기는 전체주의다. 「그 크고 검은 눈」(『나비전쟁』)은 "어떻게 자신의 자아를 다른 자아의 일부로 추락시키는 것이 가능할까? 어떻게 그런 것을 자발적으로 원할 수 있을까?" 라는 물음을 통해 전체주의의 모순을 지적한다.

이 외에 듀나의 소설에서 그려지는 디스토피아의 상상력은 「낡은 꿈의 잔해들」(『나비전쟁』)에서 정체성의 혼란을 겪는 주인공을 통해 드러나기도 하고, 세기말적인 종말의식에 사로잡힌 「오발행동」(『나비전쟁』)을 통해 그려지기도 한다.

「비잔티움」(『나비전쟁』)은 완벽한 인공물을 선택하느냐 아니면 추하고 불완전한 생명체를 선택하느냐의 문제를 통해 그것의 완전함이나 불완전함에 관계없이 인공물보다는 생명체가 더 중요하다는 주제를 전해준다. 이는 지금까지 살펴보았던 디스토피아의 환멸을 극복할 수 있는 한 가지 방법이기도 하다. 과학기술의 진보는 기계나 로봇과 같은 첨단의 인공물들을 만들어 낸다. 하지만 인공물의 가치와 인간을 비롯한 생명의 가치가 충돌할 때는 늘 갈등이 생기기 마련이다. 결국 디스토피아는 생명체에 대한 인공물의 우위가 발생할 때 현실화 된다. 디스토피아의 환멸로부터 멀어지는 길을 듀나는 '생명의 존중' 이라는 조금은 막연하지만 너무도 상식적인 방법의 실천에서 찾고 있는 듯하다.

5. 대중문화의 전유, '위장' 의 전술

대부분의 장르소설들이 그려내는 판타지는 현실을 벗어난 허황된 상상력으로 현실의 모순에 등을 돌린다. 하지만 듀나의 소설들은 모순으로 가득찬 현실 위에다 판타지를 그려냄으로써 모순된 현실의 부정적 면모를 두르러지게 만든다. 하지만 혹자는 말할 것이다. 현실의 어려움을 누가 모르느냐고, 문제를 해결할 방법을 내 놓으라고. 그러면 아마 듀나는 이렇게 말할 것이다.

> "책 하나 쓰고 사이비 교주 행세를 하란 말입니까? 사양하겠습니다. 전 사람들의 생각을 억압하고 싶지 않습니다. 가볍게나마 그냥 생각하게 하고만 싶습니다. 그렇다면 SF로 위장한 글이야말로 가장 좋은 수단이지요."
>
> ―「끈」, 『태평양 횡단 특급』, 220쪽

이 대목에서 내가 주목하는 것은 '위장' 이라는 단어다. 대중문화의 흥기를 억압의 이데올로기에 대한 해방으로 손쉽게 이해하는 경솔함을 경계해야 한다. 대중문화는 대중을 위한 문화가 아니라 문화산업을 위해 대중을 동원하는 기만의 체계이다. 대중문화의 한 자리를 차지하고 있는 장르문학, 그 장르문학을 전유하여 대중문화의 기만적 논리를 내파하는 것이야말로 듀나의 저 '위장' 이 노리는 전술의 목표가 아닐까.

허정[1]

국경을 어떻게 넘어설 것인가?

1. 신자유주의 세계화와 국경

오늘날의 세계화는 시장의 자유와 개방, 탈규제, 노동유연화, 민영화를 특징으로 하는 신자유주의 세계화이다. 1970년대 말부터 본격화된 신자유주의는 오늘날 세계를 횡단하고 있으며, 그 영향 아래 자본과 상품이 국경을 자유롭게 넘나들고 있다. 세계시장을 바탕으로 성장한 자본주의가 지구상의 모든 민족들을 연결시키고 지역 시장을 세계시장으로 통합시킨다고 맑스가 진단했던 '자본주의 세계화'는 150여 년이 지난 오늘날에 이르러 절정에 달하고 있다.

그러나 신자유주의는 과거의 자유방임주의를 방불케 하는 착취와 사회적 배제를 기본내용으로 하고 있다. 고전적 자유주의의 폐해를 막고

1 동아대 · 경성대 강사. 계간 『오늘의문예비평』 편집위원. 제3회 창비신인평론. 평론집 『먼 곳의 불빛』.

자 도입된 수정자본주의의 제어장치를 제거하고 과거의 자유경쟁시대로 복귀한 신자유주의의 경제 질서 아래, 이득은 자본주의 중심부로 흘러가고 있으며 손실은 민중들에게 고스란히 전가되고 있다. 이로 인해 세계적 차원에서 불평등이 심화되고 있으며 빈곤층이 더욱 확대 재생산되고 있다. 그래서 신자유주의 세계화는 강대국의 대자본 중심의 세계화이고, 민중들에게 고난을 가중시키는 세계화라고 할 수 있다.

이러한 세계적 차원의 빈익빈 부익부로 인하여, 국경을 넘어서는 이주인들이 발생한다. 자생적인 생활기반이 깨지면서 맞이하게 된 가난과 굶주림을 피하여 제3세계 민중들은 월경(越境)을 시도하고 있으며, 해당 국가 역시 외채부담을 줄이고 외화획득을 늘리기 위해 자국민들의 대규모 이주를 장려하고 있다. 한국에 들어온 이주인들의 대부분을 차지하는 동남아시아의 경우만 하더라도 필리핀, 인도네시아, 태국, 베트남, 네팔 등의 나라가 노동송출을 두고 서로 경쟁을 심화하고 있는 실정이다. 그동안 이주인들의 행선지는 주로 서구 제국이었지만, 1980년대 말부터 한국이 거기에 포함되었다. 약 백 년 동안 전형적인 노동 송출국이었던 한국이 노동자들의 임금 상승이 이루어진 1987년을 기점으로 노동력 유입국으로 변모해 버린 것이다. 지금 한국에는 약 40만(불법체류 포함)의 이주인들이 발을 들여놓았고, 이제 이들은 한국에서 없어서는 안 될 일부가 되었다. 국경의 문턱이 점점 더 낮아질 것이기에 이러한 현상은 앞으로 더욱 가중될 것이다. 이제 한국은 국가와 민족의 경계를 넘어 전지구적인 관점에서 이들과 더불어 살아갈 방향을 진지하게 고민해보아야 할 시점에 이르렀다.

한국문학의 현장에는 1990년대 말부터 이주인들의 모습이 서서히 출현하다가 최근 들어 그 모습이 급증하고 있다.[2] 가구공장에서 일하는 오로라(「번지점프대에 오르다」), 공장과 공사판을 전전하다가 이제는 용태

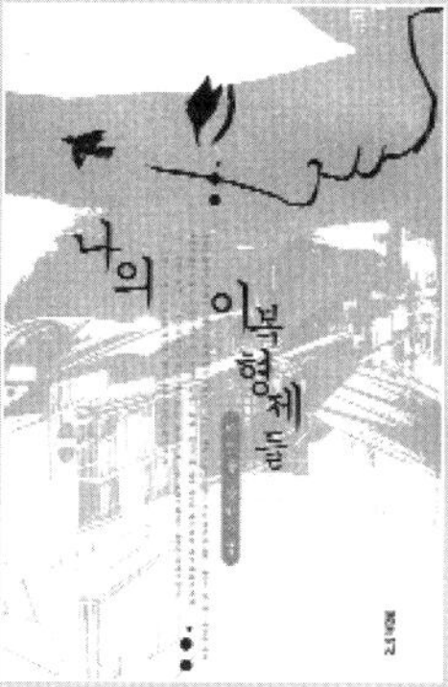

영원을 비롯한 한국인이 태도를 약간 바꾸어 손을 내밀기만 하면 타자들은 언제라도 그 손을 덥석 잡을 것처럼 그리고 있다. 그러나 이는 타자의 입장을 배제한 것이기에 작가의 관념 속에서나 가능한 과잉기대에 지나지 않는다.

와 더불어 사기행각에 가담하고 있는 방글라데시인 알리(「이무기사냥꾼」), 영등포시장에서 짐짝을 나르는 인도인 노무자(『나의 이복형제들』), 철거될 빌라에 거주하며 피에로 복장으로 품을 파는 스리랑카인(「갈색 눈물방울」), 미장일을 하는 남편 정규에게 시집와 남편이 진 중개 수수료

---

2 이주인과 관련하여 이 글에서 다룰 텍스트는 다음과 같다. 강영숙, 「갈색 눈물방울」, 『문학과사회』, 2004년 겨울호; 고금란, 「겨울 강」, 『바다표범은 왜 시추선으로 올라갔는가』, 여성신문사, 1997; 공선옥, 「명랑한 밤길」, 『창작과비평』, 2005년 가을호; 공선옥, 『유랑가족』, 실천문학사, 2005; 김재영, 「코끼리」, 『창작과비평』, 2004년 가을호; 김중미, 『거대한 뿌리』, 검둥소, 2006; 박범신, 『나마스테』, 한겨레신문사, 2005; 박정윤, 「길은 생선 내장처럼 구불거린다」, 『작가세계』, 2005년 겨울호; 박진성, 「아라리—모하메드 이야기」, 『실천문학』, 2006년 가을호; 손홍규, 「이무기사냥꾼」, 『문학동네』, 2005년 여름호; 윤제림, 「손목」, 『문학과사회』, 2005년 봄호; 이명랑, 『나의 이복형제들』, 실천문학사, 2004; 이상섭, 「수평선, 그 가깝고도 먼」, 『실천문학』, 2005년 가을호; 이영주, 「밀입국자」, 『108번째 사내』, 문학동네, 2005; 이혜경, 「물 한 모금」, 『틈새』, 창비, 2006; 정영선, 『평행의 아름다움』, 문학수첩, 2006; 하종오, 「코시안 가족 5」, 『반대쪽 천국』, 문학동네, 2004; 하종오, 「반지」, 『아시아』, 2006년 겨울호; 한수영, 「번지점프대에 오르다」, 『실천문학』, 2005년 여름호. 이상 발표 연대를 고려해본다면 최근 들어 이 부분에 대한 작가들의 참여가 꾸준히 늘고 있음을 알 수 있다.

를 갚기 위해 식당일과 룸서비스를 주야로 하고 있는 베트남 여성 탄타우(「길은 생선 내장처럼 구불거린다」), 양식장에서 일하는 몽골인 바썽(「수평선, 그 가깝고도 먼」), 수몰지구로 예정된 촌락 부대동에 와 있는 필리핀 여성 반지(『유랑가족』), 한국 농촌의 늙은 남편에게 구타당한 뒤 짚가리에 불을 붙인 채 베트남 정글을 그리워하는 젊은 베트남 여자(「코시안 가족 5」), 농공단지에서 일하는 자신뿐만 아니라 형 여동생까지 한국으로 이주해와 방글라데시에는 "아무도 없"다는 싸부딘(「명랑한 밤길」) 등. 그들은 한국인들이 외면한 제조업 현장이나 기피 직종에서 막일을 하고 있는가 하면, 사람들이 두고 떠난 농촌에 버려져 있다. 한국문학이 아직까지 그 존재 근거를 보증해주었던 민족 · 국가의 경계를 쉽게 넘어서지 못하고 있지만, 이들 작가들은 민족 · 국가의 역장을 거스르며 이 문제를 형상화하며 유의미한 문제제기를 하고 있다. 사회 · 역사의식을 몰각한 채 유희로서의 문학에 빠져 있다고 비판을 받는 젊은 작가들 중에서도 여기에 동참하는 작가들이 제법 있다.

이 글은 원래 2000년 이후 활동 중인 젊은 작가들이 국가와 민족이 다른 이주인을 형상화한 작품들을 한국의 민족주의나 신자유주의 세계화와의 긴장관계 하에 조명함으로 인해 그 경향과 의의, 한계, 나아갈 점 등을 비판적으로 접근해볼 계획이었다. 그러나 한국문학이 이제 막 이 문제에 관심을 가졌고 이와 관련된 작품들이 많지 않은 실정에서 젊은 작가들에게만 논의를 국한시키게 되면, 한국문학이 여기에 접근하는 전체 구도를 제대로 조망하지 못하는 문제가 발생한다. 그래서 본문의 논의는 가급적이면 2000년 이후 주로 활동한 젊은 작가들을 부각시키는 방향으로 나아가겠지만, 그들보다 비교적 오랜 이력을 가진 작가(박범신, 방현석, 고금란)들도 논의의 대상에 포함시킬 것이다. 그 뒤 마무리 부분에 이르러 2000년대 한국문학이 이 문제를 다루는 전체적인 자장 속에서 젊은 작가들의 경향을 따로 점검해볼 것이다.

2. 이주인에 적대적인 한국 사회

한국문학은 이주인에 적대적인 한국 사회에서 그들이 당하는 수난사를 우선적으로 조명하고 있다. 한국인들은 일반적으로 경제력이 앞선 서구 선진국의 백인을 선망하는 반면, 가난하고 피부색이 검은 이들을 열등한 민족으로 차별한다. 그래서 동남아시아에서 온 이주인들이 지닌 차이는 한국 땅에서 차별의 표적이 된다. 이것은 한국인의 일상에서 끈질기게 작용하고 있다. 용태가 동남아인들과 함께 캐나다 입국이 거절되었을 때 "더럽고 못생긴 작자들과 한 보따리로 취급된다는 게 못내 억울했다"(326쪽)고 불만을 터뜨리는 대목(「이무기 사냥꾼」)이나 준철이 알리와 '같이 술 마시면서 눈물을 보였다는 사실을 치욕적으로 생각' 하는 대목(「겨울 강」)은 한국인이 민족우월주의의 시각으로 이주인들과 자신을 일상적으로 구별 짓고 있음을 잘 보여준다. '깜뎅이의 성기는 어떻게 생겼을까' 하는 호기심 때문에 시장 사람들이 영등포 시장 한복판에서 인도인 노무자의 바지를 강제로 벗길 만큼 이주인들의 인권은 무시된다(『나의 이복형제들』). "내가 탄 지하철은 그의 목을 가르며 지나간다/ 그는 검다"(「밀입국자」)는 한국인의 일상에 만연한 이런 차별이 얼마나 폭력적인지를 상징적으로 시화한 대목이다. 이런 차별은 특히 노동현장에서 많이 일어난다.

> 지난 밤, 무수하게 잘린 손가락이
> 공중에서 떨어진다

옛집의 기억을 더듬으며
계단 위로 기어가는 손가락
그들의 축축한 엉덩이를 만지작거린다[3]

돈을 훔쳐 달아난 알리의 손가락을 초여름에 다섯 개나 묻었는데 하나도 없다. 작년에 묻은 베트남 아저씨 손가락은 말할 것도 없고, 좀더 깊이 땅을 파려고 땅에 힘을 준다. (중략) 순간 하얀 뼈다귀들이 무더기로 쏟아져나온다.[4]

이주인들이 처한 열악한 노동환경을 그리기 위해 작가들이 가장 흔하게 형상화하는 것이 손가락 절단이다. 이것은 인용한 작품 외에도 「손목」, 「반지」, 「물 한 모금」, 『거대한 뿌리』 등 한국문학에 많이 나타난다. 인용문의 "무수하게 잘린 손가락"이나 "하얀 뼈다귀들이 무더기로 쏟아져나온다"에서 암시되듯이 그들이 한국 땅에서 흘린 손가락은 너무 많다. 이것은 그들이 위험한 제조업 현장에 노출되어 있다는 사실과, 충분한 수면을 취하지 못하고 장시간 강도 높은 노동을 하고 있는 열악한 노동환경과 깊이 연관되어 있다. 그런데도 그들은 다수가 불법체류 신분인 점 때문에 고용주로부터 산재에 따른 정당한 보상을 받지 못하고 있으며, 욕설과 구타까지 당하고 있다.

밤샘 작업에서 제외된 한국인 노동자들이 술을 마시고 와서는 행패를 부린 일이 있었다. 그들은 알리의 멱살을 붙잡고 시룽시룽 콧김을 뿜으

3 이영주, 「밀입국자」, 『108번째 사내』, 문학동네, 2005, 100쪽.
4 김재영, 「코끼리」, 『창작과비평』, 2004년 가을호, 199쪽.

며 주먹을 을러댔다. 좆만헌 새끼야, 여기가 어디라고 뭉개고 있어? 너희 나라로 꺼져, 개새끼들아. 밤샘 작업은 힘은 들망정 이틀치 일당을 쳐주기 때문에 누구나 바라는 일이었다. 허나 외국인 노동자들은 하루치 일당만 쳐줘도 묵묵히 밤샘 작업을 했다. 그 탓에 한국인 노동자들은 찬밥 신세였다. 용태도 그들의 심정은 충분히 이해했지만 그놈의 불뚝성 때문에 한국인 노동자들과 맞대거리를 했다. 이런 씨벌놈들이, 그렇게 아쉬우면 너그도 하루치 일당만 받고 하면 되잖어?[5]

그들은 한국의 노동계급들로부터도 멸시를 당한다. 「이무기 사냥꾼」에서 한국인 노동자는 이주노동자들이 "이틀치 일당을 쳐" 주는 자신들의 일자리를 빼앗아갔다고 생각한다. 이때 이주노동자는 국내노동자들에게 있어 자신의 존재기반을 압박해오는 존재로 다가온다. 그리고 "너그도 하루치 일당만 받고 하면 되잖어?" 라는 말에서 암시되듯이, 자본의 입장에서 이주노동자들의 존재는 임금인상을 저지하는 안전핀 역할을 한다. 나아가 이주노동자들의 존재는 노동현장에서 노동계급을 내부적으로 분열시키고, 궁극에는 자본주의 내의 계급적 불평등을 수용하게끔 만드는 데에까지 이용된다.

이런 상황 때문에 한국 노동자는 이주노동자들을 맞서야 할 적으로 인식한다. 그리고 거기서 유발된 불만을 인용 대목처럼 이주인들에게 행패를 부리는 것으로 달래고 있다. 노동계급은 공동의 적에 맞서는 연대를 형성하지 못하고 우열의 서열의식 아래 착취와 억압이라는 양상으로 갈기갈기 찢어지고 만다. 이쯤 되면 '만국의 노동자여 단결하라' 또는 '노동자에게 조국은 없다' 는 맑스의 구호나 선언이 얼마나 공허한 책

---

5 손홍규, 「이무기사냥꾼」, 『문학동네』, 2005년 여름호, 334쪽.

속의 이야기인지 알 만하다. 이런 실정 때문에 한국은 아시아 국가 중 외국인 노동자가 생활하기에 가장 열악한 곳이라고까지 한다.

이렇게 가난하고 피부색이 검은 이들을 향할 때 격렬하게 살아나는 한국인들의 민족우월주의 아래 이주노동자의 인권은 함부로 취급되고 있다. 방글라데시에서 온 한 이주노동자 시인은 이를 "어렵고, 힘들고, 더러운 일을/ 개새끼라는 욕을 들으며/ 우리는 노동을 했다"[6]처럼 "개새끼"의 삶으로 표현하고 있다. 1970년대 시골에서 이주해온 한국노동자들이 당한 억압적인 삶을 지금 한국에서 감당해야 하는 그들은 "인생의 많은 꿈을 희생시켰지만/ 그러나, '노동의 새벽' 을 만났다/ 우리가 꿈꾸는 오래된 희망은 '바보회' / 그리고 전태일의 사진 한 장"[7]이라는 구절에서처럼 국경을 초월하여 전태일과 박노해를 만나고 있다.

3. 수난사 묘사를 너머 인권에 대한 강조로

이러한 현실에서 한국문학은 이주인들이 인권을 가진 존재임을 부각시킨다. 이는 두 가지 방향으로 전개된다. 먼저 작가들은 이주인들과의 구체적인 만남 속에서 그들이 인권을 가진 존재임을 부각시킨다. 『나의 이복형제들』에서 '영원' 은 우연히 인도인 노무자의 다락방을 목격하게 된다. 온갖 재활용품과 잡동사니로 가득한 그곳에서, 영원은 궁색한 삶 속에서도 그가 바지 주름 하나에도 세심하게 신경을 쓰고 인간으로서의 자존심과 부끄러움을 지키며 살아가려 했다는 점을 확인하게 된다. 이

---

6 비토르히 타고르, 「이곳에 자유는 없다」, 『실천문학』, 2006년 가을호, 354쪽.
7 비토르히 타고르, 「오래된 희망」, 『실천문학』, 2006년 가을호, 352쪽.

를 통해 '영원' 은 그동안 시장사람들에 동조하여 그를 멸시하던 태도에서 벗어나 그에게 자신의 이름을 알려주고 화해의 악수를 내밀게 된다. 「겨울 강」에서 준철은 빗물이 새고 기름때와 느끼한 냄새가 가득한 옥탑방에서 라임이 남긴 글귀 '절망하고 절망하고 또 절망하더라도 사랑하기' 를 발견한다. 절망적인 환경 속에서 인간으로서의 품위를 잃지 않기 위해 몸부림친 한 이주인의 육성을 확인한 뒤 "라임이야말로 자기를 인간으로 대해 준 최초의 사람이었음을" 뒤늦게 깨닫는다. 「명랑한 밤길」에서 여주인공이 정성스럽게 재배하여 가져간 고추와 상추를 남자는 내팽겨친다. 이주노동자 싸부딘과 깐추는 길바닥에 떨어진 그 채소를 두고 "여기 상추고 있고 고추도 있어. 집에 고추장 있어. 소주는 사야해. 삼겹살은 없어. 삼결살도 사야 해. 우리 소주 마시자" 라고 말하며 흐뭇하게 가져간다. 그 뒤 여주인공은 칠흑 같은 밤길을 눈물을 흘리면서도 명랑하게 걸어가게 된다.

이상의 '다락방이나 옥탑방과 같은 이주인들의 처소' 나 '길바닥에 버려진 물건을 주워가는 모습' 은 민족주의라는 집단주의의 시선으로 바라볼 때는 여전히 더러운 것 또는 이주인들이 감당해야 할 것으로 치부되는 부분이었다. 그러나 이 인물들은 이러한 집단주의의 시선으로부터 거리를 두고 이주인들과 개별 인간으로 만나고 있다. 그 과정에서 자신의 인식을 서서히 변화시켜 나간다. 즉 그런 만남 속에서 이 인물들은 자신들과 교감할 수 있는 이주인들의 인간적인 면모를 확인하는 동시에 그동안 집단주의에 편승하여 무의식적으로 저지른 과거의 폭력이나 우월의식을 서서히 교정하게 된다. 그들이 민족주의의 편견 속에 갇혀 있을 때에는 그런 배타성을 집단 내부의 책임으로 전가하여 별다른 갈등 없이 폭력적인 행위를 자행할 수 있었다. 그러나 이러한 개별적인 만남 속에서는 그러한 폭력을 자신의 책임으로 받아들이고 있으며, 이런 양상은 집단 내부의 시선에 결박되었던 과거의 행위를 반추하며 그 과거를 반성하는 데까지 나아가게 된다. 이렇게 작가들은 민족주의의 자장으로부터 벗어나 개별인간으로서 이주인을 대면하는 인물들을 통해 이주인들의 인간됨을 강조하며 집단의 논리로 가해진 그 간의 폭력성을 반성한다.

다음으로 작가들은 이주인과 한국인의 처지가 다르지 않음을 강조하는 방법으로 그들 인권의 중요성을 강조한다. 이런 사례는 많다. 세 가지 정도만 소개하면 다음과 같다.

> 돈이 뭔지 초원을 버리고 무작정 낯선 땅을 밟았다는 바썽. 그에게 죄란 것은 돈을 벌기 위해 이 나라에 온 것밖에 더 있겠는가. 강물이 끝내 바다에 이르듯이 어쩌면 일자리를 찾아 두 사람도 이 수평의 바다까지 흘러들었을 것이다. 그렇게 본다면 강희도 다를 바 없다. 수평세상을 꿈꾸는 산에 올랐을지도 모른다.[8]

「수평선, 그 가깝고도 먼」에서 강식은 일손을 구할 수 없어 어쩔 수 없이 몽골에서 온 불법 체류자 바썽을 고용한다. 그러나 손발이 맞지 않고 눈썰미가 없는데다가 고문관처럼 굼뜨고 사고까지 연발하는 바썽의 행동이 내내 마음에 들지 않는다. 그러다가 인용 대목처럼 '양식장에서 다리를 다친 바썽이 답답함을 이기기 위해 배를 타고 겨울바다를 질주한 것' 과 '한쪽 다리가 불편한 딸 강희가 대학졸업을 앞두고 마음을 정리하기 위해 겨울 산에 오른 것' 을 포개어 생각하며 드디어 바썽을 이해하게 된다. 「번지점프대에 오르다」에서 가구공장에서 온몸에 시너 냄새

---

8 이상섭, 「수평선, 그 가깝고도 먼」, 『실천문학』, 2005년 가을호, 310쪽.

를 풍기며 일하는 이주여성 오로라의 아픈 삶은, 남편에게 버림받은 뒤 벙어리로서 한 생을 살았고 지금은 살던 콘테이너마저 차압당한 채 여관을 전전하는 어머니의 삶과 함께 진행된다. "어머니의 수화처럼 그녀의 말은 많이 어눌했"(206쪽)고, "황달이 심해진 어머니의 몸은 오로라처럼 검다"(218쪽)와 같이 작가는 이 두 인물을 어느덧 동일시하고 있다. 「겨울 강」의 결말에서 작가는 서사 전개상의 비약을 감행하며 준철의 일본행을 설정함으로써 한국인 준철 역시 라임처럼 자본을 좇아 이주의 삶을 살 수밖에 없는 처지임을 부각시키고 약 100여 년 동안 지속되어온 한민족 디아스포라의 역사를 다시금 상기시킨다. 그리고 "일본으로 가면 돈이야 벌지 모르겠지만 라임이 당하던 것 이상으로 괄시를 받을지 모를 일이었다"(239쪽)는 대사를 통해 라임을 가해한 폭력이 결국에는 자신을 향한 것이나 다름없다는 성찰의 근거를 제공한다.

> 술에 취해 서로 주먹질을 하는 외국인 노동자들을 보며 그가 눈살을 찌푸리자 장이 정색을 하며 말했다. 용태 아우, 쟤들 너무 미워하지 말라우. 외국인이란 것만 빼면, 고향 떠나 밥 빌어먹고 사는 이주 노동자인 건 아우나 나나 쟤들이나 한가지 아니갔어.[9]

「이무기 사냥꾼」에서 손홍규가 조선족 남성 장웅의 말을 빌어 표현했듯이, 작가들은 이런 작업을 통해 이주인들의 처지와 한국 민중의 처지가 다르지 않음을 작품 속에서 거듭 상기시킨다. 하여 그들도 한국인과 똑같이 존중받아야 할 인권을 가진 존재임을 강조한다. 이 작업은 서열과 차별의식에 근거한 자민족 중심주의와 순혈주의의 경계를 넘어 이

---

9 손홍규, 「이무기사냥꾼」, 『문학동네』, 2005년 여름호, 330쪽.

주인과 더불어 살기를 고민하고자 한 문제의식의 소산이다. 문학작품에 나타난 탈민족 · 탈국가의 사유가 더욱 의미를 발휘하는 지점은 이주인의 수난사 묘사를 넘어선 이 지점부터라고 할 수 있다.

그러나 「번지점프대에 오르다」나 「수평선, 그 가깝고도 먼」과 같이 그러한 동일시를 이 시대를 살아가는 한국인 일반(석물공장에서 일하는 남성 주인물 시평이나 양식장을 어렵게 꾸려나가는 그)이 아니라, 암 선고를 받은 벙어리 어머니나 장애를 앓는 딸 강희에게서 찾는 점은 문제가 있다. 이주인들이 한국에서 정상적으로 생활하기 힘든 점 때문에 그들을 한국 내부의 소수자에 비유했겠지만, 그런 동일시의 시선 속에는 이주인들을 돌보아야 할 약자로 구별 짓는 또 다른 배제의 원리가 작용하고 있기 때문이다. 이른바 자국에서 건강하게 생활했던 이들은 국경을 넘어오자마자 보살핌을 받아야 할 존재로 호명된다. 이때 작가들의 시선은 이주인들이 불편해하는 시혜나 동정의 시선으로 흐르기 쉽다.

4. 세계 자본주의 체제의 무적자

경제도 차차 좋아질 거라고 한다, 무디슨가 어디서 우리의 신용등급이 또 한 계단 올라섰대요. 좋아졌어요. 그러나 돌아오세요. 이제 걱정 안 하셔도 된다니까요.[10]

박민규의 「그렇습니까? 기린입니다」에는 시간당 삼천오백원의 임금을 받다가 회사사정이 어려워진 뒤 회사에 출근도 않고 행방불명이 되

---

10 박민규, 「그렇습니까? 기린입니다」, 『카스테라』, 문학동네, 2005, 93쪽.

는 아버지와 그런 가계에 조금이나마 보탬이 되기 위해 수업까지 마다하며 주유소 · 편의점 · 지하철 푸싱맨과 같은 아르바이트를 하는 고등학생이 등장한다. 그리고 「고마워, 과연 너구리야」[11]에는 8:1의 경쟁률을 뚫고 정규직으로 입사하기 위해 과장의 민방위 훈련을 대신 가고, 남색인 인사부장에게 몸까지 허락하는 인턴사원 주인공이 나온다. 이들은 한국정부가 IMF로부터 구제금융을 받기 위해 공기업 민영화, 금융시장 개방, 노동시장 유연화, 재벌지배구조개혁과 같은 프로그램을 수용하여 한국사회에서 신자유주의가 본격화되는 IMF 경제체제 이후에 더욱 어려운 처지로 전락한 인간군이다. IMF 이후 실시된 노동시장의 유연화 정책 아래 숱한 비정규직 노동자들이 양산되었으며, 명예퇴직과 조기퇴직의 바람이 불어왔다. 그리고 해고가 빈번하게 일어나는 상황에서 정규직 역시 앞으로 닥쳐올지 모르는 비정규직이나 실업을 걱정하고 살아야 하는 잠재적인 빈곤층으로 전락했다. 최근 한국소설이 문제시 삼는 비정규직이나 실업 문제는 이렇게 신자유주의와 밀접하게 관련되어 있다.

> 사실 아내가 집을 나가고 자신이 노숙자가 될 수도 있는 상황 같은 건 IMF 이전에는 상상하지도 못했던 일이었다. 어디 노숙뿐인가. 노가다판을 떠도는 신세가 되리라는 것도 상상하지 못한 것은 마찬가지였다. 그런데 어느 날 갑자기 상황은 이렇게 되어버렸다. 한 건실한 농어민 후계자가, 그 가정이 이리 될 줄은 정말 김달곤 자신도, 그 누구도 생각지 못한 상황인 것이다.[12]

11 박민규, 『카스테라』, 문학동네, 2005.

12 공선옥, 『유랑가족』, 실천문학사, 2005, 25쪽.

공선옥의 『유랑가족』에서 연변을 떠난 명화의 삶은 농촌 신리에 뿌리내리지 못하고 또 다시 유랑의 생활로 접어든다. 한국인 서용자 역시 농촌의 지긋지긋한 가난과 가부장의 폭력을 참지 못하고 명희와 동행한다.

IMF 이후 농촌이 입은 타격은 더욱 심각하다. 『유랑가족』에서 자신이 떠나온 고향을 "킬링필드" 였다고 말하는 경수의 대사에서 암시되듯이, 농촌은 IMF 이전에도 이 나라에서 양로원, 빚더미 창고, 공동묘지로 소외된 지역이었다. 그런데 인용한 김달곤의 대사처럼 IMF는 가뜩이나 어려운 농촌 경제를 말살지경에까지 몰아갔다. 이런 상황 때문에 농촌에는 결혼할 여성이 더욱 없어졌고, 그 방편으로 국경을 넘어 이주해온 여성들마저 농촌을 탈출한다. 공선옥의 『유랑가족』에서 연변을 떠난 명화의 삶은 농촌 신리에 뿌리내리지 못하고 또 다시 유랑의 생활로 접어든다. 한국인 서용자 역시 농촌의 지긋지긋한 가난과 가부장의 폭력을 참지 못하고 명희와 동행한다. 신리의 남편들이 아내를 찾아 집을 나서고, 뒤이어 아이들도 가출하여 농촌을 떠난다. 그 어느 누구를 데려다 놓는다 해도 이런 탈주는 지속될 것이다.

이렇게 신자유주의 세계화의 직격탄을 맞고 고뇌하는 삶은 국경, 지역, 성별을 넘어 무한히 확장되는 이 시대의 보편적 현상이다. 이주인들이 제3세계의 빈곤화를 가속화시킨 신자유주의 세계화가 양산해낸 인간 부초들이었다면, 한국인들 역시 신자유주의 경제 질서 아래 정초할 곳을 잃고 무적자(無籍者)가 되어 부유하고 있다. 그렇다면 한국인들 역시 이주인들과 같은 병을 앓고 있다고 할 수 있다. 한국인들은 자신들을 이주인들과 다른 존재로 차별화하고 있지만, 그들 역시 냉혹한 세계 자본주의 체제에 희생당하고 있는 인간이다. 내가 뜬금없이 이주인과 무연해 보이는 박민규의 소설을 거론한 이유는 바로 여기에 있다.

이런 인식이 있을 때 우리는 조심스럽게 이주인들과의 연대를 싹틔울 수 있다. 이때 연대의 주체는 민중이고, 그런 연대를 통해 맞서나갈 목표는 바로 신자유주의의 흐름을 주도하는 초국적 자본이다. 이른바 약탈의 세계화를 연대의 세계화로 방향을 돌리는 것! 그것은 자본 중심의 세계화 흐름을 저지하거나, 그것을 넘어선 대안 세계화를 꿈꾸어볼 출발점이 될 것이다.

> "모든…… 저만 아니고, 모두들…… 자기 자신만을 위해 농성, 안 해요. 지금은요. 우리가 투, 투쟁하는 거, 외국인 노동자만이 아니라 여기, 우리 한국, 가난하고 힘없는 사람들과도 관, 관계 있어요. 못사는 사람들 계속 못살면, 좋은 나라 안돼요. 못돼요……"[13]

그러나 작가들의 시각은 민중들의 고난을 양산해내는 근본원인에 해당하는 신자유주의에까지는 아직 이르지 못하고 있다. 이런 인식은 인용한 『나마스테』에서 이주노동자 카밀이 내뱉는 개념적 진술 속에 엷게 나타나 있을 뿐이다. 이주노동자들의 삶과 한국인의 삶을 병행하여 서

---

13 박범신, 『나마스테』, 한겨레신문사, 2005, 311쪽.

술하는 작업은 주로 이주인들이 당하는 수난사 고발이나 이주인들 인권의 중요성 부각 차원에 머물고 있을 따름이다. 물론 이런 점들도 중요하다. 하지만 여기에만 머물 것이 아니라 좀 더 거시적인 안목에서 이 문제를 세계 자본주의 시스템 문제와 관련시켜 접근할 필요가 있다. 그때 이주인들뿐만 아니라, 한국인 역시 타자로 배제되었다는 '스스로의 타자성' 에 대해 인식하고, 이주의 문제를 자신의 문제로 사유할 수 있을 것이다. 목표와 방향성을 가진 역동적인 연대의 고리는 바로 이 지점에서 찾을 수 있을 것이다.

5. 연대자의 시선

그러나 이런 과정을 거쳐 획득된 연대는 현실의 작은 충격에도 와해되기 쉬운 불안한 것이다. 그래서 같은 병을 앓고 있다는 점 확인만으로 연대를 목청껏 강조할 때, 그 연대는 일시적인 것으로 결렬될 가능성이 크다. 연대는 서로에 대한 깊이 있는 이해를 바탕으로 형성되어야 하고, 그러기 위해서는 쌍방 간의 입장 차에서 연유하는 갈등을 고압적으로 뚫고 나가는 과정이 필요하다. 이와 관련하여 한국문학은 다음의 점들을 극복하거나 적극적으로 살려나갔으면 한다.

1) 먼저 연대에 이르기까지의 갈등이다. 한국문학은 '이주인을 대상화하는 주체의 시선' 을 완강하게 거부하는 타자의 얼굴을 좀더 적극적으로 드러낼 필요가 있다. 『나의 이복형제들』에는 이주노동자와의 화해에 이르는 과정이 그려진다. 17세 소녀 '영원' 은 극한적인 상황 속에서도 인간됨과 삶의 의욕을 포기하지 않는 인도인 노무자를 이해한 뒤,

'깜뎅이' 라는 호명을 '이복형제' 로 바꾸고 연대의 손을 내민다. 그런데 이 과정은 영원이라는 주체 중심적으로 진행되고 있으며, 그 과정에 타자는 아무런 관여를 하지 못하고 있다. 마치 영원을 비롯한 한국인이 태도를 약간 바꾸어 손을 내밀기만 하면 타자들은 언제라도 그 손을 덥석 잡을 것처럼 그리고 있다. 그러나 이는 타자의 입장을 배제한 것이기에 작가의 관념 속에서나 가능한 과잉기대에 지나지 않는다. 다음 두 편과 비교해보면 이것이 얼마나 일방적인지를 쉽게 알 수 있다.

우선 화해의 어려움과 거기에 이르기 이전에 선행되어야 할 점들을 보여주는 「랍스터를 먹는 시간」[14]을 살펴보자. 이 소설에는 손쉬운 화해의 기대를 결렬시키는 타자의 완강한 시선이 세 군데에서 나타난다. 먼저 건석이 프응미라는 식당에서 쌀국수를 먹던 중 TV에서 '한국군의 이라크파병 뉴스' 가 나왔을 때, 건석에게 쏟아진 베트남인들의 시선이다. 그 중 베트남전에서 다리를 잃은 사내는 "이 다리를 누가 이렇게 만든지 알아?" "한국은 미국이 부르기만 하면 어디나 달려가는 강아지야?"(78쪽)라고 추궁을 하고, 건석도 이에 지지 않고 "내가 그렇게 했나?"라고 항변한다. 하지만 건석은 자신의 육체에 달라붙어 떨어지지 않는 이 시선들을 견뎌낼 수가 없다. 다음으로 라이따이한인 형이 어린 시절 자신을 바라보던 눈빛이다. 혼혈인인 형은 어린 시절 또래들에게 '베트콩' 이라는 놀림을 받았으며, 아이들의 등쌀에 떠밀려 나무 위로 올라갔다

14 방현석, 『랍스터를 먹는 시간』, 창비, 2003. 이 소설집에 묘사된 한국의 기업은 베트남의 값싼 노동력을 구하기 위해 70년대 한국의 주력산업을 베트남으로 이전해왔고, 노동자를 다루는 습성도 70년대 한국의 것을 그대로 가져와 타국민중을 가해하고 있다. 이렇게 민족주의의 악습이 타국에서까지 되풀이되는 현실에서 그들과의 진정한 관계 모색을 밀도 있게 전개하는 이 작품은 이주인들을 다룬 작품이 결하기 쉬운 타자의 시선을 작품 전면에 부각시키고 있으므로 이 자리에서 잠시 언급한다.

가 떨어져 그만 청력을 잃고 만다. 그때 건석은 또래 아이들에 동조했으며, 그 뒤로도 형의 존재를 거추장스러워 한다. 하지만 "아무리 눈을 감아도 나무 위로 내몰리기 전에 그를 쳐다보던 원망과 간절함이 뒤섞인 형의 눈빛"(88쪽)은 지워지지 않는다. 마지막으로 한국직원들과 현지직원의 폭행사건을 해결하기 위해 공안국을 찾았을 때 대면했던 눈빛이다. 싸움에 가담한 김부장은 공안국에서 술이 덜 깬 채로 베트남 공안들을 향해 '베트콩, 박쥐' 라고 쏘아붙였고, 점점 사나워지는 공안들의 시선 속에서 "얻어맞은 현지 직원들을 잘 어르고 공안의 주머니에 달러 몇 장을 찔러주면"(86쪽) 된다던 얄팍한 생각은 여지없이 깨지고 만다.

방현석은 타자들의 이 완강한 시선 중에서 세 번째 시선을 끝까지 물고 늘어지며 그 시선의 주체들과 어떻게 화해할 것인지의 실마리를 찾는다. 건석은 사건 해결을 위해 한국직원들과 홀몸으로 싸운 현지노동자 보 반 러이의 고향 자딘을 찾아가 이해를 구하려 하는데, 그날은 때마침 박정희 군대에 몰살당한 동네사람들의 제사가 있는 날이었다. 거기서 건석은 박정희 군대의 학살만행과 지금까지도 이어지는 마을사람들의 가위눌림을 밤새 경험하게 된다. 베트남 정부가 '과거를 덮고 미래로 나아가자' 라는 구호를 내세우고 있지만, 과거의 상처는 "자신의 사지를 잘라내는"(179쪽) 랍스터처럼 잘라낼 수 없다. 그것은 역사적 트라우마로 남아 베트남인들을 끊임없이 괴롭히고 있다.[15] 자딘을 다녀온 후유증

15 이 점은 한국인 역시 마찬가지다. 전성태의 「국경을 넘는 일」(『국경을 넘는 일』, 창비, 2005)에서는 이와 관련된 인상적인 장면이 나온다. 캄보디아와 태국 국경 지대의 탄흔이 새겨진 다리를 지나던 박은 "누군가 등뒤에서 총부리를 들이대고 있으리라는 공포"(137쪽)를 느끼던 중, 꼬마가 장난으로 분 호루라기 소리에 놀라 갑자기 뛰기 시작한다. 이는 분단이라는 역사적 트라우마가 분단경험으로부터 자유로운 듯 보이는 젊은 세대의 무의식 깊숙이에까지 자리 잡은 사례에 해당한다.

신우로 하여금 자신이 얼핏 넘어섰다고 생각했던 한국인이라는 경계가 얼마나 강고한 것인지, 한국의 민족주의라는 것이 도대체 무엇인지를 극한까지 사고하게 만든다.

으로 건석이 며칠을 앓아눕고 난 뒤에 사건은 어렵사리 해결된다. 방현석은 라이따이한인 형을 두었으며 평소 베트남을 이해한다고 자부하는 건석이 사건해결과정에서 겪는 어려움을 통해 타자의 시선이 얼마나 완강하게 우리를 거부하는지, 연대에 이르는 길이 얼마나 지난한 것인지를 보여주고 있다(그런 면에서 건석은 베트남에 섣부른 관심을 갖고 연대를 주장하는 이들에 대한 우의일 수도 있다). 그리고 작가는 이 과정이 아시아의 제국주의가 되었을 뿐만 아니라 여전히 강대국에 종속된 한국의 현재뿐만 아니라, 블러드머니 몇 푼에 눈 팔려 타국 민중을 가해한 과거의 잘못된 역사까지 반성하며 진행되어야 함을 강조하고 있다.

『나마스테』에는 한국인과 하나 될 수 없는 타자의 시선이 끝까지 드러난다. 한국 여성 신우는 네팔인 이주노동자 카밀과 결혼하여 애린이라는 혼혈인을 낳았고 이주인에 적대적인 한국현실에 절망하여 한국국적까지 포기하려 한다. 그러나 이주노동자들의 연이은 자살이 있은 후 카밀의 시선은 신우와는 다른 방향을 향하게 된다. 애린의 아빠로 곁에 있어주기를 원하는 신우의 의지와는 상관없이 카밀은 이주노동자의 농성이 벌어지는 명동성당 쪽을 향했고, 결국 분신자살을 택한다. 이렇게 『나마스테』에는 점점 가속도가 붙어가는 신우의 헌신적이면서도 끔찍한 사랑에도 불구하고 거기에 포섭되지 않고 제 갈 길을 분명하게 걸어가는 타자가 형상화되고 있다. 그런 이탈은 타자와 하나 되었다고 믿는 순간 더욱 격렬하게 일어나고 있으며, 신우로 하여금 자신이 얼핏 넘어섰다고 생각했던 한국인이라는 경계가 얼마나 강고한 것인지, 한국의 민족주의라는 것이 도대체 무엇인지를 극한까지 사고하게 만든다. 그 심연 속으로 자신을 밀어 넣는 과정 끝에 신우는 결국 분신하는 카밀을 향해 자신의 몸을 던지게 되었던 것이다.

2) 다음으로 이주인의 실상이다. 이주인의 실상을 훼손하지 않고 작품 속에 담아내기란 거의 어렵다. 작가가 의식을 한다 해도 주체의 재현 속에 포착되는 것은 실제의 타자라기보다는 주체에 의해 번역되고 재구성된 타자의 모습일 공산이 크기 때문이다. 한국문학은 타자의 타자성을 훼손하지 않고 온전하게 드러낼 방법을 깊이 고민해야 한다. 이주인을 형상화한 작품 중에서 다음과 같이 그들을 지나치게 선한 존재로 고정화시키거나 정적인 인물로 그린 작품들은 이주인의 실상과 멀리 떨어져 있다.

하루는 저희들끼리 엉겨붙어 패싸움판이 벌어졌는데

어찌하다 싸움판에 끼어들어 스땁, 스땁, 한 놈 바짓가랑이를 잡고 늘어지는데

징하다 징해 나도 싸대기 한 대 맞고 자빠졌는데

어느새 저희들끼리 대폿집으로 몰려가는 거였습니다

컴온, 컴온, 모하메드가 나를 이끌고 간 거였는데
모하메드, 사정을 듣자 하니 한 달 치 월급을 카지노에서 다아
떼였다는, 모하메드는 소주에 얼큰하게 취해서 아리랑, 아리랑,
아라리를 부르는 거였습니다[16]

먼저 이주노동자를 선한 존재로 고정화시키는 경향이다. 「겨울 강」에서 이주노동자 라임은 일본으로 밀항하기 전 한국인을 향했던 나쁜 감정을 정리하기 위해 자신을 괴롭혔던 준철을 찾는다. 이 소설에서 작가는 네팔의 신비스러운 문화를 양념으로 가미하면서 자신을 가해한 폭력마저도 용서하는 선한 존재로 네팔인 이주 노동자를 그리고 있다. 그러나 이는 한국의 구체적인 현실을 살아가는 이주인의 모습으로 보이지 않는다. 그보다는 '근거 없는 민족우월주의에 사로잡힌 나쁜 한국인/가해를 당했지만 한국인을 용서하는 선한 이주노동자'로 미리 재단한 작가의 관념을 소설 속에 그대로 투사한 듯 보인다. 이는 박진성의 「아라리—모하메드 이야기」에 나오듯이, "카지노 앞 사거리"에서 저희들끼리 치고받기도 하고, 그 과정에서 이를 뜯어말리는 한국인 화자에게 "싸대기 한 대"를 날려 길바닥에 자빠지게 만든 뒤, 포장마차에서 소주를 훌쩍이며 '카지노에서 한 달 치 월급을 다 날렸다'며 눈물을 글썽이는 현실을 살아가는 인간의 모습과는 거리가 멀다. 이런 시각은 이주인들을 열등한 존재로 폄하하는 시각만큼이나 편향된 시각이다. 아무도 관심을 갖지 않는 이주인의 수난사를 누구보다 먼저 그렸던 작가의 관심은 높이 사야겠지만, 그들과의 돈독한 연대를 고민해야 하는 현 시점에서 현실의 구체성과 괴리된 이런 도식적인 부분은 극복해야 할 단계다.

---

16 박진성, 「아라리—모하메드 이야기」, 『실천문학』, 2006년 가을호, 44쪽.

다음으로 이주인들을 정적인 인물로 고립시키는 시각이다. 「번지점프대에 오르다」의 이주여성 오로라는 "일 년 내내 난류가 흐르는 적도 근처의 바닷가"(205쪽) 고향을 그리워하는 점을 제외하면 도대체 어떤 욕망을 가졌을까 의심스러울 정도로 정적인 인물이다. 「수평선, 그 가깝고도 먼」 역시 결말 언저리에서 무엇인가를 표현(아마도 말도 없이 배를 몰고나가 사고를 일으킨 데 대한 사과의 표현)하려는 대목을 제외하고는 그의 입은 시종 자물쇠처럼 굳게 닫혀 있으며 수동적인 정물 상태로 고립되어 있다. 만약 이들 소설이 한국에서 언어표현수단을 잃은 채 벙어리의 존재로 전락한 이주인의 실상을 부각시키기 위해 그렇게 했다면 그런 목적은 달성했다고도 볼 수 있다. 그러나 그 목적 달성을 위해 실제 이주인의 삶 중에서 보고 싶은 것만을 선별하여 보고 있는 것은 아닐지 의심스럽다. 그들의 얼굴에 드러난 표현의지를 외면하고 있는 이러한 시각 역시 이주인들의 실상과는 거리가 멀다.

3) 더불어 연대를 외치는 자신의 갈등을 솔직하게 드러내고, 이주인들과의 만남을 예외적인 관계가 아니라 일반적이고 지속적인 관계로 이어 나가야 하지 않을까 싶다.

「이무기사냥꾼」의 용태는 '우리' 내부에 잠재된 갈등을 솔직하게 드러내고 있다. 용태는 이주노동자 알리의 처지에 공명하면서도 그를 배반할 계획을 포기하지 않는다(물론 이것은 알리 역시 마찬가지다). 그들은 캐나다 입국이 거절되었고, 한국의 공장과 공사장을 전전했고, 지금은 동업으로 사기행각을 벌이고 있으며, 자취방까지 같이 쓰는 처지다. 용태는 한국 노동자들의 폭행으로부터 알리를 보호해주기도 하고, 알리 역시 아무도 믿지 않았던 용태 고향 집 저수지에 산다는 이무기의 존재를 믿어준다. 그러나 이런 끈끈함 속에서도 용태는 알리 몰래 자취방의 보증금을 빼내 도주할 계획을 포기하지 않는다. 이 소설은 이주 노동자에 대한 '우리의' 이해가 얼마나 허약하고 이기적일 수 있는지, 그 이해라는 것도 자본의 유혹 앞에 얼마나 쉽게 뒤틀릴 수 있는지를 잘 보여준다.

『나마스테』에서 신우라는 여성이 카밀과의 만남에서부터 투신에 이르기까지 자신의 몸을 밀어 넣을 수 있었던 것은 아무래도 그녀가 카밀을 사랑하는 이였기 때문에 가능한 것이었다. 「겨울비」의 아내가 이주 노동자들을 착취하는 사업장을 찾아가 거세게 항의할 수 있었던 것은 운동권 출신이라는 아내의 전력과 연관된다. 『나의 이복형제들』에서 영원이 인도인 노무자에게 공명하며 연대의 손을 내밀었던 것은, 비록 어린 나이지만 만신의 운명에서 벗어나기 위해 가출을 했고 그 뒤 과일가게 직원으로 영등포시장을 전전했던 신산스러운 삶의 경험이 뒷받침되었기 때문에 가능한 것이었다. 그런데 이주인들과 깊이 교감하는 한국인의 범위를 사랑에 빠진 사람이나 운동권의 전력이 있거나 신산한 고통을 체험한 소수로 설정하는 것은, 그런 만남의 주체를 일상인이 아니라 이 시대 몇 안 되는 예외적 개인으로 국한시키는 문제점이 있다. 물론 이주인들에게 적대적인 한국의 현실을 감안한다면 그런 공명이 예외적인 관계 속에서 싹트는 것은 자연스러울 것이다. 그러나 이주인들이 한국에서 더불어 살아야 하는 존재라고 한다면, 이제 그런 만남과 연대의 주체를 일반적인 관계로 열어나가야 하지 않을까?

「갈색 눈물방울」은 이주인들과의 관계를 지속적으로 사유하지 않고 있다. 백인영어강사 앞에서 주눅 들었던 것과는 달리 동남아인을 멸시하던 주인공의 태도는 어느 순간 변화하기 시작하여 스리랑카 여성과 교감하게 되고 백인강사 앞에서 자신감을 찾게 된다. 그런데 스리랑카 여성은 한국 공무원과 지역사회의 도움으로 고질병을 치유한 뒤 갑자기 한국을 떠난다. 이주인과의 관계가 지속될 법한 지점에서 작가는 이주인들을 고국으로 돌려보냄으로 인해 한국 내에서 그들과의 관계모색을 차단시키고 있다. 그뒤 이주인들이 떠난 주인공의 거처에는 그동안 꼬였던 일이 술술 풀리는 것으로 소설은 종결된다. 이렇게 이 작품은 이주인들과의 관계를 지속적으로 모색하지 못하고 있으며, 어떤 면에서는 '작가가 이주인들을 이 땅에서 서둘러 추방하려는 것은 아닌가? 각자가 태어난 곳에서 사는 것이 서로에게 좋은 것이라고 생각하는 순혈주의에 의식을 기대고 있는 것은 아닌가?' 하는 오해를 불러일으킬 소지마저 있다.

4) 마지막으로 이 연대는 계급 일변도를 넘어설 필요가 있다. 맑스가 『공산당 선언』에서 외친 프롤레타리아트의 국제적인 연대는 국경이 철폐되는 현상이 가속화되고 있는 오늘날의 시점에서 더욱 절실하다. 그러나 노동계급의 동일한 이해관계를 기초로 국제적인 연대를 내세운 맑스의 이론은 민족주의의 영향력을 간과한 것이었고(역사상 민족주의의 본능이 국제주의적 의식보다 더 강력한 대중적 힘을 가졌다), 계급 이외의 존재를 배제하는 것이었다. 이 시점에서의 연대는 민족 이기주의와 노동계급 일변도라는 배제의 구도에서 벗어나는 것이어야 한다. 그 연대가 신자유주의 세계화 아래 고난을 겪는 지구촌의 다양한 사회주체들과의 관계로 확장해나갈 때 신자유주의 세계화에 맞서는 강력한 거점을 마련할 수 있을 것이다.

「길은 생선 내장처럼 구불거린다」와 「코시안 가족 5」의 베트남 여성처럼 제3세계 여성은 송출비용을 감당할 수 없어 생의 중대사인 결혼을 통해 국내로 이주해와 농촌의 가부장제 굴레 아래 신음하고 있는 이들이다. 그들은 신자유주의 세계화 과정에서 남성들보다 더 낮은 자리에 위치해 있다. 그리고 「먼 바다」의 반지 남편 칠환은 가구공장에서 일하던 중 오토바이 사고를 당한 뒤, 고향으로 내려와 어려운 생활을 하고 있다. 이러한 장애인들은 노동구조의 유연화 과정 속에서 가장 먼저 피해를 입는 이들이다. 이 시대의 연대는 계급 단위를 넘어 자본으로부터 소외된 이러한 다양한 사회주체들과의 연대로 확장되어야 한다. 나아가 이 연대는 경작지를 늘리기 위해 개발과 약탈의 논리로 밀림 · 열대림과 같은 생태계를 파괴하고 지구를 쑥대밭으로 만드는 초국적 농업대기업에 맞서는 생태운동과 결합해나갈 필요가 있다. 「랍스터를 먹는 시간」에서 건석이 탄 자동차를 가로막은 물소떼를 향해 경적을 울리고 전조등을 켜는 히우를 향해 "이 길은 우리의 것이 아니야"(134쪽)라고 말하는 팜 반 꾹의 말처럼, 생태계는 인간(특히 자본을 지닌 이)만의 것이 아니다. 이런 인식을 바탕으로 미답지인 3세계 생태계를 지금도 이윤 창출의 장으로 초토화하려는 초국적 기업의 무한증식 욕구에 제동을 걸어야 할 것이다.

6. 문학의 사회성

지금 한국문학은 사회적 실천행위의 의미를 점점 상실해가고 있다. 탈근대 민족주의 비판이 강하게 쏟아지면서 식민지 현실이나 관주도 민족주의에 대항하여 전개되어온 자주 · 민주화 · 분단극복 등의 사회적 실천 일반이 마치 파시즘적인 억압이나 폭력과 공모하는 것인 양 오해되었고, 그런 추문 속에서 사회적 실천을 부르짖는 것이 철지난 문제에 집착하는 시대착오적인 것으로 치부되고 있다. 때마침 한국문학에 많은 영향력을 끼친 일본의 비평가 고진이 한국을 직접 언급하며 문학이 그

동안 떠맡아왔던 사회적 역할에 대해 종언을 선언했고 문학에 더 이상 아무것도 기대하지 않는다[17]고 함으로 인해 한국에서 문학의 사회적 역할이 시효를 다한 것이 아닌가 하는 기운이 확산되고 있다.

그러나 지금까지 이야기해왔듯이 자민족 중심주의에서 벗어나 인류 공동의 가치를 추구하는 이 문제야말로 고도의 사회적 실천 행위로서의 문학을 요구하고 있다. 이질성에 적대적인 한국사회와 제도에 맞서 이주인과 더불어 살아가야 할 방법을 고민하는 문제나, 국적과 민족을 초월한 민중 연대를 통해 지금의 신자유주의 세계화에 맞설 거점을 마련하는 것은 고도의 사회적 실천력을 필요로 하는 것이기 때문이다. 그동안 민족이라는 절대 심급 하에 재생산의 기반을 보증 받아온 한국문학이 이런 경계를 넘어서기는 어렵지만, 최근 들어 그런 경계를 넘어 세계사적인 이 문제에 참여하는 문학인들이 많아지고 있다. 그들은 지금까지 본 것처럼 한국의 민족주의 하에 이주인들이 국내에서 당하는 수난사 고발, 그리고 그들이 가진 인권의 중요성 강조, 타자였던 그들과의 교감이나 더불어 살기 위한 노력, 나아가 그런 이주의 근본원인에 해당하는 신자유주의 세계화와의 긴장관계 하에 연대를 모색하는 등 다양한 노력들을 기울이고 있다. 이런 노력들은 이 시대 문학이 탈근대 민족주의 비판 중 수용할 부분을 겸허하게 수용하면서 사회적 실천을 적극적으로 개진해나갈 수 있는 유력한 한 방향이 될 것이다.

강영숙, 김재영, 김중미, 박정윤, 박진성, 손홍규, 이명랑, 이상섭, 이영주, 정영선, 한수영과 같은 이 시대 젊은 작가들도 한국문학이 이제 막 관심을 갖기 시작한 이주인의 존재에 관심을 기울이고 있다. 이 문제를 세계사적인 안목과 연관시키는 점이나 타자의 시선을 드러내는 대목에

17 가라타니 고진, 조영일 옮김, 『근대문학의 종언』, 도서출판b, 2006.

서는 연륜이 좀 더 많은 작가들에 비해 모자라는 면도 있었다. 반면에 이주인의 다양한 욕망이나 '우리' 내부의 갈등을 포착하는 면에서는 좀 더 적극적이기도 했다. 그러나 이것은 한 두 편의 작품 분석을 통한 것이기 때문에 세대론적인 차이로 일반화하기는 어렵다. 그냥, 젊은 작가들도 이 문제에 의미 있는 동참을 하고 있다고 보는 것이 옳을 것이다.

제2부

2000년대 한국시의 징후들

김남석 젊은 시인들의 의식세계

김만석 스펙터클을 가로지르는 시적 환상

김영주 웬디들, 피터팬을 떠나다

박대현 주체 분열의 진화(進化)를 위하여

정 훈 절망 · 고백 · 습속의 깊이

하상일 서정의 본질과 미래

김남석[1]

젊은 시인들의 의식 세계

넓이에의 강요 · 1

1. 달라진 시인들

2006년 시단의 최고 화제는 '미래파'였을 것이다. 나는 이러한 명명과 분류에 동의하지도 찬성하지도 않지만, '미래파'라는 화두가 시단에 던진 파문에 대해서는 긍정적으로 평가하고 싶다. 우리는 그것이 비록 바람직하지 않은 명명이었다고 해도, 그 동안 '미래파'와 같은 정의를 필요로 했었다는 사실을 발견할 수 있었기 때문이다. 또한 시인들이 달라지고 시가 달라지고 있음에도, 그 다름을 분별해줄 개념과 정의가 부재했음을 이번 논란을 통해 확인할 수 있었기 때문이다.

거듭 말하지만 나는 '미래파'의 명명과 분류에 찬성하지 않는다. 다

1 부경대 국어국문학과 교수. 계간 『오늘의문예비평』 편집위원. 1999년 『중앙일보』 신춘문예에 문학평론 당선. 2007년 『동아일보』 신춘문예에 영화평론 당선. 저서 『조선의 여배우들』 등.

만 내가 말하고 싶은 것은 우리 시단이 달라진 시를 분류하여 이름 부를 무언가를 필요로 했는데, 기존의 시단과 비평가들이 그러한 작업을 등한히 여겼다는 점이다. 그런 점에서 '미래파 파문'은 일단 긍정적이다.

하지만 미래파의 파문이 많은 문제점을 노출시켰다는 사실 또한 숨길 수 없다. 미래파에 속하는 시인이 누구인가 혹은 어디까지인가 라는 케케묵은 질문은 삼가도록 하자. 문제는 미래파가 어떠한 미학을 가지고 있고, 어떠한 공통점을 가지고 있고, 궁극적으로 어떠한 의식세계를 지닌 시(인)인지 밝히지 못했다는 점이다. 그런 점에서 미래파는 없다.

나는 2000년대 중반의 시점에서 2000년대 이후 새로운 경향을 보이는 젊은 시인들의 의식세계를 궁금하게 여기고, 그들의 의식세계를 검증할 요량으로 이 글을 쓰게 되었다. 누구의 말대로 우리의 시단에서, 아니 시단의 일각에서, 젊은 시인들의 시에 대해 "요령부득의 장광설이다", "쓸데없이 길기만 하다", "화자가 혼란되어 있다" 등의 비판과 판단이 횡행하고 있다.

미래파의 논의를 통해서 이러한 발언들이 검토되고, 그 진위가 함께 논의되었으면 했지만, 실제로 우리 시단은 미래파를 둘러싼 담론을 만들고 대항하고 어떤 의미에서는 이용하기 위해서 힘을 소진하고 만 인상이다. 확인할 것은 시가 변했다는 점이고, 반성할 것은 그러한 변화의 중심을 떠 받쳐야 할 미학이 부재 한다는 점이다.

이 글은 이러한 변모와 부재의 양상을 다소 도식적인 잣대로 증명해 나갈 것이다. 더 많은 예와 더 많은 관점을 부여하면 좋았겠지만, 지면 관계로 4편의 시를 예로 들어 인용된 시가 전통적인 시의 미학과 어떻게 다른지를 살펴보고자 한다. 미리 양해를 구해야 할 점은 논의의 편의를 위해 젊은 시인들의 시 중에서 인용 작품을 선택했고, 그 시들 중에서도 비교적 대표적인 형태를 띤 것으로 선별했다는 점이다. 또 여기 인용된 시인들의 시는 미래파 논의와는 직접적으로는 아무런 관련도 없고, 다만 달라진 2000년대 시단의 흐름을 대표하는 시인들과 그들의 작품으로 구성되었다는 점을 밝혀둔다.

2. 조각의 시어 / 소조의 문장

이민하의 시는 젊은 시인들이 시어를 조직하는 방법의 한 단면을 명료하게 확인시켜준다.

> 그는 나를 애인이라 불러요 거미줄 쳐진 내 몸에 집을 짓고 살아요 나는 그를 거미라 불러요 아흔 개의 다리로 옭아매는 그를 무심하게 키워요 그는 나를 불구라 불러요 팔레트에 물감만 뒤섞는 손을 망치로 탁 탁 두들겨 화병 속에 꽂아 두어요 나는 그를 마부馬夫라 불러요 그의 허리를 감고 창가로 달리면 그는 시커먼 망토로 창문을 불 질러 버려요 그는 나를 피아노라 불러요 그의 손가락이 닿을 때 이어지고 끊어지는 나의 숨결을 아주 좋아해요 새파랗게 비가 오는 날엔 그와 나의 몸에서 우수수 피아노 건반들이 떨어져 내려요
>
> 그는 나를 ■라 불러요 나는 그를 □라 불러요 내 몸에서 반음들을 빼먹으며 그는 나를 사랑해라고 불러요 나는 그를 몰라라 불러요 그는 나를 영원히라 불러요 나는 그를 못살아라 불러요 그는 나를 ø라 불러요 나는 그를 ∽라 불러요 그는 나를 영안실의 국화라 불러요 나는 그를 그래라 불러요 그는 나를 ⇦라 불러요 나는 그를 ⬅라 불러요 그는 나를 부르기 위해 종일 좇아다녀요 나는 그를 버리기 위해 종일 좇아다녀요 서

로의 모습은 볼 수 없어요

—이민하 「哀人—관계에 대한 고집」(『환상수족』, 열림원, 2005)

이 시는 기본적으로 반복과 대칭을 사용했다. "그는 나를 XX라 불러요"와 "나는 그를 XX라 불러요"를 교대로, 반복적으로 사용했다. 그리고 'XX'에 들어가는 시어가 바뀌고, 'XX'라고 부르는 이유 혹은 정황을 설명하는 시구(문장)가 들어 있다. 다소 변화가 있지만, 이러한 시어와 시구와 문장의 패턴은 시 전체에서 활용된다.

과거의 시는 시(어)의 절제(節制)를 높이 여겼다. 시는 단어와 문장의 경제적인 활용을 중시하는 장르였다. 불필요한 것을 줄이고 반복되는 것을 최소한으로 유지하면서 가장 작은 그리고 가장 적은 시어로 가장 큰 효과를 유도하는 장르였다. 그래서 시어를 조탁하고 시구를 압축하고 문장을 간결하게 하는 시 창작 방법이 대세였다. 전통적인 시들인 이러한 미덕을 염두에 쓰고 지어졌으며, 실제로 이러한 창작법은 감상하는 이들을 감탄시키는 놀라운 정서적 환기를 가져왔다.

그런데 위의 시는, 아니 2000년대의 젊은 시인들은 시어를 늘리고, 상황을 길게 기술하고, 어찌 보면 비슷한 시어를 확대 재생산하여 시의 품과 길이와 정보를 확대 팽창시키고 있다. 여기서 오해하지 말아야 할 것은, 과거에 그러한 시가 없었다거나 현재에는 짧은 시를 무조건 도외시한다거나 좋은 시가 되려면 반드시 반복, 대칭, 확대재생산의 방법을 쓰지 말아야 한다고 주장하는 것이 아니라는 점이다.

기형도나 이성복도 시어의 운율을 맞추고 전체 구조를 조율하기 위해서 반복과 변주를 사용했다. 그 이전의 백석이나 소월도 마찬가지였다. 그럼에도 불구하고 2000년대 젊은 시인들이 유별나게 느껴지는 것은 문장을 붙여나가면서 시를 짓는 방식이 보편화되었기 때문이다. 과거의 시인들은 문장을 깎아 나가면서 마치 조각을 하듯 시를 만들어내었다. 수많은 시어의 바다에서 정수가 되는 시어를 찾기 위해서 시어를 배제해 나갔다면, 젊은 시인들은 간략한 상황일수도 있는 어떤 정황을 일부로 길게 그리고 시어들을 마구 붙여서 서술한다는 점이다.

위의 시에서도 그러한 혐의가 발견된다. 화자는 영안실에 있는 것 같고, 화자가 '그' 라고 부르는 사람은 어쩌면 이 세상 사람이 아닐 수도 있다. 정황 자체가 모호해서 무엇이라고 단정할 수는 없지만, 화자는 지금 자신과 멀리 떨어진 그에 대해 생각하고 있다. 화자와 그는 거미와 거미집처럼 살았고, 비오는 날의 피아노 치는 추억을 공유하고 있었을지도 모른다.

그러나 화자는 과거의 추억 혹은 사랑에 대한 어떤 연상을 서술하기보다는 단편적으로 끊어내어, 위에서 말한 대칭과 반복의 구조 속에 삽입시켰다. 또한 시의 후반부에는 그들이 서로 나누었던 혹은 나누고 있는 대화들을 분절시켜 역시 대칭과 반복의 구조 속에 산포시켜 놓았다. 그 중에는 해석 불가능인 기호와 상징도 있다. 피아노 건반이나 화살표와 같은 것들은 파악하기 어려운 시어들이다.

결국 화자는 그와의 추억 혹은 사랑(부제목을 참조하면 '관계')을 다양한 추억과 단어와 기호와 문자로 반복 변주하며 표현하고 있다. 궁극적으로는 그리움과 원망 그러면서도 일정한 거리를 갖게 되는 관계를 그리게 되는데, 일부로 늘리고 일부로 시어들을 확대재생하고 있는 셈이다. 기존의 시였다면 하나의 소재를 중심으로 간략하게 이 상황을 기술하는 편에 훨씬 큰 역할을 두었겠지만, 젊은 시인들은 시어의 뜯어 붙이기, 즉 진흙을 붙여 그릇을 만들듯, 시어를 뜯어 붙여 하나의 소조 작품을 만드는 방식을 즐겨 택한다.

3. 구심적 구성 / 원심적 구성

소조의 문장을 사용하여 시를 만들게 되면, 필연적으로 소재가 방사형으로 뻗어나가는 원심적 특성을 지니게 된다. 이것은 시어들이 의미의 중심을 향해 일관되게 정렬되는 구심적 구조와는 차이를 견지하게 된다.

나는 X이다

탄생 격파 유사 인접 와류 파동 사랑 조정 이해 단절 횡단 분류 변증법 잡종 증상 현상 사물 통증 여백 분단 기원 기계 파열 순환 불멸 텍스트

환유 : 한 번의 생략을 위하여

탄생—인계철선에 발이 걸려 먼지처럼 흩어진 남자의 흩어진 나날들 누혜는 눈이 없어요 155마일을 걸었을 뿐이에요

격파—사인은 알 수 없어요 파열음에 불과한 물리 현상이 있었다는 보고는 사실인가요 얼굴에서 땀이 흘러요 복더위에요

유사—흘러내리는 그대의 얼굴 상처는 왜 자꾸 덧나는가 염증은 왜 지독한 슬픔으로 바뀌는가 화농은 왜 차가워지는가

인접—나는 쌍칼이다 한 팔이 잘려도 다른 팔로 칼을 휘두를 수 있다 한 손의 여백을 다른 손이 침범한다 완벽에 가까운 투명으로 나부끼는

(중략)

파열—찢어지는 아픔을 아시나요 이산가족들이 흔히 겪지요 엄마의 고통이지요 아들의 아픔이기도 하구요 우리 엄마는 마조히스트예요

순환—미스터 X가 걸어와요 프로페서 X가 걸어와요 XX가 걸어와

시인은 머리말 격으로 "나는 X이다"는 전제를 달고, 단어(명사)들을 나열했다. 탄생부터 텍스트에 이르는 26개의 단어는 본문에 해당하는 '환유 : 한 번의 생략을 위하여"에서 차례로 설명된다.

요 내 어깨에 손을 얹고 오 나의 사랑스런 피조물이라고 경탄해요

불멸—이승을 휘덮은 그물의 매듭마다 그대의 눈 삼라만상 속의 그대 나의 이미지는 그대의 몸 어디에 남아 있나 어떤 눈이 날 쳐다보나

텍스트—말을 타고 광야를 달리는 돈키호테 이 도시의 모든 술집 앞에서 걸음을 멈추는 한 밤의 보헤미안의 모든 잡종의 계보가 여기 있다

—장석원 「끈—이론게임」(『아나키스트』, 문학과지성사, 2005) 부분

이 시의 제목은 '끈—이론 게임'이다. 부제가 재미있는데, "26차원 우주에서 미지수 X에 어울리는 명사는"이 그것이다. 초끈이론은 과거 아인슈타인이 만들다가 완성하지 못한 이론이다. 우주를 하나의 이론으로 통일할 수 있다는 것이 요점인데, 이 이론에서 우주는 입자가 아닌 매우 작은 진동하는 끈으로 이루어졌다고 간주된다. 이 끈이론이 옳다면 우주는 10~11차원으로 계산되어야 하고, 어떤 경우에는 26차원이라는 견해도 성립될 수 있다.

이 이론은 매우 어렵고 가정이 심하기 때문에, 그 과정과 결론을 명확하게 납득하기는 힘들다. 적어도 나는 그러하다. 다만 끈 이론으로 정의되는 차원은 서로 꼬여 있고, 원자보다도 작은 상태로 우리 주변에 존재하고 있다는 정도만 확인할 따름이다. 이 정도 지식으로 위의 시를 풀어보자. 어차피 위의 부제가 이 시 전체를 해석하는 길잡이가 될 수 없지 않은가.

시인은 머리말 격으로 "나는 X 이다"는 전제를 달고, 단어(명사)들을 나열했다. 탄생부터 텍스트에 이르는 26개의 단어는 본문에 해당하는 '환유 : 한 번의 생략을 위하여"에서 차례로 설명된다. 그런데 위에서 예로 든, 8가지 명사를 볼 때, 시인의 설명을 우리는 설명으로 보기 힘들다. 왜냐하면 '탄생' 과 그 설명("인계철선에 발이 걸려 먼지처럼 흩어진 남자의~") 사이에는 자의적인 관계만 성립되고 있고, 다음 설명 대상인 '격파' 와 그 다음 설명 대상인 '유사' 가 어떠한 관계를 맺는지도 알 수가 없기 때문이다. 처음부터 따지면 왜 26개의 단어인지, 그것이 과연 미지수에 해당하는 것인지, 이러한 단어의 설명들을 다 읽고 무엇을 찾아야 하는지 전혀 알 수 없다. 아니, 전혀 알 수 없도록 처음부터 조직된 시이다. 우리가 이러한 시를 읽으면서, 이러한 단어와 설명과 조직과 제목을 읽으면서 해독을 해낸다는 것은 불가능하다. 적어도 나에게는 그러하다.

우리 주변에 존재하지만 우리 삶에 영향을 미칠 수 없다는 끈 이론 속의 세계를 뜻한다고만 대략 짐작해 볼 수 있다. 문제는 이러한 경향이 젊은 시인들의 시 속에서 드물지 않게 나타나며, 점차 증가일로에 있다는 점이다. 시인들은 제시된 단어의 의미를 탐구하고 그 정서를 풀어내는 것이 아니라, 단어를 나열하고 단어의 외피를 풍성하게 하는 작업에 익숙하다. 아니 거부감 없이, 시어가 문장이 되고 문장이 거대한 조직이 되고 그래서 그 안에서 시어의 감각이 사라지는 것도 개의치 않는다.

시의 외형이 늘어나면서 중심이 비는 현상이 가속화되는 것에 대한 두려움이 없다고 할까. 이러한 현상은 포스트모더니즘 시의 중요한 속성인 의미 부재 혹은 텅 빈 중심을 상기시킨다. 젊은 시가 포스트모더니즘의 영향을 받았는가 받지 않았는가는 중요한 일이 아니며, 이 글의 논점도 아니다. 하지만 포스트모더니즘의 경우처럼 의미의 산포와 그 중심 부재를 주장하고 싶다면, 그 이전에 자신의 시가 지향하고 있는 바를 점검할 필요가 있다. 일군의 시인에서 시작한 움직임이 더욱 거세게 시단을 몰아치고 있다는 점을 상기한다면, 이러한 움직임 자체에 대한 반성과 토론이 곁들어져야 할 것으로 판단되기 때문이다.

늘어난 외형은 의미의 중심을 지운다는 점에서 소조형 글쓰기에 해당하며, 결과적으로는 시의 원심적 성향을 보여준다. 시는 바깥으로, 부피상의 확대를 두려워하지 않게 된다. 요즘 시들이 과거의 시보다 '줄글' 이 많아지고, 이야기를 길게 함축하게 되며, 어떤 의미에선 병렬적인 나열이 강해지는 것도 결국은 시의 구조 자체가 구심적이 아니라, 원심적이고자 하기 때문이다.

4. 통합적 욕망 / 분열적 사유

근대까지 시는 인성 도야의 기틀이었고, 가치를 가늠하는 기준이었으며, 세상과 타인에 대해 가지고 있던 식견의 총화였다. 그러다 보니 시인이 된다는 것은 완성된 인격체에 가까워지는 것이고, 세상을 걱정하는 지사의 풍모를 따르는 것이며, 홍취와 미학을 통합한 예술인의 자세를 갖추어가는 것이었다. 이러한 문학관은 근대 이전으로 가면 더욱 철저했으며, 근대 이후에도 오랫동안 시인의 길은 지사와 예술가와 성숙한 철인을 아우르는 통합적 욕망의 길로 간주되었다.

이러한 시관에서 탄생한 시 역시 통합적 사유가 강했다. 사물을 생각하는 힘, 주변을 돌아보는 힘, 세상을 보고 질서를 바로잡고 미래와 마음의 안식을 이끄는 힘이 시 안에 있기를 바랐으며, 그러한 힘들로 인해 시는 자기 통합의 의지가 강한 장르가 되고자 했다. 시를 쓴다는 것은 흩어진 생각의 중심을 건설하고 여러 개로 나뉜 자아의 페르소나를 모으며 자아의 안정된 원형을 찾아가는 작업이었다. 다시 말해서 시를 쓴다는 것은, '내' 안의 '나'를 찾아 그것을 '나'로 통합하는 작업이었다. 시는 흩어진 그리고 닳아빠진 나 안에서 진정한 나를 찾은 여행이었다고나 할까. 하지만 최근 시를 보면, 이러한 생각에 많은 변화가 생긴 것 같다.

1973년의 나가 슬몃 2000년의 내 귓불을 어루만진다 미처 펴지지 않은 손가락에 흠칫 놀란 2000년의 나는 1995년의 나한테로 도망온다 1995년의 나는 거리에서 추위에 떨고 있는 중이다 도시의 모든 공중전화부스 안에서 눈보라가 몰아쳐나온다 1980년의 나는 1995년의 나를 다독거리지 않는다 1995년의 나가 1980년의 나를 쏘아본다 눈빛이 쨍그랑 깨진다

1980년의 내 구멍 난 양말 틈으로 자라 목처럼 삐져나온 엄지발가락 1998년의 나가 1980년의 나의 조금만 발가락을 핥는다 꺄르르 햇빛처럼 1980년의 나가 부서진다 2001년의 나가 자취방으로 기어들어온다 술에 취해 1988년의 나가 슬몃 다가간다 2001년의 나와 살을 섞는다 저항 없이 꽃잎들이 들이친다 살얼음을 깨 쌀 씻는 소리 들린다 싸르락싸르락싸르락

2005년의 내 손등이 얼어 터진다 영문도 모른 채 배가 불러온 2005년의 나는 2000년 전 나의 알을 조산(早産)한다 알껍질을 깨자 생기다 만

나들의 팔다리가 흩어진다 2005년의 나는 팔다리를 수습해 제 몸에 묻는다 2040년의 나가 얼굴의 모든 주름으로 2005년의 나를 비웃는다 2005년의 나의 얼굴에 검버섯이 피어난다 몸에선 조금씩 무덤들이 자라기 시작한다

—김근 「그림자 밟기」(『뱀소년의 외출』, 문학동네, 2006)

이 시는 시적 자아의 여러 분신이 등장한다. 가령 1973년의 나, 1995년의 나, 2001년과 2005년의 나, 그리고 2040년의 나 등이 그것이다. 시인의 나이를 생각했을 때, '1973년의 나'는 태어난 시점의 자신을 가리키는 것 같고, '2005년의 나'는 시가 집필되던 시점을 가리키는 것 같으며, '1995년의 나'는 멀지 않은 과거의 어느 시점으로 이 시에서 추억되는 공간 중 하나를 가리키는 것 같다. 같은 이유로 보면 '2040의 나'는 황혼 무렵에 도달했을 미래의 자신을 미리 상정한 것 같다. 그러니까 이 시는 태어난 해, 활동하는 해 사이의 괴리감을, 몇 년 전에 대한 회상과 미래에 대한 상상을 가미해서, 한 시점, 한 지면, 한 자아에 몰아넣은 경우이다.

그러다 보니 이 시는 자아 분열 증세를 노출할 수밖에 없다. 시적 화자는 과거를 생각하다가 슬쩍 놀라고, 기억에서 도망치고 싶어 하고, 그런 자신의 한 부분을 냉정하게 대하며, 때로는 서로 위안삼아 장난치기도 한다. 이러한 현상은 시를 통해 자아를 성숙시키거나, 성숙되지 못한 자아에 대해 반성하던 기존의 시와는 현격한 차이를 보인다.

젊은 시들은 자아의 분산 상태를 굳이 통합해야 할 당위성을 피력하지 않는다. 어떤 면에서는 인간의 내적 분열 상태를 인정하고 그러한 문제를 자연스럽게 시로 표출시킨다. 총체적 사유나 자기 통합적 욕망 대신에, 주체 분열의 문제를 심상하게 여긴다고 할까.

이것은 어떤 측면에서는 진솔한 시 정신의 발로로도 볼 수 있다. 시가 전인적 교양과 생각의 도구라고 할 때, 시는 내가 아닌 나의 바깥 세상에 작용하는 어떤 것이어야 한다. 시를 통해 나는 스스로 완성되고, '완성된 나'는 다시 세상의 질서를 바라잡고 지식으로 교화하는 존재가 되어야 하기 때문이다. 또 그 시를 읽는 이들이 사유와 감각의 중심을 확인하고, 시의 질서와 힘으로 복귀하려는 욕망을 품도록 종용해야 하기 때문이다.

그러나 최근의 젊은 시들은 분열을 통합하려는 욕망을 애초에 포기하고 있다. 그들에게 자아 분열이 당연한 현상이며, 이러한 분열 상태를 노래하는 것이 시의 임무라고 생각하는 듯하다. 그러다보니 시가 '자아'이라는 출구를 벗어나지 못하고 자아의 경계 안에서 맴도는 부작용도 낳게 된다. 그러한 시를 읽는 사람들도 내면의 혼란을 일단 확인하는 것에 위안을 찾아야 한다. 시의 정화와 교화의 힘은 사라지고 대신 자신을 투시하는 솔직한 시선만 남게 되는 셈이다.

분열의 양상을 보인 시가 비단 2000년대에만 있었던 것은 아니다. 과거 이상(李箱)의 사례에서 우리는 주체의 분열 양상을 명확하게 확인할 수 있었다. 외면적인 자유를 획득한 90년대 이후의 시에서도 이러한 분열 양상은 심심치 않게 확인된다.

그럼에도 이 시를 비롯한 많은 젊은 시에서 분열 양상이 주목되는 것은, 냉정한 시선으로 자신의 분열상을 들여다보기 때문이다. 이상은 거울 속의 자신이 참 딱하다고 말한 바 있다. 그러나 김경주는 '슬몃' 다가갈 뿐이다. 감정 역시 '슬몃' 품어본다고 할까. 2000년대의 젊은 시인들에게 내 안의 또 다른 자신, 알 수 없고 혼란스러운 자신의 분신은, 연민 혹은 매혹의 대상이 아니라, 일상과 삶의 자연스러운 일부가 되었다. 이것이 가장 큰 변별점이다. 또한 자아 분열의 징후가 빈번하게 그리고 두루 나타나고 있다는 점 역시 젊은 시의 변별점 가운데 하나이다.

5. 집약 구조 / 확산 구조

아리스토텔레스 이후, 드라마(희곡)의 구조는 세 부분의 결합으로 이해되었다. 처음, 중간, 끝. 처음은 그 앞에는 아무 것도 오지 않는 상태에서 그 다음에 필연적으로 무엇인가가 와야 하는 요소이다. '처음' 다음에 필연적으로 와야 하는 그 무엇이, 중간이며, '중간'은 그 앞과 그 뒤에 무엇인가를 필연적으로 동반해야 한다. 마찬가지로 '끝'은 그 앞에는 무엇인가 와야 하지만, 그 다음에는 아무 것도 오지 않는 요소여야 한다.

이 평범한 이야기는 결국 부분이 전체를 위해 희생, 봉사해야 함을 의미한다. 부분이 자립적으로 기능하기보다는 전체적인 구조를 통해 가감되고 절제되고 변형되어야 함을 뜻한다. 부분의 자립성이, 전체의 유기성(통일성)보다 덜 중요하다고 할까.

하지만 2500년 드라마 역사에서 이러한 법칙은 절대적으로 통용되지는 못한다. 많은 작가, 연출가, 그리고 관객과 평론가들이 이러한 규칙에서 탈피한 작품들을 선호하기 시작한다. 사실 셰익스피어의 연극도 어떤 의미에서는 아리스토텔레스의 연극 법칙을 어긴 대표적인 사례이다. 전체의 통일성도 중요하지만, 부분의 자립성도 그에 못지않게 중요하며, 어떤 경우에는 전체의 구조와 의미망이 망실되는 한이 있더라도, 부분의 개성과 독자성을 살려야 한다는 의식이 그것이다.

그래서 부분적으로 흥미롭고, 각 장 별로 완성되어 있지만, 전체의 틀에서는 그 구조와 미학과 정서와 의미가 통일되지 않고 아예 상충되는 결과를 가져오는 드라마도 적지 않게 탄생했다. 그 중에서는 지금까지

걸작이라고 말하는 작품들도 적지 않다. 그리고 이러한 대립적 성향을 지칭하기 위해서 집약적 구조(전체의 통일성) / 확산적 구조(부분의 자립성)라는 용어를 사용하고 그 개념을 정립한 바 있다.

2000년대 이후의 우리 시를 보면, 이러한 이분구조가 혼합되어 전개되는 느낌이다. 2000년대 이전의 시에서 대체적으로 부분이 전체를 위해 희생되어야 하며 본질적으로 중요한 것은 전체라는 생각이 우세했다면, 2000년대를 통과하면서 이러한 생각은 변모한다. 부분이 자립적으로 존재할 수 있으며, 설령 그 결과 전체와 부분이 조화를 이루지 못한다 해도, 특정 부분이 지나치게 확대된다고 해도, 앞의 것과 뒤의 것이 관련 없다 해도, 부분의 자립성으로 그 미학이 성립될 수 있으며 이러한 미학을 구사하는 것은 이 시대 젊은 시인들의 보편적인 정서라고 주장하는 이들의 발언이 제법 우세해졌다. 그리고 주제나 의미는 이러한 방식 속에서 찾아지면 그만이고, 설령 찾아지지 않더라도 할 수 없다는 생각이 점차 팽배하고 있다. 이것은 비단 특정 영역을 중심으로 뭉치고 있는 시인들 일단의 생각만을 가리키지는 않는다.

젊은 시인들일수록 시어를 다듬고 문장을 깎고 문단을 덜어내고 구조를 맞추는 일련의 과정에 대해 회의적이며, 설령 이러한 작업을 중시하는 이들일지라도 그 방식이 예전과는 크게 다르고 그 비중이 격감했다고 할 수 있다. 이러한 성향은 시간이 지날수록 더욱 일반적으로 통용될 것으로 여겨진다. 연극적인 관점에서 보면, 집약적 구조가 아닌 확산적 구조에 대한 관심과 주장이 팽배하고 있다고 할 수 있다.

1) 거북이가 사라졌어 거북이가 사라져서 나는 내 거북이를 찾아 나섰지 거북아 내 거북아 그러니까 구지가도 안 불렀는데 거북이들이 졸라

빠르게 기어오고 있어 졸라 빠르게 기는 건 내 거북이 아냐 필시 저것들은 거북 껍질을 뒤집어쓴 토기 일당일걸? 에고, 거북아 내 거북아 그러니까 내가 거북곱창 테이블에 앉아 질겅질겅 소창자를 씹고 있어 씹거나뱉거나말거나 토끼들아, 너희들 내 거북이 본 적 있니? 거북이는 바다 속에 거북이는 어항 속에 아이 참, 창자 뱃속에 든 것처럼 빤한 얘기라면 토끼들아, 차라리 하품이나 씹지 그러니 거북아 내 거북아 그러니까 거북하니? 속도 모르고 토끼들은 활명수를 내미는데 내 거북은 정화조 곳 비벼진 날개의 구더기요정 날마다 여치를 뜯어 먹고 입술이 푸릇푸릇한 내 거북은 전적으로 앵무새만의 킬러 내 거북은 바지를 먹어버린 엉덩이의 말랑말랑한 괄약근 내 거북은 질주! 질주밖에 모르는 저 미친 마알……
오오, 예수의 잠자리에 사지가 찢긴 채 매달린 저 미친 말을 내 거북은 미친 듯이 사랑했다지 난생처음 사랑 이라고 발음하면서 내 거북은 얼마나 울었을까 그러니 이제 그만 뚝! 하고 머리를 내밀어라 거북아 내 거북아 그러니까 왜 이래 왜 이래 하면서 텔레비전에서 거북이 세 마리가 노래하고 있어 저렇게 노래 잘 하는 건 내 거북이 아냐 내 거북은 염산을 타 마시고 목구멍이 타버려서 점자처럼 안 들리는 노래를 부르지 내가 너를 네가 나를 껴안고 뒹굴어야 온몸에 새겨지는 바로 그 쓰라린 노래 자자, 이래도 안 나오면 네 머리를 구워먹을 테야 거북아 내 거북아 그러니까 삐친 자지처럼 내 거북이 머리를 쭉 내밀고 있어 선인장을 껴안고 선인장 가시에 눈 찔린 채 너 지금 뭐하고 있니 언제나 선인장이 있어 선인장에게 죄를 묻고 마는 내 거북이, 불가사리처럼 내 안에 포복해 있는 붉은 네 그림자

—김민정 「거북 속의 내 거북이」(『날으는 고슴도치 아가씨』, 열림원, 2005)

무척 긴 시이다. 그러나 처음과 중간과 끝을 구별하기란 그렇게 쉽지

않다. 일단 화제별로 이야기를 분해해보자. 거북이가 사라졌다 → 「구지가」를 불렀다 → 거북이가 오지 않고 토끼들이 왔다(고전설화 「토끼와 거북이」) → 거북곱창에 있다 → 토끼들에게 거북이의 거처를 묻는다(고전설화 「토끼와 거북이」에서는 거북이가 토끼의 거처를 묻는다) → '거북하냐' 고 묻는다 → 거북이를 성적인 것과 연결시킨다 → 거북이를 예수의 어떤 부분과 연관시킨다(의미 파악 안 됨) → 다시 「구지가」를 부른다 → 텔레비전에서 노래하는 거북이 이야기를 한다(텔레비전 프로그램인가 싶다) → 잠자리에서의 행위가 거북의 머리를 상징적으로 연결시키고 있다(섹스 중일 수 있다) → 거북이가 자신(화자) 안에 있다고 말한다.

이러한 이야기의 토막 속에서 거북이는 많은 연상 작용들과 교류한다. 이것은 일종의 환유이다. 여기서의 문제는 이것이 환유냐 연상 작용이냐 혹은 에피소드의 취합이냐가 아니라, 이러한 구조가 과연 전통적인 구조의 대체물이 될 수 있는가이다. 이것은 비단 이 시만의 문제가 아니고, 김민정만의 문제가 아니며, 젊은 시인들만의 문제가 아니다.

과연 위의 시(구조)가 구조적으로 처음/중간/끝을 맞물리게 하고 그 사이의 요소들의 연결성을 강조하는 기존의 문학 문법(시 문법 포함)에 대항할 논리를 갖추고 있는가? 거북에 관련된 기억과 정보와 연상들을 무작위로 끌어 모은 구조로는, 진정한 확산구조라고도 할 수 없다. 확산구조는 부분의 자립성이 보장되어야 한다. 화자가 거북이를 토끼라고 부르는 이유가 납득이 되는가? 예수의 어떤 부분과 거북의 특성이 연결되어 하나의 부분을 이룰 수 있다는 말인가?

더욱 정치하고 완성도 높은 시를 통해 다시 한 번 점검되어야 할 사항이겠지만, 김민정의 경우를 통해 본 젊은 시인들이 사용하는 시 어법 체계는 2000년대 젊은 시인들이 안일하게 내세운, 그리고 확대시켜 온 확산구조의 폐해를 단적으로 보여주고 있다. 어느 것 하나도 완전한 자립성을 갖추지 못하고 부분이라는 명의로 전체의 틈새에 마구 둥지를 튼 모습이 그러하다. 이것은 처음/중간/끝의 유기성을 강조하고, 절제와 수련을 중시하며, 간결미와 체계성을 미덕으로 여겨 온 전통적 미학에 대한 반기 혹은 대항 의식일 수는 있지만, 그것이 가져온 결과는 생각보다 참혹하다고 하지 않을 수 없다.

더욱 중요하게 다루어야 할 문제는 이러한 확산구조의 본질적인 의도가 무엇인가이다. 젊은 시인들일수록 시의 메시지, 전언, 주제, 의도, 의미, 세계관, 작가의식에 대해 '중요하지 않다', '그것이 본질일 수 없다'는 식의 태도를 취하기 때문에 본질적인 의도를 묻는 것은 그 자체로 자체 모순일 수 있겠지만, 그럼에도 우리가 양보할 수 없는 사항은 확산구조의 시를 건축하면서 부분을 구획하거나 전체를 설계변경하거나 특정 현상을 강조하는 이유 정도는 찾을 수 있어야 한다는 점이다. 이 점은 그 이름을 무엇이라고 하던 간에, 확산구조의 작품(시)을 쓰려는 이들이 견지해야 할 최소한의 의무이자 작가의식일 것이다.

위의 시를 환유의 관점에서 살펴보자. 「구지가」, 토끼(「토끼와 거북이」, 거북곱창, 속이 '거북하다'는 물음, 섹스 그리고 그 외의 자질구레한 부분들을 묶는 것은 '거북'이다. 그런데 이 거북은 의미상의 기호로서의 거북이 아니다. 예를 들어 '거북하다'의 서술어와 동물 '거북'은 그야말로 어떠한 의미상의 동질성도 없다. '거북곱창'의 상호 역시 '거북'이라는 이름이 들어가지만, 동물 거북이와는 관련이 없다. 그럼에도 시인은 아무렇지도 않게 거북과 관련된 소재(삽화)로 취합한다.

이러한 연결 방식은 의미의 유사성과 통일성에 기초하는 은유가 아니라, 의미의 연접성 내지는 인접성에 근거하는 환유의 방식을 도용했기 때문이다. "사과는 길어 기차는 빨라 빠르면 비행기~" 식으로 나가는 어법이자 의식인 셈이다. 역시 문제는 이러한 어법과 의식이 과연 시로서의 효과를 가져 올 수 있는가이다. 가장 큰 장점은 기발함일 것이다. 화자가 거북곱창에서 텔레비전을 보고 있는데 거북이가 나와서 노래를 하고 있고 그 거북이 노래를 들으니 토끼 생각이 나고 토끼 생각은 곧 섹스를 연상시킨다는 이상한 논리는 기발한 논리일 수 있다. 하지만 의미는? 그 시를 읽고 우리가 찾아야 할 마음의 깊이는?

실제 문단에서 김민정과 같이 극단적인 경우는 쉽게 찾기 어렵지만, 젊은 시가 환유적 기교를 활용하여 시상을 전개하는 상황은 어렵지 않게 목격된다. 이러한 환유는 시어와 시어, 문장과 문장, 연과 연, 그리고 의미 단락과 의미 단락을 연결하는 간편한 방식이 될 수도 있다. 부분과 부분을 연결하는 것에 고심하고, 전체를 이루는 부분의 역할을 숙고하는 측면에서 보면, 환유에 의한 간편한 시상 전개 방식은 시의 책무를 상당 부분 망각한 소치가 아닐 수 없다.

또한 그 긍정적인 기능을 염두에 둔다고 해도, 이러한 문제가 긴요하지 않은 부분을 비약시킨다거나 장광설을 늘어놓아 주제 의식을 흐리는 부차적인 폐해를 가져올 수 있음을 기억할 필요가 있겠다. 환유에 의한 시상의 전개가 재기 넘치는 발랄함을 선보이는 것이 사실이라 할지라도, 그러한 재기의 밑바닥에 시를 쓰는 진정성 역시 잠재되어야 함은 굳이 말하지 않아도 자명하다 할 것이다.

6. 넓이에의 강요 혹은 욕망

시 문학은 대대로 자기 응시의 문학이었다. 시인은 예민한 감수성으로 세상을 보고, 집단을 보고, 타자를 보고, 결국에는 자신을 보았다. 우주의 질서를 찾는 경우에도, 해와 달과 천체의 움직임 속에서 인간사를 돌보고, 변하지 않는 자연의 고고함과 섭리를 보고 인간세의 욕망을 돌보았다. 북적거리면서 사는 세상을 보면서도 결국 시인이라는 존재들은, 내면이라는 자신만의 정서와 욕망과 감각 그리고 명상과 깨달음이 모인 곳으로 발길을 돌리는 자들일 수밖에 없었다.

이러한 시관은 다소 고리타분할 수 있다. 현대로 오면서 시는 정형화된 틀을 벗어나면서, 과거의 시가 가지고 있는 형식적 양식적 그리고 관습적 의식 세계마저 벗어버리고자 했다. 그 추세는 근래로 오면 올수록 더욱 가속화되고 있다는 것이 나의 판단이다. 아니 많은 이들의 판단일 것이다.

그러나 달라진 시인들의 위상을 보면서 한 가지 꼭 기억해야 할 것이 있다. 그것은 시 속에 담겨져 있어야 할 내면이다. 시인은 겸손한 존재이다. 자신의 눈으로 세상을 보고, 자신의 발로 자연을 걸어, 숨겨진 진리를 찾는 자들이지만, 그 진리를 말할 때는 자신의 언어와 감성으로 풀어놓아야 한다. 그래서 결국 시는 내면으로의 회귀 그리고 감성으로의 자발적인 망명을 포기할 수 없는 장르이다.

2000년대 시인들의 의식 세계를 들여다보기 위해서 최근 주목받는 시인들의 작품을 일부로 문면으로 끌어들였다. 2000년대라고 했지만, 실제로는 2005년 언저리가 대부분이고, 젊은 시인들이라고 했지만, 그 대부분은 새로운 경향의 시를 앞세운 현재 시단의 아방가르드 시인들이 주축이었다. 이러한 한계를 인정하면서, 그들의 시를 통해 확인되는 몇 가지 사항을 먼저 정리하겠다.

그들의 시는 대부분 구조적이기보다는 반구조적이다. 그들은 부분이 전체를 위해 봉사하고 부분과 부분의 관계가 유기적으로 관계 맺는 시를 거부하는 성향이 강하다. 그들의 시는 응축적이기보다는 환유적이다. 세상과 자연과 인간의 원형을 시의 구조로 본받으려고 하지 않고, 자신의 주변과 물상을 이어 붙이듯 시 안으로 끌어들인다. 전체적인 구조를 생각하고 그 안에서 언어와 이미지와 감각을 덜어내고 다듬어서 초점화 된 하나의 정서와 의미로 귀결시키기보다는, 다성적인 목소리와 유사한 소재 혹은 삽화들의 묶음으로 시의 얼굴을 다양하게 만드는 데에 특색을 드러낸다.

자신의 내면을 들여다볼 때도 과거의 시와는 많이 다르다. 과거의 시들은 내면의 자아를 찾기 위해서 노력하거나, 분열되고 천변만화하는 여러 개의 자아들을 하나의 자아로 통합시키려는 노력의 소산이었다. 그런데 최근의 시로 올수록 자아의 분열상을 있는 그대로 드러내는 것에 대한 거리낌이 줄어들고 있다. 앞에서도 언급했지만, 과거에 이러한 시가 없었다는 것은 아니다. 최근 들어오면서 이러한 시적 경향이 일반화되었고, 하나의 유행처럼 그 가치를 분별하지 않은 상태에서 번져나간다는 점이 다르다.

최근 젊은 시인들의 시는 점점 길고 점점 복잡해지고 있다. 깎고 다듬어서 시의 질량을 줄이고, 줄어든 질량만큼 큰 압축을 꾀하는 과거의 시 작법과 궤도를 달리한다고나 할까. 시어는 경제적이기보다는 호화로워야 한다고 믿는 것 같다. 최소한의 언어로 최대한의 세상을 담는 양식이기보다는, 최대한 많은 언어로 복잡한 이야기의 갈래와 의미의 층위를 두루 담는 양식이기를 꿈꾼다. 그러다보니 시는 자기응시의 길을 잃어버리고 만다.

이제 하고 싶은 이야기를 해야겠다. 요즘 젊은 시는 확산적이고, 자기 증식적이고, 연속적이고, 혼종적이다. 그래서 몹시 혼란하다. 시가 결국 돌아가야 하는 내면으로의 길을 잃어버리기 일쑤이다. 내면으로 들어가 세상에 임하는 시인 자신의 입장과 태도를 돌아보고 반추하기보다, 세상 바깥의 물상들을 언어로 포착하는 것에 더욱 큰 역점을 둔다. 세상은 넓고 화려하다. 많은 이야기들이 있고, 많은 신기한 것들이 있고, 시인의 의식 세계를 침범하는 많은 문화적 현상이 있다. 문제는 그러한 외부적 요인들을 일일이 시가 받아들여야 하느냐는 것이다. 시는 그러한 외부적 현상과 물상들을 수집하는 도구이기보다, 그러한 혼란을 내면에서 걸러내고 정리한 결과여야 하지 않을까.

시인이라는 의식의 거름 장치 없이 시가 창작된다면, 시집 몇 권으로도 하고 싶은 이야기를 다할 수 없을 것이다. 요즘의 시가 동어 반복적이고, 자기 증식적이며, 한 편의 시로 말해져야 할 것이 한 권 분량의 시집으로 말해지는 것도 동일한 이유라고 본다. 젊은 시가 우려스러운 것은 시인들이 '세상의 넓이'를 '시의 넓이'로 환원하여 받아들이려고 하고, 이러한 욕망을 거꾸로 적용하여 '시의 넓이'가 곧 '세상의 넓이'이라고 맹신하고 그 넓이만으로 시 의식을 측정하려는 전도된 인식이 확산되기 때문이다. 이러한 '넓이에의 (자발적인) 강요'는 한 편으로는 미덕이지만, '깊이에의 천착'을 가로막는다는 점에서 대단한 실책이 아닐 수 없다.

시를 사랑하는 이가 어떤 시집을 열었을 때 복잡한 현실의 문제를 더욱 복잡한 언어로 늘어놓고, 이미 알고 있는 사물의 질서를 깨달음 없는 범안(凡眼)으로 재반복하고 있으며, 읽고 나서 읽는 감촉을 음미하거나 시간의 우물 속에서 저장될 그 무엇을 발견할 수 없다면, 우리는 그 시를 잘 썼다고, 그러한 시를 계속 써야 한다고 말하기 힘들 것이다.

나의 시관이 보수적이어서 그런지 모르겠지만, 요즘 젊은 시는 '넓이에의 강요'를 못이기는 순간 소모품이 되고 만다. 그 때 그 때 우리가 알고 있는 사실들과 단편적인 정보들을, 때로는 웃음이나 금기시되는 생각들을, 기발한 착상이나 재기발랄한 감각들을, 시를 통해 확인하고 넘어갈 뿐, 세상과 사물과 자연과 인간에 대한 기억할 만한 깨달음이나 명상의 화두 혹은 언어의 미감 등을 느낄 수 없을 것이다. 재치는 시가 아니며, 놀이도 시가 아니며, 현학이나 발견 혹은 혼자만의 독백도 시가 아니다. 그것만으로는 시가 될 수 없다. 시는 자신을 통해 자신 바깥을 보고, 자신의 바깥을 돌아 내면으로 돌아가는 통로를 열 때만, 그 통로를 열 정도로 깊이 있는 숙고를 내놓을 수 있을 때에만 시가 된다. 아니 좋은 시가 된다.

김만석[1]

스펙터클을 가로지르는 시적 환상

–김언 · 김참의 시 세계를 중심으로

1. 스펙터클 도시

부산광역시 부산진구 전포3동 앞을 가로지르는 '동천'은 하천으로써 기능을 상실한 지 오래되었다. 동천을 눈 아래에 두고 말끔하게 서 있는 〈지오플레이스〉는 퇴물이 된 하천 때문인지 소비자를 끌어당기는 데는 실패했지만, 그 건물의 정점에 자리하고 있는 '멀티플렉스' 덕택에 겨우 목숨이 붙어 있는 형편이다. 의류쇼핑몰의 구실을 거의 하지 못하는 쇼핑몰이 존재를 변화시킬 수 없고 오직 스펙터클한 이미지만이 존재를 쇄신시키기나 할 것처럼 현실 그 자체가 제공하는 모든 이미지들은 퇴출되고 만 것을 명백하게 지시해 주는 듯하다. 다시 말해, 현실적으로 존재하는 세계가 썩어가고 있음에도 말끔한 포즈로 지탱되는 '이미

1 부산대 국어국문학과 박사과정 수료. 부산대 · 동의대 강사. 2005년 『조선일보』 신춘문예 미술평론 부문 당선.

지의 천국' 은 더 위력적으로 변모하고 있음을 주지시켜준다.

'멀티플렉스' 로 들어가기 위해서는 심연을 넘어서야만 한다. 실제로 건널목에 불과하지만, 그것을 건너면 동천이 품어내는 근대화의 상흔 따위는 흔적도 남길 수 없고 다만, 매혹적인 스펙터클의 지정학에 온 몸을 내맡겨야만 할 따름이다. 문명화 과정에서 오염되어 버린 자연을 기억하거나 추억하기라도 하면, 소금으로 변해버릴 것만 같은 공포가 엄습하기 때문일까? 그곳에서 역사적 흔적들은 노출되어서는 안 되며 반성은 불필요한 정서로 간주될 것이 뻔해서이다. 그러므로 이 둘 사이에는 넘나들 수 없는 심연이 가로놓여 있는 셈이고 다른 한편으로는 대도시 구조화 과정에서 퇴물이 되어버린 자연이 문명화(근대화) 과정에서 제 자리를 잃고 있다는 사실을 반증하기만 해 줄 뿐이다.

뿐만 아니라 도시의 개별구성원의 정체성은 혼란에 빠지거나 전자네트워킹을 통해서 형성되는 편재되는 존재감은 분열을 가중시키고 현실감을 놓치게 만들기도 한다. 스펙터클 이미지는 도시 전체를 뒤덮고 있어서 구체적이고 생생한 삶은 부인하도록 '추상화' 된다. 신체보다 더 리얼한 감각을 전달해주는 갖가지 기계적 감각들이 현실적 감각을 말 그대로 '대체' 하고 있으며 이러한 사정은 더욱 가속화될 예정이다. 요컨대, 스펙터클은 현실을 지우고 스펙터클 이미지로 현실을 '대체' 한다는 것이다. 스펙터클은 '환상' 이기보다 현실 자체를 구성하는 중추적인 신경망이라 할 수 있다. 즉, 스펙터클은 현실이다.

스펙터클이 환상이 아니라 현실이라면, '환상' 은 무엇이라고 해야 할까? 환상을 통해서 독특한 세계를 제시하는 문학, 그 가운데 시적 환상은 어떻게 이해해야 하는가? 현실이 스펙터클 이미지로 대체되어 은폐되거나 삭제되어가고 있다면 그 스펙터클 이미지 너머에 더 리얼한 현실이 있어서 그것을 포착하기 위한 전략이 환상일까? 그렇지 않다면 환상도 도시를 스펙터클로 바라보도록 만드는 이미지일 뿐일까? 우리에게 지각가능한 현실이 스펙터클로 대체되었다면 시가 다시 포착하는 현실도 사실 스펙터클 이미지를 재현하는 것이며 동시에 거기서 또 다시 환상을 덧댄다면 그 세계를 무엇이라 불러야 할 것인가? 아니, 그 세계는 대체 어디에 위치해 있는 것일까? 존재하기는 하는 것인가?

사실 현대시의 한 흐름이 바로 이 지점에 개입해 있다는 것은 이미 논의되어 온 바다. 그 가운데 도시와 시의 관계에 대해서 파악한 이론적이고 비평적인 시도들은 현대시의 지형을 살피는 데에 유익한 지점을 제공한다. 특히 '도시시'를 통해서 산업화 과정에서 제기된 인간소외와 모순적 현실 등에 맞섰던 시적 대응은 지금도 여전히 많은 시사점을 제공한다. 물론 과거의 도시시가 물리적인 폭압을 통해서 이루어진 도시화 과정에서 양산된 문제들에 주로 밀착해 있었다면 최근 젊은 시인들의 상상력은 이 과정과는 달리 다른 방식으로 도시화의 문제에 대응한다. 이런 저간의 사정을 고려해보면 도시화 과정이 이전과는 다른 방식으로 이루어진다는 말이다.

2. 스펙터클과 도시 '시'

도시와 시와의 관계는 80년대 후반부터 조금씩 규명되기 시작했다. 그러나 대도시와 시의 관계를 규명하려는 그 시도가 오늘날 도시 구조화 과정과 시와의 관계에도 그대로 적용될 수는 없다. 김준오에 의해 시도된 '도시시' 논의가 장르적 관점에서 해명된 것이기는 해도, 역사적 장르로 한정되어 있다는 점을 떠올리면 '2000년대 도시시'에 대한 해명은 새롭게 시도되어야 할 법하다. 일테면, 최근 여러 비평적 개입이 활발하게 일어나고 있는 젊은 시인들의 시세계를 규명하기 위해서 '도시시' 범주는 여러 가지 지점을 시사해준다. 이러한 작업은 도시적 삶과 시적 세계를 묶음으로써 문학을 고립적으로 파악하는 방법을 쇄신하기 위함이고 다른 한편으로 문학이 여전히 세계를 파악하는 중요한 문화적 산물임을 거듭 주장하기 위해서이다.

그런데, 과거 도시시가 주로 도시적 삶을 무대로 도시문명과 자연 혹은 고향을 대립쌍으로 설정하고 '서정' 이 산업화와 도시화에 대응하는 방식에 대해 천착하는 것이었다면, 최근에 생산되고 있는 젊은 시인들의 시적 세계는 이와는 조금 궤도가 다르다. 젊은 시인들이 구현하는 시적 세계가 도시와는 전혀 무관한 것처럼 여겨지며 현실과의 맥락을 상실한 채 부유하고 있는 듯한 느낌마저 주기 때문이다. 현실과의 맥락을 유지하지 못한 채, '환상' 의 맥락만을 거듭해서 재생산하는 최근의 젊은 시인들의 시적 행보가 의심의 대상이 될 수밖에 없는 셈이다. 그럼에도 이들 시적 경향을 도시시의 범주로 묶고 해명하는 것은 필수적인 것처럼 보인다.

왜냐하면, 시적 세계와 현실이 완전히 분리될 수 없는 것이라면 젊은 시인들의 시적 세계를 파악하기 위해서는 오늘날 도시의 변화와 밀접한 관련이 있을 수밖에 없기 때문이다. 도시가 대체 어떻게 변화했는지를 공간분석을 통해서 유추해볼 수 있겠지만, 그보다 최근 도시의 현실을 압도적으로 보여주는 개념을 통해서 접근한다면, 도시와 젊은 시인들의 시적 세계를 규명하는 데에 공히 유용할 것으로 판단된다. 대도시를 유지하는 여러 장치 가운데, '스펙터클' 을 주목해야 하는 것은 이런 이유이다. 즉 '환상' , '서정' , '주체' , '소통' 등을 통해 시적 세계에 비평적으로 개입하는 일련의 시도들이 근원적으로 해결해야 할 지점도 스펙터클과 시적 세계의 관계를 물어보는 것이라는 의미이다.

특히 여기서는 두 명의 젊은 시인들의 시집인 『거인』(김언, 랜덤하우스중앙, 2005), 『그림자들』(김참, 서정시학, 2006)을 이런 관점에서 파악하고자 한다. 각각의 시적 이력이 다소 상이함에도 굳이 이들 두 시인의 시집을 대상으로 스펙터클과 도시 그리고 시적 세계의 문제를 다루려는 것은 몇 가지 공통분모 때문이다. 먼저, 동일한 지역에 거주하고 있다는 점이 그러하고 다음으로 '환상' 이 시적 세계를 구성하는 중요한 장치라는 것, 마지막으로 동일한 시적 장치를 통해서 세계를 구성하지만 이들이 근원적으로 탐색하는 것이 환상이 아니라 현실이라는 점에 있다. 시적 '환상' 이 이토록 다양하게 구축되어야만 하는 이유와 시적 '환상' 의 의미를 밝히는 작업이 우선적으로 시도될 때라야 이들 시적 세계에 대한 해명과 평가가 가능해질 터이다.

3. 스펙터클의 바깥에서 안으로

김언은 "그 새벽의 전혀 다른 도시를 보여줄 것"(「시집」)이라는 말로 두 번째 시집인 『거인』 전체를 지탱한다. 이 진술은 두 층위로 분별해야 할 필요가 있다. 하나는 도시가 이미 스펙터클 이미지로 가득하다는 것. 다른 하나는 시가 스펙터클의 이미지로 대체된 현실을 어떤 방식으로 그려낼 것인가 하는 것. 첫 번째 질문은 구체적인 '장소' 에 대한 분석과 도시의 구조적인 문제를 통해서 해결해야 하겠지만, 복잡한 것은 스펙터클로 이행되어버린 도시를 '재현' 하는 일이 문제이다. 1)이미 도시는 '환영' 의 이미지로 가득한데, 어떻게 환영을 걷어내면서 도시적 현실을 보여줄 것인가. 2)다른 한편으로 '환영' 만을 지각할 수 있다면, 문학적 '환상' 이 '환영' 과 대결하면서 얻을 수 있는 것은 과연 무엇인가. 3)또

김언은 "그 새벽의 전혀 다른 도시를 보여줄 것"(「시집」)이라는 말로 두 번째 시집인 『거인』(2005) 전체를 지탱한다

환영 내부에 있으면서 동시에 또 다른 환영에 불과한 것처럼 여겨지는 '환상'을 통해서 시를 써야 하는 이유는 대체 무엇일까?

질문을 조금 바꾸어 보자. 김언의 시에 빈번하게 사용되는 진행형 어미 'ㄴ다'가 지속적으로 필요한 이유는 어디에 있는가? 김언의 시가 분명한 의미체계로 환원되거나 수렴되지 않는 이유를 따지는 데에도 이 질문은 유효하다. 진행형 어미는 시간의 지속을 의미하는데, 김언의 시는 종종 지속을 방해하거나 지속을 중지시키면서 시적 이해를 뒤틀어 버린다. 진행 중인 현재에 완료된 과거를 덧붙여 진술함으로써 현재는 판단중지된 상태로 멈춘다. 즉, 현재는 의미를 부착시킬 현실을 잃고 마치 비현실이 된 것처럼 이행해버린다. 요컨대, 김언이 '환상'을 축조하는 방식은 완료된 사건과 진행 중인 사건을 결합함으로써 가능해진다. 시적 화자는 현실을 진술하는 척하면서 시적 화자가 진술하는 것은 현실로 환원되지 않는 세계의 구문일 따름이다. 가령, "내가 아는 한 사람은 죽어서도 관을 들고 다닌다"(「다음날」)처럼 현재의 기억과 완료된 사건 그리고 현재 그 자체를 결합함으로써 현실이 탈구되어 버린다.

이러한 사정은 김언의 시에서 구체적인 장소를 포착하려는 다양한 시도들을 통해서 확인된다. 이 때문에 김언의 시적화자는 "끊임없이 걷게 만드는 게 이 도시"(「다리의 얼굴」)라고 진저리치듯 말한다. 문제는 "적당한 장소를 찾"(「쏜다」)지만 "시장에 대해서 시장 한가운데 좌판이 있을 거라고 짐작"(「차분하게 고통스럽게」)할 뿐 그 구체적인 장소는 온전하게 보존되지 못한다는 데 있다. 김언의 시적 화자들에게 "바로 오늘이라 생각되는 장소"(「사건 현장」)처럼 시간과 공간이 일치되고 도시적 현실 내부에 디딜 지평을 찾아도 "저렇게 귀여운 도시가 어제도 우리를 도와주었"(「暗시장」)듯이 장소를 지우고 감추는 데 혈안이 될 뿐이다. 김언이 도시를 풍광으로 재현하지 않는 이런 이유 때문이다. 아니, 도시적 풍경을 재현하기 위해 특정한 시각적 위치가 요구되어야 하지만 그 위치, 즉 일정한 높이를 담지한 시각적 위상을 김언은 폐기하고 바닥으로 가라앉아 버린다.

> 바닥에 배를 깔고/ 나는 걸어간다/ 인간의 보행이 이런 걸음을 본다면/ 기겁을 하겠지만,/ 달아나면서도/ 뛰어가면서도/ 나는 하반신이 없다// 배고픔이 있다/ 바닥에 배를 깔고/ 다리 숲 사이를 잘도 걸어다녔다/ 앞발이 그의 두 발이다/ 다리는 배에서부터 나온다/ 앞으로/ 앞으로/ 그는 기어서 갔다// 수풀에서 뱀을 본 것처럼/ 처음에는 놀라고/ 나중에는 시장바닥에 섞여/ 기어다니는 그를/ 처음 보는 뱀처럼/ 찬찬히 뜯어보는 사람은/ 지층 높이의 눈을 가진/ 나다!// 그보다 더 높은 곳에서/ 빌딩들이 자라고/ 비행기는 난다/ 뱀이 올려다보는 구름은/ 그러나 무의미하다/ 내가 내려다보는 뱀의 눈이/ 무의미하다/ 하반신이 없다/ 다리는 지워지고 없다/ 꼭 그만큼의 배고픔이 있다// 달리 닮은 점이 있는가/ 뱀과 사

라진 길짐승 사이에/ 그가 있다/ 걸어가는 내가 있었다/ 바닥에 배를 깔고/ 꼭 그만큼의 배고픔으로/ 꿈틀, 움직이는 거였다

—「뱀사람」 전문

익명적 삶의 출현은 "나"의 존재도 역시 의심할 수밖에 없게 만든다. 도시의 구체적 현실은 모조리 스펙터클한 경관 뒤로 숨어들고 추상화되어 버린다. 거기서 구체적 현실에 개입하려는 시도가 도시를 스펙터클로 제시하는 시각적 높이로 이루어질 때, 현실은 현실로 기록되기 어려워진다. 익명화된 도시에 "나"의 저 도저한 높이로 바라보는 "뱀사람"은 "나"의 위상을 뒤흔들고 "지층 높이의 눈"보다 암묵적으로 더 낮아질 것을, 놀랍게도 명령하는 것만이 필요한 어투로 제시될 뿐이다.

한편 'ㄴ다'와 달리 '과거형 어미'가 쓰일 때에는 정확한 방식으로 기술된다. 즉, 한 문장 내에서 과거형 어미가 기술될 경우에 문장 자체에서 시간이 결합되지는 않는다. 다만, 과거형 어미로 기술되는 문장이 사용될 때에도 김언의 시에서 시간은 곤죽이 되는 방식으로 활용된다. 김언의 시가 시간을 고의적으로 혼동하는 데에는 이유가 있다. 기록된 문장이 기록된 자체로 의미를 지니지 않고 읽기와 동반되어야 한다면 뒤틀린 문장을 통해서 드러날 효과는 문장 자체에 내재하지 않고 '읽기'에, 그리고 '읽는 사유 주체'에게 시적 의미를 넘기기 위함이다. 말하자면, 읽기의 인과론적 시간과 사유의 시간을 격렬하게 부딪치게 하는 효과를 얻으면서 의미를 시행에서 얻도록 하기보다 사유를 통해서 시를 재구축하도록 만든다. 물론 사유의 과정에서 김언의 시가 인과론적 시간에 약탈당해야 하는 것은 분명하다.

그렇다고 해서 김언의 시가 시적으로 완결적이지 못하다는 것은 아니다. 중요한 것은 시적 완결성이 김언의 시에서 더 이상 불필요하다는

데에 있다. 부연하자면, 이미지를 자연스럽거나 상식적으로 결합 가능한 이미지 연결을 통해서 제시하는 일반적인 시적 완결성은 김언의 시에서는 불가능하다. 현실적 이미지를 재현하지만, '재현' 을 통해서 현실적 이미지를 획득하는 것은 어렵기 때문에 시적 세계에서 허용되는 것은 현실이 아니라 '환상' 의 영역이다. 즉 김언의 시는 '환상' 을 '재현' 하는 것이지 현실 자체를 재현하지 않는다. 현실적 재현을 시도하더라도 그것은 몸과 관련된 어휘에 불과하고 그것도 거의 '얼굴' 에 집중되어 있을 뿐이다. 김언의 시 세계가 '정체성' 의 문제를 제기하는 것도 이 때문이다. 현실을 비켜서 버리는 '얼굴' 을 볼 수 있는 방법은, 그리고 그 얼굴을 어떻게 불러야 할까?

헌데, 김언의 시가 환상을 재현한다고 말했지만, 그것이 환상 자체를 재현하는 것이 과연 가능한지 따져보아야 한다. 환상은 현실을 기반으로 한 '상상된 세계' 이고 문학적으로 재현된 환상은 현실과 밀접한 관련을 맺고 있는 것으로 파악되는 것이 일반적이다. 현실세계를 재현하는 것이 불가능할 때, 환상을 통해 비유적으로 현실을 드러내고 현실의 문제에 개입하는 것으로 판단한다는 것이다. 이 관점에서는 스펙터클과 달리 '환상' 은 현실을 지우기보다 현실을 끊임없이 환기시키며 환상으로 재현된 세계와 현실과의 간극을 벌려놓되 동시에 현실을 소환하여 현실의 문제를 탐색하는 문학적 장치로 활용된다. 김언이 제시하는 환상이 환상 자체를 재현하는 방식으로 나아간다는 말은 그래서 문제일 수 있다. 김언에게 현실은 이미 스펙터클 이미지이므로 현실로 되돌아갈 수는 없다. 그래서 김언의 환상은 현실을 붕괴시키면서 현실을 생산하는 데 봉사한다.

오래 길을 걷다 보면 머리 위에도 길이 보일 때가 있다. 몇 년을 하루

같이 걸어와서 올려다보던 길, 한동안 찾지 않은 이 길을 두고 사람들이 고가도로라고 부르는 그 아래에 내가 있을 확률이 높다.

다르게는 산업도로라고 부르는 이 길을 따라 트럭들이 흘리고 가는 먼지알갱이가 내려앉는 그 아래에 서서 내가 있을 확률이 높다. 자욱한 먼지와 희박한 공기가 만나서 먼저 가는 사람의 재채기를 받아주는 은행나무 옆에 내가 서 있을 확률이 높다.

사람과 사람이 만나서 정을 주고받고 타액을 주고받고 마지막에는 이별을 주고받는 무심한 거리 중에서도 가장 참혹한 곳, 새끼 같은 먼지가 태어나는 곳 한가운데 내가 서서 울고 있을 확률이 높다.

지상의 길과 하늘의 길이 어긋나는 곳에서 우리가 헤어지며 하는 말 가운데 가장 추악한 기억만 걸러서 듣는 나무, 은행나무 한 그루가 떡 버티고 서 있는 이 길에서도 멀지 않은 곳에 지금도 아름다운 때가 묻어나는 한 사람의 집이 있을 확률이 높다. 돌아가서는 까맣게 묻은 사랑을 두고두고 꺼내먹던 한 사람의 얼굴을 유난히 흰 이빨로만 기억하는 내가 여기 서서 기대어 있을 확률이 높다.

머리 위에도 길이 다니고 지상에서도 너무 멀리 뻗어가 버린 그 길가에 서서 은행나무 한 그루, 흰 발목을 드러내며 웃고 있을 확률이 높다. 오래 전부터 갈라져온 그 길을 따라 밑동부터 잘려나간 나무들이 잊지 않고 서 있을 확률이 높다.

—「고가도로 아래」 전문

이 시는 김언의 시 가운데, 시적 화자의 위치가 가장 안정된 형태로 보존되고 있다. 이 시의 화자는 정체성에 대한 질문을 제기하거나 시간을 겹침으로써 '환상'을 구축하는 것 같지도 않는다. 이 때문에 '나'를 미래의 자리에 위치시킴에도 시적 화자의 현실적 고백을 담담하게 읽어낼 수 있게 된다. '고가도로 아래 은행나무 옆'에서 은행나무에 기대어 도시적 삶의 편린들을 뱉어내는 화자는 김언의 시에서는 사실 이질적인 형태로 비춰진다. 하지만 이 시의 화자 역시 시집의 다른 시에서 등장하는 '하강'의 이미지와 더불어 화자의 지위는 그리 큰 힘을 발휘하지 않는다. 마지막 연에서 화자는 '사라지고' 그 자리에는 '나무'만이 등장하고 있는 것을 보라. 그러므로 마지막 행에 진술된 '나무'도 곧 사라질 것으로 이해될 수 있는데, 대도시 고가도로 아래 존재하는 모든 것들은 존재하는 것이 중요한 게 아니라 사라지는 것이 중요하다는 '전언'으로 읽히게 된다.

요컨대, 김언의 시가 현실적인 맥락을 확보하자 곧 현실적 존재감은 확률적으로는 존재할 수 있지만 도리어 그럴 가능성이 희박해져 버리는 것으로 나타난다는 것이다. 현실은 확률 상 제로에 가깝다는 무서운 진술을 이 시에서 하고 있는 셈이다. 이 고통스러운 화법은 시간을 횡단한 결과로 획득된 것으로 보인다. 그러므로 사라짐의 전언은 환영을 제공하는 도시를 이탈하도록 촉구하는 것이고 동시에 사라짐으로써 존재를 획득하는 역설로 이행하고자 하는 태도를 갖춘다. 그래서 김언에게 대도시에서 존재감을 부여받는 유일한 방법이 '환상'인 것도 이해될 수 있다. 스펙터클한 이미지로 무장한 대중문화가 도시를 휩쓸고 내면을 장악하는 와중에 환상의 문법을 경유한 시를 제시하는 것은 스펙터클에 맞서기 위한 전략이라는 의미이다. 그것이 스펙터클의 바깥으로 나아가는 길이 아니겠는가. 그것이 다시 현실을 창출하는 기회가 될 테니까.

4. 스펙터클 안에서 바깥으로

최근 젊은 시인들의 시가 환유적이고 서술적인 경향을 지니는 것도 스펙터클이 현실을 이미지로 '대체' 했기 때문일 수 있다. 은유가 근원적으로 '대체' 를 통해서 이질적인 두 세계의 통합을 추구한 것과 스펙터클이 현실을 이미지로 '대체' 한 것은 깊은 관련을 지닐 수 있다. 두 세계 사이에 가능한 교환은 모두 '자본주의적 가치' 로 환원 가능한 것이어서, 시적 은유 역시 자본주의의 공리계에 은밀하게 봉사할 수 있는 것 아닐까라는 의심을 해 볼 필요가 있다는 말이다. '교환' 은 가치척도의 기준을 전제한 이후에 척도의 기준을 암묵적으로 승인해야만 발생하는 형식이다. 여기에서 일종의 비약이 감행되고 있는데, 누구도 가치척도에 이의를 제기할 수 없고 두 세계 사이를 그저 건너는 것만이 주어질 따름이다. 즉, 시에서 일어나는 '교환가능성' 과 자본주의적 현실에서 일어나는 '교환가능성' 은 전적으로 다르다고 보기 어렵다.

물론 시적 은유를 매개해주는 것과 두 사물(상품)을 매개하는 교환은 분명 다르다. 후자가 화폐에 의해 척도가 은폐되는 데에 반해 시적 은유는 시적 화자와 세계를 언어가 매개함으로써 '일치' 를 이루도록 한다는 점에서는 확실히 다르다. 그럼에도 은유가 가진 '대체' 혹은 '교환' 은 자아와 세계와의 관계를 자아의 상태에 따라 환원가능한 것으로 파악한다는 점에서 화폐를 통해 가치를 동일한 척도 아래 환원하는 자본주의적 형식과 완전히 분별되기는 어렵다. 즉 은유가 '대체' 가능한 현실을 탐구한다면 '환유' 를 통해서는 환원불가능한 현실을 탐구한다. 김참에게 대체불가능한 것으로 나타나는 것은 '죽음' 이다. "공원묘지"(「화물열차는 공원묘지에 도착하고」), "무덤"(「무덤들」) 주위를 배회하거나 장례

중요한 것은 김참의 시가 '자아'를 포기하지 않는다는 사실이다.

식 언저리에서 서성거리는 것(「장례식 풍경」)도 이 때문이다.

그런데, 김참에게 '죽음'은 존재하기를 그친 게 아니라 존재하는 것에 영향을 미치는 '죽음', 그럼으로써 존재하는 죽음에 천착한다. 김참에게 '죽음'은 두 가지 방향성을 지니는데, 한 방향은 '자아'의 권능을 파괴하기 위한 방법이고 다른 한 방향은 죽음이 현실에 들어서는 경우로 나눌 수 있다. 이 두 경우는 따로 사용되지 않고 거의 동시적으로 나타나지만, 중요한 것은 자아가 죽음과 조우하는 순간 자아는 그저 현실을 담담하게 그리는데 만족한다. 만족이라고는 했지만 시적 자아는 오히려 그것이 즐거운 것처럼 등장하며 자신의 지위를 한 없이 낮추게 된다. 죽음의 등장으로 현실감각은 탈색되고 풍경은 환상으로 바뀐다. 자아의 후퇴와 환상의 전경화는 마치 마조히즘적 태도처럼 여겨지게 만든다. 현실에 엄습하는 비존재들에게 존재감을 넘겨주는 방법은 자아의 탐험에서 주어지지 않고 자아의 힘을 풀면 가능해진다는 것을 확인시켜 준다.

중요한 것은 김참의 시가 '자아'를 포기하지 않는다는 사실이다. 다른 젊은 시인들의 시적 환상이 자아를 폐기하고 부정을 강화하는 데에 비해서 김참의 시에서 '자아'는 위치를 상실하지 않는다. 환상은 자아에 의해 확인되고 기록된다. 물론 환상이 자아의 요구에 의해 출현한 것은 아니다. 자아는 환상과 마주치고 조우한 것을 확인하고 기록할 수 있을 뿐이지 자아에 의해 창조되었다고 보기는 힘들다. '죽음'(혹은 죽은 존재)은 수시로 자아의 곁에서 자아와 대화하고 거리를 거니는데, 죽음이 호출된 것이 아니라 죽음에 의해 자아가 호출된 것이다. 죽음과 마주친 자아는 세계를 설명할 수 없고 사물과 세계가 이루는 "그림자들"(「그림자들」)의 종적을 추적할 따름이다. 자아의 추적은 세계의 실상을 드러내는 '여행'이 될 수 없으며 언뜻 드러나는 비현실이 감춰진 현실과 만나는 것으로 나아간다.

김참에게 환상 혹은 그림자의 세계는 종종 '숲'이나 '공원'에서 나타난다. 김언에게도 목격되기도 하지만(「안 보이는 숲의 마을」) 김언에게 숲이 도시의 위악적 현상을 표현하는 시어라면 김참에게 '숲'은 자연과 도시적 삶이 관계하는, 환상이 형성되는 장으로 주어진다.

> 오래간만에 밖에 나오니 사람은 없고 인형들만 돌아다녔다 커다란 여행가방을 든 인형이 담배 연기를 피워 올리며 바쁘게 걸어가는 길가 나무의자에 검은 색안경 낀 인형이 다리를 꼬고 앉아 오래된 신문을 보고 있었다 둥근 얼굴에 긴 코가 달린 인형들은 공터에 버려진 낡은 침대에 누워 낮잠을 자고 있었다 자세히 보니 길가 가로수에도 녹색 대문에도 붙어 있었다 숨을 들이쉴 때마다 곰팡이 냄새가 났다 하얀 얼굴의 인형들이 커피 마시는 찻집 테이블에도 빵집 진열장에도 금방 구워 김이 올라오는 식빵에도 검은 곰팡이가 붙어 있었다 빵집 옆에 차를 세우고 놀

이공원에 들어가니 호숫가 파라솔 밑엔 반팔 셔츠 입은 인형들이 앉아 있었다 은빛으로 반짝이는 호수의 파문을 바라보는 인형들 옆에 앉아 물결 위를 둥둥 떠다니는 크고 작은 인형들을 바라보았다 해 저물고 어두워지자 호수 위를 떠다니던 인형들은 의자에 앉아 있던 인형들과 함께 공원을 빠져나갔다 나도 일어나 집으로 가야 했지만 내 옷엔 검은 곰팡이가 가득했고 내 몸은 딱딱하게 굳어 조금도 움직이지 않았다

—「인형들」 전문

하지만 시적 화자가 자연적인, 날 것 그대로의 '숲'으로 가지 못한다. 자연은 이미 사라지고 없으며 자연 그 자체를 만나는 것은 불가능하다. 그래서 김참의 시에서 숲은 모두 인공적 숲, 그 가운데 놀이공원과 공원묘지가 '숲'으로 등장한다. 그럼에도 숲을 지속적으로 환기시키는 김참에게 숲은 문화적이고 일상적 흐름에서 벗어나는 것을 의미한다. 인용시의 시적 화자가 딱딱하게 몸이 굳어 움직이지 않는다는 진술은 자연에 나포되는 것을 의미한다는 것이다. "곰팡이"가 존재할 수 없는 위생과 청결의 도시적 일상을 벗어나도, 고작 '여가'로 대표되는 놀이공원에 불과하지만, 거기서는 썩을 수 있는 조건이 갖추어진다는 것이다. 화학처리된 "인형들"에 불과한 도시인들이 곰팡이 냄새를 맡을 수 없거나 무신경할 수 있는 것도 이 때문이다.

흉몽에 가까운 환상을 거리낌 없이 쏟아내는 김참의 시가 편안하지만은 않을 터이다. 이 불편한 상상력은 마치 화자를 귀신들린 것처럼 여겨지게도 한다. 즉 김참의 화자도, 인공적 자연과 환상을 겹쳐 놓음으로써 죽음의 출현을 자주 목도할 수 있게 했지만, 자신이 생존해야 하는 방법 혹은 그런 존재들과 공생하는 방법도 익혀야만 하는 상황에 처한다.

비가 내리면 나는 악몽에 시달립니다 내 꿈의 어두운 방에 사는 사람들은 내가 틀어 놓은 음악에 맞춰 검은 벽지 위를 기어다닙니다 낯선 얼굴이 방문을 열고 들어올 때마다 벽에 붙어 있던 사람들이 어둠의 심연으로 떨어져 내립니다 어둠에 잠긴 검은 집은 바람에 흔들립니다 벽에서 검은 얼굴들이 자꾸만 떨어져 내립니다

—「검은 집에 사는 검은 얼굴들」 부분

시적 화자의 고백처럼 죽음과 그림자들은 충분히 악몽에 시달리게 할 수 있다. 그것은 멈추지도 않고 자꾸만 곤두박질치지만, 시적 화자가 이런 상황에서 할 수 있는 일은 거의 없다. 화자는 그것을 그저 지켜보는 것 이외에는 달리 방도가 없는 것처럼 속수무책이지만, 곧 이들을 다루는 방법을 획득하게 된다. 그것은 반복적으로 장례를 치름으로써 얻어진다. 반복적으로 장례를 치른다는 것은 이들이 애도되지 않는다는 역설을 함축한다는 것을 기억해야 한다. 아무리 떨쳐 보내려 해도 "낯선 얼굴이 방문을 열고 들어올 때마다" "검은 얼굴"을 보아야만 한다는 것이다.

자아의 앞에 얼굴을 들이밀고 찾아오는 자들은 말 그대로 '타자'이다. 이 '타자'는 죽음이나 자연과 등가물이다. 시적 자아의 발화를 가능하게 하면서도 자아와 함께 존재할 수 있는 그러한 '타자'이다. 이들 타자의 출현 때문에 『그림자들』 전체가 어둡게 채색되어 있지만 앞서 말했듯, 이들과 조우하는 것이 무조건 끔직한 것만은 아니다. 이 만남은 일종의 모험이지 자아를 나락에 빠뜨리는 음험한 음모가 아니라는 것이다. 도시가 몰아낸 죽음과 자연을 만나는 일은 스펙터클 이미지로 점철되는 삶에서 스스로를 구원하는 일이 됨과 동시에 공생을 가능하게 하는 원천이 된다. 요컨대, 김참에게 은유적 방법 대신에 환유적 원리가 시적 방

법으로 우세한 것은 타자를, 대체할 그것으로 파악하지 않고 환원불가능한 존재로 매김하기 위해서이며 동시에 만남의 장소가 현실의 그것이 아니라 환상을 통해서 이루어지는 것으로 파악하기 때문이다. 스펙터클의 숲에서 환상의 모종을 심어 스펙터클에 곰팡이가 슬도록 하는 전략!

5. 스펙터클로 재현되지 않기를

김언과 김참이 병원이나 공원, 장례식 따위의 음습한 공간을 누비고 다니면서 건져 올리는 시적 환상은 스펙터클 이미지가 잠식하는 구체적 삶을 어떻게 표현할 것인가하는 관점에서 많은 시사점을 제공해준다. 중요한 것은 이 두 젊은 시인이 스펙터클로 점철된 도시적 삶에 대응하는 시적 방식이 구체적인 지명을 밝힘으로써 현실적이라고 가정된 현실에 도달하지 않고, 익명화를 통해서 새롭게 현실을 창출하려고 한다는 점이다. 김언과 김참 시인이 도시와 대화하기 위해서 스펙터클 이미지의 안과 밖에서 그토록 걷거나 서성거리는 것도, 현실을 생산하기 위함이지 환상 속에 현실을 은폐하기 위해서는 아니라는 것이다. 그러므로 시적 환상이 도시가 생산하는 스펙터클과 대결해서 얼마만큼 성과가 있을 것이냐는 질문보다 이 두 젊은 시인이 생산한 현실과 여러 방식으로 격렬하게 대화하는 게 필요한 일이 아닐까? 그저 재현이 아니라, 재현에도 여러 가지 방식이 모색되어야 한다면 이들이 재현한 환상을 풍부하게 다루어 볼 때, 최근의 시적 흐름의 일부분에 대한 평가를 생산적으로 이끌 수 있을 듯하다.

다른 한편으로 기존의 전통적이라고 간주되는 서정시들이 시적 관습과 언어적 배열의 질서 아래에서 의미를 투명하게 건져올린다던지 독자에게 미치는 효과를 가져오거나 하는 게 그 시적 세계가 망실되거나 잃어버린 세계에 대한 희구에서 기인한다면 이런 점은 더 주의를 기울여야 할 필요가 있을 법하다. 자연이나 공동체적 세계로 명명될 수 있는 그 세계를 지속적으로 환기시키는 일련의 시적 형상화가 우리 삶의 반성을 촉구하기는 하겠지만, 더 치밀한 억압으로 환원되어버릴 우려도 충분히 있기 때문이다. 마치, 레이 초우가 "원시적 열정"이라고 부른, 식민지적 내면화가 교묘히 작동하는 한 지점으로도 비춰질 수 있는 가능성도 충분히 고려할 필요도 있다는 의미이다. 그렇다면 우리에게 필요한 질문은 도시에서는 대체 무슨 일이 일어나고 있는 것인가로 다시 모아야져야만 할 것이다. 시와 함께.

김영주[1]

웬디들, 피터팬을 떠나다

-2000년대 등장한 여성시인들의 행보

1. 네버랜드 그리고 웬디

웬디가 나타났다. 피터팬이 사는 네버랜드로 떠났던 웬디가 뜬금없이 출몰하고 있다. 웬디의 출현은 그녀의 아버지처럼 계산적인 성인들을 당혹하게 하는 것만은 틀림없다. 지금 웬디가 있는 네버랜드가 어떠한 곳인지 잘 알 수 없기 때문이다. 웬디가 출몰하는 지역에서는 미성년의 주절거림이 어른들의 합법적 언어를 대신한다. 눌언을 늘어놓는 미성년들은 미성숙의 대가로 성장통을 앓기도 한다. 아니, 웬디는 성장하지 않으므로 성장통을 앓을 수 없다. 그럼에도 그들의 주거지에 돌림병이라도 잠복해 있는지 '웬디들' 은 자주 아프다. 어른들이 자주 찾아와서 어른이 되라고 강요하는 까닭일까.

---

1 부산대 국어국문학과 박사과정 수료. 부산대 강사. 『청마 유치환 시에 나타난 시적 자아 연구』 등.

최근 출간된 몇 권의 시집에서 성장통을 앓고 있는 웬디들이 다양한 옷을 입고 서성거리는 것을 목도하게 된다. 김민정, 이민하, 김행숙, 이영주. 이들은 70년대 전후로 출생하여, 2000년 이후에 첫 시집을 낸 여성 시인들이다.[2] 네 시인은 각각 독특한 작품 경향을 보여주지만, 미성년의 시선으로 세계를 바라보는 웬디들을 출현시키는 공통점이 있다. 피터팬의 네버랜드와는 또 다른 그들만의 네버랜드에서 살고 있는 웬디들은 자라기를 포기했지만 성장통을 앓는 아이러니에 직면한다. 웬디들이 고통을 감수하고서라도 새로운 네버랜드에 남으려는 이유는 무엇일까. 성장을 거부한 그들은 무엇을 꿈꾸는 것일까.

주목할 것은, 웬디들이 시에 넘나들면서 그동안 서정시가 그려온 현실세계의 표상이 흔들리게 되었다는 점이다. 리얼리즘이든 모더니즘이든 그 어떤 것을 지향하든 서정시라는 이름 아래에서 표현되어온 현실은 매끄럽게 다듬어진 세상이었다. 그런데 웬디들이 나타나는 시에서는 이제껏 존재해 왔던 서정시의 세계와는 다른 세계가 펼쳐진다. 다른 세계의 출현으로 일견 서정시의 세계가 무너지는 듯이 보였으나, 지금 그 매끄럽게 둘러싸인 서정시의 현실은 여전히 건재하다. 그렇다면 다른 세계를 꿈꾸는 미성년들은 무엇으로부터 떠나 어디에 도달하고자 하는 것일까. 과연 이들의 시도는 성공하고 있는가.

2. 왜곡과 과장의 그로테스크—김민정의 '나나'

---

2 김민정, 『날으는 고슴도치 아가씨』, 열림원, 2005. 이민하, 『환상수족』, 열림원, 2005. 김행숙, 『사춘기』, 문학과지성사, 2003. 이영주, 『108번째 사내』, 문학동네, 2005.

어른으로 살아가기 위해 짊어져야 할 책임이나 부담을 생각해 보면, 자라지 않고 미성년으로 남는다는 것은 환상적인 일이 될 수 있다. 그렇지만 미성년은 '성장 중' 이라는 뜻이므로 성장에 따르는 고통을 감수해야 하는 과도기에 영원히 머무르게 될 공산도 크다. 김민정의 시에서 성장통을 호소하는 아이를 향해 어른들은 "무얼 걱정하니 얘야, / 작살난 자개 대신 여직 안 태어난 자개로 / 넌 다시 감쪽같아질 텐데"(「사춘기」)와 같이 잔혹할 만큼 무심하게 답할 뿐이다. 어른들이 더 이상 아이에게 힘이 되어 주지 못하는 세상, 김민정은 그곳을 어떻게 그리고 있는가.

시인의 '나나' 연작물에서 '나나'가 의미하는 바를 좇아가다 보면 그곳을 짐작할 수 있다. "태양은 어둡고 달빛은 홍어무침보다 빨개서 / 눈을 감아야만 보이는 곳이 있지"라든지, "찢어진 거울 위에 번져서는 너 자꾸만 / 속삭인다 몰랐니? 내가 '나' 라니까, '나' "(「나의 '완전한' 나를 찾아서」)라는 시구에서 그곳을 상상해 볼 수 있다. 자연의 질서와 같이 가장 단순한 진리조차도 부정되는 공간에서 시인은, '완전한' 나를 발견하게 된다. 그 완전한 '나' 는 아직도 낯설어하는 나에게 " '나' 라니까, '나' "하고 소리친다. 그러하므로 '나나' 는 여기에서 '나! 나!' 혹은 '나? 나!' , 즉 '나는 나' 를 의미한다. 김민정은 현실과는 판이하게 다른 곳에서만 '완전한 나' 를 찾아낸다. 다시 말해, 현실에 있는 '나' 는 불완전할 수밖에 없다.

그런데 이 '나나' 는 하나가 아닌 여럿이라는 측면에서 자아 분열적이기도 하다. 「잠들어 거울 속에서 눈 뜬 검은 나나」에서 보면 "나를 닮은 제각각의 공 하나 하나들이 우당탕 입 밖으로 굴러나"온다. 무수한 '나' 의 출현은 마치 두 개의 거울을 되비춘 듯하다. 거울은 '나' 를 비춰 둘이 되게 한다. 그런데 둘이 된 '나' (거울)가 서로를 또 비추면 이번엔 넷이 되는 것이 아니라 무한증식 된다. 서로 비추면 무한히 분열되는 것

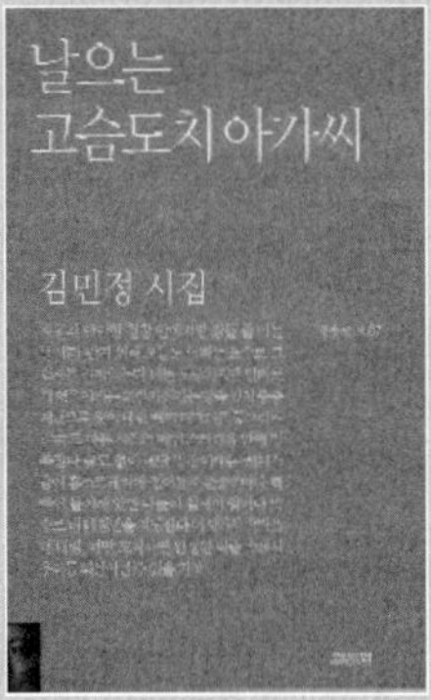

시인은 무너지는 현실을 곧잘 붕괴된 가족상으로 제시한다.

이 '나'의 속성이고, 거울의 속성이다. 무한 분열되어 늘어난 여럿의 '나, 나,…'를 의미하는 것이 '나나'이다. 이러한 무수한 "나는 유체 이탈하여 천장에 붙어 있"거나 보이지는 않지만 "텅 빈 열차 안"을 꽉 채우고 있다(「검은 나나의 꿈」). '나'는 분열되어 '나, 나,…'가 되고 이 '나나'가 있는 곳은 현실이라는 일상이 무참히 깨어진 공간이다.

> 자물쇠 단단한 철창 안에서만 잠들 줄 아는 날 내다 팔기 위해 오늘도 아빠는 포수로 그림자를 갈아입는다 나는 도망치지만 발빠르게 헛돌아가는 외발자전거는 땅속 깊이 층층 계단으로 쌓아 내린 뼈 마디마디를 뭉그러뜨리며 또 다른 사각의 메인 스타디움 안에 발 빠진다
>
> —「날으는 고슴도치 아가씨」 부분

시인은 무너지는 현실을 곧잘 붕괴된 가족상으로 제시한다. 위의 시에서 가족은 더 이상 화목이나 결속의 상징이 아니다. 딸을 내다팔기 위

해 "십자가에 날 뚜드려 박는 아빠의 망치질이 다급해지고", 엄마 역시 아빠 옆에서 "떨어뜨린 대못"으로 "구경 나온 아이들의 발등을 찍는" 지경이다. 제목의 '날으는' 이라는 비문법적 어휘도 눈에 거슬리고, '고슴도치도 제 자식은 함함하다 한다' 라는 속담도 있는데 고슴도치 딸을 시장에 내다 팔기 위해 악착을 떠는 부모의 인륜을 거스르는 모습도 불쾌하다. 그렇지만 오히려 시인의 전략이 여기에 있는데, "용용 죽겠지"(「용용 죽겠지」)하며 기존 질서를 실컷 흔들어 놓은 뒤 치고 빠지는 작전이 그것이다.

김민정의 시세계에서 화목한 가정은 찾을 길이 없다. 시인은 무슨 작정으로, 혹은 어떠한 상처의 기억으로 이렇게 끔찍한 가족사를 엮어내는 것일까. 몰락하는 부모의 이름이 지칭하는 바가 궁금해진다. 그렇지만 이러한 상황을 시인의 개인적 트라우마와 연결시키는 것은 안일한 해석이다. 이 끔찍한 트라우마는 실제가 아닌 환상이다. 그렇다면 언어로 기술된 부모는 현실적인 차원의 부모를 넘어선다. 아버지는 아버지가 아닐지도 모른다. "너는내가 / 아직도니엄마로보이니?"(「용용 죽겠지」)하고 묻는 엄마처럼.

누나를 파는 소년도 있다. "너를 위해 두 눈알을 뽑는다 …(중략)… 눈알 사세요 눈알 사세요 눈알을 팔러 다니는 동안 눈알 팔이 소년은 뻥뚫린 내 안구 속에 감시용 카메라를 설치해 둔다"(「눈 내리는 거리에 눈알 파는 소년들이 들끓었다」)에서, 눈알은 발음상 '누날' 로 읽히므로 소년이 시인 '누나' 를 파는 상황이 연상된다. 이러한 언어유희는 풍자를 동반하는데 김민정에게 있어 풍자란 세상을 향한 환멸에서 나온 냉소에 불과하다. 게다가 시인은 스스로를 잘라 굽기까지 한다(「내가 날 잘라 굽고 있는 밤 풍경」). 이쯤 되면 냉소로 가득한 기괴함의 극치만 남을 뿐, 어떠한 해석의 가능성도 상실되고 만다. 말하자면 시인이 전복하고자 하는 대상이 무엇인지를 알고자 하는 독자들의 호기심마저 김민정의 시는 전복시킨다. 이를 넘어서서 시인이 드러내는 저항의 대상을 명확하게 찾아내기는 힘들다. 도저한 냉소와 기괴함을 낳게 한 분노가 무엇을 겨냥하는지 알 수 없다면, 다시 분노의 시초로 돌아가 보는 수밖에 없다.

하지만 분노의 시원에서는 다만 앓고 있는 소녀를 만날 수 있을 뿐이다. 성장통을 앓고 있는 소녀를 위로해주지 않은 어른들을 향해 사춘기 소녀가 할 수 있는 일은 자신의 고통을 되돌려주는 것이다. 이것은 소녀의 통증에 관심조차 보내주지 않았던 어른들을 향해 '당신들도 한 번 당해보라' 고 절규하는 병적인 증상이라고 할 수 있다. 이 증상은 자신의 고통을 비관하여 불특정다수에게 피해를 가하는 엽기적 행태의 심리와 다를 바 없다. 만약 시인의 그로테스크한 시세계가 불만을 품고 살아가는 독자에게 대리 경험으로 작용하여 피해망상을 위로해 주거나 해소해 줄 수 있다면 문학과 현실이 만나는 교차점이 성립될 것이다. 그렇지만 현대인의 내면에 잠재해 있는 불만을 해소해주고 어루만져주기에는 김민정의 작품들이 너무 난해한 것은 아닐까.

3. 모호함과 난해함의 교란 작전—이민하의 '사각의 눈'

김민정이 무조건적인 전복을 꿈꾸는 반항아라면, 이민하는 혐오스러운 세상을 아예 떠나버리는 가출한 아이이다. "중천의 해만큼 키가 자라버린 한 아이가 거울 속에서 혹은 거울 밖에서 울고 있는 아이를 보며 울고 있네"(「한 아이가 거울을 보며 울고 있네」)에서 보듯이, 길은 거울 속에 있다. 우는 아이는 거울 이편과 저편을 넘나든다. "거울과 창 사이에 몸을 끼워 보겠니"(「거울놀이」)라고 하더니 아예 창을 눈에 끼우기도 한다

(「사방연속물결무늬」). 거울과 창은 시인에게 눈과 마찬가지이다. 세상을 바라보는 시선은 항상 다른 세계를 향해 열려있고 그곳으로 떠날 수 있게 해주는 매개물이 곧 거울과 유리창이다. 거울에 자신을 비춰볼 뿐 저편의 세상을 감지하지 못하는 자가 성인이라면, 유리창이나 거울 너머에서 다른 세계를 발견하고 거기로 갈 수 있는 자는 비성인 곧 미성년이다.

그런데 다른 세계 '거기' 로 가는 길은 순탄하지 않다. 시인은 여기를 떠나 '거기' 로 가는 과정을 눈알이 뽑히거나 쪼이는 고통의 순간을 거쳐야 하는 것으로 묘사한다. 다른 세계로 인도하는 유리창이나 거울과 마찬가지로 눈알도 얼마나 깨어지기 쉽고, 상처받기 쉬운 것인가. "햇빛이 유리창에 채찍을 휘둘렀어요 지진이 나는 듯 쩍쩍 눈동자에 금이 갔어요", "아주 먼 데서 핏물이 밴 부리를 매단 까마귀 한 마리가", "유리창을 뚫고 날아들었어요 한쪽 눈알을 들어내 창을 향해 던졌어요"(「잠 없는 잠」)라는 시에서, 유리창에 휘두른 채찍에 눈동자가 금이 가는 것으로 보아, 여기에서 유리창과 눈동자는 하나나 마찬가지이다. 그래서 까마귀의 공격을 받은 유리창에 눈알은 부딪혀 미끄러진다. 유리창과 눈동자, 이 모두 쉽게 깨어져버리는 연약한 것들이다. 이렇게 상처받아 가면서까지 시인은 왜 이 세상을 떠나려는 것일까.

> m은 내 이름, h는 그대 이름 내 이름, 등 푸른 올가미, 날카로운 산소, 목에 걸려 칵칵거리다 찬란한 유월의 노예시장에 가서 살구빛 목젖을 팔았는데, 겨자색 구름이 되어 돌아왔는데, 울지 마 울지 마, 그대 눈물은 부패하지 않는 유리지느러미, m은 몸 h는 혀, m은 무덤 h는 하늘
>
> —「H」 부분

이 시는 연인의 사랑 이야기를 담고 있는 듯이 보이지만, 명확하게 그 의미가 잡히지 않는다. 이니셜 놀이 같기도 하고, 암호의 나열 같기도 하다. 여기에서 언어는 그 의미를 자꾸만 흐르게 하는 매개가 될 뿐이다. 일순간, 의미를 포착한다고 하더라도 그것은 한 순간의 횡단하기에 지나지 않는다. 의미는 모래처럼 움켜쥐려는 순간, 손가락 사이로 흩어져 버린다. 분명히 쥐었다고 생각했는데 손을 펴보면 남은 것이 없다.

이렇듯 이민하의 이야기는 대체로 알아듣기가 힘들다. 시인의 언어 세계를 지배하는 것은 은유가 아닌 환유의 논리이기 때문이다. 은유는 기존 질서에 길들여져 합리적이라 평가받는 아버지의 언어 질서를 공고하게 해 줄 뿐이기에, 이민하는 의도적으로 환유를 선택한다. 시인이 목숨과도 같은 눈알을 내어놓고서라도 떠나려는 세상, 그것은 아버지의 질서이고 합리의 세계이다. 은유는 정답을 내어놓지만 환유는 정답을 유보한다. 아니 환유에는 아예 정답 따위가 없다. 그러므로 기존 언어 질서에 굳어버린 독자에게 환유가 지배적인 시들은 난해하게 다가온다. 뛰어난 생각은 간명하게 기술된다고 하던 것이 합리성을 좇던 근대의 진리라면 오늘날, 뛰어난 생각은 모호하게 기술된다.

모호하고 난해한 시들로 가득한 이민하 시집 『환상수족』의 처음과 마지막에 놓인 시는 짝을 이루고 있다. 시의 본문보다 제목이 더 긴 이 시들은 전동차 문에 붙은 안내문의 형식을 취한다. 그 중 첫 번째 시 「열리는 문 : 손가락 사이에서 흘러나온 찢어진 비둘기, 구름을 쪼며 질주하는 잉크빛 혈관 - 이번 역은 전동차와 승강장 사이에 강이 흐릅니다」의 본문은 사각의 틀 안에 "文에 기대지 마시오"라는 문구가 전부이다. 이민하는 다른 세계를 감지하는 '사각의 눈'에 집중하고, 그것을 언어유희로 풀어낸다. 「사각의 눈」에서 "몸이 조여질수록 멀리 튕겨져 오르는 두 눈"과 "사각 창문 너머로 들여다보이는 당신의 날개"와 "창문에 매달려

당신을 보는 천 개의 눈알" 은 동시에 존재한다. 앞서 밝혔듯이 이민하에게 눈(알)과 창은 동일한 것이며 동그란 눈이 아닌 사각의 눈은 다시 한번 그것을 증명해준다. 르동의 그림을 끌고 와서 "날개를 가진 이카루스의 눈과, 이를 가둔 르동의 사각의 눈과, 이를 바라보는 이민하 씨의 사각의 눈" 이라고 언급한 부분도 역시 그러하다. 그러므로 사각의 창은 이민하의 눈이고 "文에 기대지 마시오" 라는 말은 사각의 시선으로 포착한 명언이 된다. 여기에서 '文' 은 기존의 합리적 언어 질서를 의미하므로 이민하 시에서 드러나는 모호함은 "文에 기대지" 말라는 시인의 의도가 명중한 결과이다.

그렇지만 난해한 교란 작전에는 항상 득과 실이라는 양날의 칼이 시인과 독자를 겨누게 됨을 잊지 말아야 할 것이다. 또한 전동차의 '門' 을 '文' 으로 부려 쓴다든지, 시 「라일lock 라일rock」의 제목과 같이 기지를 부린다든지 하는 언어유희에 관해서도 되짚어 볼 필요가 있다. 번쩍이는 발랄함과 재치가 돋보이기는 하지만 이것이 습관적으로 사용된다면 오히려 시인의 진의마저 그 무게감을 상실할 우려가 있기 때문이다. 합법적 언어 질서를 회피하기 위해 아버지의 질서 아래에서 가출까지 결행한 시인이 말놀이에 빠져 진정한 다른 세계에 도달하지 못할까봐 독자는 불안해진다. 비록 시인은 이카루스를 향해 "당신의 불안이 좋아요" (「사각의 눈」)라고 말하지만.

4. 불안하게 하는 야릇함의 세계—김행숙의 '사춘기'

「사춘기」 연작들과 사춘기를 연상하게 하는 작품들이 수록되어 있는 김행숙 시집은 제목부터가 『사춘기』이다. 미완의 인생, 미완의 성장, 즉 미성년의 노래인 「미완성 교향악」은 "나랑 함께 없어져볼래? / 음악처럼" 이라는 시구로 마무리 된다. 여기에서 모든 것은 미완이다. "계단이 공중에서 끊어지" 고 "2층이 없" 고 "자의식이 없" 다. 미완성의 음악처럼 어른이 되기 전에 어른이 되기를 거부하며 "영원히 여자들 품에 안긴 여자애이기를 원했어요" (「여자들의 품」)라는 희망을 품고 "엄마 / 언니 / 그런 여자들의 자장가를 들으며 잠들고 싶어" (「초콜릿 분쇄기」)라고 말한다. 그렇지만 미성년의 기억이 아름다운 것만은 아니다. 어른이 되고 싶지 않아서 미성년으로 남고 싶다는 것과, 행복한 유년이 그리워서 성인이 되길 거부하는 것 사이에는 큰 차이가 있다. 어른이 되는 것이 두렵지만, 사춘기 역시 마냥 편안한 휴식기도 아니다. "학교 옥상은 죽지 않고 병신이 될까봐 무서운 곳이었다" (「지하 1F에 대해서」)로 보아 미성년의 기억은 자살 충동을 느끼게 할 만큼, 낭만적이지 않다. 어른이 되고 싶진 않지만 미성년으로 남는 것도 힘겨운 일이다. 또한 미성년은 여전히 '성장 중' 이라는 표징이기도 하다. 늘 성장 중이므로 늘 고통스럽다. 성장통을 견뎌내야 하는 일은 두렵고 괴롭다. 어른이 되지 않고 머문다면 그 고통은 계속될 것이다. 그런데도 시인은 지금 이곳을 떠나 어른이 되지 않는 다른 세계로 가려고 한다.

얘들아, 뭐 하니?
나는 두 눈을 바깥에 줘버렸단다.
얘들아, 얘들아, 어딨니? 같이 놀자.

—「시인의 말」

시집의 자서에서 김행숙이 밝힌 바대로 '눈' 은 다른 세계로의 도약에서 문제가 된다. 앞의 두 시인이 직접적으로 '눈(알)' 이 상처받는 이야기를 하는 반면, 김행숙에게 '눈'은 '시선'의 문제이다. 다른 세계를 바라보는 시인의 시선은 일상의 그것과는 같을 수 없다. 시인은 자신의 눈을 내어주고서야 비로소 "얘들"과 만날 수 있다. 시인의 시선은 사소한 일상에서 진리를 찾아내고, 심각한 문제를 사소하게 뛰어넘는다. 비둘기의 움직임에는 자연의 섭리를 깨우치게 하는 의미를 부여하지만 죽음의 문제는 귀신의 출현과 함께 아무것도 아닌 사소한 일인 양 취급한다. 시인들이 일상의 눈(시선)을 기꺼이 포기한다는 것은 무슨 의미일까.

오이디푸스나 호프만 소설 '모래 사나이'에서의 나타나엘처럼, 일반적으로 '눈'은 펠루스를 상징하고, 눈의 상실은 아버지를 향한 도전에 대한 징벌이자 거세 위협을 뜻한다. 신탁대로 행해버린 비운의 오이디푸스는 스스로 장님이 되고, 나타나엘은 나쁜 아버지의 환상, 불안하게 하는 야릇함에 휩싸여 자살하고 만다. 이러한 이야기는 가족로망스 속에서 부권에 도전하다 좌절하는 남성의 비극을 보여준다. 그런데 더 이상 거세될 수 없는 여성에게 눈(알)의 상처는 무엇을 의미하는가. 그녀에게 상처 주는 자는 가족 내의 아버지가 아니라, 상징적 아버지이다. 여성의 도전은 가족로망스를 국가체제로 확대할 수 있는 기회를 좀 더 오해 없이 제공한다. 상징적 아버지, 즉 국가체제에 도전하는 자에게도 오이디푸스나 나타나엘에게처럼 눈(알)이 빠지는 고통이 주어진다. 그런데 그 고통은 계속해서 반복된다. 나타나엘이 어린 시절부터 계속해서 아버지(좋은 아버지)를 죽인 코펠리우스(나쁜 아버지)의 이미지에 사로잡혀 있었듯이, 김행숙 역시 불안하게 하는 야릇한 기분이 드는 상황에 반복해서 노출된다. "나는 여러 곳에서 같은 길을 걸었"고 "여러 곳에서 같은 남자와 마주"치고 "그때마다 노란 가래가 튀어나올 것 같"은 느낌을 받는다(「출몰하는 길」). 그러면서도 시인은 힘든 여로를 포기할 수 없나 보다. 계속되는 고통의 순간을 대면하고서라도 다른 세계로 가려 한다.

김행숙에게 다른 세계는 과거와 미래가 혼재하고 귀신도 살 수 있는 공간이다. 귀신이 "너는 십 년 만에 비춰보는 내 거울인데, 거울아, 거울아, 앞만 보면 세상은 화려강산이니? 거울집은 칠흑인데"(「귀신 이야기 1」)하고 거울을 통해 십 년의 세월을 뛰어넘어 말을 걸어온다. 귀신이라고 하면 언뜻 공포스러울 수도 있으나, 이미 다른 세계를 꿈꾸는 시인은 창문 밖으로 날아오르기를 두려워하지 않는다. 그래서 '다른 창문' 이 아닌 다른 세계로 가는 창문을 택한다. "커튼과 커튼이 보폭처럼 펄럭였지만 다른 창문으로 걸어가지는 않을 것이다. // 당신은 거기에 있는가? 십 년 전에, 혹은, 십 년 후에,"(「위치」) 그런데 김행숙의 다른 세계는 김민정의 그것처럼 카오스적으로 뒤죽박죽인 곳이 아닌 듯하다. 시간이나 생사 관념을 초월해 있기는 하지만 거기에는 무조건적인 전복이 아닌 일정한 규칙이 있어 보인다. 시인이 워낙 꽉꽉 숨겨놓아서 그 규칙이 쉽게 간파되지는 않지만, 어렴풋이 보이는 한 가닥의 불빛 속에 이제껏 현실 세계에서 외면 받고 소외 당해온 힘없는 귀신과 버려진 아이가 걸어오는 것이 보인다. 시인은 스스로 사라진 것이 아니라 숨겨져 버린, 이성의 논리로는 재어지지 않고 또 잴 수도 없는 세계를 이야기한다. 그 세계를 인지함으로써 우리가 보고 있고 살고 있는 이 세계가 결코 '전부' 가 아니라는 사실을 기억하게 한다.

5. 안티고네의 상처와 선택—이영주의 '종양'

이영주 역시 성장통을 겪는 소녀의 모습을 놓치지 않는다. "엄마, 내 등에서 자라는 이 뼈는 뭐야, 밤의 흰 뼈, 살갗을 뚫고 솟아오르는, 이 뼈가 길게 아주 길게, 사다리처럼 공중으로 치솟고 있어, 뜨거운 바람이 훑

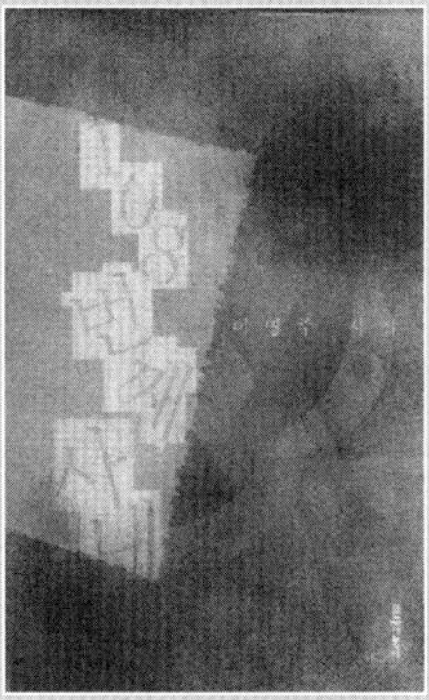

시인이 꿈꾸는 세상은 모든 속악한 사회 질서가 무너져 버린 영토이다.

고 지나갈 때마다, 눈먼 새들이 잠시 앉았다 갈 때마다, 수상한 공기가 들락거릴 때마다, 아파, 너무 아파"(「소녀와 달」)라고 말하는 소녀의 고통은 견디기 힘든 것이다. 상처받기 쉬운 소녀는 시인이 여러 시에서 이야기하는 '눈알'과 같은 존재이다. 눈알은 깨어지기 쉬운 거울이자 유리창이고, 자칫하면 자폭해버리는 시한폭탄같이 곧잘 상처받는 사춘기 소녀의 표상이다.

"How fragile we are…"라는 노랫말처럼, 우리의 존재는 그리고 눈알은 얼마나 깨어지기 쉬운가. 실제로 고장 난 자전거의 브레이크 없는 질주에 의해 눈을 다친 기억이 있는 시인은 자신의 사고 경험에 관하여 '재미있는 놀이'라는 아이러니한 제목을 단 시를 썼다. "골목 끝에서 질주해온, 아이의 동공을 뚫고 놀이터 밖으로 사라지는 자전거 …(중략)… 바퀴살이 파헤친 살점 사이 흔들리는 아이의 두 눈 모래바닥을 새빨갛게 물들이며 이리저리 뒹구는 눈"(「재미있는 놀이」)이라는 참혹한 기억을 담담하게 호출해 놓았다. 이 사고 때문에 지금까지도 눈 아래 상처가 있다는 시인의 말에 따르자면, 눈을 다치는 것은 "어린 나이에도 죽음을 생각"하게 할 만큼의 고통이라고 한다(「시인의 말 - 내 몸에 남은 검은 얼룩」).

눈에 상처를 입은 끔찍한 사고 이후로 시인은 눈을 대신해서 카메라 렌즈로 세상을 바라본다. 렌즈 너머에는 소녀의 순수가 짓밟히는 탐욕적 어른들의 세상이 펼쳐지고 있다. "중년 사내의 무릎 위에 앉은 한 소녀가 / 엉덩이를 비비며 발을 까딱거리고 있다 / 소녀의 눈에 박힌 오래된 진흙 / 치마 속으로 사내의 팔이 까딱까딱 / 나는 렌즈 속으로 소녀를 밀어넣는다"(「사진」) 옛 유적만이 과거의 찬란함을 증명해주는 여행지에서 한 소녀는 중년 사내에게든 누구에게든 "해가 지기 전에 데려가" 달라고 멋모르는 소리를 한다. 철없음과 영악함을 겸비해야만 살아갈 수 있는 아이의 현실은 비단 어느 특정 지역의 이야기로만 한정되지는 않는다. 사막 같은 현실에 지친 시인은 카메라 렌즈를 버리고 "퉁퉁 부은 얼굴이 거울처럼 부서지는 밤"에 "깨진 거울을 타고 알렉산드리아로" 가기 위해 "낙타처럼 등을 말고 창가에서 몸을 날리"(「오피스걸」)고 만다. 다른 세계로 떠나고 싶은 순간이 왔기 때문이다.

시인이 꿈꾸는 세상은 모든 속악한 사회 질서가 무너져 버린 영토이다. 그렇기 때문에 이것을 선택하느냐 저것을 선택하느냐에 따라서 도덕을 평가받고 존립여부를 허용 받는 억압적 공간을 부정한다. 그렇지만 이러한 벗어남은 목숨을 건 도약을 야기한다. 이미 오래 전에 법이냐 윤리냐 혹은 국가냐 가족이냐의 질문에서 후자를 택함으로써 죽음을 선고받은 자가 있으니, 그녀의 이름은 안티고네이다. 안티고네가 반역자로 낙인찍힌 오빠의 장례를 치러주기 위해서는 국왕의 법을 어겨야 했다. 옆에서 말리거나 협박을 해도 안티고네는 스스로의 양심에 따라 오빠를 묻어주었으며, 국왕 앞에서도 자신의 행위를 거짓으로 고하거나 변명하지 않았다. 죽을 줄 알면서도 국왕의 말을 어기는 것, 따를 수 없는 것을 따르게 하는 국법을 어기는 것, 이것이야말로 진정한 윤리적 행위이다. 그렇지만 안티고네는 처형되고 만다. 이것은 여전히 현실의 논리이다. 그녀의 죽음으로 윤리는 회자되겠지만, 국왕의 법은 아이러니하게도 한 번 더 엄정해지고, 공고해진다. 이러한 아이러니를 어떻게 받아들여야 하는가.

담장에 박힌 종양들.

여자가 담장 위에 걸터앉아 넝쿨을 솎아 벤다. 잘 벼려진 가윗날이 잎사귀를 똑똑, 끊어낸다. 적막한 허공에 흩어지는 흰 머리칼. 바닥에 푸른 종양들이 떨어진다.

그녀의 가랑이가 줄줄이 뽑아올린 담쟁이넝쿨, 문 닫힌 골목 사이사이 꿈결인 듯 기어올랐지 밤이면 그녀가 뱉어낸 달빛을 먹고 잠든 담장의 몸 속으로 파고들었지 배를 대고 쓰윽 기어다녔지 지나간 자리마다 파편처럼 초승달이 새겨져 있었지 아무도 깨어나지 않는 어지러운 골목, 문을 열고 내 몸을 찔러넣었지 네 몸을 휘감고서 조여보았지

내 몸을 빌려줄게 어린애처럼 뒹굴며 놀고 갈 수 있게 한 시절 장난치다 갈 수 있게 누구든 빌려줄게

—「내 몸을 빌려줄게」 부분

자신의 몸을 누군가에게 내어준다는 말은 쉽게 할 수 있는 말이 아니다. 그런데 이 시에서는 "내 몸"을 "누구"에게든 "빌려"주겠다고 한다. 그것이 설령 종양이라고 하더라도 자신의 몸을 내맡기겠다고 한다. 종양(담쟁이넝쿨)을 똑똑 끊어내던 여자는 밤에 자신의 등에서 종양을 느

낀다. 사실은 담쟁이넝쿨에게 자신을 내어주는 담장과 여자는 같은 존재이다. 누구든지 와서 "장난치다"가 가도 된다는 담장은 끈질긴 종양의 숙주가 되고 담쟁이넝쿨은 어디라도 넘나든다. 그리고 그 경지에서 "안"과 "밖"이나 "내 몸"과 "네 몸"은 경계를 잃어버린다. 온 몸에 전이된 종양 덩어리는 이미 잘라 낼 수 없는 존재이다. 종양을 죽이자니 내가 먼저 죽게 될지도 모른다. 여기에 더 이상 적은 죽고, 나는 살고 하는 식의 합리적 셈은 자리할 수 없다. 이쯤이면 적도 잘 구슬려서 내가 데리고 살아가는 수밖에 없다. 그러므로 안팎과 내남의 구별이 없어지는 것이다. 적은 배척되어야 한다는 국법의 논리가 항상 통하는 것은 아니라는 안티고네의 생각은 이렇게 일상에서 현현하고 있다.

6. 피 흘리는 벽돌

일상에서 현현하는 안티고네의 흔적은 '피 흘리는 벽돌' 에서도 찾을 수 있다. 피 흘리는 벽돌이란, 벽돌 속에 시멘트 같은 빨간 접착제로 만들어진 구슬이 박혀 있다가 충격이 가해지면 터져 나와 벽돌이 깨어지는 것을 막아주는 신 개념 벽돌이다. 벽돌의 결속을 굳게 다져주고 건물의 붕괴를 막는 그 시멘트의 존재가 바로 여성의 존재이다. 피 흘리며 자신을 희생해야 남성이 살아남을 수 있고, 남성이 살아남아야 이 사회는 건재할 수 있다. 여기에서 중요한 사실은 피 흘리는 벽돌의 '피' 는 벽돌을 봉합하는 동시에 거기에 흔적을 남긴다는 점이다. 이 봉합의 '흔적' 을 도드라지게 하는 존재들이 바로 다른 세계에서 출현한 그녀들이다. 가령, '나나' 는 붕괴되는 가족 속에서 도사리고 있는 시멘트 자국이고, '사각의 눈' 은 제일 먼저 깨어져 흘러내리는 시멘트 구슬이라든지, '사춘기' 소녀는 깨어진 벽돌 사이에서 보이는 틈새적 존재이고, '종양' 은 벽돌이 굳어버리고 나면 망각되는 시멘트와 같은 비체(卑體)라든지 하는 것이 그것이다. 시멘트 구슬은 흘러나와 굳어버리고 자신의 고유한 존재는 사라지고 말지만, 무너지지 않은 건물의 한 귀퉁이 벽돌에 그 흔적을 남긴다.

눌러 붙은 시멘트 자국처럼, 결국 동화 속 웬디는 집으로 돌아온다. 훗날 웬디는 피터팬을 만나게 되고 어른이 되어버린 자신에게서 부끄러움을 느끼게 된다. 그렇지만 웬디가 다시 어린 시절로 돌아간다고 해도 언젠가는 또다시 집으로 돌아올 것이다. 그것은 자라야지만 후회할 수 있다는 이유에서이다. 때로는 후회와 상실의 아픔도 앞으로 나아가게 하는 성숙의 힘이 된다. 자라지 않는, 동화 속 웬디로 계속해서 남아있을 수는 없다. 지금 이 세상 주위를 떠돌고 있는 웬디들 역시 마찬가지이다.

웬디들이 성장하고 싶어 하지 않는 이유는 성인들의 직선적 세계관을 거부하기 때문이다. 그들은 성인들과 다른 미성년의 시선으로 현실과는 상이한 또 다른 시공간을 꿈꾼다. 그 다른 시공간에서는 보이는 것만이 전부가 아니다. 그러하기에 웬디들은 지금 눈앞에 보이는 현실만을 인정하는 어른들의 공리를 거부하고 냉소하게 된다. 그 결과 이 미성년들은 세상을 대상으로 끊임없는 파괴와 교란을 일삼는다. 교란의 형식은 끊임없이 이야기하는 김행숙의 아이들과 귀신들, 계속해서 고자질하고 호소하는 이영주의 소녀들, 상담석에 앉아 불만을 주절거리는 김민정의 목소리들, 모호한 환유를 내뱉는 이민하의 가출한 아이들로 나타난다. 이들의 교란 작전은, 언어에서만이 아니라 또 다른 상징 기호가 되는 시간 개념에까지 확대된다. "8요일"(이민하의 「들어가는 사람」, 「세상에서 하나뿐인 수리공 K의 죽음」, 「붉은 꼬리가 있는 풀밭」, 「마술피리」, 김행숙의 「8요일」)이 나오고, "십삼월, 삼십이일, 팔요일마다 축제가 열" 린다(김민정, 「나의 '완전한' 나를 찾아서」). 언어와 시간의 질서를 무너뜨리는 것으로 자신들의 목소리를 곧추 세운다. 이러한 파격의 화법은 분명 기존 서정시의 영토에 균열을 낸다. 그러나 이러한 특징만으로 이들의 시세계가 형식상 차이에 도달한 것은 아니다. 네 시인들의 태도가 기왕의 어느 시인들보다 과격하고 전복적이기는 하지만 여기에도 한계는 있다. 이미 모더니즘의 형식적 실험이 이들의 시도보다 선행하고 있기 때문이다. 또한 소통을 포기하고 난해함만 추구한다면 자폐적 퇴행에 빠질 위험도 있다.

물론 처음에는 이러한 교란 작전이 독자들에게 충격을 주고 반성할 기회까지 제공하기도 하였다. 그런데 파괴와 교란도 반복되다 보니 어느새 전혀 낯설지가 않다. 그런데도 유사한 공격과 거부만 계속하는 것은 더 이상 충격효과를 낳는 것이 아니라 안일한 유희에 빠지는 것과 같다. 이들은 동화 속 네버랜드와는 다른, 자신들만의 네버랜드에 갇힌 채 살고 있다. 가끔씩 모습을 드러내지만 여전히 이계(異界)에 살고 있는 외계인들로서 '외계어'로만 말하고 있다. 그들의 이야기는 이 세상을 살고 있는 일상인들에게 더 이상 이해될 수 없고 영향도 미칠 수 없게 되었다. 이제 그들은 자신들만의 네버랜드에서 빠져나와 세상과 소통해야 하지 않을까. 타락한 세상에서는 타락한 방법만으로 이야기를 시도할 수 있다는 상황이 아이러니하기는 하다. 그렇지만 세상을 변모시키고 싶다면 이제 '이 세상'으로 돌아와야 한다. 네버랜드에서 돌아온 웬디가, "이젠 자랄 준비가 되었다"라고 말한 것처럼.

박대현[1]

주체 분열의 진화(進化)를 위하여

-분열의 '즐김'에서 '견딤'으로

1. 실재의 열망과 분열의 세 층위

2000년대 시의 새로움은 어디에서 비롯되고 있는가? 그것은 젊은 시인들이 보여주고 있는 극단적인 시문법의 일탈과 혼란 속에 잠복되어 있는 시적 주체의 분열 양상과 실재에의 열망에서 비롯된다. 이들의 시는 이미 상징계적 현실 너머의 실재계를 향한 욕망으로 준동되는 이미지의 시적 광란이기 때문에, 전통적인 서정적 독법이나 리얼리즘적 독법으로는 결코 이해될 수 없다. 80년대의 정치적 억압과 통제·권위에 대한 미학적 분쇄 작업으로서의 해체시 이후, 90년대의 세기말적 대중문화가 우리 시단에 새로운 시적 환경을 일구는 데 이바지했다면, 최근의 시들은 이러한 환경을 마음껏 '즐기고' 있는 형국이라 할 만하다. 무

1 부산대 국어국문학과 박사과정 수료. 2005년 『부산일보』 신춘문예 문학평론 부문 당선.

엇보다 80년대에 대한 부채의식으로부터 완전히 자유로운 이들은 자명한 삶의 질서와 주체를 의심하기에 이르렀고, 그 자명성 너머의 실재에 닿고자 하는 분열의 욕망을 드러내고 있는 것이다.

이와 같이 젊은 시인들의 새로운 시적 경향은 주체분열이라는 새로운 층위의 상상력으로 뚜렷한 미적 위치를 점령하기 시작했으므로, 재래 서정주의자들이 체질적인 거부감의 표명 그 자체로 이들에 대적하기에는 뚜렷한 한계를 드러내고 만다. 이를테면 실증할 수 없는 실재의 감각을 자폐적이라거나 현실적으로 무용한 것이라는 비판들이 그렇다. 이러한 비평의 긴장과 갈등은 상징계와 실재계의 분할선을 함축한 필연적인 결과이며, 어느 쪽도 쉽게 포기할 수 없다는 점에서 차분한 비평적 응시가 더욱 절실히 요구된다. 이는 젊은 시인들에 대한 과잉된 상찬과 마찬가지로, 무조건적인 배척 또한 경계되어야 하는 적실한 이유이기도 하다.

젊은 시인들의 상상력은 상식적인 서정과 이미지 배열의 수준을 넘어서 있다. 이들의 서정은 파괴된 서정이며, 이미지 배열 역시 비유기적인 환유를 특징으로 한다. 무엇보다 비유기적 환유이미지의 '빈틈' 속에서 발견되는 실재의 흔적이 이들의 시를 지탱하는 힘이 된다. 상징계적 현실을 넘어 실재에 대한 탐색을 시도하는 이들은 주로 잔혹하고 엽기적인 이미지를 나열함으로써 상징계적 질서를 무너뜨리는 전략을 채택하는데, 이들의 시에 현실을 전복하는 시체가 출몰하거나 유령과 환상 이미지가 자주 드러날 수밖에 없는 까닭이다. 이러한 현상이 김언희, 유홍준의 예에서 확인할 수 있는 것처럼 비단 젊은 시인들의 시적 상상에만 국한된 것은 아니다. 세대를 넘어 이 시대의 보편적 시 정신을 형성하고 있는 것이다. 그러나 문제는 이들의 분열의식에 어떠한 제동장치도 마련되어 있지 않다는 점이다. 새로운 시적 현상에 압도당한 채 그것을 즐기거나 적대적인 비판을 가할 뿐인 현 상황에서 이들의 시 속으로 스며들어가 적극적으로 제동하거나 내파하는 비평적 논리의 확보가 시급할 수밖에 없다.

실재를 둘러싼 최근 젊은 시인들의 분열에 대한 태도는 세 가지 층위로 드러난다. 우선, 분열을 단순히 '즐기는' 양상이다. 분열을 즐기는 이들은 현실과 주체의 자명성이 파괴되었다는 담론에 쉽사리 편승함으로써 시적 주체의 통일성을 폐기한다. 이들은 발화된 언어에 대해서 책임을 묻지 않으며, 분열의 국면에만 주목한다. 현실과 주체의 해체를 통한 분열의 '즐김' 은 시의 현실적 책무를 쉽게 방기하는 이론적 근거가 된다. 그래서 이들의 시는 가볍고 자유분방하며 쉽게 휘발해버리는 시가 되고 만다. 둘째, 분열을 '고통' 으로 인식하는 양상이다. 이들은 주체의 분열을 고통스럽게 진술함으로써 시적 동통을 강렬하게 함축한다. 주체의 분열은 대개 죽음으로 인식되는 경우가 대부분인데, 신체를 비체화하는 과정을 통해 주체의 분열이 죽음의 이미지로 현시되곤 한다. 이들은 주로 주체의 분열을 상상하고, 분열로 인한 주체의 부재를 고통스럽게 진술한다. 주체의 부재는 곧 죽음이며, 이에 대한 고통은 찢겨진 육체에 내재한 죽음의 호출로 귀결되는 것이다. 셋째, 주체의 분열을 '견디는' 양상이다. 이는 매우 드문 경우인데, 주체 분열의 고통을 넘어 주체를 지탱하고자 하는 실존적 투쟁을 보여준다는 점에서 분열의 '즐김' 이나 '고통' 과는 뚜렷한 차이를 보인다. 이 '견딤' 은 주체의 분열이 아닌, 분열에 직면한 주체의 존속 · 유지에 사활을 건다. 분열에 저항하고 견디는 과정 속에서 주체와 현실은 재해득되는 것이다.

'고통' 과 '견딤' 의 위장인 경우를 제외하면, 분열의 '즐김' 은 현실의 억압에 대한 저항이 아니라 현실적 책무로부터 도피하고자 하는 욕망에서 비롯된다. 분열의 '즐김' 은 최소한의 윤리적 주체마저 분열시킴으로써 역사 · 정치적 현실로부터의 해방을 만끽한다. 분열의 즐김은 곧 허무주의를 닮아 있다. 그 허무주의조차 주체 분열에 기반함으로써 매우 가볍고 부박한 것이 된다. 이러한 분열이 지향하는 '실재' 가 그 어떤 의미와 가치조차 거부하는 가상실재(simulacre)일 수밖에 없는 것은 당연한 결과이다. 시뮬라크르(simulacre)를 한없이 떠도는 분열자의 쾌락. 그것은 자유분방하고 가벼운 언어적 배설 혹은 광란으로 표출되기 마련이다. 그 즐김에는 최소한의 윤리적 주체가 보이지 않는다. 윤리적 주체는 분열을 즐김보다는 견딤에 있다. 분열을 견디면서 고통스러운 현실을 직시하는 것. 따라서 분열의 가치는 '즐김' 이 아니라, '견딤' 에 있으며, 이는 분열된 주체와 세계를 재의미화하는 사유의 원천이 된다. 현실의 육즙을 한껏 머금은 고통스러운 분열의 언어는 일그러진 주체와 현실을 견디는 동시에 재사유할 수 있는 가능성이 잠복되어 있는 것이다. 따라서 분열에서 비롯된 '고통' 의 심화는 바로 '견딤' 이다. '견딤' 의 언어 속에서 분열은 미래적 의미를 획득한다. 분열하는 주체의 고통을 견디면서 획득하는 실재의 감각과 현실에 대한 성찰은 최근 젊은 시인들이 지녀야 할 시적 태도인 것이다. 이 글은 2000년대의 젊은 시인들[2]의 뚜렷한 징후인 주체 분열의 태도를 '즐김' , '고통' , '견딤' 이라는 세 층위로 나누어 살펴봄으로써 분열의 시적 진화의 가능성을 검토하고자 한다.

2 이 글에서 주로 다루어지는 젊은 시인들의 시집은 다음과 같다. 박진성 『목숨』, 천년의시작, 2005. 김언 『거인』, 랜덤하우스중앙, 2005. 김근 『뱀소년의 외출』, 문학동네, 2005. 조동범 『심야 배스킨라빈스 살인사건』, 문학동네, 2006. 유형진 『피터래빗 저격사건』, 랜덤하우스중앙, 2005. 이영주 『108번째 사내』, 문학동네, 2005. 이민하 『환상수족』, 열림원, 2005.

2. 시뮬라크르, 그 치명적 유혹 — 분열의 '즐김'

최근 젊은 시인들의 시적 주체는 대부분 분열을 즐긴다. 주체의 분열이 그들의 시적 정체성이 되고 있으며, 그들의 시적 세계관을 이루는 주축이 되고 있다. 황병승, 김민정, 이민하의 경우만 보더라도 극단화된 주체의 분열을 보여주고 있으며, 이른바 미래파 비평 또한 이들의 시적 경향을 적극적으로 부추기고 있다. 이미 해체되고 없는 시적 주체의 입술을 통해 흘러나온 언어들은 기존의 시적 질서를 벗어난 탈주의 형식을 취하고 있는 것이다. 이들의 해체적 상상력은 주체와 세계의 자명성에 대한 의심과 저항에서 비롯된 것임에 틀림없다. 그러나 이러한 주체의 해체적 전략이 현실적 책무로부터의 해방에 정당성을 부여하고 있는 것에 대해서 경계하지 않을 수 없다. 시를 단순한 문화적 · 언어적 '놀이'에 지나지 않는 것으로 파악하여, 스스로 배설의 차원에 지나지 않는 것으로 자인하는 태도는 결코 정당화될 수 없으며, 시적 진정성에 심각한 의문을 낳을 수밖에 없기 때문이다.

가상(simulacre)에의 몰입은 최근 젊은 시인들의 시적 경향이며, 이들의 시에서 현실은 파괴되고 전복되어야 할 무엇이다. 아니, 이들에게 현실은 이미 거부된 부재(不在)의 자리이며, 그 부재를 가상이 가득 채우고 있는 것이다. 각종 인터넷 문화와 영상문화는 현실적 체험의 빈곤을 야기하는 주된 원인이기도 하지만, 현실적 체험의 빈곤은 결국 현실에 대한 윤리적 책임으로부터의 해방감을 조장한다. 이로 말미암은 가상세계로의 끝없는 폐곡선의 질주, 혹은 가상과 현실세계의 착종은 '상상적' 주체 분열의 적실한 한 예이다.

불지마 꺼질 거 같아/ 건드리지 마 다칠 것 같아/ 상처 옆에 눈이 내린다 창문을 두드린다/ 한밤 중에 일어나 눈동자를 열고 모니터를 꺼낸다/ 붉고 싱싱한 잘 익은 놈으로/ 너에게 줄게 아무것도 먹지 마/ 이것만 있으면 모니터 속 아이리스/ 보라색 꽃잎 가장자리 휘어진 옆게 눈웃음치는/ 이슬보다 영롱한 0과 1/ 샤갈의 마을에 내리는 눈은 녹지도 않고/ 나의 모니터 속에 쌓인다/ 눈보다 차가운 아이리스 눈이 없는 꽃/ 천만 개쯤 되는 눈들을 달고/ 늘 살아야 되는 꽃/ 수미산 꼭대기에 피어나고 싶어/ 불지 마 거봐 날아가잖아

—유형진 「모니터킨트」 전문

이 시의 시적 주체는 "모니터킨트"로 형상화된다. 그의 눈동자 속에는 아예 모니터가 들어앉아 있다. 그에게 있어 세계를 인식하는 매개는 모니터이며, 그는 모니터를 통해 주체가 구성되고 모니터의 가상세계 속에 거주하는 디지털적 존재로 전환된다. 오로지 모니터 속의 세계 속에만 살고자 하는 이 시적 주체의 욕망은 '상처'에서 비롯된다. "불지마 꺼질 거 같아/ 건드리지 마 다칠 거 같아/ 상처 옆에 눈이 내린다"라는 이 시의 첫 구절을 보라. 시적 주체는 상처 받은 존재이며, 그리하여 모니터 속으로 퇴영적으로 달아난 존재임을 짐작할 수 있다. 그 상처의 진정성에 대한 의문이 남지만, 유형진은 가상현실 속으로 진입하고 있으며, "푸른 안구"(「푸른 안구를 선물로 받았습니다」)를 통해 상처의 세계를 바라보고자 한다. 이 "푸른 안구"란 다름 아닌 모니터이며, 부작용은 "사랑하는 사람과 증오하는 사람의 판별 불능증, 아름다움과 혐오스러움의 교란증, 일몰 후 어지러움증, 일출 후 심한 눈부심, 기타 등등"이다. 기존의 이분법적 질서 체계는 교란된다. 이처럼 모니터라는 기계적 안구로의 교체는 세계관의 변화를 암시한다. 젊은 시인들은 현실탈주의 수단으로서 가상세계를 선택하고 있는 셈이다. 이 시뮬라크르 속에서

젊은 시인들은 세계의 분열을 '즐기는' 방식을 터득한다.

> 제단 위에서 내려온 여자가 유리구두를 벗고/ 바다 끝으로 달려간다. 바람을 찢고/ 되돌아오는 발굽 소리. 축제는/ 자정에 시작한다./ 이빨이 자라는 손가락 위에 노란 장갑을 씌우고/ 노란 리본으로 얼크러진 갈기를 동여매던 여자는/ 바다 끝으로 달려간다. 바다 끝에는/ 동그란 창이 세 개 나있다. 여자는/ 집시들의 공장에서 사온 기탓줄로 배를 가르던 청어를 끌고/ 바다 끝으로 달려간다. 달려가/ 첫 번째 창을 오른쪽 눈에다 끼운다./(중략)석양처럼 소각되는 물의 정거장./ 그림을 빠져나온 물이 쏟아져 내린다./ 주룩주룩 풍경을 지우며 화살을 박는 빗줄기./ 온몸을 뒤집는 바다./ 여자는 청어와 남자와 무화과나무를 싣고 수평선을 끌고서/ 또 다른 오늘로 넘어간다./ 축제는 시작되지 않는다. 끝나지도 않는다./ 자정은 영원히 오지 않는다.
>
> — 이민하 「사방연속물결무늬」 부분

이민하의 현실 탈주는 가상현실에서 이루어진다. 시적 주체는 "바다 끝으로 달려가"는 해방감을 만끽한다. "바다 끝에는 동그란 창"이 있다. 그것은 다름 아닌 가상현실로 들어가는 입구, 모니터를 상징한다. 따라서 이 시에서 세계는 모니터 바탕화면에 깔려 있는 물결무늬로 형상화된다. 끝없는 반복. 이 세계는 "축제는 시작되지도 않"고, "끝나지도 않"고, 축제가 시작되는 "자정은 영원히 오지 않"는, 현실을 탈각한 가상현실로 존재한다. 이러한 가상현실 속에서 모든 의미는 소거되고 만다. 단지 감각적인 이미지만이 끝없이 미끄러지고 있을 뿐이며, 모든 의미는 순간적으로 휘발해버리고 마는 것이다. 의미휘발의 끊임없는 반복은 무중력의 세계상을 구성한다. 이처럼 주체와 세계의 분열·해체는 젊은 시인들의 세계관을 일정 부분 반영한다고 볼 수 있다.

이들의 시 세계는 '상상적' 분열 속에서 거대하게 압도해오는 '실재' 보다 더 '실재' 같은 가상현실이며, 상징계적 질서를 교란하는 수준을 넘어 극단적으로 전복함으로써 대면하게 되는 새로운 현실로서의 의미를 지닌다. 이 현실은 젊은 시인들의 상징계적 질서에 대한 강한 거부와 실재에의 강한 열망이 응축되어 나온 '일탈적' 세계이다. 그러나 이 실재는 가상실재에 불과하며, 어떤 진리와 가치의 틈입을 허락하지 않는 '나쁜 피' (이영주, 「나쁜 피」,『108번째 사내』)로 만들어진 가벼운 허무주의에 전염되어 있다. 그렇다면 이들의 분열의식과 실재에의 열망은 주체 분열을 설파하는 문화적 담론에 편승한 단순한 시적 포즈에 지나지 않을 가능성이 농후하다. 분열자는 사실 시뮬라크르의 유혹에 빠져버린 무책임하고 타락한 주체에 불과한 것이다. 그들은 단지 주체 분열에서 비롯되는 현실과 윤리로부터의 해방감을 즐길 뿐이다. 그 '즐김'은 바르트(R.Barthe)적 의미의 '즐김' 이 내포하는 현실에의 윤리적 책임과는 전혀 무관한 타락한 '즐김' 이다.

3. 주체의 죽음과 불안한 '실재' —분열에 이르는 '고통'

상징계적 질서는 철저하게 죽음을 배제한다. 죽음조차도 상징계적 질서 속에서 편입함으로써 죽음을 탈색시켜버린다. 문명화 과정은 곧 죽음을 배제하고 체계적으로 관리하는 동시에 억압하는 시스템을 갖추고 있음은 주지의 사실이다. 상징계 내에 죽음은 잠복되어 있으며, 균열의 순간 언제든지 폭발할 수 있는 억압된 에너지를 응축한다. 앙리 르페브르(Henri Lefebvre)에서 쟝 보드리야르(Jean Baudrillard) 로 이어지는 철학적 전통 속에서 죽음은 상징계적 자장을 무너뜨리는 폭력적 힘으로 작용하는 것이다. 그래서 국가적 전복의 시도와 항거의 순간 죽음은 기존의 권위와 질서를 균열시키는 강력한 수단이 된다. 그 균열의 틈새로 보이는 것은 무엇인가? 그것은 불현듯이 나타났다가 사라지는 실재의 어둠이다. 형체를 알 수 없는 실재는 혼란의 틈새에서 순간적으로 현현하면서, 상징계의 자명성을 무너뜨린다. 이처럼, 보드리야르의 '죽음의 정치경제학'이 지닌 힘의 자장은 다분히 정치적인 함의를 지니고 있다. 그러나 최근의 젊은 시인들이 그려내는 죽음은 정치성과 무관하게 이루어진다는 한계를 지닌다.

> 오래된 담벼락을 지날 때에는 조심해야 한다 좀처럼 모습을 드러내지 않는 사내는 얼핏 찌든 세월의 오줌자국이나 부식된 시간이 만들어놓은 얼룩처럼도 보이지만 그의 눈은 담벼락에 박혀 항상 우리를 노리고 있다 (중략)/ 어느 밤 으슥한 담벼락에 기대 키스를 하다 사라져버린 젊은 사내의 행방은 아직도 묘연하다 밀가루 반죽처럼 물렁물렁해진 미처 사라지지 않은 애인의 손 하나를 부여안고 남은 여인은 담벼락 앞에서 오래 울었다/ 쓰러질 듯 쓰러지지 않는 오래된 담벼락을 지날 때는 조심해야 한다 아무도 실제로 본 사람은 없지만 오늘도 담벼락엔 껌딱지처럼 달라붙어 사내 하나가 그의 주민을 물색 중이다
>
> — 김근 「담벼락 사내」 부분

이 시는 정치적 함의를 더 이상 띠지 않는다. 독재시대라면 국가기관원을 연상시킬 만한 "사내"는 정치성과는 전혀 무관하다. 그렇다면, "사내"는 삶의 경계를 넘어선 죽음의 세계에 머무는, 실체를 알 수 없는 존재이다. "사내"가 "담벼락 사내"인 것도 삶의 질서로부터 벗어난 곳에

위치해 있음을 말해준다. 삶과 죽음의 경계선상에서 삶의 "주민"들을 "물색 중"인 사내는 공포와 불안의 대상이며, 죽음의 세계는 "쓰러질 듯 쓰러지지 않는 오래된 담벼락"으로 가려져 있지만 언제든지 삶의 이편으로 흘러들어올 수 있는 위태로움을 보여준다. 김근의 공포는 정치적 함의와는 무관하다. 그것은 삶 속에 은폐된 '실재'의 어둠에 대한 것이다. 실체를 알 수 없는 '실재'의 "눈"은 "담벼락에 박혀 항상 우리를 노리고 있다". 이처럼 실재에 대한 열망은 공포와 불안을 수반하는 이중성을 보인다. 김근은 실재에 대한 공포를 "죽음"에 대한 것으로 치환시키고 있는 것이다. 실재에의 열망이 실재에 대한 불안으로 전환되는 순간, 주체의 분열은 실재를 감각하는 황홀한 '빈틈'이 아니라 죽음에 이르는 과정이자 '고통'으로 귀결된다. 곧 실재는 죽음의 세계이며, 공포의 대상이다.

1973년의 나가 슬몃 2000년의 내 귓불을 어루만진다 미처 펴지지 않은 손가락에 흠칫 놀란 2000년의 나는 1995년의 나한테로 도망온다 1995년의 나는 거리에서 추위에 떨고 있는 중이다 도시의 모든 공중전화부스 안에서 눈보라가 몰아쳐나온다 1980년의 나는 1995년의 나를 다독거리지 않는다 1995년의 나가 1980년의 나를 쏘아본다 눈빛이 쨍그랑 깨진다 / 1980년의 내 구멍 난 양말 틈으로 자라 목처럼 삐져나온 엄지발가락 1998년의 나가 1980년의 나의 조그만 발가락을 핥는다 꺄르르 햇빛처럼 1980년의 나가 부서진다 2001년의 나가 자취방으로 기어들어온다 술에 취해 1988년의 나가 슬몃 다가간다 2001년의 나와 살을 섞는다 저항 없이 꽃잎들이 들이친다 살얼음을 깨 쌀 씻는 소리 들린다 싸르락싸르락싸르락/ 2005년의 내 손등이 얼어 터진다 영문도 모른 채 배가 불러온 2005년의 나는 2000년 전 나의 알을 조산(助産)한다 알껍질을 깨자 생기다 만

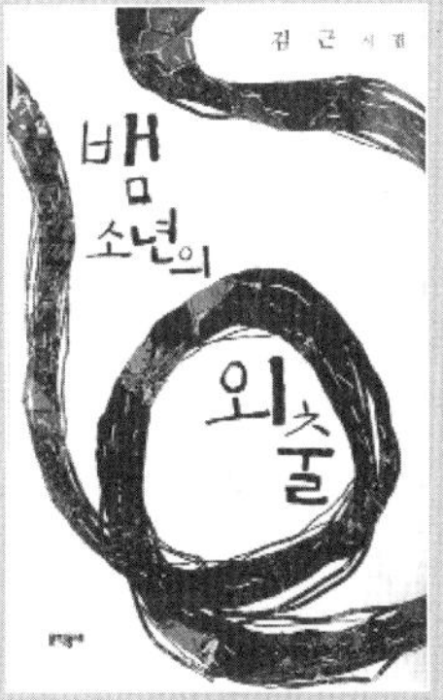

김근에게 주체의 실재에 다가가는 일은 “그림자 밟기”로 묘사된다.

나들의 팔다리가 흩어진다 2005년의 나는 팔다리를 수습해 제 몸에 묻는다 2040년의 나가 얼굴의 모든 주름으로 2005년의 나를 비웃는다 2005년의 나의 얼굴에 검버섯이 피어난다 몸에선 조금씩 무덤들이 자라기 시작한다

—김근 「그림자 밟기」 전문

김근에게 주체의 실재에 다가가는 일은 “그림자 밟기”로 묘사된다. 1973년, 1980년, 1988년, 1991년, 1995년, 1998년, 2001년, 2005년의 “나들”은 전일성(全一性)을 상실한 채 끊임없이 ‘나’로부터 쫓기거나 도망간다. 각각의 나들은 “쏘아보”고 “부서지”고 “팔다리가 흩어지”고, 흩어진 “팔다리를 수습해 제 몸에 묻는다”. 그럼에도 불구하고 나는 나로부터 끊임없이 분열된다. 기억의 통일성은 와해되고 분열하면서 나는 새로운 나의 알을 슬고 알을 까고 나온 “나들의 팔다리가 흩어지”는 것이다. ‘나’라는 주체의 참상은 그야말로 참혹하다. 그리고 미래의 ‘나’조

차도 이 모든 "나들"의 분열상을 "비웃는다". 그러나 비웃는 "2040년의 나"의 얼굴은 "주름으로" 가득하다. 그 "모든 주름으로 나를 비웃는다". 주체 분열의 끝은 결국은 죽음으로 귀착된다. 그것을 깨달은 순간 2005년 현재의 "나의 얼굴에 검버섯이 피어난다". 그리고 "몸에선 조금씩 무덤들이 자라기 시작하"는 것이다. 김근에게 있어 죽음은 실재를 향한 출구이다. 주체의 실상을 파악하고 남은 자리(분열의 끝)에는 결국 죽음이 서 있는 것이다. 주체가 "그림자"에 지나지 않는 것이라면, 주체는 이미 사망한 존재이다. 더 나아가 주체의 실상을 찾을 수 없는 이 세계 역시 하나의 거대한 죽음의 세계일 뿐이다. 그래서 김근은 스스로를 『삼국유사』의 「蛇福不信」에 등장하는 '蛇福', 즉 "뱀소년"으로 비유한다. '세상에 나지 말 것이니 죽는 것이 괴로우니라. 죽지 말 것이니 세상에 나는 것이 괴로우니라.'라는 원효의 말조차 번거롭다고 일갈하여 '죽는 것도 사는 것도 모두 괴로우니라'로 정정하도록 한 사복의 생사관은 이처럼 참혹하다. 김근에게 있어 주체의 삶이란 이러한 사복의 '외출'에 지나지 않는 것이다. 사복이 죽은 어머니의 시체를 업고 땅 속으로 스스로 되돌아갔던 것처럼, 김근의 "뱀소년" 역시 죽음의 세계, 즉 그가 생각하는 삶의 실재로 되돌아가야 한다. 그러나 그곳은 쉽게 되돌아 갈 수 없는 곳이다. 그래서 시인은 스스로를 「오래된 아이」로 규정한다.

> 아침마다 물안개 끓여올리는 강물에 대고 속으로만 죽고 싶어, 라고 말하는 아이가 살았어 날 흐리고 바람이 아주 늦게 불어오던 날 습자지 구겨지는 소리로 또 죽고 싶어, 라고 말했대 푸른 물 밖으로 징그러운 이파리들 물풀들이 헝클어졌어 물안개는 끓어오르는데 구렁이 한 마리 기어나오더래 푸른 비늘 무수히 달고 커다란 구렁이가 아이의 입 속으로 쑥 기어들어왔지 머릿속에 잠시 흐물거리던 아지랑이 아이는 눈꺼풀만

파르르 떨리다 말았다나 몇 개의 해와 달이 지고 뜨는 밤과 낮 구렁이가 아이의 몸을 파먹기 시작했어 몸이 가벼워진 아이는 죽고 싶어, 죽고 싶어, 라고 연거푸 외쳐댔지 구렁이는 그때마다 아이의 내장을 파먹고 폐와 심장 뇌와 척추 마지막엔 아이의 탁구공 같은 눈알마저 먹어버렸다지 아이의 몸 속을 다 파먹은 구렁이는 아이의 똥구멍으로 쑥 빠져나왔어 구렁이의 반짝이는 푸른 비늘이 새카맣게 그을려 있었대 별들이 잠깐 꺼졌다 다시 켜졌는데/ 아이가 물었어/ 구렁아 너는 뭐니?/ 구렁이가 대답했지/ 나는 길이야//(중략)// 아이가 물었어/ 구렁아 그럼 나는 뭐니?/ 구렁이가 대답했지/ 뒤집어진 길이야

—김근 「오래된 아이」 부분

"아침마다 물안개 끓여올리는 강물에 대고 속으로만 죽고 싶어, 라고 말하는" "오래된 아이"를 "구렁이 한 마리가 기어나"와 아이의 몸을 파먹는다. "죽고 싶어, 죽고 싶어" 라고 아이가 말할수록 구렁이는 "아이의 내장을 파먹고 폐와 심장 뇌와 척추 마지막엔 아이의 탁구공 같은 눈알마저 먹어버"리고 만다. 그때 아이는 구렁이에게 묻는다. "구렁아 너는 뭐니?" 그러자 구렁이는 "나는 길이야" 라고 대답하며, "구렁아 그럼 나는 뭐니?" 라는 대답에 구렁이는 "뒤집어진 길이야" 라고 말한다. "길"과 "뒤집어진 길"은 말 그대로 전도된 세계의 안팎이다. 아이의 몸을 파먹는 구렁이라는 죽음의 세계는 실재에 다가서게 하는 길이며, 아이의 "뒤집어진 길"은 그 실재로부터 빠져나와 전도된 실재로서의 현실을 의미한다. "오래된 아이"는 구렁이의 세계를 받아들이는 것이다. 그러나 그 과정은 무척 '고통' 스럽다.

'뱀소년' 은 삶의 실재로서의 죽음을 고통스럽게 받아들임으로써 삶의 '외출' 을 끝내고자 하는데, 그 외출의 끝은 다름 아닌 할머니의 자궁

이다. 그곳은 "할머니 당신이 계신 곳은 서쪽/ 천 골 주름진 강물 너머/ 이빨 다 빠져 입술만으로도/ 눈알 파먹는다는 바람이" 불며, "바람이 불 때마다 눈알 빠진 해골들/ 후두둑 후두둑 육탈된 시간으로 쌓여 넘치는," "자궁 가랑이 벌리고/ 날 기다리는 곳"(김근,「바리데기」)이다. 그곳을 향해 "뱀소년"은 "당신의 자궁 열어 이제 그만/ 나 쑤셔넣어주시겠소/ 내 가는 머리와 팔다리 성기도 잘라/ 찢어진 북이나 크게 울리며"라고 말한다. 이 끔찍한 죽음의 세계로의 귀환은 공포를 수반한, 실재에의 강렬한 열망이라고 할 수 있다. 주체와 세계의 분열 속에서 실재에 대한 공포와 열망은 '죽음'의 충동으로 그 솔기가 터져 나온다. "육탈된 시간"이란 바로 상징계적 질서를 무너뜨리는 죽음이 가득한 시간으로서 우리의 삶 속에 잠복한 채 은폐되어 있는 것이다.

조동범 역시 죽음의 세계를 도저하게 그려낸다. 조동범의 특이성은 죽음의 집중적 묘사에 머물지 않고 죽음과 도시의 속도를 절묘하게 병치시키고 있다는 점에서 찾을 수 있다. 그에게 현대문명은 "단 한 번도 중심인 적이 없는/ 외곽의 질주/ 궤도를 이탈하지 않기 위해/ 끊임없이 중심을/ 파고드는, 빛나는/ 외곽의 궤적"(「서울외곽순환고속도로」)으로 진술된다. 그 중심을 파고들고자 하지만, 그곳은 결코 닿을 수 없는 삶의 실재이다. 그럴수록 더욱 강해지는 속도에의 집착은 극단적 속도의 쾌감을 안겨준다. 온 몸이 떨려오는 속도의 진동 속에서 삶과 죽음의 경계는 사라진다.(폴 비릴리오, Paul Virilio) 그 속도의 궤적을 이탈하는 순간, "빛나는 궤도를 따라" 도열한 "어둠"을 만나지 않으면 안된다. "외곽을 이탈한 속도"는 "평화로운 공중"으로서 곧바로 죽음의 세계가 되고 만다. "속도가 사라지자, 그것으로 끝"(「붉게 걸린 죽음」)인 것이다.

도로 위에 납작하게 누워 있는 개 한 마리./ 터진 배를 펼쳐놓고도 개

조동범의 특이성은 죽음의 집중적 묘사에 머물지 않고 죽음과 도시의 속도를 절묘하게 병치시키고 있다는 점에서 찾을 수 있다.

의 머리는 건너려고 했던 길의 저편을 향하고 있다. 붉게 걸린 신호등이 개의 눈동자에 담기는 평화로운 오후. 부풀어오른 개의 동공 위로 물결나비 한 마리 날아든다. 나비를 담은 개의 눈동자는 이승의 마지막 모퉁이를 더듬고 있다. 개의 눈 속으로, 건너려고 했던 저편, 막다른 골목의 끝이 담긴다. 개는 마지막 힘을 다해 눈을 감는다. 골목의 끝이, 개의 눈 속으로 사라진다. 출렁이는 어둠 속으로/ 물결나비 한 마리 날아간다./ 납작하게 사라지는 개의 죽음 속으로

—조동범 「개」 전문

로드킬(roadkill)은 도시문명의 질서를 이탈한 존재들의 돌발적인 죽음이다. 그래서 로드킬은 우리 삶의 실재를 암시하는 충격적인 힘을 지닌다. 고속도로에서 질서를 벗어나는 순간 맞이하는 죽음은 우리 삶의 상징계적 질서가 얼마나 연약한 지반 위에 구성된 것인가를 적실하게 보여준다. 그 순간 현실은 균열의 징후로부터 자유롭지 않다. 개의 죽음

은 우리 삶 속에 무수히 내장된 죽음이라는 실재를 불현듯이 상징함으로써, 잠재태로 존재하는 이 죽음들이 삶의 실재를 일부 구성하고 있음을 보여준다. 그러나 조동범에게서 포착되는 죽음의 충동이 의미하는 바는 무엇인가? 그것 또한 실재로의 귀환인가? 조동범은 「양어장」에서 먼 바다를 꿈꾸지도 못하고 평생 양어장을 맴돌던 생선을 묘사한다. 그러나 "죽음을 맞으며 생선은/ 비로소 바다를 보"게 된다. "양어장 너머의 들판"인 바다를 바라보며 생선은 "아득한 울렁임을 경험하"게 되며, "생선의 비늘 깊숙이 담긴 바다가 일렁이"는 것이다. 결국 죽음은 조동범에게 있어서도 상징계적 질서를 파괴하고 실재의 흔적을 느끼게 하는 수단으로 작용한다. 이 젊은 시인은 현실적 삶의 너머 또 다른 무엇인가를 꿈꾸는 불확실한 실재에 사로잡혀 있는 것이다. 그러나 실재는 불안하다. 무엇인지 알 수 없는 죽음의 세계, 곧 실재는 해방의 공간일 수도 있지만 불안과 공포의 대상임도 분명해 보인다. 그런 점에서 분열과 죽음은 실재를 향해가는 과정이기에 앞서 '고통'의 신음으로 먼저 존재한다. 그 '고통' 속에는 지향을 잃은 윤리적 주체가 웅크리고 있다. '고통'에 신음하는 (윤리적) 주체는 그 '분열'을 '견딤'으로써 과연 새로운 미래를 준비할 수 있을 것인가?

4. 눈물겨운 실존과 타자를 향한 분열—분열의 '견딤'

박진성의 시는 분열하는 병적 주체를 시적 제재로 삼는다. 스스로의 병적 이력을 시화함으로써 주체의 분열을 매우 진지한 어조로 드러내고 있다. 무엇보다 박진성의 시가 돋보이는 것은 '상상적' 분열이 아니라 '실제적' 분열을 통해서 주체의 참상(慘狀)에 도달하고 있기 때문이다.

대개의 시적 주체의 분열이 시적 상상에 의한 '상상적' 분열에 의지하고 있는 반면에, 박진성은 실제의 체험에 기대고 있다. 따라서 박진성의 시는 '상상적' 분열에서 비롯되는 고통이 아니라 실제의 고통을 말하고 있으며, 분열을 고통스럽게 상상하는 주체가 아니라 실제의 분열을 '견디는' 주체의 실존적 슬픔과 아름다움을 보여준다. 그의 시는 단지 주체를 상상적으로 분열시키는 '포즈'에 머물지 않는 것이다. 이처럼 박진성은 분열과 파국에 직면한 주체의 문제를 실제적 경험을 통해서 보여주는 특이한 예를 선점한다. 더구나 그의 시는 분열의 심화가 아니라, 분열에의 저항과 견딤이라는 예외적인 양상을 보여줌으로써 분열의식의 새로운 가능성을 암시하기에 이른다.

> 새벽 발작이 그어낸 동맥줄 손수건으로 싸매고 고대병원 응급실에 내 발로 걸어간 날 자해는 의료보험도 안 되어서 가난한 현금카드를 자꾸만 기계가 뱉어내는데/ 어떻게 알고 찾아온 일환이가 원무과 앞에서 꺼억꺼억 울고 있는 거였습니다/ 天井에 매달린 형광등 하나가 목숨을 다하고 빛을 빨아먹고 있었는데 새벽빛이 링거액처럼 창문 틈으로 새어들고 있었는데// 목숨 걸고 갚겠습니다 치료 좀 제발……// 일환이 손에 걸린, 벌겋게 물든 손수건이 열렬하게 흡입하고 있는/ 새벽빛과 핏자국의 무늬와 가난한 일환이의 손마디와 목숨 걸고 갚겠습……목에 턱턱 걸려서 기침만 뱉어내는데/ 살고 싶은 새벽이 더럽게 맑아서 그만 미안한 마음도 없이 업혀서 언덕길을 내려오는데 내 목숨에 걸린 그이의 등짝이 단단하게 떨리고 있었습니다
>
> —박진성 「목숨을 걸다」 전문

이 시에서 확인할 수 있는 것처럼, 박진성의 분열은 '상상적' 분열이

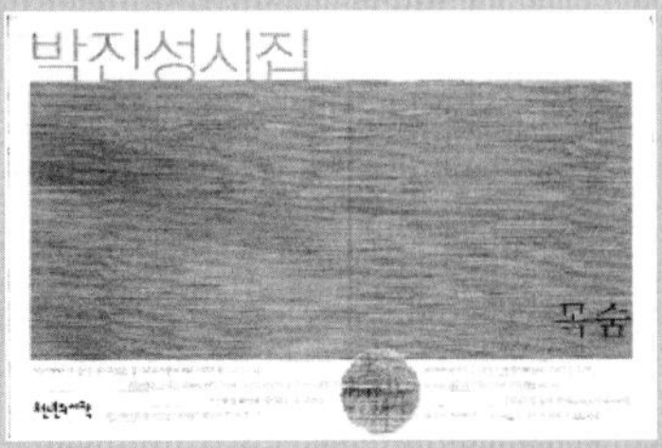

박진성은 분열과 파국에 직면한 주체의 문제를 실제적 경험을 통해서 보여주는 특이한 예를 선점한다.

아니다. "새벽 발작" 중에 손목을 그어버린 그에게, 분열 증세는 상상적 즐거움이 아니라 실존의 문제이다. 그의 병명은 구체적이진 않지만, "타인과의 병적 동일시를 통한 정신분열 가능성"(「반 고흐와 놀다」), "상습 발작, 자살충동, 공황발작"(「안녕」) 정도로 진술되고 있는데, 정신분열의 상황 속에서 무엇보다 그는 "목숨 걸고" 살고자 하는 욕망을 보여준다. 그것은 "살고 싶은 새벽"(「목숨을 걸다」), 그는 주체의 분열 속에서 주체를 단단히 부여잡고자 하는 애처로운 몸부림이자, "목숨 걸고" 목숨을 지키고자 하는 실존적 몸부림이다. 그는 주체의 분열 속에서 주체를 유지하고자 하는 눈물겨운 투쟁을 보여주는 것이다. 주체는 곧 그의 목숨이다. 그래서 그는 "아파 울부짖는 사람에게 포즈는 없다"(「病詩」)라고 말한다. 그에게 주체의 분열은 포즈가 아니라, 실존을 위협하는 경험적 실재이다. 그것은 '즐김'의 대상이 될 수 없다. 그것은 견딤의 대상이다. 그의 시에서 주체는 해체의 원심력이 아니라 분열에 저항하는 힘겨운 구심력 속에 놓여있는 것이다. 그리하여 그는 "병을 통해 병 자체를 말하려는 것이 아니"라, "'병-상태'가 강력하게 환기시키는 '살아야겠음'의 동력"(「病詩」)을 시를 통해 표출하고자 한다. 그의 시집 제목이 '목숨'인 것과 유난히 목숨에 관련한 시들이 많은 이유도 이런 맥락에서 이해할 수 있다. 그는 주체를 분열시키고 해체하는 것이 아니라 분열되어 가는 주체를 오히려 비끄러매어 주체의 자명성과 목숨을 유지하고자 함으로써 주체의 분열을 을 '견디는' 주체의 눈물겨운 실존을 보여주고 있는 것이다. 이는 단지 한 개인의 정신 분열로 치부되지는 않는다. 인간이 유지하고 있는 자명성의 바깥으로 이탈하는 순간, 주체는 분열의 상황에 직면할 수밖에 없으며 이 세계 또한 잠재적 분열상을 내재하고 있기 때문이다.

> 사람들은 신경안정제를 강으로 던졌습니다 환경청에서 수질 검사 나오고 기자는 오염실태를 고발했지요 항우울제 성분이 다량 검출되었다는데 아이들은 나무 밑에서 꾸벅꾸벅 졸고 노인들은 강가에 모여서 자신들의 몸을 닦고 있었어요/ 첫눈이 왔구요, 빻아 놓은 신경안정제처럼 초등학교 운동장에 쌓였어요 슬금슬금 개들이 돌아다니고 의사들이 잠입하고 있었지요 신경안정제를 논 속에 섞어 공중에 흩뿌리고 있었어요
>
> ―박진성 「나쁜 피 - 그 겨울의 삽화」 부분

다른 의미에서 정신분열자는 세계와 주체의 실재에 가장 가까이 다가간 존재라고 할 수 있다. 세계의 상징계적 질서를 벗어난 곳에 분열이 자리 잡고 있기 때문이다. 다만 그것을 통제하고 조절하는 능력의 상실이 병적 징후로 나타나는 것이지만, 역으로 생각하면 세계의 상징계적 질서는 대단히 위태로운 기반 위에 존재하고 있는 것이다. 박진성의 시를 통해서 우리는 주체와 세계의 자명성에 대한 심각한 의문을 지니게 된다.

자명성이란 그 기원이 폭로되는 순간, 쉽게 붕괴될 수밖에 없는 무지반의 상징계적 허구에 지나지 않는 것이다. 그런 점에서 인용시는 상징계적 질서의 자명성을 공고히 하기 위해 "신경안정제"와 "항우울제"가 살포되는 세계의 역상(逆像)을 그려낸다. 신경안정제와 항우울제가 강과 논, 초등학교 운동장에 살포되는 살풍경(殺風景)은 시적 주체의 정신분열을 통해서만 발견할 수 있는, 억압되고 은폐된 세계의 분열상이다.

그러나 박진성은 분열의 세계 속에 몸을 함부로 굴리지 않는다. 그는 정신분열로 인해 위태로운 목숨(주체)을 살리고자 하는데, 주체와 세계의 분열 속에서 "살고 싶은 새벽이 더럽게도 밝아"(「목숨을 걸다」)져 오는 것이다. 요컨대, 박진성은 주체의 자명성에 대한 전략적 회의의 결과로서 주체의 분열을 '상상적'으로 폭로하는 시인들과 계열을 달리함으로써, 정신분열을 제재로 하고 있으면서도 분열을 '견디는' 특이한 시적 고지를 선점하고 있다. 그러나 그의 시가 분열의 '견딤'이라는 새로운 가능성을 보여주고 있음에도 불구하고 그의 시적 미래는 불투명하다. '견딤'을 통한 시적 비전이 아직 미형성의 단계에 있기 때문이다. '견딤'은 도래할 미래를 위한 응축된 에너지여야 한다. 그것은 치열한 암중모색과 오랜 기다림 속에서 반드시 만나게 될 미래를 위한 것이다. 그럼에도 불구하고 박진성 시의 결핍과 미완은 어쩌면 새로운 시적 비전을 위한 가능성이자 출발점일지도 모른다.

앞서 말했듯이 대부분 젊은 시인들의 주체 분열은 실제가 아니라 일종의 시적 전략으로 기능하는 '상상적' 분열에 기반하고 있다. 분열자를 시적 주체로 삼은 대개의 시인들은 상징계적 질서를 전복함으로써 어떤 '법'으로부터도 해방된 자유를 만끽하면서 언어의 악취를 풍기기도 한다. 상상적 분열의 언어는 자칫 동물적 본능의 배설을 위한 매개로 타락할 우려가 내재되어 있기 때문이다. 분열에 있어 '즐김'의 언어는 그런 점에서 시와 현실의 자리를 파괴할 뿐 새로운 생성에 이바지 할 줄 모른다. 그러나 비록 '상상적' 분열일지라도 주체와 세계를 진지하게 탐색하는 시인 또한 존재함을 기억할 필요가 있다.

김언은 분열의 상상력을 주체를 넘어 타자에까지 확장시키고 있는 좋은 예다. 그는 분열의 '고통' 을 '견딤' 으로써 주체의 영역을 타자를 향해 해체 · 확장한다. 그는 주체와 타자를 상징계적 질서를 벗어나 매 순간 증발해버리는 "시체" 로 형상화한다.

> 우리가 일그러진 키스를 할 때 너의 눈은 이마에도 있고 가슴에도 있다. 우리가 우리의 코를 포옹하고 입을 끌어안고 보이지 않는 혀를 쪽쪽 빨아들일 때도 너의 눈은 너의 등뒤로 돌아가 냄새를 맡는다. 너의 눈에서는 잘 익은 고기 냄새가 난다. 동시에 혈색이 돈다. 그것은 미끄럽다. 우리가 우리의 키스를 서로 껴안고 눈알을 굴리고 사탕처럼 콕콕 씹어먹을 때도 너의 눈은 조각조각 머릿속에 가 박힌다. 너의 눈은 심장에 가 있다. 너의 눈은 폭발하는 가슴에도 들어가 있다. 해가 지는 방향으로 우리는 우리의 눈을 감았다가 뜬다. 너의 눈에 깊은 밤의 태양과 너의 고깃덩어리가 들어가 있다. 뼛속까지 타들어가는 너의 눈에서도 창문이 발견되는가? 가장 가까운 곳에 꽃봉오리가 있다. 사막이 있다. 익어가는 밤하늘과 함께 두 사람의 시체가 증발하고 있다. 매순간.
>
> ―김언 「키스2」 전문

키스는 주체와 타자의 정신적 · 육체적 교감이자 합일의 한 지점이다. 그러나 김언에게 "키스" 는 주체가 허물어지는 '에로티즘' 의 황홀경 속에서 상징계적 질서를 벗어나는 출구이자 실재계로 틈입하는 입구가 된다. 일반적인 의미의 키스와 다른 그의 '키스' 는 그래서 "일그러진 키스"가 되며, "너"라는 타자의 육체 또한 심각한 변형을 가져온다. 시적 주체는 "너"라는 타자의 눈을 바라본다. 눈은 상징계적 현실을 바라본다. 그러나 "일그러진 키스"의 순간 "너의 눈"은 "이마에도 있고 가슴에도 있"으며, "너의 등뒤로 돌아가"기도 하고, "폭발하는 가슴에도 들어가 있다." "해가 지는 방향", 한 세계가 전복되는 쪽을 향해 "눈을 감았다가 뜨"면, "너의 눈에"는 "깊은 밤의 태양과 너의 고깃덩어리가 들어가 있다." 눈은 이제 상징계적 질서를 바라보지 않는다. 균열된 상징계 사이로 틈입하는 어두운 실재의 풍경을 바라보는 것이다. 그것은 새로운 세계를 바라볼 수 있는 "창문"이다. 그래서 "너의 눈에도 창문이 발견되는 순간"을 시적 주체는 기대한다. 실재를 감지하는 순간, "꽃봉오리"가 있고, "사막"이 있고, "익어가는 밤하늘"이 있는 황홀경 속에서 "두 사람의 시체"는 증발하는 것이다. 실재의 틈입 순간에 "우리"는 키스하는 시체가 된다. 상징계적 질서를 벗어나는 순간, 삶은 죽음에 가까워진다. 그러나 이 죽음은 분열을 통해 타자와 합일하는 죽음이며, 궁극적으로 세계의 실재 속에 포함되고자 하는 타자지향의 새로운 분열상을 보여준다. 이는 주체와 타자의 실재를 감각하고자 하는, 분열의 고통을 '견디는' 주체의 힘에서 비롯된다.

5. '즐김'에서 '견딤'으로 — 분열의 진화(進化)

젊은 시인들의 분열적 상상력은 현실의 전복과 실재를 향한 불가능한 욕망을 보여준다. 이들은 주체의 분열을 상상하고 세계의 의미를 해체함으로써 '오인'에 의해 구성된 상징계적 질서 너머 또 다른 세계(실재)를 열망한다. 그러나 분열의 단순한 '즐김'은 삶의 구체로부터의 왜곡된 해방을 부추기고 그것을 정당화한다. 분열된 주체와 세계가 삶의 본질인 마당에 시인의 책무를 거론하는 것 자체가 우스운 일이기 때문이다. 따라서 이들이 열망하는 실재 또한 가상실재(simulacre)에 지나지 않는다. 모든 진리와 본질을 거부하고 해체하므로 이들에게 실재는 시뮬라크르 그 이상의 것이 될 수 없다. 주체의 분열이 가상의 이미지 속을 표류할 때 시인이 겪는 고통 또한 가상으로 변모해 갈 우려를 낳는다. 즉각적이고 즉자적인 배설의 시어, 엽기적인 이미지들은 시인의 내면이 디지털화 가는 징조를 보여주기에 충분하다. 그래서 젊은 시인들의 시는 난삽 · 난해한 이미지의 총화다. 그것은 배설하는 순간에만 존재하고, 배설하자마자 휘발해버리는 시들이다. 이로써 주체의 분열은 '고통' 의 '견딤' 이 아닌, 분열 속에서 분출되는 동물적 욕망의 '즐김' 으로 전락하고 만다.

분열로 인한 실재의 열망은 죽음의 상상력과도 긴밀한 관계를 지닌다. 비체(卑體)화 된 인간의 육체, 혹은 시체의 이미지를 통해 현실세계의 자명성에 충격을 가하면서, 실재에 이르는 통로로서의 죽음을 상상한다. 그러나 죽음의 세계는 불안하다. 실재는 미지의 것으로서 공포의 대상이 되고 만다. 불안한 실재 앞에서 분열하는 주체는 죽음(실재)에 다가갈수록 '고통' 의 육즙으로 뒤범벅이 된다. 분열의 '고통' 이 미래적 의미를 지니기 위해서는 윤리적 주체를 확보해야만 한다. 분열의 '고통' 은 윤리적 주체와 관계할 때 새로운 미래를 위한 에너지로의 형질전환이 가능한 것이다. 주체의 분열은 이제 '고통' 을 넘어 '견딤' 의 대상이 되어야 한다. '견딤' 은 고통을 감각하는 동시에 미래를 내다보는 의지의 한 형식이다. 주체의 분열이 젊은 시인들의 시적 경향을 지배하고 있는 우리 시단에서 이제 필요한 것은 주체의 분열에 대한 '즐김' 이 아니라, '고통' 을 넘어서려는, 주체를 힘겹게 지탱해내는 '견딤' 의 시학이다. 주체의 분열을 견디면서 실재를 감각하는 동시에 현실을 재구성하는 것만이 분열의 시학이 지녀야할 진화의 방향이다.

다행히도 분열의 '즐김' 은 분열의 '견딤' 으로 나아가는 뚜렷한 징후를 보여준다. 주체의 분열을 '견딤' 으로써 실존의 아름다움을 새롭게 변주해내거나 타자를 향한 분열의 고통을 견디는 시의 가능성은 젊은 시인들의 나아가야할 미래이다. 이를 통해 주체의 분열과 실재에의 열망은 역사와 현실의 책무로부터의 무책임한 해방이 아니라, 현실과 실재의 위태로운 경계 위에서 현실을 전복 · 재편하는 강렬한 시적 에너지를 응축할 수 있다. 분열의 고통을 상상적으로 '즐기는' 데서 더 나아가, 도저한 분열과 죽음의 한 지점을 시적으로 체험하고 '견딤' 으로써 현실과 실재의 경계를 오가는 몸부림. 이 몸부림은 불가능한 실재에의 욕망이 좌절되는 순간마다 새로운 시적 스타일을 남긴다. 그것은 시적 저항선과 상징계적 현실 너머 실재에 가닿고자 하는 젊은 시인들의 형형한 열망이 가득한 내면 풍경이자, 근대의 타락한 주체를 해체하는 동시에 치유하고자 하는 '견딤' 의 한 방식이다. 이 '견딤' 의 방식을 통해 분열의 시학은 실재의 열망 속에서 구체적 현실을 껴안는 진화(進化)의 토대를 마련할 것이다.

정훈[1]

절망·고백·습속의 깊이

–여태천·김지혜·이근화 시 읽기

1. 머리말

어느 날 시가 난수표처럼 우리들 사이를 마구 휩쓸고 다닐 때, 세상은 두 측면에서 새로운 해석의 차원을 제기했다. 현상과 인식이다. 쉽게 말해서 세상이 바뀌었으니 생각도 달라져야 하지 않겠느냐 하는 분위기가 널리 퍼졌다. 한국문학에 좁혀 말한다면 이러한 달라진 지형 말고도 문학생산과 유통이 후기산업자본주의의 그칠 줄 모르는 자기팽창에 자극을 받아 점점 이윤과 상업성을 최대가치로 해서 작동한다. 시장의 논리이다. 그렇지만 근대문학의 기원부터 인쇄매체와 그 수용의 상업성을 끼고 시작한 것이기 때문에, 오늘날 새로운 현상과 인식이라는 해석의 차원을 제기하는 것은 사리에 동떨어진 감이 없지 않다. 시의 산문화 현

1 부산대 국어국문학과 박사과정. 영산대 강사. 2003년 『부산일보』 신춘문예 문학평론 부문 당선.

상이 두드러지고 환상과 욕망의 수사가 늘어나는 문학현실에서, 이른바 시는 마치 현실이면에 있는 기괴한 세계를 증표하고 꺼내는 마술항아리가 된 듯한 느낌마저 든다. 도시의 거리는 생명이 그 숨을 다한 마지막 표상처럼 흐늘거리고, 여느 보통 사람과 다름이 없었던 것처럼 보였던 나의 일상은 마치 자동인형의 몸짓처럼 어떤 동작과 순간에 놓일지 짐작할 수 없다. 사람들은 이성과 관습이 몸에 밴 존재가 아니라 감각반응에 무의식적으로 몸을 맡기는 무의지의 존재가 되어 버린다. 대체로 젊은 시인들의 시세계를 특징짓는 요소는 아닐지라도, 90년대 새로운 서정이나 부정의 미학에서 또 다른 지점으로 끊임없이 달아나고자 하는 오늘날 새로운 시인들의 시를 점검하는 일은 필요하리라 본다.

이 글에서 살펴 볼 시인들은 대충 2000년 언저리에 등단해서 이제 첫 시집을 낸 젊은 시인들이다. 이들의 시 세계는 탄탄한 언어력을 바탕으로 하여 독특한 형상화를 이룬 점에서 유사하다. 그러나 이들은 사실을 들추어내어 시적 상상으로 포장하는 것이 아니라, 망막과 실상의 경계에서 굴절된 '반(半)사실' 의 표면을 지극한 사실주의자의 눈길로 냉정하게 돋을새김하고 있는 점에서 새롭다. 사실주의가 서정의 외피를 둘러 시적 리얼리즘의 한 양태를 지금까지 보여줬다면, 이들 반(半)사실주의자들의 그것은 시적 현실이라는 사실의 재구축을 통해 또 다른 시적 인식과 감각적 현상을 만들어내어 표현하고 있는 것이다. 이들의 작업은 현실의 재구성과 서정에 배반에 바탕 한다. 시의 진실이 시의 언어가 독특한 방식으로 조합한 자리에서 탄생한다면 우리는 그것이 나오게 된 실상과 세계를 어떤 눈으로 시인이 바라보았는지 추정할 수 있다. 이 문제는 달라진 세상에서 젊은 시인들의 상상의 구조를 찬찬히 뜯어볼 수 있는 기회를 얻는 점에서 보람 있는 일이지만 자칫 해석을 위한 해석의 차원에 머무를 우려가 있는 것이 사실이다. 여태천의 『국외자들』, 김지혜의 『오, 그 자가 입을 벌리면』, 이근화의 『칸트의 동물원』등이 이 글에서 다룰 작품들이다.

2. 절망의 방법론 — 여태천[2]의 시

여태천의 시에 자주 나타나는 절망과 불안 등의 요소는 어디에서 비롯된 것일까. 시집 제목에서도 감지하듯 '국외자'가 상기시키는 소외 이미지에 대한 편견이 불러일으키는 관념도 그의 시 이해에 작은 잣대가 되겠지만, 먼저 그의 작품에 두루 걸쳐 있는 부정의 감각을 직시하여 그것의 표상을 분석하는 일이 중요하다. 그는 여느 시인들이 예민한 촉수로 세상의 균열을 더듬어 대상과 소통하는 것처럼 대상물의 형상에 이는 물결의 무늬에 주목한다. 그는 객관상관물에 생기는 틈을 놓치지 않고 포착함으로써 감각을 세운다. 나는 그의 감정표현 방식이 대체로 절제에 바탕을 두고 있는 것과 함께 그 속에 웅크린 도저한 부정의식의 전이양상에 좀 더 귀 기울이고자 한다. 이럴 때 그의 시세계가 지향하는 문학의 모색이 앞으로 어떤 진로를 밟을지 가늠할 수 있겠거니와 시 세계의 설계도를 이제 막 그려 낸 신인의 미의식의 일단을 엿볼 수 있기 때문이다. 굳이 토를 단다면 '절망의 시학'이라 말할 수 있을 그의 시들은 절망의 감정을 생기게 한 내부 요인이 숨어 있는 대신 절망의 형식이 전면에 드러나는 양상을 보인다. 그러므로 그의 시들에서 캐낼 수 있는 것은 가려진 내면이요 그 내면을 드러내는 시의 방법론이 된다.

---

2 여태천, 『국외자들』, 랜덤하우스 중앙, 2006.

여태천의 시에 자주 나타나는 절망과 불안 등의 요소는 어디에서 비롯된 것일까.

말라 떨어진/줄사철나무 잎을/작은 새 한마리가/밟고 지나간다/바스락, 조로(早老)한 나무의 비명 소리//도심의 숲에서 부는/8월의 뜨거운 바람은/내 질긴 피부를 뚫고 횡단한다//새는 바람을 타고/일찌감치 나무를 떠났는데/바스락 바스락/소리를 내며/근심이 자란다.

—「절망」

이 시는 절망을 가능케 한 화자의 심리가 분명하게 드러나지 않는다. 마지막 행인 '근심이 자란다' 란 말을 통해서 시의 화자의 마음 상태를 짐작할 수만 있을 뿐이다. 근심이 생긴 까닭은 탐색하기 어려운 반면 시 전체를 통해 화자가 근심을 갖게 되는 형식은 '작은 새' 와 '나무' 등의 소재를 엮어서 형상화를 일구어 낸다. 시인은 절망과 근심의 불안의식을 느끼고 있지만 그 까닭은 숨어 있다. 그래서 더욱이나 찾기 힘들다. 1연의 '조로(早老)한 나무의 비명 소리' 가 시인의 절망이나 근심과 깊은 관련이 있다. 화자는 '나무의 비명 소리'를 곧바로 '바스락 바스락/소리를 내며' 자라는 근심으로 상응시킴으로써 내면의 불안의식의 흔적 제거라는 알리바이를 만들어 낸다. 만일 그가 나뭇잎에 자신의 감정을 대입시켜 내면을 드러내고자 했다면, 이 시는 흔해 빠진 서정시가 되었을 것이다. 그렇다면 정갈한 이미지로 짜여 있는 이 짧은 시에서 시인의 절망은 어떤 식으로 형상화가 가능할 것인가. 이 시의 배경이 된 '도심의 숲'은 시인이 발 딛고 있는 현실 공간이면서 시인의 정서를 옭매는 지리 환경이라는 점에서 시사점을 던진다. 비인격과 비개성이 공존하는 도심의 표상은 아직 가랑잎이 되어 가을날 떨어져 뒹굴기도 전에 '조로'하고 말고 '8월'의 뙤약볕 아래로 '말라 떨어'지고 만다. 시인의 눈은 더욱 깊은 곳에 자리하면서, 이처럼 이상한 자연의 현상에 전율하는 것이다. 그렇지만 이런 대상물의 비스듬한 모습 자체가 시인으로 하여금 불안을 가져다주는 것은 아니다.

여태천의 시들은 대개 화자의 깊은 곳에 잠복해 있는 불안들이 위 시처럼 화자를 둘러 싼 환경과 대상들의 형상과 접맥함으로써 자연스럽게 표현된다는 특징이 있다. 「절망」은 시의 형상화가 시인의 내면 심리와 별도의 지점을 이루어 시인과 소통하는 점에서 의미를 띠지만 대상물의 감각 발현('바스락'. '나무의 비명 소리', '뜨거운 바람' 등의 감각요소)에 아무런 장애나 부자연스러운 일치가 일어나지 않고서도 화자의 감정과 교차하는 모습을 보여 준다.

이른바 '절망'에 형식을 부여할 때 생기는 부정성은 여태천의 시들에서는 말끔히 지워지고 그 대신에 군더더기 없는 진술의 언어로 나타난다. 사라진 내면은 무미건조한 기표로 나타나고 시어의 간격에 스며 있는 소멸된 내면 풍경의 흔적만이 그의 절망의 씨앗을 짐작할 수 있을 따름이다. 그는 감각 이전의 세계와 감각으로 드러난 세계 사이에서 성

(城)을 구축한다. 그는 딴 짓하다 들킨 아이처럼 말을 돌린다. 절망과 불안의 심리는 그에게 들켜서는 안 될 그 만의 고유의 것이므로, 세상은 단지 그에게 사후 판단을 내릴 삶의 최종형식만을 요구하므로, 그의 시어들은 한결같은 포즈를 취한다.

> 꽃무늬 벽지 속에 갇혀 4시에서 8시까지/꽃술을 마시고 있었네/너무 아래 잔을 들고 있었던 걸까/나의 작은 손은 볼품없이 자꾸만 떨리는데/무슨 상관이야 있겠는가/겨울이란 추운 계절이므로
>
> —「익숙해지는 법」 부분

> 달콤한 사과처럼 익어가는 시간은/그대에게로 가는 엽서에도 있어서,/나는 또 이런 말을 기어코 찾아 지우기도 했는데/수상한 말들의 씨/들키기라도 할까봐 내내 불안했다//부끄러워라/부끄러워라/마음의 역병과 저 펄럭거리는/희고 누런 빨래들이/넘치는 하수구와 집집마다 솟은 굴뚝이.//그리고 내다 버린 저 검은 비닐봉지들/수백 년 동안 이 곳의 아이들이 그렇게 사라졌고/앞으로 부끄럼 없이 걸어갈 것이다.
>
> —「국외자(局外者)2」 부분

이미 어떤 국면을 벗어나 있는 것과, 그러한 국면 바깥으로 진입하기 위한 자기 합리화를 마련하는 것은 다르다. 시인은, 이를테면 스스로를 국외자가 되기 위한 준비를 함으로써 세상과 소통한다. 그러나 시인이 국외자로서 소망하는 정체성 확립은 번번이 실패한다. 그는 '볼품없이 자꾸만 떨리는' 자기 실추와 '들키기라도 할까봐 내내 불안' 해 하는 여린 심성을 가지고 있기 때문에 흔들린다. 그러므로 자폐에 빠질 위험이 충분하고, 시인 자신이 그 누구보다 잘 알고 있어서 일종의 자정능력 또

는 치유방법을 늘 염두에 두게 된다. 여태천의 시들은 국외자로 머물기를 바라는 마음과 그러한 내면의 비일상의 의식을 누르기 위한 억제 심리의 다툼과 갈등을 시 언어로 여과 없이 보여주는 능력이 뛰어나다. 위 시중 「익숙해지는 법」의 경우 시어의 계열의 측면보다는 통합의 측면에서 불안정한 의미 효과를 드러내는 사실도 이와 관련 있다. 즉 '무슨 상관이야 있겠는가' 와 바로 다음 행인 '겨울이란 추운 계절이므로' 사이를 봉합하는 인과의 고리가 시 언어의 특수한 연결 방식을 충분히 짐작하더라도 이해하기 힘든 시적 배열이다. 세상을 대하는 절망과 불안의식이 시인으로 하여금 소극적인 대응방식을 취하게 하지만, 초라한 자기 합리가 계절의 성격을 빌어 이루어지는 연결은 시인에게 잠재되어 있는 자폐성의 은폐기도 의식과 무관하지 않다. 이를 세상에 적응하고 '익숙해지는 법' 이라 믿는 시인의 '국외자' 가 되기 위한, 또는 이미 '무국적자' 로서 자신의 존재표명을 드러내는 것으로 보아야 할 것이다.

몇 편의 시들에서 확인할 수 있는 부정의식과 세상과의 소통거부는 그에게 시 형식의 절제를 통한 모던한 시 쓰기를 행하게 한다. 그러나 그렇게 함으로서 새삼, 시인의 자의식과 이를 봉합하는 시의 형상화를 획득하는 의의가 있겠지만 미세한 균열과 틈이 벌어지는 모습에서는 아직 그의 절망과 불안을 수습하지 못하고 있다는 느낌을 지우기가 힘들다. 이러한 모습들을 그의 시 쓰기의 방법에서 비롯되는 것이라 말할 수 있다면, 여태천의 시들은 하나의 징후를 보여준다고 할 수 있다. 그는 어떤 면에서 부정의 한계에 이르러서 자기반성을 꾀하는 미학적 인문주의자일는지도 모른다. 과도한 자기 사랑에 빠진 나르시시즘과 파괴본능의 끝을 건드리는 새 시대의 다다이스트의 중간지점에 그의 시가 놓인다. 「저녁의 외출」처럼 '불안의 씨들' 을 안고 사는 화자에게, 어느 날 '늦은 전보' 처럼 날마다 찾아오는 것은 정작 불안이 아니라, 불안 속에 몸서리

치는 시인을 객관화시켜 응시하는 자의식의 생성이 아니겠는가. 이는 「포스트센티멘털리즘」에서 일상의 반복 행위로 말미암은 '오래된 습성'이 오히려 화자에게 온몸으로 '따뜻한 기운'을 감돌게 하였다는 아이러니한 표현으로 나타나게 한다. 이렇게 그는 소시민적 자의식과는 구분되는 또 다른 자의식을 여러 편의 시들에서 보여주고 있고, 가끔 자기풍자로까지 치닫는 위험성(「체제지향적인 얼굴」의 위악의 포즈의 경우)을 보이기도 하지만 대체로 아슬아슬한 경계에서 다듬는 정도로 마무리 짓는다.

> 주인도 없는 한적한 상가(喪家)에/누군가 피워놓은 향이 타고 있다/삶 저 너머에서 풍기는/어제의 그 사람이 잊고 두고 간 흔적/사람들은 하나같이 냄새를 피우며/서로에게 인사를 한다/어떤 냄새는 서둘러 자리를 빠져 나와/집으로 가는 길까지만 배웅해주고/어떤 것들은 둥둥 떠다니며/아무에게나 달라붙는다/엘리베이터를 타고 집까지 따라와/떠나지 않는 녀석도 있다/페브리지를 뿌려도 사라지지 않고/눌러 앉아 한 사흘 머물다 가는 놈은/나의 행적까지 읽었다/벗어둔 옷에서 기어나와/음식을 만들고 상을 차리더니/어제의 그 사람과 술을 마신다/집 안에 냄새가 고이지 않도록/더 높은 곳으로 이사를 갔지만/내려다보면 바닥에 가득 고인/아찔한 냄새들이 자꾸 나를 불렀다.
>
> —「냄새에 관하여」

죽은 사람의 흔적(냄새)이 사라지지 않고 화자에게 달라붙는 체험은 그리 유쾌한 일은 아닐 것이다. 시인은 기억에 관해 말하지만, 기실 그의 '행적'이 죽어 없어진 존재에까지 읽혀지는 사태와, 달아날수록 끈덕지게 따라오는 지나간 역사에 주저하듯 말 건네는 또 다른 자아에 대한 자화상을 보여 준다. 화자는 그 존재가 미처 과거로부터 절연하지 못한 일상 속의 시인 자신으로 그려놓고서 이 불경한 사태를 초래한 화자의 유순함을 객관화시킨다. 그는 이미 '더 높은 곳'으로 갈수록 험한 수렁에 빠질 것임을 잘 알고 있다. 말을 바꾸어 과거의 자신을 탈색하는 일은 불가능하며 완전히 새롭게 쇄신하여 절망과 불안의 기억으로부터 달아나려는 또 다른 자아의 노고의 헛됨을 응시하는 시인의 눈을 엿볼 수 있다. '아찔한 냄새들이 자꾸 나를' 부르는 것은 어쩌면 시인이 어떤 내적 고리도 없이 절망의 덫을 스스로 설치해 놓고서 세상을 향해 알리바이를 내세운 '비합리적인' 위악의 태도를, 다시금 되돌려 놓아 그의 내면의 불안의식이 생겨났던 태초의 상황으로 회귀하게끔 하는 긍정의 신호일 수도 있을 것이다. 시인은 이 지점에서 시어의 끝맺음을 하지만 더 깊은 절망의 수렁으로 빠져 다시는 되돌아오기 힘든 비극의 나락으로 빠질지, 아니면 생성하는 부정의 미학으로 용솟음칠지 두고 볼 일이다.

여태천의 시들은 아직 세상에 대한 화해의 가능성을 열어 놓고 있는 점에서 특징적이다. 그는 비관적이되 낙관적이다. 절망 속에 갇혀 있되 이를 응시하는 제3의 눈 또한 밝다. 현대인의 일그러진 표정을 구체적 일상과 대상물을 통해 접선하는 시의 전략은 어느 시인보다도 담대하지만 그 만큼 절제를 수반하기도 한다. 그러나 이러한 미덕이 있는데도 그의 시들에서 문제점을 짚는다면 내면의 어두움을 낳게 한 원인이 줄곧 얼버무려지고 언어의 형식적 매듭으로 봉쇄되어 버린다는 점일 것이다. 지금까지 나는 이런 면이 그의 절망의 방법론이란 수사 아래 나름대로 분석했지만, 그의 시의 한 특징을 건드린 것에 지나지 않는다고 믿고 있다. 분명 그는 첫 시집을 통해 앞으로의 시 세계를 위한 바탕을 마련하기 위해 고심하였을 것이다. 「루시」처럼 일상적으로 동떨어진 시의 소재가 야기하는 상상력의 임계상태를 최대한 앞당겨 표현하는 그의 능력이 앞으로도 줄곧 이어지기를 바라는 마음 간절하다. 그는 이 시에서 "나는 지금 도시의 어두운 구릉에서/보이지 않는 머나먼 적색별의 끝의 바라보네"라고 말함으로써 시에서 드러낸 현실과 상상력이 무리 없이 시인이 발 딛고 있는 자리에서 결합하여 자연스럽게 환영의 공간 속으로 잠입해 들어가기 때문이다.

3. 고백의 의미 — 김지혜[3]의 시

고백에는 여러 양상들이 있을 테지만 김지혜 시인은 폐부 깊숙한 곳에서 웅크리고 있는 '자아화한 타자'의 알몸을 여지없이 도려내는 점에서 그로테스크하다. 『오, 그 자가 입을 벌리면』은, 이를테면 몸이나 의식의 일부분으로 저장되어 그 요소들이 말끔히 흩어져버렸을지도 모를 외부의 충격을 고스란히 간직하여 하나씩 꺼내 고해바치는 모노드라마이다. 시인은 그이거나 너이거나 '타자'라고 일컫는 존재들의 터부를 마치 임산부가 자궁의 아이를 별 의심 없이 때가 되어 세상 밖으로 내보내듯, 숙성한 날것들을 토해 낸다. 이를 김지혜 시인의 고백형식이라고 한다면 어떨까.

고백컨대 나는 그를 저버릴 생각을 한 적이 있다 뼈마디 앙상한 손으로 내 심장을 숙주 삼아 동맥과 정맥의 뒤바뀐 운명을 노래하는 그를 저주해본 적이 있다 듬성듬성 이 빠진 폐허를 과부 가랑이마냥 벌리고 헤벌

3 김지혜, 『오, 그 자가 입을 벌리면』, 열림원, 2006.

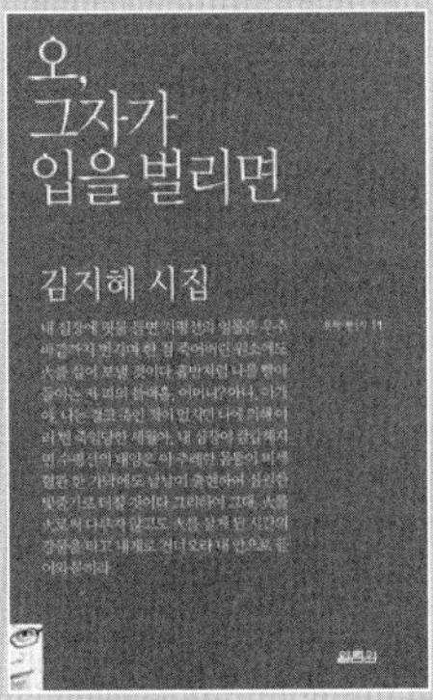

김지혜 시인은 폐부 깊숙한 곳에서 웅크리고 있는 '자아화한 타자'의 알몸을 여지없이 도려내는 점에서 그로테스크하다

쪽 웃는 그를 오, 심장 따위를 헐값에 넘겨버린 적이 있다.

—「어떤 고백」 부분

위 시에서 화자는 '그'를 '저버'리거나 '저주'하거나 '헐값에 넘겨버'리거나, 고약한 말로써 대상을 내동댕이쳐 버리고 싶은 욕망을 드러낸다. 화자가 힘껏 밀쳐버리고 싶은 그는, 인용하지 않은 부분을 살펴보면 '쥐 썩는 냄새'를 풍기고 '미래의 애인마저 저주스'럽게 하는 존재이다. 다만 시집 제목이기도 한 양태인 '그 자가 입을 벌리면'이란 전제를 붙일 때만 그렇다는 것인데, 이런 식의 뜬금없는 조건이 어떤 형식으로 그의 시들을 추동하고 특징짓게 하는 요소가 되는지 살펴보는 일은, 시집해설에서 '구도자'와 '화두'라는 말로써 그의 시를 분석한 하창수의 지적처럼 '그의 도(道)'를 짚어내기까지는 아니더라도 이 젊은 시인의 시적 구도를 캐내는 키워드가 되리라 본다.

김지혜의 시들을 고백의 한 양상으로 보려는 시도는 평범한 사람들의 눈길이 미치지 않는 지점을 마치 홀로 속병을 앓듯 탐문하여 세상을 향해 고발하는 주조를 이루고 있기 때문이다. 시인은 반들반들한 표면을 확대경으로 살펴, 사실은 모든 존재에 달라붙은 암흑과 증오와 거친 속성을 지니고는 있지만 보통은 그냥 지나치게 마련인 사물의 이면을 발견하고 이를 가차 없이 밝히는데 주력한다. 하지만 시인은 여기서 그치지 않고 이를 상상력의 극대화를 통한 환상의 영역에까지 이른다. 그러므로 시인의 시들에서 나타나는 존재의 고발과 흉금을 발가벗기는 시도가 단지 시적 주제의 측면뿐만 아니라 시인이 의도하고 있을지도 모르는 새로운 시 미학의 일부를 형성하는데 기여하는 측면이 있음을 알아차려야 할 것이다. 그렇다면 앞에서 보류한 '오, 그 자가 입을 벌리면'이란 시적 수사의 조건을, 아무런 조건 없이 수락함으로써 그의 시 언어의 지형을 무심하게 더듬어 볼 수 있을 것이다. 이 말은 그가 사실과 환상, 나와 너, 주체와 객체(타자)의 경계 허물기를 아무런 반성 없이 행하고 있다는 점과 관련 있다. 그는 고백의 언어를 통해 세상의 이면을 제 것으로 받아들이고 있으며, 뒤집어서 세상의 추악성을 고발하는 것을 통해 자신을 한없이 연민한다. 세상과 자아가 아무런 담보 없이, 주체와 타자가 아무런 조건 없이 삼투하는 지점에 그의 시들이 놓여 있다.

봉두난발한 여자가 고삐 풀린 망아지처럼 들판을 헤매며 울고 있다 왜 우느냐 물어도 대답없다 짓물러진 눈으로 나를 바라보는 여자는 H가 아니다 어디선가 본 적도 없다 어디선가 만난 적도 없을 것이다 우는 여자의 심사와 역사쯤이야 더 이상 궁금하지 않다, 라고 생각하는 순간여자의 얼굴은 암흑이 된다 암흑을 둘러싸고 어지럽게 흩날리는 머리칼은 그러나 테스의 영혼일 것이다 저 위태로운 머리칼 마다 매달려 요동치는 지레발들이 보이는가 눈앞이 캄캄하다 누군가 내게 묻는다 왜 우느냐 어디서 왔느냐 어디로 갈 것이냐 대답하려 입을 벌리지만 내 입에선 거미가 튀어나온다 꽁무니마다 서사를 매달고 멀어져가는 거미들 아니 거미줄, 언젠가 내 입속으로 돌아와 꽂힐 사금파리들을 무장무장 토해내고 있는, 나는 한 마리 독거미

—「독거미 - 침윤5」

'나는 한 마리 독거미' 를 수식하는 말들이 이 시의 전체를 이루고 있다. 울고 있는 '봉두난발한 여자' 는 '내가 아니' 면서도 실상은 화자자신이다. 여자(화자)는 '암흑' 이 되었다가 '테스의 영혼' 이 되기도 한다. 여자와 나 사이에 쉴 새 없이 자리바꿈이 일어나고 '독거미' 가 상기시키는 위험지대에서 위태롭게 줄타기를 하는 이미지들로 가득 찬 이 시는, 시인이 어떻게 자신의 언어로 세상에 말을 건네고, 존재의 부면을 들추어내어 곳곳에 어지러운 앙금으로 남은 욕망의 찌꺼기들을 바라보는지 잘 보여준다. 주체(나)와 타자(여자)사이에 주고받는 존재성의 전이는 '입' 이라는 기관을 통해 뚜렷하게 드러난다. 여기서 입은 타자들의 물음에 즉각 반응하는 화자 자신의 입이 된다. 그러나 언어형식을 통한 타자들의 물음에 화자는 이와 비대칭적인 형식으로 반응함으로써 기이한 양태를 보인다. '누군가 내게 묻는다 왜 우느냐 어디서 왔느냐 어디로 갈 것이냐 대답하려 입을 벌리지만 내 입에선 거미가 튀어나온다' 처럼 화자의 의지가 되었건 무의식의 발현이 되었건 '거미가 튀어나' 오는 모습에서 이를 확인할 수 있다. 이 거미는 '꽁무니마다 서사를 매달고 멀어져가는' 이야기를 생산하는 존재들이다. 시인은 거미줄처럼 야금야금 서사의 길을 열고 확장하고 무엇이건 그 자신이 마련한 서사의 표면에 들러붙도록 언어의 함정을 판다. 따라서 '나는 한 마리 독거미' 라는 고백적 진술은 시인이 보여주는 언어예술의 한 속성으로 비춰지고, 시

인이 세상과 자아의 관계 속에서 어떤 정체로 존재하고자 하는지 내밀한 비밀로 보아야 할 것이다.

시집에 실린 '서대문 일기' 연작들은 일상의 한구석에서 뒹굴거나 숨죽이며 살아가는 것들을 엄밀한 감성으로 엮은 사실화이다. 이 시들에서 시인은 체험과 결코 분리되지 않을 삶의 어둠을 뱉어낸다. 도저히 끝을 맺기가 어려운 신산한 생명체들의 이력은 시인에 의해 편집되고 재구성되어 한편의 다큐멘타리를 보듯 생생하다. 여기서도 독을 한껏 먹은 독거미가 싸질러놓은 거미줄의 무늬처럼 기이하면서도 지극한 생의 슬픔이 박혀 있다. 시인은 울컥한 심정을 가져다 준 도시의 사각지대의 풍경을 스스럼없이 기록한다. 이 시들에 나오는 모든 존재들은, 이들을 읽어내는 화자의 예민한 촉수에 의해 난도질당한 채 전면에 드러내지만 그 이면에는 사회적 부정의 속성을 폭로하고 약자들의 현실이 가득 머금은 상태로 존재한다. '일기' 라는 내면의 독백 형식은 그 존재양식이 개인의 내면 노출에 있지만 궁극으로는 공동체에 대한 내밀한 반응 형식이라는 점에서 '서대문 일기' 의 뜻은 분명하다.

> 길 건너 구멍가게 주인 여자가 쥐도 새도 모르게 좀도둑이 들었노라 고래고래 고함지르는 퇴근 무렵, 가는귀먹은 노파의 안구처럼 침침해지고 있는 마른 거리에 얼굴 없는 혼백들 무심히 뒹굴다 가는지//정문 아닌 북쪽 주차장으로 들어갔다 사십 분 만에 구멍가게를 털고 내뺀 시궁쥐 한 마리를 찢어발기는 퍼포먼스를 계속한 시위대를 막기 위해 경성 시내 열네 곳에 이십일 개 중대 삼천여 명의 병력이 배치되었다는//석간 일면을 흘끔거리는 사내들의 입에서 쩌억쩍 찢어지고 있는 3월
>
> —「서대문 일기#2」 부분

가장은 피복 공장에 다녔다. 고향 친구가 어렵사리 마련해 준 자리였으나 가장은 여관 장사를 하고 싶었다. 목돈을 만들고 싶었다. 일가를 일시에 구원하고 싶었다. 그러나 구원은 차츰차츰 젖어드는 가랑잎처럼 가장의 어깨를 짓눌렀다. 가장의 절망은 세 평짜리였다. 두 발로 딛고 설 땅은 다락밖에 없었다. 그마저 허리를 굽혀야 했다. 허리가 굽어가던 가장은 어느 날 훌쩍 사라졌다. 길 가는 무리를 따라갔다는 풍문이 돌기도 했다. 여자의 입은 해 저문 지평선처럼 어두워져갔다. 아이들은 가장이 사라진 다락을 돌멩이처럼 굴러다녔다. 다락은 벌판이었다. 그러나 아이들은 벌판에 부는 바람이 폐부 깊숙한 곳을 찌른다는 사실을, 한 번 찔린 폐부는 쉽게 아물지 않는다는 사실을 알아차렸다.

—「서대문 일기#4」 부분

일기라기보다 한편의 민중소사(民衆小史)라고 할 만큼 위 시들은 그늘진 시대를 살아가는 존재를 시의 사실화로써 보여준다. 그러나 한 가지 짚고 넘어가야 할 문제가 있다. 시인은 결코 이러한 시의 내용을 통해 독자들로 하여금 어두운 시대 현실에 대한 인식과 사실주의적 형상화의 효과를 염두에 두고 있지 않다는 점이다. '서대문' 이라는 낱말이 상기시키는 함의가 대체로 —시에서 직접 나타나지는 않지만— 조금이라도 역사인식을 가지고 있는 사람들에게는 하나의 역사적 질곡의 상징으로 앙금 인 채로 남아 있는 사실과 함께 '일기' 의 내면과 결합함으로써, 이른바 민중시의 고발의 성격과는 다른 표현양상을 획득하고 있는 것이다. 시인은 밑바닥 민중들의 삶에서 이들의 신산한 삶의 역사를 진열하는 것이 아니라, 이들이 보여주는 삶의 뾰족한 동선을 따라가면서 흘려놓는 화자 내면의 어두운 면면을 새겨놓는다. '가는귀먹은 노파의 안구처럼 침침해지고 있는 마른 거리에 얼굴 없는 혼백들' 은 이 시의 마지막

연에 나오는 '석간 일면' 의 귀퉁이를 차지하는 풍경 속에 숨은 그림처럼 놓여 있다. 석간신문을 보는 '사내들의 입' 이란 시인이 '고백하는 입' 속의 그로테스크한 내면 고백의 또 다른 양상으로, 날것으로 침전해 있는 존재의 부정적인 요소들을 얼마든지 끄집어서 어두운 현실 밖으로 내보낼 수 있는 시인의 욕망을 나타낸다. 어느 순간 현실과 내면이 기괴하게 접합해 버리면서 기이한 언어의 무늬를 그려놓고야 마는 시인의 자질은 '독거미' 가 만드는 거미줄처럼 어지럽지만 끊임없다. 「서대문 일기#4」의 인용한 부분은 이 시 앞머리에 나오는 '1. 빛' 다음의 '2. 나무' 이다. '빛', '나무', '새' 로 이어지는 남자(가장)와 식구들의 피폐한 삶은 아직 토해내지 않은 채 응어리로 남아 있는 내면의 '무의식적 서사 기억' 이다. 시인은 고백하지만, 고백하지 않은 채로 가라앉아 있는 어둠의 진실을 '서대문 일기' 연작을 통해 형상화하고 있다. 더욱이 사회의 부정의 속성을 화자의 마음 속 부정의식과 혼융하면서 공동체에 반응하는 점에서 시인의 전략을 가늠할 수 있다.

김지혜의 시집 『오, 그 자가 입을 벌리면』에 실린 시편들은, 신인답지 않게 어두워 보인다. 가령 「입 속의 해골」 중 '그녀의 입속에는 해골이 들어 있어요 그녀가 입을 벌리면 뼈들이 덜그럭거리며 웃음을 터뜨려요 (…)그에겐 자신의 심장에 꽂힌 칼날만이 칼날이며 자신의 머리통에 박힌 총알만이 총알이죠 그가 입을 벌리면 해골도 입을 다물고 구관조도 날개를 꺾어요' 와 같은 부분들이 특히 그렇다. 입 속의 어둠을 기형도는 「입 속의 검은 잎」에서 죽음의 상징으로 드러냈다면, 김지혜는 발가벗겨 버린 주검(해골)을 통째로 제시하여 '고백' 의 또 다른 측면을 보여 준다. 고백은 김지혜에 따르면 입 속의 해골을 거리낌없이 전시하는데 있고, 시라는 언어형식의 '고백적 형상화' 를 늘 의식하는 자리에 놓인 하나의 '화두' 이기도 하다. 그가 느끼는 지나친 자의식에 대해 독자로서 느끼는 민감한 반응인지는 모르지만 후속 시집의 시세계가 기다려지면서도 조심스러워진다.

4. 습속을 바라보는 눈 — 이근화[4]의 시

이근화의 시들은 모호함으로 가득 차 있다. 이것을 말하는 것 같으면서도 어느새 다른 것을 말한다. 언어의 연결고리가 자연스럽지 않고 뜻을 명확히 헤아리기가 힘들다. 제목에서도 볼 수 있듯 이질성을 갖는 말들이 이근화 시인의 시에서는 아무런 거리낌 없이 결합된다. 그의 등단작이기도 한 「칸트의 동물원」과 「본 적 있는 영화」의 한 부분을 살펴보자.

> 꼬리에 꼬리를 문다면/그건 사라지는 놀이지만/사람들은 언제라도 중간부터/시작된다.
>
> —「칸트의 동물원」 부분

> 나는 쉽게 이다를 잊지만/쉽게 잊혀진 이다는 창문의 높이에 익숙하고/이다는 창가의 이다/장롱 위의 이다/본질적으로 지붕인 고양이
>
> —「본 적 있는 영화」 부분

4 이근화, 『칸트의 동물원』, 민음사, 2006.

어디서부터 시상의 출발이 되었든지 간에 이근화의 시들은 마치 '꼬리에 꼬리를' 무는 것처럼 뱅글뱅글 도는 느낌을 지울 수 없다.

이런 시를 두고 흔히 자동연상법이나 자동기술법에 따른 말들의 연쇄라고 할 만한 근거는 충분하지만 그의 시에 대한 올바른 독법이라 하기에는 무리가 따른다. 어디서부터 시상의 출발이 되었든지 간에 이근화의 시들은 마치 '꼬리에 꼬리를' 무는 것처럼 뱅글뱅글 도는 느낌을 지울 수 없다. 정확히 어떤 함의를 의식하고 씌어졌는지 가늠하기 어려운 『칸트의 동물원』에 실린 시편들은, 바로 거의 모든 시들이 위에 인용한 시들처럼 언어의 연쇄와 상상의 미로를 따라가게 한다는 점에서 불투명하고 모호하다. 그러나 나는 이근화 시인의 시들이 이와 같은 흐릿한 경계의 말놀음을 하는 까닭이 기존의 시들이 보여 준 '서정적 자아' 의 세상과의 합일점을 뒤집고 해체하는 지점으로 나아가고자 하는 시의 전략이지 않을까, 하는 측면에서 살펴보고 싶은 욕구를 느낀다. '서정적 자아' 는, 마침내는 시인을 둘러싼 세계 안에 포섭되고 융화된다. 이것은 가장 본질적이고 이상적인 뜻에서 '시' 와 '시인' 의 참기능이다. 한편으로 이러한 서정적 자아를 멀찌감치 떨어져서 바라보고 의식하여 대상화할 때 이근화 시가 언뜻 내비치는 시적 전략에 가까워진다.

> 나는 동그랗게 앉아/수수께끼를 푼다/그는 점점 뾰족해지고/박쥐처럼 박쥐처럼/그는 어둠 속에서/날마다 말을 거는데//나는 조금씩 찢어진다/그는 자꾸 환해져서/두 개의 커다란 이빨을 내미네/어려워서 어려워서/나의 입술은 검게 타오르지
>
> —「박쥐처럼」 부분

'나' 와 '그' 의 행위가 줄곧 교차하는 이 시에서 두 존재가 합치는 지점은 지연되고 어긋나기만 한다. 여기서 화자가 푸는 '수수께끼' 는 영원한 수수께끼로서 시인이 세상을 풀기 어려운 그 무엇으로 인식하고 있다. 그러는 중에 박쥐처럼 '날마다 말을' 걸고 '자꾸 환해' 지고 '이빨을 내미' 는 '그' 는 화자가 몰두하고 있는 '인식가능성에 대한 해법' 과는 무관하게 그 자신의 존재의 '자연스러움' 을 드러내는 상징이다. '그' 는 어둠 속에서만 활개를 펴는 부정적인 존재이기도 하지만 현명한 존재이기도 하다. 지식과 기술 또는 이성의 속성을 대표하는 그는 마치 박쥐처럼 두 눈을 환하게 켠 채로 이리저리 침투하여 캄캄한 공간을 밝힌다. '나' 는, 그 존재를 의식하는 둥 마는 둥 오로지 '수수께끼' 만 풀려고 열중하고, 급기야 박쥐같은 '그' 가 내미는 이빨 때문이 아니라 불가해한 세상 때문에 '어려워서' 입술이 '검게 타오' 른다. 시인은 세상을 바라보면서 대상화하려는 '나' 와 세상의 빛이라 말해지는 '여성' 의 교합이 실상 이루어지는 것 같으나 결국 어긋나버리는 문제를 시로써 드러낸다. 시인은 습속에 매몰되고 쏠리는 관성(慣性) 현상을 객관화시켜 냉정하게 검토한다. 그렇다면 시인은 '자동연상법' 처럼 보이는 시들의 언어 배열을 낳게 한 밑바닥에 정교하면서도 냉담한 시인의 비판의식이 숨어

있다는 사실을 알 수 있다. 대체로 거의 모든 시편들이 비슷한 이미지와 느낌과 시적 형상화를 보여주는 이근화의 작품들 중에서 「잃어버린 고양이와 바다를 찾아 떠나는 여행」을 중심으로 살펴보자.

> 당신의 모델은 누구인가/당신은 함께 살고 있는 사람이 있다/그 사람은 때때로 깨어 있다/침대를 나누고 식탁을 나누는 그 사람은/당신을 충분히 미워할 것이다/당신은 당신의 모델과 다르므로/당신은 우유를 마실 때 자주 흘리고/후지를 구겨서 아무 데나 버린다/당신은 모델로서 제격이 아니다//당신이 당신의 모델을 엿보는 순간/당신의 모델은 당신의 자리를 내버릴 것이다/당신은 한없이 깊어졌으나/당신은 새롭게 선택된다/그러므로 다시 당신의 모델은 누구인가/당신은 함께 살고 있는 사람이 있다/당신의 모델인 사람/그 사람은 오늘 머리가 아프고/내일은 새로운 과일이 먹고 싶어질 것이다//당신은 당신의 모델을 위해 시장으로 간다/당신은 당신의 모델과 나란하다/아주 이상적인 빈틈이다/가오리연/가오리가 만나는 것은/하늘도 바다도 아닌데/당신은 당신의 모델이 너무나 만지고 싶겠지만/꼬리의 두려움은 두려움에 있다/두려움에 빠진 꼬리를 보았는가/당신의 미소는 아주 오래 묵었다
>
> —「잃어버린 고양이와 바다를 찾아 떠나는 여행」

이 시의 제목인 '잃어버린 고양이와 바다를 찾아 떠나는 여행'은 '여행'이란 낱말에서도 확인할 수 잇듯이 시인의 발자취나 내면의 풍경을 어떤 식으로든 품고 있는 것처럼 보인다. 이 말의 쓰임새를 통해 시의 본문에 여행의 행선지가 과연 어딘지, 또한 여행의 기록을 시 언어로 심어 놓았으리라는 독자의 짐작에 얼마나 부합할 것인지 미리 확인할 겨를도 없이 이 시는 모호하게 위장되어 있다는 사실에 직면한다. 구문의 짜임

새 때문이다. 이 시의 의미론적 불명료성이 표현의 층위와 함께 그러한 표현을 가로지르면서 사선을 긋는 분절된 의미영역의 흔적들로 인지할 때 긴장은 발생한다.

이 시에서 주체의 이면세계에 대한 내면화의지는 그것의 성공여부를 떠나서 성숙을 위한 하나의 작은 계기가 된다. 다른 말로 풀이하면 '때때로 깨어 있' 고 '함께 살고 있는 사람' 을 호명하는 행위 자체가 과거에도 그랬고 앞으로도 그럴 것이 분명한 비-현현의 암흑에 발을 내딛는 것이다. 주체는 과감한 용기와 밝음을 위해 진작하고, 따라서 시적 일상을 벗어나는 특별한 체험을 하게 된다. 이것은 보는 순간과 동시에 없어져 버리는 일련의 사태로써 존재한다. 2연의 '당신의 모델은 당신의 자리를 내버릴 것이다' 에 함축된 경고성 메시지에는 '엿보는' 행위에 대한 처벌에 무게가 이동해 있다기보다 오히려 주체에 새로운(또는 경이로운)영역을 제공하고, 암시하고, 추궁하는 긍정적이고 창조적인 의미가 내재해 있다고 보아야 할 것이다. 실상 비일상적이라고 여길 수밖에 없는 '너머' 를 훔쳐보는 욕구는 '지금 여기' 의 사고와는 동떨어진 신비주의에 그 바탕을 두고 있는 것처럼 보인다. 하지만 신비주의의 일단을 보여 주고 있다고 판단하기에는 이 시의 화자의 입담은 담백하다. 영혼이나 정령의 더운 입김이나, 신화나 의식 저편의 휘황한 우주 질서보다 전면에 놓인 것은 물기가 다 빠져 버린 시적진술이다.

'깊어짐' 이란 무엇인가. 이는 '~보다' 라는 비교적이고 상대적인 측면을 설정해야지만 가능할 수 있는 내적 변화이다. 무엇에 대해 깊어졌는지는 직접적인 언급이 없지만, 그 깊어짐의 밀도를 알 수는 있다. '한없이' 깊어졌다는 것, 이 말은 '무엇으로부터' 라는 출발선을 상정하기는 어렵지만 그 지점으로부터 끝없이 조밀해지고, 농밀해짐을 충분히 알 수 있게 하는 시어이다. 이는 이 시의 1연에 나오는 '당신을 충분히 미워할 것이다' 와 같은 감정을 유발하는 깊이감과는 정반대의 '깊이' 를 가진다. 하지만 그렇다고 해서 이와 같은 경지가, '우유를 마실 때' 흘리지 않거나 '휴지를 구겨서 아무데나' 버리지 않고 휴지통에 버릴 때에라야 도달할 수 있는 높이는 아닐 것이다. 오히려 주어진 일상을 아무렇지도 않게, 당연한 것처럼 살아가는 일상인의 범주를 뛰어넘는 영역에 해당한다. 고귀하거나 초월적인 것도 아니요, 특별하다거나 아주 희귀한 상태도 아닌, 이러한 깊어짐의 터에서 개개의 주체는 '당신의 모델' 이 '당신의 자리를 내버' 리는 단독자의 영광스러운 존립으로 우뚝 서게 된다. 비록 '새롭게 선택' 되더라도 말이다.

먼저 제 3연에서 '당신' 과 나란한 '당신의 모델' 이 시의 화자에 의하여 '아주 이상적인 빈틈' 이라는 진술을 보게 된다. 이 두 대상은 서로를 비추는 거울이기도 하고 원래 단일한 실체였는데 서로 분리되기도 하는 양분성(兩分性을) 가진다. 이것은 '아주 이상적인 빈틈' 이다. '이상적인 빈틈' 이 과연 어떤 상태인지는 짐작하기 어렵다. '이상적' 이라는 형용어는 '빈틈' 에 의해 조건지우고 전제된다. 빈틈이 메워지거나 꽉 차서 끼어들어갈 공간이 부재하는 경우가 아닌 모든 경우를 지칭하는 것이라면, 이러한 빈틈은 갈라지거나 터져서 틈을 이루는 둘레(실체와 형상)를 더욱 선명하고 명징하게 틀 짓는 근거가 된다. 따라서 주체와 주체 이외의 관계란 빈틈을 조성하고 역으로 그것으로 인해 관계가 유지되는 사실을 인지할 때 '당신' 과 '당신의 모델' 은 2연에서 '한없이 깊어' 지고 '새롭게 선택' 되는 영원한 프로메테우스적 노동을 계속해야만 하는 것이다. 이것은 실존의 굴레이자 존재의 엄연한 조건이다. 이런 생태를 벗어남이란, 즉 '한없이 깊어지' 는 것에 머물지 않고 주체와 타자의 관계 정립이 순식간에 무너져서 더 이상 관계성을 획득하지 않는 상태란 오로지 죽음의 영역에 머무를 때에라야 가능하다. 그러나 이 문제는 단지 추론만이 가능할 뿐이며 지금-여기의 의식에서 뻗어나는 비현실성의 온전한 신뢰를 바탕으로 해서 구성되는 지점이다. 이 세계에서는 '빈틈'이라는 낱말 앞에 그 어떠한 수식어도 필요로 하지 않는다. 어쩌면 빈틈조차 허락하지 않는 완전한 세계인지도 모른다. 그러므로 '가오리연/가오리' 의, 빗금을 경계로 구획되는 두 주체들의 접점은 '이상적인 빈틈'이라는 기만적 술어에 의해 정당화될지라도 항상 모자라거나 한계를 넘어 벌어지는 존재의 비극을 나타낸다. 단지 이 시에서 '가오리연' 과 '가오리' 는 어느 한쪽이 다른 한쪽을 모사하거나 투사하는 방식을 통해서만이 그 관계성이 마련되지만 이 둘의 만남은 같은 극의 자석의 부딪침처럼 어그러지고 튕겨진다. 따라서 원인이 '두려움' 으로 수렴되는 두 주체들의 귀속 · 합일 의지의 좌절은 '꼬리의 두려움' 이라는 특별한 기호의 매개를 연결고리로 해서 추동되는데, 이 느닷없는 꼬리의 출현은 실상 '가오리연/가오리' 이미지에서 연상되는 구체적인 실체라 하더라도 그것으로부터 어떠한 연접성도 가지지 않고 오롯이 허방의 벽을 통과하는 상징이기 때문에, 문제적이고 의미심장하다. 이 '꼬리의 두려움' 은 이 시의 마지막 전환을 나타내는 표지이자 지금까지 은밀히 숨어 있었으나 신원을 알 길 없었던 코드이다. 첫 번째 전환이 제 2연의 '당신은 한없이 깊어졌으나/당신은 새롭게 선택된다' 는 이중의 의미방향을 표시하는 양상을 띠어서 좀 더 면밀한 분석을 이끌어내야 하는 복합적인 전환이었던데 반해, '꼬리의 두려움' 으로 시작하는 이 두 번째 전환의 표정은 이 시 전체를 마무리 짓는 진술로 자리매김 되면서 창백하다. 애초에 결코 벌어질 수도 없는 사건의 표상에 균열을 내는 일은 역사의 기술을 통해서만 가능하다. 이 역사의 기술은 시인이 포착해낸 '두려움' 의 진의를 가려내기 위해서 사용되겠지만 그것의 기원 탐색은 번번이 실패한다. 실패는 기정사실이 되고, 당연히 그리되어야만 하는 것이지만, '꼬리의 두려움' 이 다만 '두려움에 있' 는 것이라면 우리는 습속의 기원으로부터 고찰해야 할 것이다.

나와 너, 그리고 당신-들의 습속은 아주 비열하지만 그것을 깨닫지 못한다. 어쩌면 꼬리라는, 주체의 농축된 무의식만이 생생하게 살아남아 자신의 기원을 설명할 지도 모르겠다. 그리고 '당신의 미소는 아주 오래 묵었다' . 이는 항상, '한없이 깊어' 질 수 있으나 다시금 '새롭게 선택' 당할 수밖에 없고, 그러기만을 내심 바라는 모든 주체들의 음흉함을 풍자하는 진술로 읽을 수밖에 없다. 이 진술은 반(半)지시적 기능을 가진다. 미소의 사회 · 문화 함의가 왁자지껄한 박장대소와는 정반대편에 놓인, 웃음의 자기 관조 및 이에 따른 실천 의지에 선행하고 그것을 억누를 수밖에 없는 이지적인 자기만족에 한계를 갖는 것이라면, '아주 오래 묵' 은 미소에서 이러한 부정성의 비유를 읽게 된다. 이 오래 묵은 미소는 '두려움에 빠진 꼬리' 와 동전의 양면처럼 붙어서 교활한 삶의 운동을 지속한다. 미소와 두려움, 표면상 양가치의 형식을 띤 존재의 심연은 시인의 예민한 감각에 의해 여지없이 발각되고 폭로되고 비판당한다. 이 '당신' 이라는 가면을 쓴 자기 고발은 언어의 지시적 기능을 외면한 채 시적 기능을 빌어 시화(詩化)시킴으로써 그 소임의 최대효용을 거둘 수 있다.

「잃어버린 고양이와 바다를 찾아 떠나는 여행」은 이렇게 그 뿌리부터 탐색하는 과정에서 튀어 나온 좋은 작품의 본보기다. 제목에서 선명히 보여주는 중의문은 시작(詩作)이 발 딛고 있는 산문적 현실을 교묘히 비틀어서 시인이 염두에 둔 시의 세계로 초대하기 위해 반드시 조작할 수밖에 없는 문맥이다. 이 조작된 문맥은 시의 모호한 진술 효과를, 그것대로 포용하면서 그로부터 발생하는 무의미화 과정을 명시한다. 따라서 독자는 실타래처럼 얽혀 있는 시어들의 행렬에서 시인이 의도한 것을 정확히 잡아둘 수 있었다 하더라도 언제나 넘어지고 뛰어 넘기를 주저하지 말아야 한다. 왜냐하면 여행은 아무리 화려한 여행일 지라도 다소간 땀이 배어들기 마련이기 때문이다. 「잃어버린 고양이와 바다를 찾아 떠나는 여행」은 돈을 들이지 않고 이런 신비스러운 체험을 가능케 하는 언어로 만들어진 여행의 지도이다.

5. 맺음말

지금까지 첫 시집을 낸 여태천 · 김지혜 · 이근화의 시들을 살펴보았다. '절망' 과 '고백' 와 '습속' 에 관한 시적 모색은 비단 이들 세 시인들만의 전유물은 아닐 것이다. 이들은 언어의 극단으로 향하지도 정통 시문법을 잇고 있지도 않는, 어떤 경계에 위치해 있는 듯하다. 언어의 사회적 비판 기능이 삭제된 대신에 새로운 시 현실을 구축하고 있는 점에서 의미를 찾을 수는 있다. 여태천과 김지혜의 시들은 내면의 풍경을 각각 언어의 방법적 특면과 이면을 적나라하게 내비치는 고통스러운 작업을 통해 보여 준다. 반면에 이근화는 수수께끼 같은 언어의 모호성으로 끈질기게 습속의 기능에 물음표를 던진다. 그러나 한 가지 점에서 이들은 위험성을 가진다. 삭힘의 과정이 엿보이지 않는다는 사실이다. 이는 이들 시인들이 시에서 발산하는 어떤 기운과 관련이 있기도 하고 독자들이 시를 읽을 때 반응하는 감정과 관련이 있다. 시는 말과 글(언어)로 이루어지지만 그것으로 끝나지 않는 중요한 요소가 있다.

오늘날 젊은 시인들은 이미 활자화한 시를 염두에 두고 시를 쓰기에 감성이 아니라 이성이 시 쓰기에서 중요한 구실을 한다. 한 편의 시에서 특출 나게 뛰어난 표현을 발견하더라도 거기서 시인의 실존의 고통과 삶의 표정이 보이지 않는다면 재기발랄한 말장난에 그칠 우려가 있다.

시대의 추이에 발맞춤을 하기에 앞서 늘 시의 본질을 캐는 고민이 생겨나지 않는다면, 그러한 시에서 얻을 수 있는 것은 체득하는 삶의 진실의 한 자락이 아니라 한 순간의 지적 희열일 것이다. 지금까지 살펴 본 세 시인의 시들은 이런 점에서 우려와 기대를 함께 가진다. 시가 다채롭지만 결코 그 문제의식은 결코 가볍지 않기 때문이다.

하상일[1]

서정의 본질과 미래

-문태준, 손택수, 박성우의 시를 중심으로

1. 다시, 서정을 말하다

지금 우리 평단에서는 다시 '서정'에 대한 논란이 점화되었다. 서정의 본질을 논리적으로 설명한다는 사실 자체가 끊임없는 오류의 과정을 답습해왔음에도 불구하고, 새로운 시대의 흐름에 맞추어 지속적인 변화를 시도해온 서정을 둘러싼 논의는 여전히 우리 시단의 뚜렷한 쟁점으로 남아 있다. 특히 20세기 말 서정의 해체와 상실을 앞세운 탈서정의 양상들이 전통서정의 자리를 밀어내고 우리 시단의 중심을 차지하면서부터 서정과 탈서정의 경계는 더욱 모호해졌고, 이때부터 우리 시단에는 무수히 많은 '서정'의 변종들이 저마다 '서정'이란 이름 아래 제자리를 새롭게 구축하려는 치열한 양상을 드러냈다. 전통적 서정시학의 주체중

1 동의대 문예창작학과 교수. 계간 『오늘의문예비평』 편집주간. 비평집 『타락한 중심을 향한 반역』 외. 제8회 고석규비평문학상 수상.

심적 논리 대신에 자본과 문명을 앞세운 기술시학의 탈중심적 언어와 문법으로 미래사회를 대비하는 시학의 변화를 모색하고자 했던 것이다. 이러한 논의들은 대체로 전통서정의 본질이 반시대적 한계를 지니고 있음을 비판함으로써 서정의 미래에 대한 대안을 제시하려는 반서정 혹은 탈서정의 시학을 구체화하였다.

그런데 지금, 다시, 서정을 논의하는 자리는 '서정 아닌 것' 들이 끝끝내 자신을 일컬어 '서정' 이라고 부르는, 그것도 기존의 서정과는 전혀 '다른 서정' 으로 인식해달라는 요구로부터 비롯되었다는 점에서 예전과는 사뭇 다른 문제의식을 내포하고 있다. 게다가 '서정 아닌 것' 들의 새로운 지향성이야말로 진정으로 21세기를 선도할 '미래파' 적 표상이라고 명명함으로써, 전통서정을 고수하며 문명적 세계와 맞서는, 오래된 시정신을 견지하는 시인들의 미래를 마치 '과거파(?)' 인 것처럼 몰아가고 있어 심각한 문제가 아닐 수 없다. 이쯤 되면 그들이 내세운 미래파의 내부에 어떠한 서정의 원리가 내재하고 있는지 그 실체를 명확하게 보여주어야 할텐데, 미래파들의 서정은 오로지 명명과 선언만 있을 뿐 그림자조차 가늠하기 힘들 정도로 오리무중일 따름이다. 새로움은 언제나 끊임없는 자기갱신에 대한 강박을 뛰어 넘기 어려워 또 다른 새로움에 의해서 여지없이 낡은 것으로 치부되는 당대적 한계에 직면하기 마련이다. 게다가 새로움을 표상한 것만이 시적 진정성을 지닌 것으로 평가되는 요즘 시단의 흐름을 생각할 때, 오히려 새롭지 않은 것이 더욱 새로운 것이 되는 아이러니적 현실을 초래하고 있음을 결코 간과해서도 안 된다. 지금 우리 시단은 낡은 것이 오히려 진정한 새로움의 가치를 발휘하는 지독한 역설의 순간이 펼쳐지고 있는 것이다.

지금, 다시 서정을 말하는 태도는 바로 이러한 문제의식으로부터 출발해야 한다. 낡고 오래된 것이 더욱 새로운 가치를 생성하는, 그래서 진정으로 새로운 미래를 지향하는 시적 변화는 뒤를 돌아보면서 앞을 향해 달리는 양가적 모순의 긴장 속에서 창조된다는 점을 분명하게 인식해야 하는 것이다. '새로움' 혹은 '다름' 은 언제나 전통을 수용하면서 배반하는 시적 갱신의 징후가 되어야 한다. 물론 이러한 이중성이 전통으로의 일방적 회귀나 복고적 양식을 합리화하는 과거추수적 논리로 귀결되어서는 결코 안 된다. 다만 소통불능의 외계어만이 가장 미래적인 가치를 생성하는 혁신적 시어라고 주장하는 지나친 주관화의 위험에 대해서만큼은 단호하게 대처할 필요가 있다. 지금, 다시, 서정의 본질과 미래를 깊이 탐색하는 것은 바로 이러한 '지혜' 를 찾기 위한 시적 고투(苦鬪)의 과정에 다름 아니다.

2. '오래된 미래' 의 현재화와 순간의 시학

서정시는 순간성의 장르다. 과거와 미래가 모두 현재의 순간으로 통합됨으로써 '영원한 현재' 를 표상한다. 여기에서 현재는 시인의 의식상에서 많은 과거들과 체험들이 동시적으로 공존해 있는 순간이다. 따라서 서정시는 외부 사건의 연속보다도 체험의식, 곧 내적 경험의 순간적 통일성에 의존한다. 다시 말해 시인의 의식적 혹은 무의식적 기억 가운데 동시적으로 존재하는, 시간에 따른 잡다한 체험들을 선택하고 결합하여 하나의 의미 있는 통일체로 변용 · 창조하는 것이 바로 서정시의 순간이다.[2] 이러한 서정시의 시간의식은 서정시를 가장 서정시답게 하

2 김준오, 『시론』, 삼지원, 1991, 33~35쪽.

문태준의 시는 유독 이러한 '순간'에 초점을 맞추어
세계를 바라보려 한다는 점에서 주목된다.

는 필수적인 조건인 동시에 서정시를 언제나 현재적 문맥 속에서 의미화하는 결정적 조건이 된다. 결국 낡고 오래된 것이든, 추상적 미래상이든, 그것이 서정적 문맥 속으로 들어올 때는 동일하게 현재적 순간으로 형상화되는 것이다.

문태준의 시는 유독 이러한 '순간'에 초점을 맞추어 세계를 바라보려 한다는 점에서 주목된다. 그는 "어두워지는 순간에는 사람도 있고 돌도 있고 풀도 있고 흙덩이도 있고 꽃도 있어서 다 기록할 수 없"(「어두워지는 순간, 『맨발』, 창비, 2004)다는 언어의 근원적 한계를 자각하는 데서부터 새로운 시안(詩眼)을 열어나가고자 한다. 그래서 "꽃이 피고 지는 그 사이", 즉 "한 호흡"(「한 호흡」, 『맨발』)의 순간으로부터 시의 우주를 발견하려는 야심찬 기획을 펼친다. "최초의 궁리인 듯 가장 오래하는 궁리인 듯 천천히 발을 거두어갔"던 "어물전 개조개 한 마리"의 움직임에서 "저 속도로 시간도 길도 흘러왔을 것"(「맨발」, 『맨발』)이라는 삶에 대한 깊은 통찰을 이끌어내고 있는 것이다.

가령 사람들이 변을 보려 묻어둔 단지, 구더기들, 똥장군들.
그런 것들 옆에 퍼질러앉는 저 소 좀 봐,
배 쪽으로 느린 몸을 몰고 가면 되새김질로 살아나는 소리들.
쟁기질하는 소리, 흙들이 마른 몸을 뒤집는.
워, 워, 검은 터널을 빠져나오느라 주인이 길 끝에서 당기는 소리.
원통의 굴뚝에서 텅 빈 마당으로 밀물지는 쇠죽 연기.
그러나 不歸, 不歸! 시간은 사그라드는 잿더미에 묻어둔 감자 같은 것.
족제비가 낯선 자를 경계하는 빈, 빈집에 들어서면
녹슨 작두에 무언가 올리고 싶은, 도시 회고적인 저 소 좀 봐.

—「회고적인」, 『수런거리는 뒤란』, 창비, 2000(이하 『뒤란』으로 약칭) 전문

오늘날과 같이 모든 것이 급격하게 변하는 현실에서 문명의 속도를 거스르며 사는 일이란 결코 쉬운 일이 아니다. 하루가 다르게 변하는 현실의 모습을 저만치 여유롭게 바라보는 일도 전혀 가당치 않다. 미래를 향해 질주하는 무한속도의 경쟁 속에서 시대에 뒤떨어지지 않기 위해 전전긍긍하고 있는 것이 현대인의 모습이다. 이럴 때일수록 인간은 세상의 변화에 민감하게 반응하면서 미래를 앞당기려는 악전고투의 일상을 당연한 삶의 원리로 받아들이기 일쑤다. 따라서 현대인들에게 "회고적인" 의식과 태도는 곧바로 시대에 뒤떨어진 복고적 감상주의 정도로 취급받기 십상이다. 그럼에도 불구하고 시인은 돌아갈 수 없는 시간을 어떻게 해서라도 붙들어보려고 안간힘을 다하고 있다. "퍼질러앉는", "느린 몸", "되새김질", "쇠죽 연기" 등에서 연상되는 "회고적인 저 소"의 능청스런 여유 속에 내포된 진정한 의미는, 무한경쟁의 속도를 의도적으로 거스르려는 시인의 의식이 역설적으로 형상화되어 있는 것이다.

뿐만 아니라 "구더기들", "똥장군들", "마른 몸", "텅빈 마당", "사그라드는 잿더미", "녹슨 작두" 등은 썩고 메마른 자리에 신생(新生)의 기운이 다시 솟아나길 기대하는 소멸의 미학을 표상하고 있다. 이처럼 문태준의 시는 "회고적인" 시선을 통해 과거와 미래를 소통시키고 이를 현재적 의미로 재현하는 서정적 시간의식에 절대적으로 기대고 있다.

이러한 통합적 시간의식은 과거로의 회귀와 미래로의 지향이 현재의 위치에서 팽팽하게 맞서는 극도의 긴장(tension)을 구조화한다. 따라서 낡고 오래된 것을 향한 구심력(intension)과 변화된 미래를 내다보는 원심력(extension)은 서로 맞물려 조화로운 세계를 이루는데, 손택수의 시는 이러한 시적 긴장을 통해 언어의 힘을 극대화함으로써 서정의 본질에 더욱 깊숙이 다가가려 한다. "언뜻 내민 촉들은 바깥을 향해/기세 좋게 뻗어가고 있는 것 같지만/실은 제 살을 관통하여, 자신을 명중시키기 위해/일사분란하게 모여들고 있는 가지들"(「화살나무」, 『호랑이 발자국』, 창비, 2003 ; 이하 『호랑이』로 약칭)의 세계는 바로 이러한 서정적 순간의 절정과 긴장을 형상화한 것이다. 이와 같은 팽팽한 시적 긴장의 세계는 그의 시에서 '기억'의 현재화로 구체화되는데, 여기에서 '영원한 현재'로서의 서정시의 시간의식은 탯줄의 상상력으로 이어져 세대 간의 동일성을 심화시킨다.

> 어느날인가는 시큼한 홍어가 들어왔다
> 마을에 잔치가 있던 날이었다
> (중략)
> 나는 고기가 한점 먹고 싶고
> 김치라도 한점 척 걸쳐서 오물거려보고 싶은데
> 웬일로 어머니 눈엔 시큼한 홍어만 보이는 것이었다

홍어를 먹으면 아이의 살갗이 홍어처럼 붉어지느니라
지엄하신 할머니 몰래 삼킨 홍어
불그죽죽한 등을 타고 나는
무자맥질이라도 쳤던지
(중략)
죄스런 마음에 몇 번이고 망설이던 어머니
채 소화도 시키지 못한 것을 토해내고 말았다는데
역류한 바닷물이 눈으로 넘쳐나고 말았다는데
요즘도 나는 어쩌다 그 홍어란 놈이 생각나는 것이다
세상에 나서 처음 먹는 음식인데
언제가 맛본 기억이 나고
무슨 곡절인지 울컥 서러움이 치솟으면
어머니 배 속에 있던 열 달이 생각나곤 하는 것이다

—「홍어」, 『목련 전차』, 창비, 2006(이하 『목련』으로 약칭) 중에서

"두엄더미 속에서 푹 곰삭은 홍어회를/오도독오도독 씹어먹고 싶은 마음에 안달이 다 났"지만, "아기가 홍어처럼 납작해지기라도 할까봐 엄두를 내지 못했"(「닭과 어머니와 나」, 『호랑이』)던 어머니의 마음은 온전히 자식에게로 이어져, "세상에 나서 처음 먹는 음식인데/언젠가 맛본 기억이 나고", "어머니 배 속에 있던 열 달이 생각나"게 한다. 시간의 단절과 공간의 벽을 허물어뜨린 자리에 "무슨 곡절인지 울컥 서러움이 치솟"는 '순간', 서정시는 이러한 순간의 세계를 과거와 현재와 미래를 통합하는 새로운 시간의식으로 변용해 낸다. 그것은 "스윽, 제비 한 마리가, 집을 관통했"던, "그야말로 무방비로/앞뒤로 뻥/뚫려버린 순간"(「放心」, 『목련』)의 세계다. 그 순간을 세심하게 포착하고 역동적인 언어로

형상화하는 것이야말로 서정시가 궁극적으로 지향하는 바다. 거기에는 '오래된 미래'를 통해 현실의 환부를 치유하려는 시인의 자기성찰적 태도가 내면화되어 있다. 이러한 성찰적 태도에는 자연을 인격화하는 동일성의 전략이 두드러지게 부각되는데, 여기에서 자연의 시간적 질서는 인간의 운명과 연결되는 실존적 시간의식으로 형상화된다.

공중에 발자국을 찍으며 나는 새가 있다
제 존재를 끊임없이 확인하기 위해
지나온 흔적을 뒤돌아보며 나는 새가 있다

그 새는 하늘에 발자국이 찍혀지지 않을 땐
부리로 깃털을 하나씩 뽑아 던지며 난다
마지막 솜털까지 뽑아낸 뒤엔
사람의 눈으로 추락하며 생을 마감한다

오늘은 내가 그 새의 장례식을 치른다
저 하늘의 새털구름,
그 새의 흔적이다

—「새」, 『거미』, 창비, 2002, 전문

박성우의 「새」는 시간의 질서에 순응하며 죽음을 향해 날아가는 새의 운명을 인간의 삶과 동일한 시선으로 바라보려는 의식이 드러난다. "제 존재를 끊임없이 확인하"는 현재적 자아의 모습은 "지나온 흔적을 뒤돌아보"는 과거로의 지향에 기대어 있다. 그리고 그 현재는 "부리로 깃털을 하나씩 뽑아 던지"는 것과 같은 치열한 삶의 과정을 거쳐야만 한다. 하지만 이러한 치열성도 자연의 순리를 거스를 수는 없어 새도 인간도 죽음으로 시간의 종말을 맞이할 수밖에 없다. 결국 시간의 끝을 놓치지 않으려는 인간의 욕망은 과도한 허위의식에 의해 "추락"을 경험할 수밖에 없는 것이다. 하지만 화자는 스스로 "그 새의 장례식"을 치르면서 "그 새의 흔적"을 발견하려 한다. 여기에는 죽은 새와 자신을 동일시하는 깊은 성찰이 내재되어 있는데, 이러한 성찰의 자리는 근대적 시간의식을 초월하는 순간의 사유에서 더욱 빛을 발한다. 따라서 서정시는 시간의 흐름 속에 과거와 미래를 가리키는 질서와 방향과 같은 기본적 요소들이 이미 포함되어 있는 '표면적 현재(specious present)'[3]를 본질적 시제로 삼는다. 서정시가 신화적 세계나 원시적 세계와 같은 근원적이고 총체적인 세계에 가까이 다가가려는 이유도 바로 이러한 시간의식에서 비롯된 결과라고 할 수 있다. 미래는 무조건 앞으로만 나아가는 자의 몫이라고 생각해서는 결코 안 된다. 지금, 다시, 서정의 본질이 지향하는 미래의 참모습은 '오래된 미래'에 있음을 반드시 기억해야 한다.

3. 가족공동체의 상실과 농경문화적 상상력의 심화

전통적으로 우리 사회는 가족을 중심으로 수직적으로 위계화된 사회였다. 그러나 지금은 근대적 주체와 개인의 위상이 강화됨에 따라 가족공동체의 유형이 대가족에서 핵가족으로 변화되면서 그만큼 가족의 기능과 역할은 축소되었다. 하지만 이러한 변화의 내부를 들여다보면 가족의 외형과 사회적 기능들은 상당히 축소된 반면, 오히려 가족 내부의

3 한스 마이어호프, 김준오 옮김, 『문학과 시간현상학』, 삼영사, 1987, 33쪽.

정서적 공동체의식은 더욱 강화되는 아이러니가 작용하고 있음을 알 수 있다. 다시 말해 가족은 축소되었지만 '가족주의'는 더욱 확산되었다는 것이 근대적 가족제도의 '틈새'라고 할 수 있는데, 이러한 틈새를 파고 드는 것이 서정시의 전략이라고 할 수 있다. 물론 '가족주의'는 가족제일주의로 귀착되는 권력의 장치로 작동함으로써 위반과 탈주의 욕망을 규제하고 억압하는 제도적 장치로서의 부정적 기능을 노출하기도 한다.[4] 반면 '가족주의'는 공동체의 상실에 따른 개인주의의 만연과 해체주의적 세계관을 근본적으로 성찰하는 심리적 기제로 작용함으로써, 조화와 통일을 지향하는 서정시의 본질에 충실히 다가서는 근원적 토대가 되기도 한다. 지금 서정시가 지향하는 가족공동체의 회복은, 후자의 경우에서처럼 파편화되고 상실된 주체의 내면을 되찾기 위한 동일성의 전략을 드러낸 것으로 이해할 수 있다.

외할머니가 홀깨로 훑은 벼처럼 세월의 흔적이 그러하다
인기척 없고 뜰팡 하나 없이 집터만 남은 세월
십년 동안의 몽유
봄날 미나리꽝을 지나가는 텃물에 손목을 담근 것 같다
내 몸을 눕히면 봄볕을 받아주던 마루
깊은 젖가슴을 드러낸 아궁이
한때 이곳은 꽃의 구중궁궐이었으나

—「옛 집터에서」, 『맨발』 전문

4 이에 대한 자세한 내용은, 이득재, 『가족주의는 야만이다』, 소나무, 2001 참조.

문태준에게 '집' 은 "옛 애인은 가고 없어 능구렁이처럼 나 홀로 흉가에 들어앉는 것"(「내 마음이 흉가에」, 『뒤란』)과 같이 "이물스럽"(「빈집 3」, 『뒤란』)고, "무너지는 무덤"(「묵정밭에서」, 『뒤란』)가에 "오도 가도 못하는 귀신 같은 흰나비의 발자국 몇 개"(「흰나비재」, 『뒤란』)만이 남아 있는 황폐한 공간으로 인식된다. 사람의 정취를 전혀 느낄 수 없는 "집터만 남은 세월"의 무게를 이기지 못해 "비를 만난 개미둑처럼 집들은 죄다 허물어"(「오래된 악기」, 『뒤란』)져 버린 것이다. 결국 가족의 울타리를 지켜주는 최소한의 버팀목인 집의 파산은 더 이상 가족공동체의 따뜻함을 꿈꿀 수 없는 적막하고 스산한 풍경을 보여줄 뿐이다. "하릴없이 전나무 숲이 들어와 머무른 때"가 있어 잠시나마 행복을 느낄 때도 있지만, "전나무 숲이 들어앉았다 나가면 그뿐, 마음은 늘 빈집"(「빈집의 약속」, 『가재미』, 문학과지성사, 2000)일 따름이다. 따라서 지금 시인에게 절실하게 요구되는 것은 "내 몸을 눕히면 봄볕을 받아주던 마루/깊은 젖가슴을 드러낸 아궁이"가 있었던 "옛 집"을 복원하는 것이다. 그렇다고 해서 "구중궁궐"의 영화를 다시 기대하는 것은 결코 아니다. 그저 소박하게 "어둠이, 흔들리는 댓잎 뒤꿈치에 별을 하나 박아주었던"(「수런거리는 뒤란」, 『뒤란』), "누군가 공중에 이처럼 푸른 여울을 올려놓은 것"(「대나무 숲이 있는 뒤란」, 『맨발』) 같은 "뒤란"만 있으면 그것으로 충분하다. 그가 꿈꾸는 서정은 "가을강처럼 슬프게" "저물게 저물게 이곳에 허물어지는 빛으로 서 있"(「어느 날 내가 이곳에서 가을강처럼」, 『가재미』)는 풍경에 가만히 귀기울이는 것만으로도 진정한 행복을 느낄 수 있기 때문이다.

이와 같은 가족공동체의 상실과 이를 회복하기 위한 서정시의 전략은 박성우, 손택수의 시에서 더욱 구체적으로 형상화된다. 그들에게 있어서 가족은 아버지의 상실 혹은 부재라는 체험 속에서 육화되는데, 이러한 상실과 부재로 인해 어머니를 비롯한 남아있는 가족들이 짊어져야

가족공동체의 상실과 이를 회복하기 위한 서정시의 전략은 박성우, 손택수의 시에서 더욱 구체적으로 형상화된다.

했던 삶의 무게는 더욱 깊은 상처를 남겨놓았다. 우선, 박성우의 시에 형상화된 아버지와 시인의 관계는 "감꽃"이라는 객관적 상관물을 통해 상징적으로 드러난다. 나의 출생을 기념하기 위해 심었던 감나무가 언제부턴가 "담장으로 톱질당한" 채 "더이상의 열매를 맺을 수 없"는 상태가 되어버린 것처럼, 시인 역시 "아버지 안에서/나는 그렇게 베어졌다"는 상실감과 좌절감을 겪으며 살아왔다. 심지어 "아버지는 지난 겨울에 흙집으로 들어가셨"고, 이때부터 "사람들은 가장 큰 안식을 얻었다"(「감꽃」, 『거미』)는 지독한 아이러니를 드러낼 정도로 아버지에 대한 시인의 의식은 너무도 음울하다. 아버지에 대한 원망과 불신이 너무도 깊어 죽음의 순간에서조차 용서하지 못하는 모습은 지금 우리가 직면한 가족공동체의 현실을 정직하게 보여주는 것이 아닐까. 그럼에도 불구하고 어머니는 삶의 고통을 물려주고 간 아버지에 대한 원망은커녕 가슴속 깊이 아버지를 향한 연민과 그리움을 간직한 채 살아간다. 이는 죽음에 이르러서도 서로 화해하지 못한 아들과 아버지의 근원적 관계를 온전히 이어주려는 어머니의 간절한 마음을 담아낸 것으로 이해할 수도 있다.

> 아버지 산소에 다녀오신 어머니는
> 고사리와 취나물을 잔뜩 뜯어 오셨어요
> (중략)
> 가족사진에 한참이나 감전되어 있던 어머니가
> 취나물을 다듬기 시작했어요
> 어머니는 웬일인지 연속극을 보지 않으셨어요
> 왜 그랬을까요 어머니는
> 아버지 냄새에 취해 있었던 건 아닌지
> 느그 아부지는 …… 느그 아부지는 ……
> 취나물은 다른 때보다 아주 천천히 다듬어졌어요
> 느그 아부지는 취나물을 별시랍게도 좋아혔는디,
> 어머니가 갑자기 훌쩍거리기 시작했어요
> 그러게 취나물은 뭣허러 뜯어와서 그려요,
> 그런 어머니가 미워서 나는 방을 나왔어요
> 사실은 나도 울 뻔했으니까요 그리고 다짐했어요
> 내일 아침상에 올라올 취나물은 쳐다도 안 볼 거라고,
> 별들도 이 악물고 견디고 있었어요

—「취나물」, 『거미』 중에서

"아버지는 빚 때문에/그해 겨울도 돌아오지 못했"고, "우리들은/남의 집 반찬에 익숙해져갔"(「생솔」, 『거미』)던 유년시절의 지독한 가난에 대한 기억은 시인을 비롯한 가족들의 내면에 씻을 수 없는 상처를 남겼

다. 게다가 삶과 죽음의 큰 차이에도 불구하고 예나 지금이나 아버지의 자리는 항상 비어 있었으므로, 오래 전부터 가족들 가운데 누군가는 아버지의 빈자리를 대신하며 살아갈 수밖에 없었다. 결국 시인에게 어린 자식들을 양육해야 하는 어머니의 자리는 근원적 모성성의 세계가 아닌 부성성의 자리로 각인될 뿐이다. 그러므로 "느그 아부지는 취나물을 별시랍게도 좋아혔는디"라며 눈물 흘리는 어머니의 모습을 바라보며 원망과 슬픔의 양가적 감정이 교차하는 것은 너무도 당연하다. 겉으로는 "그런 어머니가 미워서 나는 방을 나왔어요"라고 말하고 있지만, 속으로는 시인 역시 가족의 근원적 슬픔과 고통을 "이 악물고 견디고 있었"음을 부정할 수는 없는 것이다. 이러한 내성(耐性)은 "여린 곁가지에 젖을 물려주던 마음/젖꼭지처럼 붙박여 있"는, "세상의 상처"에 생긴 "옹이"(「옹이」, 『거미』)를 닮았다. 즉 가족의 결핍을 회복하기 위해 본능적으로 매달렸던 모성적 세계로부터 상처를 치유하는 근원적 생명력을 찾고 싶은 것이다. 이러한 모성성의 세계는 자연과 더불어 더욱 풍성해짐으로써 그 자체로 성숙된 풍경을 창조해낸다. 비록 화려하고 눈부신 풍경은 아닐지라도 자연 속에서 저절로 우러나는 소박한 마음으로부터 신생(新生)의 가치를 발견하고자 하는 것이다.

손택수의 시에는 이와 같은 모성적 상상력의 세계가 도저하게 펼쳐져 농경문화적 전통에 깊숙이 맞닿아 있다. 이 또한 아버지로 표상된 가족공동체의 상실을 극복하기 위한 근원적 시의식에서 비롯된 것이다. 대부분의 성장과정을 담은 시가 그러하듯, 그의 시 역시 아버지로부터 벗어나기 위한 통과제의적 성격을 지니고 있다. 그래서 아버지의 말과 아버지의 삶을 거부하는 데서부터 그의 시의 동력은 생성된다. 이에 반해 평생을 "죽어서 매를 맞는" "소가죽북"(「소가죽북」, 『호랑이』)처럼 살아왔으면서도 "병든 사내를 버리지 못"한 채 아버지의 곁을 지키고 있는

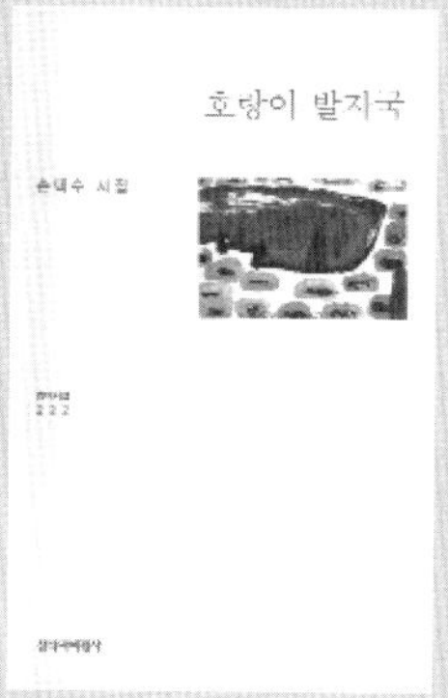

손택수의 시에는 이와 같은 모성적 상상력의 세계가 도저하게 펼쳐져 농경문화적 전통에 깊숙이 맞닿아 있다.

어머니의 삶은 시인에게 근원적인 연민과 사랑의 대상으로 내면화되지 않을 수 없다. 이러한 근원적인 모성성의 세계는 그의 시에서 "할머니"의 표상으로 자주 거슬러 올라가는 것이 두드러진 특징인데, 이는 모성적 상상력의 깊이를 보다 근원적인 세계로 이끌고 가서 신화적이고 주술적인 세계의 표상으로 재현하려는 데 목적이 있다. 그래서 할머니의 세계는 땅과 더불어 호흡하고 별들과 더불어 말을 하는 우주적 원리를 형상화한다. 이는 모성적 상상력이 대지적 상상력과 한데 어우러질 때 생명의 근원을 찾아가는 시의 길은 더욱 풍요로워질 수 있다는 시인의 믿음에서 비롯된 것이다.

매달 스무여드렛날이었다
할머니는 밭에 씨를 뿌리러 갔다

오늘은 땅심이 제일 좋은 날

달과 토성이 서로 정반대의 위치에 서서
흙들이 마구 부풀어오르는 날

설씨 문중 대대로 내려온 농법대로
할머니는 별들의 신호를 알아듣고 씨를 뿌렸다

별과 별 사이의 신호를
씨앗들도 알아듣고
최대의 發芽를 이루었다

할머니의 몸 속에, 씨앗 속에, 할머니 주름을 닮은 밭고랑 속에
별과의 교신을 하는 무슨 우주국이 들어 있었던가

매달 스무여드레 별들이 지상에 금빛 씨앗을 뿌리던 날
할머니는 온몸에 별빛을 받으며 돌아왔다

—「달과 토성의 파종법」, 『목련』 전문

할머니의 파종법은 그다지 특별한 것이 아니다. 그저 "문중 대대로 내려온 농법대로" 씨를 뿌리는 것이 전부일 뿐이다. 그런데 그 "농법"은 수많은 세월을 땅과 더불어 살면서 숙성되어 나온 알토란과 같기 때문에, 어떠한 교과서보다도 깊이 자연의 이치를 체득하고 있다는 데서 중요한 의미를 찾을 수 있다. 그래서 할머니는 일상 속에서 자연스럽게 "땅심이 좋은 날"을 알게 되었고, "별들의 신호를 알아듣"는 아주 특별한 경험을 삶의 일부로 내면화하게 된 것이다. 하늘[天]과 땅[地]과 인간[人]이 서로 소통하는 교감의 순간이야말로 "최대의 발아를 이루"는 풍

요로움을 안겨준다. 이런 점에서 "할머니 주름을 닮은 밭고랑"은 가장 근원적이고 본질적인 우주의 비밀을 고스란히 간직한 서정적 유토피아가 아닐 수 없다. 이러한 농경문화적 상상력은 문명적 세계의 허위성으로 황폐화되어 버린 인간의 삶터를 다시 옥토로 만들기 위한 진정성 있는 실천을 지향하고 있다. 따라서 지금 우리 서정시가 전통적 복고주의에 안주하지 않고 현재와 미래를 갱신하는 생명의 사유를 깊숙이 내장하고 있다는 사실을 반드시 주목해야만 한다.

4. 근대의 허위성과 생명의식의 내면화

생명시학은 모더니즘의 자아중심주의, 전통 부정, 인간 중심적 가치관 등의 문제의식을 넘어 주체에서 타자로, 근대에서 전통으로, 인간에서 자연으로 그 관심을 확대해 왔다. 민중시 이후의 김지하와 해체시 이후의 황지우가 공통적으로 서정 본연의 양식을 통하여 새로운 관계론의 지평을 열어 나갔던 것[5]도 바로 이러한 지향성에서 비롯된 것이다. 왜냐하면 이와 같은 새로운 관계론의 지평은 문명의 허위성이 파생시킨 근대주의의 반생명적이고 해체주의적 세계관에 대한 뚜렷한 성찰을 내재하고 있기 때문이다. 근대의 속도와 자본의 가치는 물질적 행복과 삶의 편리를 가져왔지만, 그 속에 감추어진 진실은 유기체적 생명의 질서가 사라진 표피적이고 파편적인 근대라는 아이러니가 깊숙이 자리잡고 있는 것이다.

이런 점에서 문명의 허위성을 가로지르는 인문학적 실천은 오늘날의

5 구모룡, 「생명시학의 지평」, 『시의 옹호』, 천년의시작, 2006, 54쪽.

시인들에게도 새로운 미래를 여는 중요한 문제의식으로 작용하지 않을 수 없다. 따라서 모든 것이 문화로 수렴되는 일방향적 진실 속에서도 오히려 문학의 전통성을 고집하고 실천하는 젊은 서정시인들의 시적 성취야말로 아주 특별한 의미를 지닌다. "목련 전차"를 타고 이 땅의 "수런거리는 뒤란"의 소리에 귀기울이는 그들의 시선에는 결코 예사롭지 않은 시적 진실이 내재되어 있기 때문이다. 이러한 시적 태도야말로 자기표현이나 새로움에 들린 근대시의 주류적 흐름을 극복하고 전통을 복원하면서 생태학적 실천의 장으로 나아가는 진정성 있는 시적 갱신이고 시적 미래라고 할 수 있다.[6]

> 아파트 18층에 누워 살면서 밤은 꿈도 없이 슴슴해졌다
> 소꿈은 길한 꿈이라는데 뜨막하게 소꿈을 꾸는 때가 기중 좋다
> 내 소꿈은 소와 자꾸 싸우는 소꿈이다
> 내 걸음걸이는 얼른얼른 어딜 가자는 것 같고
> 소는 또 그럴 생각 없이 머뭇거리고 목을 젖혀 뻣뻣하게 버틴다
> 간혹 혀를 빼 누런 소가 길게 울기도 한다
> 들에서 돌아오는 아버지를 마중 나가 아버지로부터 받아오던 그 소와 아주 닮았다
> 내 소꿈은 소와 자꾸 싸우는 소꿈이어도
> 소꿈을 꾸는 날에는 하루가 빈 걸상도 있고 악기점도 있고 아무도 걸어가지 않은 길이 수유리까지 멀리 나 있다
>
> ―「꿈」, 『가재미』 전문

---

6 구모룡, 앞의 글, 64쪽.

"아파트 18층"의 문명적 공간은 근대의 공포와 억압이 자리잡고 있어서 대부분의 사람들은 "꿈도 없이 승승해" 질 수밖에 없다. 꿈조차 자연스럽게 꿀 수 없는 삭막한 불모지에서 근대의 문명을 예찬하고 발전의 속도를 기대한다는 것은 사실상 부질없는 허욕에 불과하다. 그럼에도 불구하고 근대를 사는 인간의 욕망은 이러한 허욕으로부터 결코 자유롭지 못한 채, 욕망의 극단을 향해 자꾸만 "얼른얼른 어딜 가자는" 몸짓으로 가득 차 있을 뿐이다. 이 모든 것이 헛된 욕망의 소산이란 사실을 깨닫는 일은 그리 어렵지 않으므로, 사람들은 이러한 삶의 태도에 대해 표면적으로는 비판적 입장을 취하지만 정작 자신은 문명의 속도에 뒤처지지 않기 위해 안간힘을 쓰는 이중성을 드러낸다. "소꿈을 꾸는 때가 기중 좋다"라고 느끼면서도, 꿈속에서조차 "소와 자꾸 싸우는" 꿈을 꾸게 되는 것은 이러한 이중적 내면의 은폐된 실상이라고 할 수 있다. 그가 문명의 꼭대기에 살면서 꾸는 "소꿈"은 "자꾸 싸우는" 꿈이라 할지라도 끝까지 지켜내야 할 소중한 꿈이다. 그 꿈속에는 근대의 상처를 치유할 수 있는 근원적 표상이 내재되어 있기 때문이다. 유년 시절 "들에서 돌아오는 아버지를 마중 나가 아버지로부터 받아오던 그 소"는 문명적 근대의 횡포에 길들여진 시인 자신을 근본적으로 성찰하게 하는 시적 힘을 내면화하고 있다. 그것은 "시인이랍시고 종일 하얀 종이만 갉아먹던 나에게/작은 채마밭을 가꾸는 행복"(「벌레詩社」, 『가재미』)을 심어주는 것과 같은 의미를 심어준다. "검푸른 감나무 속으로 매미 한 마리가 들어"(「감나무 속으로 매미 한 마리가」, 『가재미』)서듯, 시인 역시 자연의 품안으로 자연스럽게 들어가고 싶은 것이다.

이러한 근대문명에 대한 성찰과 자연친화적 정서는 서정시인들의 내면 속에서 주체를 탈각시킴으로써 더 이상 자연과 인간의 경계를 구분하지 않는 통합적 세계인식으로 심화된다. 여기에서 인간적 시점은 사라져 "나는 나를 잠시 버리기로 합니다"(「봄소풍」, 『거미』)라는 탈주체화를 통해 주체와 타자가 한데 어우러지는 서정시의 풍경을 새롭게 열어가고자 하는 것이다.

> 이파리 무성한 등나무 아래로
> 초록 애벌레가 떨어지네
> 사각사각사각,
> 제가 걸어야 할 길까지 갉아먹어서
> 초록길을 뱃속에 넣고 걸어가네
>
> 초록 애벌레가 맨땅을 걷는 동안
> 뱃속으로 들어간 초록길이 출렁출렁,
> 길을 따라가네
> 먹힌 길이 길을 헤매네
> 등나무로 오르는 길은 멀기만 하네
>
> 길을 버린 사내가 길 위에 앉아 있네
>
> —「길」, 『거미』 전문

"이파리 무성한 등나무"와 "초록 애벌레"가 보여주는 생명의 질서는 인간의 길과는 사뭇 다른 자연의 이법(理法)을 충분히 담아내고 있다. 마치 모든 사물과 자연이 순환의 고리 속에서 타자를 향해 나아가면서 자신의 삶을 완성해 나가듯, "초록 애벌레"의 "길"은 통합된 자연이 인간의 내면을 끌어안는 아주 자연스러운 생명의 풍경을 펼쳐보이고 있다. "제가 걸어야 할 길", "뱃속으로 들어간 초록길", "등나무로 오르는 길"은 모두 한 가지 길이며, 그 "길 위에 앉아 있"는 "길을 버린 사내" 역시 이미 자연과 한몸이 되어 진정한 자연인의 모습을 표상하고 있는 것이다.

이러한 자연의 길에는 어떠한 구분도 경계도 없다. 경계를 구획하고 주체와 타자를 구분하는 발상 자체가 이미 반자연적이고 반생명적인 근대의 폭력이기 때문이다. 근대의 편리에 길들여진 인간의 어리석음은 "바다에 와서야 비로소 이제껏 헛돌았다는 것을" 깨닫게 되고, "튜브 속에 거북한 바람을 품지 않고/고무 타는 냄새 없이도/질주할 수 있다"(「바다를 질주하는 폐타이어」, 『호랑이』)는 사실에 스스로 놀라는 경험을 할 수밖에 없다. 자연은 그 자체로 신비로운 체험의 공간이므로 "딴은 꽃가루 날리고 꽃봉오리 터지는 날/물고기들이라고 뭍으로/꽃놀이 오지 말란 법 없"(「어부림」, 『목련』)다는 시적 발상이야말로 진정한 자연의 가치를 내포하고 있다. "어부림"이란 이름을 '어불림'이란 말로 의도적으로 오역하는 것이 가능하다면, 모든 사물이 온전히 '어불려' 환상의 축제를 연출하는 장관이야말로 자연 아니면 창조해낼 수 없는 그 자체로 한 편의 시임에 틀림없는 것이다.

> 두엄자리에서 지렁이가 운다. 지렁이 울면 낭창한 대 하나 꺾고 낚시를 가시던 할아버지.// 그날 붕어조림을 삼키면서 나는 붕어가 삼킨 지렁이, 목구멍에 걸린 것처럼 헛구역질을 하고 말았는데// 지렁이가 할아버지를 삼킬 줄은 꿈에도 모랐다. 할아버지가 삼킨 붕어와 붕어가 삼킨 지렁이 잘디잔 흙알갱이가 되어 지렁이 주둥이 속으로 빨려들 줄은 몰랐다.// 비 내린 뒤의 영산강변 할아버지 무덤가에 지렁이가 기어간다. 그래 지구상의 모든 흙은 한번쯤 지렁이의 몸을 통과했다.// 머잖아 저 몸속에서 붕어를 삼킨 할아버지와 내가 머리 딱 부딪치며 우르릉 쾅쾅 천

둥번개 치는 시간 있겠구나.// 주물럭주물럭 시간대를 마구 뒤섞는 장운동, 저 몸속으로 산맥 하나가 통째로 빨려들어가고 말랑말랑한 반죽물 밭이랑 논이랑이 되어 꿈틀꿈틀 빠져나올 수도 있겠구나.// 강 주둥이에 아침부터 누가 철근을 박고 있다. 뿌연 흙먼지를 일으키며 시멘트를 퍼붓고 있다. 컥컥 헛구역질을 하며 강이 움찔거린다.

—「내 목구멍 속에 걸린 영산강」, 『목련』 전문

"지렁이", "할아버지", "붕어", "흙", "영산강"이 모두 한데 어불려 자연과 인간의 조화로운 풍경을 보여주고 있다. 여기에는 소위 먹이사슬의 수직적 위계는 전혀 찾아볼 수 없고, 오로지 "철근", "시멘트" 등으로 상징화된 문명의 횡포에 "컥컥 헛구역질"을 하는 영산강의 이물감이 있을 뿐이다. 즉 자연은 또 다른 자연을 자연스럽게 받아들이지만, 자연을 파괴하는 문명의 횡포 앞에서는 여지없이 이물감에 괴로워할 수밖에 없다. 이러한 이물감은 한때의 순간적 고통으로 끝나는 것이 아니라 인간을 비롯한 모든 자연의 내면에 더욱 극한적인 이물감을 남김으로써, 결국 자연과 인간의 생태계는 송두리째 무너져 폐허화되고 만다. 자연은 이처럼 정직하다는 사실을 깨닫는 것은 그렇게 어려운 일이 아니다. 그럼에도 불구하고 인간은 냉혹하리만치 자연의 질서를 거스르며 살려고만 한다. 그 결과 순간의 편리에 점점 익숙해져 영원한 폐허를 견디며 살아갈 수밖에 없는 미래를 예견하지 못하거나 자꾸만 외면하려고만 할 따름이다. 그래서 시인은 "목구멍 속에 걸린" 자연의 고통을 자연 본래의 모습으로 되돌려 주고자 한다. 이를 위해서는 근대의 속도와 방향에 매몰된 오늘날 삶의 지형을 변화시키는 새로운 지혜와 통찰이 필요하다. "가지런하게 한쪽 방향을 향해 누운 물고기 비늘 중엔 거꾸로 박힌 비늘이 하나씩은 꼭 달려 있"는 것처럼, "역린(逆鱗), 유영의 반대쪽을 향하여 날을 세우는 비늘”(「거꾸로 박힌 비늘 하나」, 『목련』)과 같은 역설적 힘이 절대적으로 요구되는 것이다. 첨단 문명의 속도로 유영하는 근대의 일상을 살아갈수밖에 없는 지금, 이러한 “역린”의 지혜는 반드시 필요하다. 낡고 오래된 서정의 자리가 더욱 절실해지는 이유는 바로 여기에 있다. 이러한 태도가 바로 지금 서정시가 궁극적으로 지향해야 할 새로운 미래의 표상인 것이다.

5. 서정이라는 역설과 새로운 미래

지난 90년대 초반 우리 시단은 포스트모더니즘에 바탕을 둔 시학의 급속한 변화로 서정 상실의 징후를 몹시 걱정했고, 이러한 흐름은 시의 위기론으로까지 심화되어 전반적으로 서정시의 침체를 불러왔다. 그런데 해체시, 도시시, 문화시 등 다양한 명칭으로 확산되었던 탈서정 혹은 탈중심의 현상이 잠시 주춤했던 것은 90년대 중반 정신주의를 강조한 서정성의 회복이라는 담론이 새롭게 부각되면서부터이다. 서정의 위기가 다시, 서정에 대한 진지한 논의를 불러오는 역현상이 당시 우리 시단의 중요한 화두로 쟁점화되었던 것이다. 이와 같은 서정을 둘러싼 쟁점은 탈서정 혹은 반서정의 양상이 두드러지면 질수록 더욱 강력한 담론으로 작용해 왔다. 지금 우리 시단에 뜨거운 논쟁을 불러일으키고 있는 서정담론의 실상 역시 이러한 문제의식과 어느 정도 같은 맥락에서 살펴볼 수 있을 듯하다.

지금 우리 시단은 ‘미래파’ 적 경향을 지니고 있느냐 그렇지 않느냐가 시적 성취의 기준으로 인식될 만큼, 전통서정으로부터의 위반과 전복이 가장 시적인 것을 구현하는 태도로 평가받는 모순에 빠져 있다. 자칫 시의 미래는 이러한 한 가지 경향이 전부인 것처럼 온통 외계어들이 난무하고 있어서, 시인과 독자 사이의 최소한의 소통조차 기대하기 힘든 지경에 도달한 것이 사실이다. 차라리 이러한 현상을 두고 지난 90년대 초반과 마찬가지로 탈서정의 심화라고 한다면, 왜 지금 '탈(脫)' 이어야만 하는지에 대한 시대적 논리만 파악하면 되겠지만, 지금의 변화는 지난 90년대와는 너무도 다르게 이러한 위반과 전복조차 '서정' 이라고 주장하고 있어 더욱 혼란스러울 따름이다. 이쯤되면 더 이상 '서정' 의 본질과 개념을 논한다는 것 자체가 불가능하다. 모든 것이 '서정' 으로 귀속되는 시단에서 굳이 '서정' 의 의미를 탐색해야 할 이유는 없기 때문이다. 최근 서정을 둘러싼 쟁점의 본질은 여기에 있다.

오늘날 서정시의 위상은 근본적으로 '역설' 의 정신에서 찾을 수 있을 것이다. '미래파' 가 외적으로 기괴한 형상을 하고 있음에도 불구하고 굳이 '탈서정' 이 아닌 '다른 서정' 을 주장하는 이유는, 서정에 대한 비판이야말로 진정한 서정의 정신으로부터 비롯되어야 한다는 '역설' 의 전략만큼은 인지하고 있기 때문이다. 즉 변화된 시대의 흐름에 역행하는 서정시에 대한 위반과 전복 역시 서정 내부의 획기적인 자기성찰에서 비롯된 것이지 서정을 떠난 담론전략이 되어서는 안 된다는 것이다. 이런 식의 논리라면 '서정' 과 '탈서정' 의 이분법적 논리 역시 무의미한 담론의 각축장으로 세속화될 수밖에 없다. 오늘날의 시가 어떻게 변화하면서 전통을 지켜나갈 것인가에 대한 진지한 성찰이 중요한 문제이지, 서정과 탈서정의 명명이나 섣부른 개념화는 지엽적인 문제에 불과하기 때문이다.

이러한 논리적 모순과 오류를 무릅쓰고라도 '서정' 을 강조하는 이유는, '서정' 에 내포된 '역설' 의 정신이야말로 우리 시단을 이해하는 가장 확실한 문제의식을 담고 있기 때문이다. 자본과 기술이 주도하는 세계의 변화는 끊임없이 시의 변화를 요구했고, 그 결과 '시적인 것'의 혼란이 가중되면서 지금 우리는 '다시, 시란 무엇인가'에 대한 근본적인 문제에 부딪치지 않을 수 없다. 그것이 서정이든 탈서정이든 서정의 본질에 대한 새로운 개념적 시도는 우리 시의 미래를 열어가는 이정표와 같은 역할을 하게 된다. '미래파'라는 개념이, 명명자의 의도와는 전혀 다르게, 급속도로 담론적 확산을 이룰 수밖에 없었던 이유도 바로 여기에 있다.

새로운 천년에 대한 기대감과 두려움이 교차했던 지난 2000년대의 시작은 어쩌면 상징적 퍼포먼스에 불과했는지도 모른다. 사실상 숫자놀음에 그쳤던 순간의 변화를 두고 모두들 특별한 의미부여를 하기에 급급했다. 그리고 어떻게든 20세기와는 다른 '새로운' 무언가를 보여주어야 한다는 지독한 강박관념에 사로잡혀 있었다. 낡고 진부한 모든 것을 버리고 첨단문명의 선두로 질주하는 과도한 제스처에 얼마만큼의 진정성이 있었는지 이제는 진지하게 성찰할 때이다. 이러한 새로움에 대한 강박관념은 우리 문학에서도 급격한 변화를 불러왔다. 변화는 언제나 새로움의 가치로 포장되었고, 전통은 정체된 운명으로 폄하되기 일쑤였다. 그렇다면 이러한 새로움을 어떻게 이해하고 평가할 것인가의 문제는 지금 우리 문학이 당면한 중요한 과제가 아닐 수 없다.

시가 읽히지 않는 시대에 대한 성찰은 이미 오래 전부터 있었다. 시의 대중성을 고민하기도 했고, 시와 인접예술의 관계를 모색하기도 했고, 오히려 시의 본질에 더욱 가까이 다가서야 한다는 문제제기도 있었다. 결국 가장 중요한 문제는 독자와의 '소통'을 어떻게 이룰 것인가 하는 데 있다. 시가 오로지 시인의 전유물이 되어서는 안 된다는 점에서 이제 시인들은 독자들과의 소통을 적극적으로 모색해야 한다. 그것이 방법론적이든 주제론적이든 시가 독자와의 교감을 잃어버린다면 더 이상

시의 미래는 없다고 해도 과언이 아니다. 이러한 혼란과 혼돈의 시대에 '윤리적 주체' 의 정립이 중요한 이유도 바로 여기에 있다.[7] 윤리적 주체의 정립이야말로 새로운 시의 미래를 지향하는 뚜렷한 지표가 된다. 윤리는 도덕의 차원을 훨씬 뛰어 넘는 미래적 가치를 지향한다. 윤리는 내용과 형식의 오래된 경계를 가로지를 수도 있고, 인간의 내면과 외면을 동시에 들여다보는 성찰적 태도를 내재화하고 있기도 하다. 따라서 현실적 자아도 억압된 내면도 모두 윤리적 주체의 정립을 통해 새로운 시의 길을 열어나가야 한다. 이것이 앞으로 우리시의 미래가 짊어져야 할 가장 중요한 화두임에 틀림없다.

---

7 하상일,「시적인 것의 혼란과 윤리적 주체」,『시와사상』, 2005년 겨울호, 222쪽.

제3부

평론

남송우 2000년대 비평의 향방(1)

남송우[1]

2000년대 비평의 향방(1)

–몇 신진비평가를 중심으로

1. 여는 말

2000년대도 이미 중반을 넘어섰다. 이 시대의 비평의 모습이 비평사에서 어떻게 명명될 수 있을 것인가는 좀 더 두고 보아야 할 문제이지만, 중반을 넘어선 이 시점에서 현재의 비평의 흐름을 점검해보는 작업은 피할 수 없는 비평적 과제이다. 그러나 2000년대 비평의 현단계 혹은 현재 진행형의 모습을 총체적으로 파악하는 일은 그렇게 쉬운 일은 아니다. 2000년대 이전에 비평활동을 시작한 기존의 비평가들의 둔중한 몸짓과 신진들의 발 빠른 개성적인 몸짓이 혼종되어 펼쳐지는 2000년대 비평의 난무는 이전 시대보다는 훨씬 다원적인 모습을 보이고 있기 때문이다. 2000년대 비평의 향방을 가늠하기 위해서는 우선은 개별 비평

1 부경대 국어국문학과 교수. 계간『오늘의문예비평』편집인. 1981년『중앙일보』신춘문예 평론부문 당선,『생명과 정신의 시학』등.

가 각각의 비평적 입지와 그 입지 위에 펼쳐지는 몸짓을 점검할 필요가 있다. 그러나 개별 비평가의 몸짓만을 따라가다 보면, 각각의 몸짓의 의미는 명명할 수 있을지 모르지만, 2000년대 비평의 흐름을 제대로 그려내기가 힘들다. 그렇다고 한 편의 글에서 개별 비평가의 모든 몸짓을 다 해명하고, 이를 종합하여 한 시대의 비평적 특징을 규명하기란 더욱 힘들다. 그래서 이 글에서는 2000년대 비평의 지형도를 그려내기 위한 하나의 단초를 마련하려 한다. 이 단초를 마련하기 위해서는 2000년대 비평을 투시할 수 있는 하나의 시선을 확보해야 한다.

그러므로 우선 논의되어야 할 것이 하나의 시선과 그 시선으로 바라볼 대상인 몇 비평가이다. 하나의 시선이란 논의 대상이 될 몇 비평가를 꿰뚫어볼 수 있는 도구를 말한다. 이 도구로 무엇으로 내세울 것인가가 중요한 문제이다. 한 비평가도 아니고, 몇 비평가를 투시할 수 있는 놀라운 도구가 있는가? 비평가란 각자 나름의 도구를 가지고 작품을 해석하고 평가하는 자들이다. 그러므로 이 도구는 모든 비평가가 공유하고 있는 도구도 있지만, 자기만의 보도(寶刀)처럼 비장의 도구도 있다. 이 논의에서 필요한 것은 자기만의 보도보다는 모든 비평가들이 공유하고 있는 도구이어야 한다. 한 비평가의 개성적 비평세계를 파악하기보다는 한 시기의 비평적 경향을 읽어내야 하기 때문이다. 이 도구로 필자는 비평에서 반드시 거쳐 가야 할 해석과 평가를 내세우고 싶다. 이는 모든 비평가들이 비평의 토대로 삼고 있는 비평원론이다. 비평을 시작하면서 비평가들이 지니고 있는 비평원론에 대한 의식과 그것의 실천은 이후 비평세계의 전개에 영향을 미치도록 되어 있다. 그러므로 신진비평가들의 비평에 대한 근본적인 사유를 비평의 필수적인 요소인 해석과 평가를 통해 확인하는 작업은 2000년대 비평의 향방을 파악하는 하나의 시선이 될 수 있을 것으로 본다. 모든 비평은 비평 대상이 되는 텍스트에 대한 해석과 평가를 필수로 하기 때문이다.

그래서 2000년대 몇 비평가들의 평문을 통해 확인하고자 하는 것은 비평의 가장 핵심적인 요소인 해석과 평가에 대한 입장과 이의 실천 정도이다. 그 대상으로 삼은 비평가는 2000년대에 들어 첫 평론집을 펴낸 신진비평가들이다. 논의 대상이 된 이들이 2000년대를 대표하는 신진비평가라고 명명할 수는 없지만, 이들이 자리한 비평의 출발점 해명을 통해 2000년대 비평의 향방과 흐름을 어느 정도는 가늠해 볼 수 있으리라는 기대는 할 수 있기 때문이다.

2. 해석의 충돌 혹은 다양성의 지향

서영인의 비평집 『충돌하는 차이들의 심층』(창비, 2005)에서, 그가 비평의 원론적 토대로 삼고 있는 핵심어가 해석적 충돌이다. 해석적 충돌이 일어나지 않는 잠잠한 문학판은 자본주의의 논리에 이미 문학이 투항하기 시작했음을 알리는 한 징후[2]라는 점에서 다양한 해석의 필요성을 제기하고 있다. 이러한 문제제기와 함께, 자신이 지향하는 비평의 세계는 전혀 다른 색깔과 모양의 점찍기로 하나의 그림을 만들어내는 점묘화(點描畵)[3]라고 내세움으로써 해석의 다양성을 지향하고 있다. 이러한 비평적 입장은 비평 과정에서 가장 근원적인 문제인 해석의 문제를 제기하고 있는 것이다. 그러므로 그가 말하는 해석의 충돌이 어떻게 이루어지는지를 따져볼 필요가 있다. 이 점을 해명하기 위해서는 비평

2 서영인, 『충돌하는 차이들의 심층』, 창비, 2005, 33쪽.

3 서영인, 앞의 책, 6쪽.

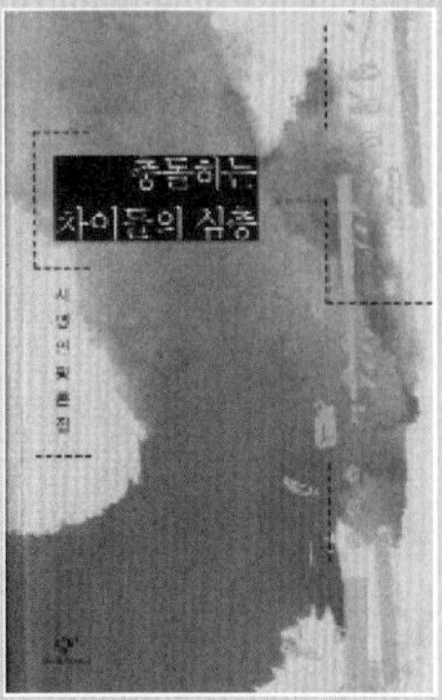

일방적인 해석만으로는 해석적 충돌은 생겨나지 않는다. 타자의 해석을 끌어들여 해석적 대화가 이루어지게 해야 한다.

에서의 해석의 본질을 살펴야 한다.

비평은 텍스트(text) 읽기에서 시작한다. 그런데 비평적 텍스트 읽기는 그저 읽기가 아니다. 이해와 해석[4]의 과정을 거치면서, 텍스트가 내장한 의미를 읽어내야 한다. 이는 바로 비평에 있어서의 해석적 행위를 말한다. 해석의 과정에서 우선적인 과제는 의미파악이다. 의미파악을 위해 비평가는 일차적으로 저자의 의도 파악에 관심을 갖게 된다. 의미를 파악한다는 것이 저자의 의도파악과 동일선상에 놓인다고 생각하기 때문이다. 그래서 오래 전부터 해석학적 관점에서 이 저자의 의도 파악이 어떻게 가능한지에 대한 논란은 많았다. 허쉬(E.D. Hirsch, Jr.)의 경우, 저자의 의도는 작품 속에 의미로 내재하며, 그 의미는 객관적으로 규

4 이해-해석의 쌍에서 이해는 그 토대를 제공한다. 말하자면, 이해는 낯선 정신 현상을 드러내는 기호들에 대한 앎이다. 한편 해석은 글쓰기가 그 기호에 부여하는 고정과 보존에 힘입어 객관화의 정도를 제공해 주는 역할을 한다. 그래서 해석학에서는 언제나 해석은 이해를 전제로 한 행위로 본다. 폴 리쾨르, 김윤성 · 조현범 옮김, 『해석이론』, 서광사, 1998, 178쪽.

명될 수도 있고, 또 고정될 수도 있어서 해석학적 인식이 가능하다[5]는 것이다. 그래서 그는 의미(meaning)와 의의(significance)를 구분하여 해석의 객관성을 추구한다.

허쉬의 이런 입장에 대해 정면으로 반론을 제기한 가다머는 다양한 해석 자체는 해석하는 사람이 서 있는 관점이 다르기 때문이라는 관점주의에 기반을 두고 있다. 가다머의 입장은 단순히 의미이해와 의의이해 간의 구별을 간과한 것이 아니라, 부정했다. 그가 볼 때, 우리는 텍스트나 예술작품 혹은 역사적 사건의 의미를 우리 자신의 상황과 관련해서만 이해하며, 따라서 우리 자신의 관심사에 비추어 이해한다는 것이다. 다시 말해 우리는 그것을 오로지 의의에 비추어서만 이해한다[6]고 본다. 그리고 문제가 되는 것은 해석자가 서 있는 관점과 관심사가 어떻게 형성되느냐 하는 점이다. 이 점을 해명하기 위해 이해의 상황제약성, 다시 말해 이해란 해석자의 관심사나 관점에 의해 일정한 방향이 정해진다[7]는 사실을 밝힌다.

결국 객관적 해석을 주장한 허쉬나 주관주의를 표방한 가다머 역시 해석의 다양성은 텍스트 해석에서는 피할 수 없는 것이 현실이라는 점을 인정한 셈이다. 이것을 움베르토 에코는 해석의 무한성으로 해명한

5 허쉬는 의미라는 말은 특별히 다른 설명이 없으면 작품의 전반적인 뜻을 의미하는 것이고, 의의라는 말은 좀더 광범위한 체제와 연관을 지어서 그 작품이 가질 수 있는 의미를 말하는 것으로 그 시대의 다른 사상, 역사적 고찰, 주제의 일반적 연구, 가치관 등과 연관을 지어 고찰해서 그 작품이 갖는 의미를 말한다. 다시 말해서 의의는 그 작품 자체를 떠나서 다른 연관에 비추어 그 작품을 보는 것이다. 그래서 의미는 고정적이고 유일하지만, 의의는 다양할 수 있다는 입론을 세운다. 이런 허쉬의 입장은 작품의 의미는 어떤 의미로는 비평가가 그 의미를 해석한 후에야 그에게 주어지는 것으로 보고 있으며, 마르크스주의 비평가와 형식주의 비평가들이 어느 작품이 무엇을 의미하는가 하는 것은 똑같이 이해할 수 있다고 본다. 그들이 서로 다른 것은 그 의미에 그들이 주는 의의라는 것이다. 에릭 D. 허쉬, 김화자 옮김, 『문학해석론』, 이대출판부, 1988, 69쪽.

6 조지아 원키, 한우역, 『가다머』, 민음사, 1999, 125~126쪽.

다. 작가가 일의적으로 구상한 텍스트를 무한하게 해석하고 무한한 방법으로 읽을 수 있다[8]는 것이다 그래서 리쾨르도 해석들 간의 충돌이 극복될 수도 없고 회피될 수도 없는 까닭은 절대적 지식이 불가능하기 때문[9]이라고 말한다.

이렇게 해석의 다양성이 텍스트의 해석에서 피할 수 없이 파생되는 현상이라면, 서영인이 말하고 있는 해석의 충돌 역시 비평에서 피할 수 없다. 비평은 일차적으로 텍스트의 해석에서 출발하기 때문이다. 문제는 실제비평에서 서영인이 이러한 해석적 충돌을 어떻게 보여주고 있느냐 하는 점이다.

서영인의 입장은 우선 2000년대에 본격적인 비평 활동을 펼치고 있는 몇 비평가(김형중, 김영찬)의 비평담론을 비판적인 거리를 두고 다루고 있는 「젊은 비평의 가능성」에서 그 모습을 엿볼 수 있다. 김영찬이 「한국문학의 증상들 혹은 리얼리즘이라는 독법」에서 백낙청과 최원식의 글을 비판하고 있는데, 그 독법이 작품이 말하는 진실을 충분히 밝혀내지 못한다고 비판한다. 즉 서영인이 김영찬의 평문을 비판하는 근거

---

7 의미가 상황제약적으로 결정된다는 사실은 하이데거가 이해의 선구조로서 이야기한 것을 그대로 반영하고 있는 것이다. 내가 의식적으로 텍스트를 해석하거나 어떤 사물의 의미를 파악하려고 시작하기 전에, 이미 나는 그것을 일정한 맥락 안에 두고(미리 가짐, Vorhabe), 일정한 관점에서 그것에 접근하며(미리 봄, Vorsicht), 그것을 일정한 방식으로 받아들인다(미리 쥠, Vorgriff). 이렇게 되면 텍스트나 사물의 진정한 의미를 찾아낼 수 있는 중립적인 관점은 존재하지 않는다는 말이 된다. 이러한 해석의 주관주의를 가다머는 하이데거의 선구조를 역사 속에 위치지움으로써 넘어서려고 한다. 이는 우리가 해석의 과정에 끌어들이는 문제들이 우리만의 전유물이 아니라, 우리가 속해 있는 역사적 전통 내에서 발전되어 온 문제와 관심사와도 관련된다는 뜻이다. 그러나 나의 해석이 내가 속한 전통에 의해 제약된다하더라도, 동일한 사안에 대해 두 가지 혹은 그 이상의 해석이 가능하다는 것이다. 그 해석은 서로 상충될 수 있으며, 경우에 따라서는 화해할 수 없을 만큼 모순될 수도 있다는 것이다. 조지아 원키, 이한우역, 앞의 책, 136쪽.

8 움베르에코, 김광현 옮김, 『해석의 한계』, 열린책들, 1995, 35쪽.

9 폴 리쾨르, 존 톰슨 편집 · 번역, 윤철호 옮김, 『해석학과 인문사회과학』, 서광사, 2003, 341쪽.

는 관점이 문제가 아니라, 작품이 지닌 의미를 얼마나 깊이있게 해석해 내었느냐에 놓여있다. 제대로 된 해석적 충돌을 위해서는 기존 해석에 평등하게 맞설 수 있는 깊이있는 작품해석이 수반되어야 한다는 것이다. 김형중의 평문 「민족문학의 결여, 리얼리즘의 결여」를 두고도 더 세심하고 적확(的確)하게 읽어내는 것이 필요함을 주문하고 있는 것은 같은 선상에 놓이는 해석적 입장이다.

서영인의 김영찬과 김형중의 평문에 대한 비판적 내용의 핵심은 이들이 보여주는 비평이 기존세대들이 보여주는 비평적 권위와 강박을 공격은 하고 있지만, 그 권위적 해석에 맞설 수 있는 평등한 해석적 충돌을 만들어 내지 못한다는 것이다. 즉 문제제기도 필요하지만, 다양한 문학적 해석의 지평을 열 수 있어야 한다[10]는 점을 강조한다. 이러한 서영인의 입장은 그가 강조한 해석의 다양성을 통한 해석적 충돌을 어느 정도 엿볼 수 있게 한다는 점에서, 그의 비평적 입론을 확인할 수 있다. 이런 입론의 실천을 다시 확인할 수 있는 것은 신수정과 이명원의 평론집을 다룬 「비평의 안과 밖」에서다.

서영인은 이 글에서 신수정의 『푸줏간에 걸린 고기』와 이명원의 『파문』 비평집에 대한 비판적 논의를 통해 비평의 비평을 시도함으로써 해석적 충돌의 가능성을 보인다. 신수정은 90년대 문학을 문학 자체의 변화와 그것의 계보화를 통해 보여주고 있는데, 그의 사유가 이분법의 틀에서 크게 벗어나지 못하고 있는 점을 문제시한다. 화려하게 부상한 여성, 일상, 문화의 담론들이 강력한 산업자본주의의 시대의 촘촘한 메커니즘 속에 스스로 포박되어가고 있다는 징후가 속속 발견되는 현재의 시점에서, 새로운 문학의 진로를 모색하기 위해 우리 시대 문화에 한정

---

10 서영인, 앞의 책, 24쪽.

된 자유만을 허용했던 이분법적 사유의 틀을 근원에서부터 재고할 필요가 있다는 것이다.[11] 그래서 다른 입장들의 생산과 충돌이 충분하지 않았다는 것과 견제와 비판이 활발히 이루어지지 않았다는 점을 비판하고 있다. 이러한 문제제기는 비평의 비평이면서 해석적 충돌을 가능하게 하는 문제제기이다.

이명원의 비평담론을 다루면서도 이러한 비판적 시선은 그대로 유지되고 있다. 이명원의 비평이 우리 문학의 암묵적 관행에 문제를 제기하는 역할을 자임하고, 또 그런 역할을 충실히 수행해 내고는 있지만, 그의 글에서 부분을 전체로 확장하는 읽기, 공격적 논의나 비판에 비해 작품에 대한 분석이 부족하다는 점을 지적한다. 그리고 그가 주장하는 문학권력 논의가 생산적인 것이 되려고 하면, 작품, 비평, 문학제도, 출판자본의 관계는 그리 단순하게 의도대로 되는 것이 아니고 논리정연한 인과관계 속에 있는 것도 아니기에, 그 층위를 섬세하게 구분하고 본질적인 문제와 부차적인 문제를 분별하는 것이 필요하다[12]고 주문한다.

이러한 문제제기는 문학 텍스트와 문학 현상에 대한 서영인 나름의 시각이 게재된 해석의 결과라는 점에서, 그가 내세우는 해석의 충돌의 한 현상이라 볼 수 있다. 그러나 더욱 중요한 것은 비평의 비평형태의 담론에서보다는 실제 작품비평에서 이러한 해석의 충돌을 어느 정도 실천하고 있느냐 하는 점이다. 황석영론을 통해 이를 살펴보자.

서영인의 황석영론은 「미래를 꿈꾸는 서사의 지난한 역정」, 「물화된 세계, 소외된 꿈」 두 편이 있는데, 「미래를 꿈꾸는 서사의 지난한 역정」이 이 문제를 논하는 데는 더 적절하기에 이 텍스트를 중심으로 살핀다. 후

11 서영인, 앞의 책, 74쪽.

12 서영인, 앞의 책, 81쪽.

자의 평문은 작품에 대한 해설적 성격의 글이어서 새로운 문제제기가 없기 때문이다.

서영인은 「미래를 꿈꾸는 서사의 지난한 역정」에서, 황석영의 「객지」, 「무기의 그늘」의 분석을 통해 그의 소설에 나타나는 균열을 분석해 내고 있다. 그 균열을 고통스런 현재와 요원한 미래 사이에 존재하는 간극으로 명명하고, 이를 서영인은 황석영 문학의 빈틈으로 해석한다. 이 빈틈은 균열로도 명명되는데, 다른 비평가들에게 있어서는 이 빈틈이 황석영 문학의 한계로 지적되어 왔다는 점을 환기시킨다. 그런데 다른 논자들이 부정적으로 해석한 이 빈틈을, 서영인은 그 빈틈의 사이에 렌즈를 갖다대고, 다소 무리가 따르더라도 그 빈틈을 더 벌려보고자 한다. 벌려진 빈틈 사이로 생산적인 논의와 모색이 가지를 쳐나가기를 기대하면서 새로운 해석의 지평을 열어보려고 한다. 균열은 그것 자체가 한계라기보다는 오히려 충분히 규명되지 않은 문제성들의 집합체로 보아야 하며, 그 침묵의 공간에 주목함으로써 새로운 모색과 쇄신의 가능성을 찾아낼 수도 있을 것[13]이라고 생각한다.

그래서 『오래된 정원』, 『손님』을 통해 이 균열에 대한 의미부여를 하고 있다. 『오래된 정원』은 여전히 현재를 탐색하고 미래를 기다리는 작품이지만, 그리고 그 사이사이에 작은 균열들을 흘끗 내비치지만, 그 균열 사이에 오래 기다린 자들의 조용한 사색과 내밀하고도 깊이 있는 소통이 숨 쉬고 있어서, 이 균열은 오히려 따뜻한 낙관과 기대를 자아낸다고 해석한다. 이제 작가는 균열의 장벽에 쉽사리 좌절하지도 않고, 그 균열을 훌쩍 뛰어넘지도 않으면서 그 앞에 잠시 멈추어 서서 숨을 고르고 있다[14]고 본다.

---

13 서영인, 앞의 책, 87쪽.

『손님』의 분석에서도 이러한 균열에 대한 의미부여는 계속된다. 『손님』은 원혼들의 입을 빌려 과거사를 말하고 있지만, 아직 풀어야 할 숙제가 많은 우리들의 현재를 화두로 남기고 있으며, 그것만으로도 『손님』의 의의는 크다는 것이다. 작가는 과거로 향한 자신의 눈 한 편에 지금의 우리 삶을 깊이 있게, 그리고 근심스럽게 응시하는 시선을 보태고 있는 것[15]으로 해석하고 있다.

이러한 서영인의 해석은 작품이 보여주는 균열을 작품이 지닌 한계나 어떤 전범에 미달하는 상태로 보는 입장과는 거리가 멀다. 오히려 이 균열은 서사를 완결된 것으로 마감하지 않음으로써 우리로 하여금 그 균열로부터 출발할 수 있게 한다는 것이다. 이 균열에 부단히 개입하고 균열을 성찰함으로써 우리는 숱한 이분법과 담론의 미궁 속에서 현실을 발견하는 기쁨을 누릴 수 있을 것[16]이라고 본다.

서영인의 황석영 작품에 대한 이러한 해석은 분명 해석적 충돌을 위한 토대인 것은 사실이다. 나름의 새로운 해석을 열어놓고 있기 때문이다. 그러나 일방적인 해석만으로는 해석적 충돌은 생겨나지 않는다. 자신의 평문에서 충돌을 보여주기 위해서는 타자의 해석을 끌어들여 해석적 대치가 이루어지게 해야 한다. 해석적 대치가 이루어지기 위해서는 자신의 해석과 타자의 해석에 대한 분명한 가치판단이 전제되어 있어야 한다. 비평에 있어 해석만 있고 평가가 없을 때, 제대로 된 해석적 대치도 충돌도 일어날 수 없다. 이는 해석자가 서 있는 해석적 시야가 어느 정도 확보되어야 가능한 일이다. 즉 해석자가 서 있는 지점이 분명하고 확고할 때, 자기식의 세계해석의 관점에서 비롯되는 평가가 생겨난다.

14 서영인, 앞의 책, 97쪽.
15 서영인, 앞의 책, 107쪽.
16 서영인, 앞의 책, 108쪽.

서영인의 비평이 자신이 말하고 있듯 "작품의 성과와 한계를 선명히 가름하고, 비판과 평가를 명백히 적시하는 글쓰기와는 거리가 멀다"고 고백한 것은 이러한 사정과 무관하지 않아 보인다.

그런데 중요한 것은 서영인뿐만 아니라, 대부분의 신진 비평가들의 첫 평론집에서 만나는 평문은 선택된 작품의 의미 해석하기에 골몰하고 있다는 점이다. 충돌 없는 해석의 바벨탑만 솟아나고 있는 형국이다. 그러한 모습을 몇 비평가들의 평문을 통해 확인해 보자.

3. 평가 없는 해석의 바벨탑

비평이 본질적으로 지니고 있는 한 축이 작품의 온당한 해석이라면, 또 다른 한 축은 평가이다. 가치평가는 작품의 이해와 해석의 결과로서 자연스럽게 나타나야 하는 현상이다. 그런데 이 가치평가는 긍정적 평가도 있지만, 부정적인 평가도 나타나도록 되어 있다. 비평의 본질이 작품의 의미해석도 있지만, 그 의미가 주어진 가치기준의 잣대에 견주어 미치지 못할 때 부정적인 평가가 내려질 수밖에 없다. 비평의 본질적 생리는 긍정적 해석보다는 부정적인 평가에 더 기울어져 있다. 이 부정적 평가는 단순한 부정을 위한 평가가 아니라, 긍정을 위한 부정이다. 비평의 정신이 부정의식의 토대 위에 서 있는 것은 위기의식에서 출발하기 때문이다. 문제는 이 평가를 위해서는 반드시 잣대가 필요하다는 점이다. 그래서 모든 비평에는 잣대가 될 만한 가치의 척도나 가치의 기준을 내세우게 된다. 어느 비평가든 작품을 평가하기 위해 작품을 보는 가치관, 자신이 선호하는 관점을 가질 수밖에 없는 것은 이런 연유이다. 신진 비평가라고 해서 이런 가치기준이 없는 것은 아니다. 정혜경, 최성실, 심

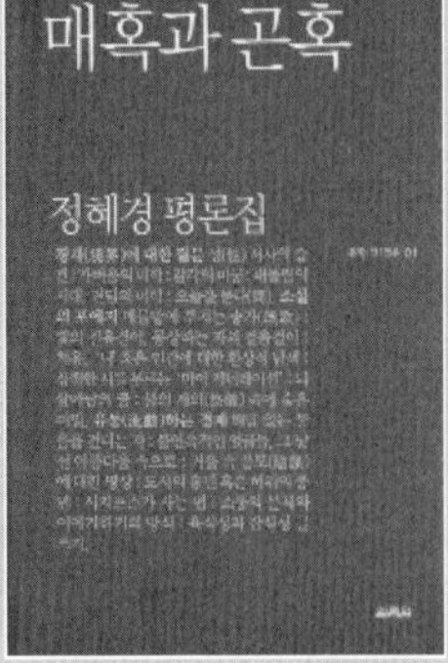

문제의 제기나 부정적 평가가 없다는 것은 판단이 제대로 실천되지 못하고 있음을 말한다.

진경의 평문을 통해 이들이 내세우는 관점들이 무엇이며, 이 관점들이 평가의 기준으로 제 역할을 하고 있는지를 살펴보기로 하자.

정혜경은 그의 첫 평론집 『매혹과 곤혹』(열림원, 2004)에서, 문학은 경계에 부는 바람이라고 말하면서, 자신의 비평작업은 여러 경계들에 대해 질문하려는 문학적 행위에 주목하여 그 캄캄한 여행을 가는 과정을 추적하고 잠정적인 성과와 좌절의 흔적을 분석한 것[17]이라고 밝힌다. 이런 입장을 토대로 제1부에서는 경계에 대한 질문을, 성담론, 감각코드, 가벼움의 미학, 소통과 욕망, 문학상의 문제 등을 중심으로 풀고 있으며, 2부에서는 소설의 서사양식과 서정양식의 경계를 동요시키는 방식을 통해 텍스트의 깊이와 넓이를 생성시켜 나가는 과정을 파악하고 있으며, 3부에서는 기존의 잣대를 재고하기 위해 작가들이 조직해낸 각자의 독특한 방식과 개성적인 목소리를 분석하여 유동하는 경계를 해명하고 있

17 정혜경, 『매혹과 곤혹』, 열림원, 2004, 8쪽.

다. 몇 편의 평문을 통해 그가 내세우고 있는 '경계'의 관점이 가치판단의 잣대로서 역할을 제대로 하고 있는지 살핀다.

정혜경은 「성(性) 서사의 습관」에서, 권지예, 차현숙, 서하진, 전경린, 김형경, 김인숙 등의 소설에 나타나는 30대 중후반 여성의 성적 정체성 문제를 다루고 있는데, 여기서 해석된 성 서사의 습관은 남성에 대한 양극화된 이해, 낭만적 환상, 집을 중심으로 한 이분법적 구도 등이다. 그런데 집의 문제를 논의할 때, 여성들이 집의 경계를 넘어서는 주체로 자리매김 되고 있지만, 그들이 진정 집의 경계를 넘어서는가에 의문을 표시함으로써, 여기서 '경계'의 관점이 제기될 뿐, 이 평문 논의 전체의 흐름 속에서 '경계'가 작품해석 이후에 작품을 평가하는 잣대로는 적극적으로 활용되지 못하고 있다. 그러므로 이 평문의 결론에서도 자신이 근거로 내세운 비평담론의 핵심인 '경계'와 관련된 문제의식이나 평가보다는 논의된 소설들이 지닌 문제를 넘어서기 위해 필요한 방향성 제시에 머물고 있다. 이 방향성 제시가 '경계'와 관련해서 논의되고 있지 못하다는 것이다. 이는 주어진 텍스트 평가에 필요한 잣대인 '경계'가 제대로 작동하지 못한 결과이다.

이러한 비평적 모습은 「감각의 미궁」에서도 나타난다. 이 평문은 1990년대 이후의 소설들을 도구로서의 감각, 서정으로서의 감각, 유희로서의 감각으로 파악하고 있는 글이다. 도구로서의 감각에서는 장정일의 『내게 거짓말을 해봐』, 전경린의 『열정의 습관』을, 서정으로서의 감각에서는 신경숙의 『풍금이 있던 자리』, 윤대녕의 「빛의 걸음걸이」를, 유희로서의 감각에서는 배수아의 「1999, 네덜란드 모텔을 떠나며」, 김경욱의 「만리장성 너머 붉은 여인숙」을 각각 다루고 있는데, 서정으로서의 감각에서만 경계 개념이 논의되고 있다. 신경숙과 윤대녕의 소설에서 '나'는 세계와 자아의 분리와 대립의 경계를 지우려는 서정적 주체라고 할 수 있다고 해석한다. 신경숙은 동화의 방식으로, 윤대녕은 투사의 방식으로 서정적 자아의 감각을 통해 세계와 접촉하며 세계와 내면을 일치시키고 있다[18]고 본다. 이렇게 작품에 나타나는 서정적 주체가 세계와 자아와의 분리와 대립의 경계를 지운다[19]고 해석하지만 이들의 이러한 경계지우기가 어떤 가치가 있는지에 대한 평가는 배제되고 있다. 경계를 지움으로써 획득되는 동일성의 세계에 대한 의미만 부여되고 있다. 해석에서 한 발치도 못 나아가고 있다.

이러한 해석 중심의 비평은 이혜경론을 다룬 「해답 없는 물음을 견디는 자」에서도 확인된다. 이 평문은 이혜경의 『길위의 집』, 『그 집 앞』, 『꽃 그늘 아래』를 가족과 일상성의 문제를 중심으로 분석하고 있는데, '경계' 에 대한 논의는 『꽃 그늘 아래』를 논하면서 부분적으로 제기된다. 등장하는 인물들이 가족 혹은 일상 너머에 있는 자들이어서 실제로 죽었거나 상징적인 죽음을 나타내는데, 이로 통해 작가는 우리로 하여금 경계 너머를 생각하게 하지만, 그 너머로 넘어가 버리지는 않는다[20]고 평가한다. 여기서 경계의 의미는 평가나 판단의 잣대로 사용되기보다는 작품이 지닌 의미를 해석해주는 하나의 의미망으로 자리하고 있다. 그래서 정혜경은 이혜경의 소설을, 꽃 그늘 아래서 죽음과 삶의 경계에 부는 바람을 바라보고 있는 내용으로 규정하며, 그가 보여주는 꽃 그늘은 죽음이 스미는 삶의 자리이며, 이는 탐색의 공간이며, 해답 없는 실존적 물음을 견디는 공간[21]으로 해석하고 있다. 경계라는 개념이 하나의 관점으로 논의되고 있기는 하나, 가치를 평가하는 기준으로는 기능하지 못

18 정혜경, 앞의 책, 62쪽.
19 정혜경, 앞의 책, 같은 쪽.
20 정혜경, 앞의 책, 221쪽.
21 정혜경, 앞의 책, 같은 쪽.

하고 있다.

이러한 해석 위주의 평문쓰기는 황석영의 「장사의 꿈」을 다룬 「되살아남의 꿈」이나 오정희의 「번제」를 다룬 「불의 제전 속에 숨은 비밀」에서는 더욱 강화되어 나타난다. 「장사의 꿈」은 두 개의 축을 가지고 있는데, 작가는 한 편으로는 원시적 생명력을 가진 인물이 철저히 파괴되는 과정을 형상화함으로써 모순된 현실을 부정하고 비판하고 있으며, 또 다른 한 편으로는 좌절의 끝에서 희망의 당위를 역설하는 시적 비전을 통해 인간을 긍정하고 되살아남의 꿈을 건져 올리고 있다[22]고 해석하고 있다. 그리고 이 작품은 지금의 현실과는 다른 1970년대에 창작된 것이지만 시대의 변모에도 불구하고 아직 여전히 유효한 의미를 가질 수 있다는 긍정적 해석으로 일관하고 있다. 문제의 제기나 부정적인 평가가 없다는 것은 판단이 제대로 실천되지 못하고 있음을 말한다. 오정희의 「번제」를 논하면서도 이런 해석 중심의 비평은 계속된다.

정혜경은 「번제」는 독특한 이미지들이 전경화되어 있어, 해석이 쉽지 않은 작품임을 전제하고는 소설 속의 이미지를 중심으로 작품의 의미를 해명하고 있다. 「번제」에서는 팽팽한 동그라미의 무리와 조각들, 그리고 불이라는 생생한 이미지를 통해 금기의 위반, 불연속성의 확인, 연속성의 강렬한 희구를 암시하고 있다[23]고 해명한다. 그리고 이 작품이 이미지를 진경화 하면서도 가벼워지지 않았던 것은 그 이미지 속에 숨겨둔 존재의 비밀에 대한 탐색이 있었기 때문이[24]라고 그 의미를 해석하고 있다. 이렇게 정혜경은 「번제」가 지닌 의미 파악에 주력하며, 그 의미를 적극적으로 평가하는 선으로는 나아가지 않고 있다. 이러한 정혜경

22 정혜경, 앞의 책, 187쪽.
23 정혜경, 앞의 책, 202쪽.
24 정혜경, 앞의 책, 같은 쪽.

전반적으로 이들의 평문이 보이는 모습은 적극적인 평가보다는 텍스트의 해석에 기울어져 있다.

의 해석 중심의 평문쓰기는 같은 오정희를 비평 대상으로 삼고 있는, 최성실이나 심진경의 경우에는 어떤 모습을 하고 있는지 살펴볼 필요가 있다. 동일한 비평대상을 두고 각기 다른 시선을 견지함으로써 해석의 충돌을 바라볼 수 있을 뿐만 아니라, 평가의 다양함도 확인할 수 있기 때문이다.

최성실은 「영원한 '현재'의 시간을 위한 변주곡」(『육체, 비평의 주사위』, 문학과지성사, 2003)에서, 심진경은 「오정희 초기 소설에 나타난 모성성」(『여성, 문학을 가로지르다』, 문학과지성사, 2005)에서 정혜경이 다룬 오정희의 작품을 평론하고 있는데, 이들의 평문을 통해 해석과 평가의 양상을 살핀다.

최성실은 「영원한 '현재'의 시간을 위한 변주곡」에서 오정희의 소설을 감각적 기호에 의해서 떠오르는 기억을 문제 삼고 있는데, 기억을 통해 떠오른 과거로 현재를 재구성하여 자기 정체성의 의미를 규정하지 않는다[25]고 해석한다. 오정희 소설에 존재하는 시간은 영원한 현재의 시간이란 것이다. 그래서 그 속에서 과거와 미래, 현재가 동시에 존재하며 과거와 미래는 현재라는 시간 속에서 서로 환원될 수 없는 차이를 지닌 채 떠돌아다닌다고 본다. 과거와 이질적인 현재를, 현재와 이질적인 과거를 그대로 인정하면서 오히려 어둠 속에 숨겨진 과거의 진실을 찾아나간다는 것이다. 그래서 감각이 소생시키는 과거의 진실들과 삶의 비밀들이 우연적이지만 필연적인 방식으로 부딪치면서 낯설게 다가오는데, 여기에 오정희 소설이 갖는 독특한 매력의 비밀이 있다[26]고 해석한다. 이렇게 오정희 작품이 지닌 긍정적 의미해석만 주어질 뿐, 작품이 지닌 한계나 평가는 찾을 수 없다.

오정희 소설에 대한 이러한 해석과 의미부여 중심의 글쓰기는 심진경에게 와서도 크게 달라지지 않는다. 심진경은 「오정희 초기 소설에 나타난 모성성」에서 오정희 소설과 모성의 문제를 다루고 있는데, 유년기 3부작과 「번제」에서 모성성 거부가 중심 모티프로 나타난다고 해석한다. 그런데 이들의 모성성 거부가 단순히 어머니되기의 거부에만 머무르지 않고 생물학적 모성을 강요하는 가부장제 이데올로기에 대한 거부로 확장된다[27]고 본다. 그런데 「옛우물」에 오면 모성성에 대한 작가의식이 조금 다른 방식으로 드러난다고 해석한다. 초기작에서 생물학적 모성이 삶의 이면에 도사리고 있는 고통과 죽음으로 인식되었던 것과는 달리, 「옛우물」에서 작가는 모성이 한편으로 죽음이자 다른 한편으로 부활의 원동력이라는 모순적인 진실을 인식하는 데 이르고 있다는 것이다. 이 모순성이야말로 오정희가 인식하는 삶의 진실이며, 좀 더 구

---

25 최성실, 『육체, 비평의 주사위』, 문학과지성사, 2003, 157쪽.

26 최성실, 앞의 책, 158쪽.

27 심진경, 『여성, 문학을 가로지르다』, 문학과지성사, 2005, 161쪽.

체적으로는 여성들의 삶의 진실이라고 해석하고, 이 대목에서 작가는 모성적 삶에 내재되어 있는 존재의 진실의 양면성에 대한 인식에 이르고 있다[28]고 본다. 이렇게 심진경 역시 오정희 작품이 지닌 모성성에 대한 의미부여하기에 열중이다. 이러한 해석 중심의 비평은 최성실이나 심진경의 비평에서 오정희의 작품을 다루는 데서만 나타나는 것인가? 두 비평가의 다른 평문을 통해 이를 확인해 본다. 먼저 최성실의 다른 평문을 보자.

최성실의 「스펀지와 타월의 언어로 시 쓰기」를 먼저 살핀다. 이 평문은 김혜순과 허수경 시인의 작품을 다루고 있는데, 김혜순 시인의 시를 스펀지로 시 쓰기로, 허수경 시인의 시를 타월로서의 시 쓰기로 각각 의미를 부여하고 있다. 김혜순의 시들에 나타나는 더럽혀진 육체는 그 더러움을 뱉어내지 않고 오히려 빨아들임으로써 더욱더 고유한 어떤 것이 되어가는데, 그 이미지가 스펀지를 닮아 있다는 것이다. 그런데 시인은 이 더러움을 깨끗한 상태로 되돌려놓고 싶어 하는 어머니로서의 이미지를 보여주고 있는데, 이를 최성실은 모성성의 생명력으로 명명하고, 이러한 시인의 모습을 '스펀지 위에 시를 쓰는 불쌍한 기계'로 해석한다.

이에 비해 허수경의 시란 더럽고 추악한 오물들을 닦고 훔치면서 깨끗하게 빨아 줄 비누를 필요로 하는 타월과 같은 것으로 명명한다. 그런데 김혜순 시인이 마지막에 도달한 스펀지의 오물을 닦아줄 원초적인 생명력이 허수경의 시에는 완전히 거세되어 있다고 본다. 그의 시에 나타나는 자본과 노동의 생산자로서의 여성은 더러운 오물을 대변하는 매개이지 이를 정화시키고, 새로운 꽃을 피워낼 희망의 의미를 담지하고 있지는 않다는 것이다. 그래서 허수경에게 여성은 순수하지도 않고 숭

28 심진경, 앞의 책, 162쪽.

고하지도 않은 단지 세속과 자본의 생산논리에 더럽혀지고 더럽혀진 생산기계에 불과한 것으로 해석한다.

이러한 두 시인의 시에 대한 해석과 함께 최성실은 더럽혀지고 오염된 것은 말의 의미이기도 하면서 동시에 깨끗해져야 하는 몸의 은유라고[29] 해석함으로써 의미부여를 확대하고 있다. 그러나 이 평문의 마지막 문장이 끝날 때까지 이 두 시인의 시가 지닌 한계나 문제점의 제기는 찾아보기 힘들다. 적극적인 가치평가가 개재되지 못한 결과이다.

다음은 심진경의 「여성성, 육체, 여성적 시쓰기」를 살핀다. 이 평문은 김정란과 김혜순의 시를 다루고 있는데, 이들 시에 나타나는 여성성을 문제 삼고 있다. 김정란의 시세계는 첫 시집 『다시 시작하는 나비』에서 나타난 여성 육체나 모성의 부정에서부터 타자로서 여성성의 발견과 수용(『매혹, 혹은 겹침』)을 거쳐 자기희생적인 모성성의 인식과 혼돈 속에서 길어올리는 새로운 말의 탄생에 대한 열망(『그 여자, 입구에서 가만히 뒤돌아보네』)에까지 이르고 있다고 본다. 그리고 이러한 시세계는 여성성/모성성을 시의 주제이자 언술방법으로 채택하여 여성시의 한 차원을 열어보인[30] 것으로 긍정적 평가를 내리고 있다. 그러나 김정란이 그녀의 시에서 표현하는 여성성의 자질은 대체로 사회적 · 상상적 질서 바깥에 존재하며 미분화, 비결정성 등의 특성과 연결되어 있는데, 이는 분화와 소외의 원리를 남성적인 것과 동일시하고 미분화, 비결정성의 원리를 여성적인 것과 동일시함으로써 여성성을 남성 중심적인 문명의 폐해를 치유할 수 있는 원리로 신비화하고 특권화한다는 점에서 남성성과 여성성에 대한 기존의 남성 중심적인 시각을 더 높은 차원에서 재생산하고

---

29 최성실, 앞의 책, 207쪽.

30 심진경, 앞의 책, 73쪽.

있다[31]고 그 한계를 밝히고 있다.

이어 김혜순의 시는 여성성의 주제를 겉으로 내세우지 않지만, 여성적 삶의 체험에 기반한 일련의 시편들은 자본주의적 일상 속에 놓인 여성성의 운명과 가능성을 되새기게 해준다고 해석한다. 그리고 김혜순의 시에서 여성의 육체가 단순히 세계에 대한 자기파괴적인 응전의 도구에서 소통의 도구로, 나아가 생명력에 기반한 여성적 삶의 순환성에 대한 인식으로 나아가는 매개가 된다는 점에서 그녀의 시가 여성성의 시적 인식에 관한 한 진전된 모습을 보여주고 있다[32]고 평가한다. 또한 그것이 여성적 삶의 역사성에 대한 인식과 자신 안의 타자, 나아가 다른 여성들과의 따뜻한 유대에 대한 지향으로 확장되고 있다는 점도 주목할 사항으로 평가한다. 그러나 김혜순의 시에서 모성 체험을 바탕으로 이루어지는 여성적 타자와의 만남과 유대, 그리고 그 속에서 형성되는 행복한 여성성의 세계가 대부분 가족적인 틀의 경계를 벗어나지 못하고 있다는 점은 한계[33]로 지적하고 있다.

이렇게 심진경은 이 평문에서는 김정란과 김혜순 시인의 시가 지닌 여성의 문제를 긍정적인 의미해석과 함께 부정적인 한계를 평가하는 모습을 보이고 있다. 이러한 평가가 가능한 이유는 이 평문에서 다루고 있는 여성성에 대한 잣대 확보가 이루어졌기 때문이다. 여성성에 대한 나름의 시각을 분명히 확보하고 있기[34]에 이런 평가가 가능하다는 말이다.

정혜경이나 최성실에 비해 심진경은 해석과 함께 평가의 의지를 엿

31 심진경, 앞의 책, 같은 쪽.

32 심진경, 앞의 책, 83쪽.

33 심진경, 앞의 책, 84쪽.

34 심진경은 김영찬과 함께 리타 펠스키의 『근대성과 페미니즘』을 번역하였다. 이 책에서 제시된 페미니즘이 지닌 한계를 김정란의 시가 지닌 한계를 논의하는 근거로 삼고 있다. 문학 이론에 대한 공부가 문학 텍스트를 평가할 수 있는 토대를 형성하는 것은 자연스런 현상이다.

보게 하는 평문을 선보이고 있는 셈이다. 그러나 전반적으로 이들의 평문이 보이는 모습은 적극적인 평가보다는 텍스트의 해석에 기울어져 있는 것이 사실이다. 이러한 비평적 특징을 어떻게 해명할 수 있을까?

4. 맺는말을 대신하여—가치의 상대주의

2000년대에 새롭게 활동하고 있는 신진 비평가들의 비평양상이 평가보다는 해석위주의 평문으로 흐르고 있는 근원적인 이유가 어디에 있을까? 문학비평이란 행위 자체가 텍스트의 해석에서 출발하기에 해석 중심에 머물 수 있는 요소는 충분히 있다. 그러나 이러한 현상의 근원을 따져볼 필요는 있다. 일차적으로는 이들 신진 비평가들의 평문이 해설 위주의 서평이나 서평에 준하는 평문이 많다는 점도 눈여겨 볼만한 한 가지 이유는 된다. 그러나 서평 역시 평가가 필요하다는 점에서, 그리고 본격 비평도 이들의 평론집에 선을 보이고 있다는 점에서, 이를 본질적인 이유로 들기에는 충분하지 않다. 또 다른 이유로 이들이 이제 비평작업을 시작한 입장이어서 가치를 판단할 수 있는 충분한 고도가 확보되지 못했다는 점을 들 수도 있을 것이다. 그러나 평가의식만 뚜렷하고 이를 실천한다면 비평가의 현재의 고도에 따른 평가가 있을 수 있다는 점에서 이것도 완벽한 이유로 보기에는 힘들다. 또 다른 이유를 들면, 이들의 비평집의 평문 속에는 자신의 비평적 입지를 분명하게 보이는 이론 비평이 거의 없다는 점을 내세울 수 있다. 이론비평은 실제비평의 근거가 되면서 텍스트분석의 잣대가 될 수 있다는 점에서 평가를 위한 중요한 토대가 될 수 있다. 그러므로 이는 상당한 근거가 될 수는 있지만, 이것만으로 단정하기는 힘들 것 같다. 이론비평의 입론 없이도 평가가 이루어지는 경우가 많기 때문이다. 그렇다면 다른 근원적인 이유를 찾을 수 있을까? 그 이유로 필자는 이 시대의 가치의 상대주의가 미친 영향에 주목하고 싶다. 가치의 상대주의에 따르면 모든 가치는 상대적이다. 그래서 객관적이거나 절대적인 가치란 존재하지 않는다. 절대적인 진리를 인정하지 않는 것이다. 이럴 때, 다양한 해석은 존재하지만 가치평가가 무시될 가능성이 많다. 2000년대 새롭게 활동을 펼치고 있는 신진 비평가들의 평문에서 적극적인 가치평가의 모습을 볼 수 없는 것은 앞서 제시된 다양한 이유들에도 그 원인이 있겠지만, 더 근본적인 이유는 가치의 상대화로 인한 해석의 다원주의로의 지향 결과로 보인다.

다원주의는 각각의 다양한 가치를 인정한다는 것이지 가치 자체를 무화시키는 것은 아니다. 서로 다른 독특한 가치를 인정할 때, 진정한 다원주의가 가능할 수 있다. 그러므로 단순한 해석의 다원주의를 넘어 다양한 가치가 실현되는 다원주의를 위해서는 비평에서의 가치 평가를 회복해야 한다. 해석의 바벨탑이 아니라, 다양한 가치의 바벨탑을 쌓아 갈 때이다.

해석과 판단 1 - 2000년대 한국문학의 징후들

첫판 1쇄 펴낸날 2007년 3월 28일

지은이 『해석과 판단』 해석공동체
펴낸이 강수걸
펴낸곳 산지니
등록 2005년 2월 7일 제14-49호
주소 부산광역시 연제구 거제1동 1493-2 효정빌딩 601호
전화 051-504-7070 | 팩스 051-507-7543
sanzini@sanzinibook.com
www.sanzinibook.com
제작 권문경
인쇄 대정인쇄

ISBN 978-89-92235-11-2 03810

값 15,000원